풍운고월조천하

풍운고월조천하 2
금강 新무협 판타지 소설

초판 1쇄 찍은 날 § 2009년 10월 9일
초판 1쇄 펴낸 날 § 2009년 10월 15일

지은이 § 금강
펴낸이 § 서경석

편집장 § 문혜영
편집 § 정서진·서지현

펴낸곳 § 도서출판 청어람
등록번호 § 제1081-1-89호
등록일자 § 1999. 5. 31

주소 § 경기도 부천시 원미구 심곡2동 163-2 서경B/D 3F (우) 420-822
전화 § 032-656-4452 팩스 § 032-656-4453
http://www.chungeoram.com
E-mail § eoram99@chollian.net

ⓒ 금강, 2009

ISBN 978-89-251-1959-5 04810
ISBN 978-89-251-1957-1 (세트)

※ 파본은 구입하신 서점에서 교환하여 드립니다.
※ 저자와 협의하여 인지를 붙이지 않습니다.
※ 이 책은 도서출판 청어람과 저작자의 계약에 의해 출판된 것이므로,
　무단 전재 및 유포·공유를 금합니다.

풍운고월조천하

CHUNGEORAM ROYALTY ORIENTAL NOVEL

금강 장편 소설

용봉쟁휘(龍鳳爭輝)

[전 4권]

第一章	백화경염(百花競艶)	7
第二章	풍류공자(風流公子)	33
第三章	일가겁운(一家劫運)	61
第四章	풍진은세(風塵隱世)	97
第五章	용문풍운(龍門風雲)	121
第六章	사면초가(四面楚歌)	145
第七章	태음천주(太陰天主)	181
第八章	십장생공(十長生功)	203

第九章　구중지비(九重之秘)　229

第十章　영웅기녀(英雄奇女)　251

第十一章　귀보지회(鬼堡之會)　291

第十二章　구천로현(九天露現)　317

第十三章　검문지보(劍門之寶)　335

第十四章　의운중중(疑雲重重)　371

第十五章　금검고사(金劍故事)　389

第一章

백화경염(百花競艶)

―백 송이의 꽃이 어여쁨을 다투니
어찌 평범(平凡)한 꽃만 있으랴

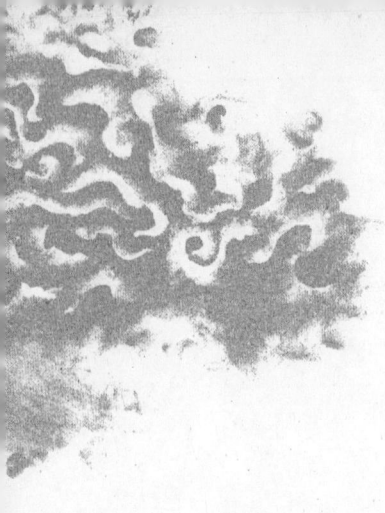

풍운고월
조천하

　낙양(洛陽)이라고 하는 이름은 낙수(洛水)의 북쪽이라 하여 붙여진 이름이다. 양(陽)이라고 하는 글자는 지명에서 산의 남쪽, 강의 북쪽을 의미한다.
　중국 육대고도(六大古都)의 하나이며, 동주(東周)를 비롯한 구대(九代)의 왕조가 도읍한 중원의 중심지가 바로 낙양이다. 중국 최고(最古)의 사찰인 백마사(白馬寺)를 비롯한 수많은 명승고적으로 뒤덮인 낙양은 가히 문화의 중심지라 할 수 있었고, 그런 만큼 문물의 번성은 당대 제일이었다.

　흥청이던 만물은 날이 어두워짐에 따라 귀숙(歸宿)을 위해 고요를 찾아간다.
　하지만 낙양의 어느 한 거리만은 오히려 낮의 조용함을 배척하고 밤이 되면 활기를 띠기 시작한다.
 바로 홍등가(紅燈街)라고 불리는 낙양 서부 일대이다.
 여인들의 교성과 세상이 좁다고 소리치는 호한(好漢)들의 외침에 섞인 간드러진 곤곡(昆曲)의 음률이 이제 기지개를 켜고 있었다.
 청사초롱이 불을 밝히고 있는 가운데 거리마다 환락의 물결이 흔들린다. 그 물결 속에 화려히 장식된 담장 하나가 기다랗게 그 몸을 뉘이고 있음이 보인다.

〈백화원(百花院)〉

 그 긴 담장의 정문 위에는 그러한 세 글자가 기원(妓院)답지 않은 품위를 가지고 존재했다. 웃음소리와 음악이 흐르지 않는다면 아무도 기원이라 생각지 못할 분위기를 가진 곳······
 그리하여 이곳은 낙양제일의 기원이라는 이름을 유지하고 있는지도 몰랐다.

 경화헌(瓊花軒)이라는 곳은 바로 그 백화원의 전원(前院)에 위치한 조그마한 수중 누각이었다. 구곡절류(九曲折流)로서 뻗어나간 백석의 다리로 연결된 십여 개의 누각 중 하나였다.
 두둥둥······ 둥둥 딩디딩······.
 경화헌에서는 은은히 비파 소리가 울리고 그 소리에 섞여 구슬을 굴리듯 아름다운 노랫소리가 주위로 퍼져 가고 있었다.
 기이하달까.

그렇듯 아름다운 소리가 흘러가고 있음에도 불구하고 안에서는 남자의 소리가 들리지 않았다.

그럴 수밖에 없었다.

오늘 경화헌에 든 손님은 백색의 유삼을 걸친 관옥 같은 품위를 가진 유생이었는데 그는 홀로 안석에 기대어 조용히 눈을 감고서 이 경화헌의 주인인 운미랑(雲眉娘)의 노랫소리를 듣고 있었던 것이다.

그가 눈을 감고 손에 든 한잔의 술을 입가에 가져갈 때, 비파소리와 노랫소리가 잦아들었다.

그리고 그의 귓전을 파고드는 짤랑짤랑한 음성.

"천녀(賤女)는 온갖 정성을 다하여 노래를 불러드리고 있는데 상공께서는 다른 생각만 하고 계시는군요?"

백의유생은 눈을 떴다.

그의 눈은 참으로 깊고 맑았다. 운미랑은 저 사람의 눈과 같이 기품있는 눈을 본 적이 없다고 생각했다.

그의 입가에 미소가 일어났다.

미인이 웃으면 그 형상이 꽃이 피는 듯하다 하여 해어화(解語花)라는 말이 생겨났다. 하지만 운미랑은 그의 웃음에서 정말로 꽃이 피는 것 같은 착각을 느꼈다.

품안의 비파를 안고 그를 쳐다보고 있을 때 백의유생의 조용한 음성이 들려왔다.

"내 듣기로 지난날의 이향군(李香君:명대 중엽의 명기, 후일 청나라 때 도화선전기(桃花扇傳奇)의 주인공이 됨)이 옥명당사몽(玉名堂四夢)을 잘 불렀다 하더니…… 그녀가 아무리 잘하였다 하더라도 네 목소리 또한 그에 못지않구나."

화영수환전(花映垂鬟轉:늘어뜨린 쪽) 아래 자리한 운미랑의 갸름한 얼굴에 활짝 웃음꽃이 피어났다.

"칭찬해 주시니 고마워요. 부족하지만 한 곡 더 불러드릴까요?"

대답 대신 백의유생이 고개를 끄덕였다.

드르릉…… 비파를 고르는 소리가 들리더니 심신을 취하게 만드는 아름다운 음률이 경화헌을 감돌기 시작했다.

구름처럼 늘어진 소맷자락 안에서 뻗어 나온 운미랑의 손은 마치 은어가 물결을 거슬러 가듯이 그렇게 움직이고 있었다.

그 연약한 손길에서 돌연 칼끝이 부딪치고 벽력이 울림은 경이(驚異)였고, 어느 한순간 얼음 밑을 흘러가는 잔잔한 물결의 흐름이 있을 때에는 사방이 다 그윽해졌다.

백의유생은 잔을 들다가 수중의 잔이 빈 것을 느끼고 손을 들어 술병을 잡았다.

운미랑이 그것을 보고 비파를 멈추려 하자 백의유생은 고개를 흔들었다. 그리고 그는 몸을 일으켜 앉으며 술을 따랐다.

파르스름한 술이 하얀 잔 속에서 찰랑였다.

그가 그 잔을 들어 거의 다 마셨을 때 운미랑의 연주도 그 흥을 다하였다.

그녀의 볼은 발그스레하게 상기되어 있었다.

백의유생이 담담히 웃으며 입을 열었다.

"나는 곤곡(昆曲:곤산 지역의 노래, 명대와 청대 기원에서는 이 노래가 주류를 이루었음)을 별로 좋아하지는 않지만 그것이 끝날 때

즈음이면 강물 위에 푸른 봉우리가 선 듯 선명하고 강심(江心)에 달빛이 비추듯이 고즈넉해야 함을 알고 있지……. 너는 무엇 때문에 마지막에 평정을 잃어 곡을 손상시켰느냐?"

탄복의 빛이 운미랑의 얼굴에 드러났다.

그녀는 비파를 놓고 그 자리에 엎드려 절을 했다.

"천녀의 기예(技藝)가 얕아 상공의 귀를 더럽혔으니, 무엇으로 사과를 드려야 할지 몸둘 바를 모르겠습니다. 넓은 마음으로 이해를 해주시기를 바라옵니다."

"나는 세속의 예를 별로 좋아하지는 않는다. 어서 일어나거라."

"감사하옵니다."

운미랑은 다소곳이 몸을 일으켰다.

그녀가 곁에 앉아 술병을 잡자 백의유생은 그녀를 건너다보았다.

운미랑의 얼굴이 목덜미까지 붉어졌다.

남자들을 상대하는 것이 업인 기생이 바로 그녀다. 그러한 그녀가 남자의 시선 한 번에 목덜미가 붉어지고 가슴속에서 심장이 뛰는 소리가 쿵쾅거린다는 것은 보통 괴이한 일이 아니었다.

그녀의 고개가 머리의 무게를 못 이긴 듯이 떨구어질 때, 백의유생의 목소리가 들려왔다.

"나는 밖에서 백화원의 명화 백 인에 대해 소문을 들었을 때 그 말을 믿지 않았었다. 하지만 너를 보고 나니 그 말이 과장만은 아님을 알 수 있구나……."

그 말에 운미랑은 고개를 들었다.

그녀가 고개를 흔듦에 따라 그녀의 머리에 장식한 머리 장식이 현란한 움직임으로 찰랑였다.

"천녀는 백화 중 이등(二等)인 우미인화(虞美人花) 이십 명 중 하나에 불과합니다. 비록 삼등인 천일홍(千日紅)이나 사등인 야래향(夜來香)보다는 조금 낫겠지만 아직 제일등(第一等)인 만다라화(曼陀羅花)에 비하면 많은 차이가 있지요……."

백화원이란 이름은 이 기원을 유지하고 있는 정식 기녀의 수효가 백이라는 데에서 연유하고 있었다.

세상에 알려진 바로는 백화원에 있는 기녀 백은 모두 사 등급(四等級)으로 나뉘어진다고 했다.

제사등이 모두 사십 명의 인원으로 이루어진 야래향화(夜來香花), 제삼등이 삼십 명으로 이루어진 천일홍화(千日紅花), 제이등이 지금 백의유생의 앞에 앉아 있는 운미랑이 속한 우미인화(虞美人花) 이십 명이다.

그 제일등급이 바로 만다라화(曼陀羅花) 열 명이니, 그녀들의 재기(才技)는 가히 으뜸이라 전해졌고 그 미모 또한 견줄 바 없다 했다.

비록 제사등이라 하나 야래향조차 한자리에 두 사람이 가지 않을 정도로 그녀들의 자색과 재주는 뛰어난 바 있었다.

그러니 그녀들의 위에 존재한다는 만다라화 열 명이 돈으로도 살 수 없다는 것이 허명만은 아님을 알 수 있었다.

말을 하던 운미랑은 백의유생이 몸을 일으킴을 보고 가슴이 철렁하였다.

한없이 곁에 있고 싶은 사람이 자신의 곁을 떠나려 함을 볼 때

느끼는 감정이 그러하리라.

"가…… 시렵니까?"

백의유생은 말없이 고개를 저었다.

그리고 그는 말하였다.

"바깥바람을 쐬고 싶을 따름이다. 따라오려느냐?"

운미랑은 황급히 고개를 끄덕였다.

용모만큼이나 차고 맑은 성품을 지닌 그녀였었다. 그런데 이 백의유생의 앞에서는 이상하게도 자꾸만 허둥댈 수밖에 없었다.

그녀가 따라나섬을 보자 백의유생은 말했다.

"술을 한잔 가지고 오너라. 달이 밝다."

운미랑은 옥배(玉杯)가 찰랑이도록 술을 따라 가지고 그의 뒤를 따랐다. 그녀는 이번에도 허둥대다가 하마터면 술잔을 엎지를 뻔하였다.

백의유생은 경화헌에서 서너 걸음 떨어진 난간에 기대서 아래에 찰랑이는 연못의 물을 보고 있었다.

수련이 가득 연못을 메우고 있고 은은한 향은 밤공기를 타고 코끝을 싱그럽게 만들었다.

"여기……."

운미랑은 술잔을 내밀다 그의 손에 부딪쳐 하마터면 술잔을 떨어뜨릴 뻔했다. 다행히 술잔은 백의유생의 손에 늘려졌고 술이 약간 엎질러졌을 뿐이었다.

"이, 이를 어쩌나!"

운미랑이 당황하여 발을 동동 구르다가 소매로 황급히 그의 손을 닦아주자 백의유생은 술잔을 다른 손으로 옮기더니 그 손을 들어 그녀의 어깨를 다독였다.

"당황하지 마라. 마음이 급하면 실수가 따르는 법이다. 그냥 평상시에 손님을 대하듯 나를 대하거라. 사람이 다르면 얼마나 다르겠느냐."

그는 고개를 끄덕여 보이고는 천천히 앞으로 걸어가기 시작했다. 바람이 불어 그의 백의 자락을 어둠 속에서 깃발처럼 흔들었다. 운미랑은 그것이 자신의 마음 같다고 생각했다.

그녀는 종종걸음으로 그를 따라갔다.

여인의 전족(纏足)한 발을 일러 금련(金蓮)이라 부르거니와, 운미랑의 발 또한 조그맣기 이를 데 없어 불과 서너 치가량이었다. 그러한 발로 걷자니 마치 버들가지가 바람에 나부끼는 듯할 수밖에 없었다.

전족은 송나라 때에 비롯하였으며, 양가의 부녀자들에게서 시작되었다. 철경록(輟耕錄)에 이르기를 '송 신종 이전에는 발을 싸매는 일이 드물었었는데, 송 말엽에 이르러서는 큰 발을 대단히 부끄럽게 여겼다'라고 하였으니, 전족의 풍습은 원을 거쳐 명에 이르러 극성하였다.

중국의 식자라는 자들은 그 전족을 성적(性的)으로 대단히 귀중하게 여겼으며, 참으로 예쁜 것 중 으뜸이 금련[第一嬌娃 金蓮最佳]이라는 말과 함께 여인들의 전족한 발에서 벗겨낸 신발을 금련배(金蓮盃)라 하여 거기에 술을 따라 마셨으니, 그것이 이른바 신발에 따르는 술[鞋盃]이다.

백화원 내부의 경치는 가히 절가(絕佳)했다.

연못 위에 굽이굽이 진 난간 어디에 가 서더라도 한곳 소홀함이 없이 아름다움이 보였다.

원과 원을 가로막은 담장마저도 나무로 가려져 있어 눈에 거슬림이 없었다.

백의유생의 뒤에는 다소곳이 운미랑이 서 있었다.

백의유생은 하늘에 두둥실 떠 있는 달을 연못 속에서 보고는 손에 든 술잔을 반쯤 비우더니 잔을 내밀었다.

"금준(金樽)에 옥로(玉露)라……. 혼자 마심은 욕심인 것 같구나, 마시겠느냐?"

기쁨이 찰랑찰랑 운미랑의 눈에 드러났다.

"제가 세상에 태어나서 가장 기쁘게 받는 잔이옵니다."

백의유생은 빙긋이 웃었다.

"달이 밝다. 며칠 있지 않으면 중양(重陽:9월 9일)이다. 고향을 떠난 지 오래이냐?"

그윽한 빛이 운미랑의 눈에 어렸다.

"오래지요. 아니…… 원래 고향이 어딘지 모르니까요. 천녀는 기억을 할 수 없는 나이에 이미 부모들이 배고픔에 못 이겨 저를 쌀 한 말에 팔았으니까 어찌 고향이 어딘지 알 수 있겠어요? 두공부(杜工部:두보)는 자신을 일러 천지일사구(天地一沙鷗)라 하여 천지간에 떠도는 외로운 갈매기라 하였지만 우리야 그러한 자유도 없…… 죄송해요. 이럴 생각은 아니었는데……."

"……."

백의유생은 조용히 그녀를 쳐다보다가 시선을 돌렸다.

그의 깎은 듯한 옆모습을 바라보던 운미랑은 암암리에 한숨을 쉬었다. 왜 이리 가슴이 아픈 것일까.
 알 수 없다.
 진정으로 알 수 없었다. 그녀는 머리 올리지 않은 동기(童妓)도 아니었다. 하룻밤 춘정에 연연할 신출내기가 아닌 것이다. 평범한 자질로써는 절대로 백화원 우미인 이십화 중에 들 수가 없다.
 하물며 저 사람은 하룻밤의 인연을 쌓은 것도 아니고 그저 바라본 사람…… 만난 지 이제 불과 한 시진이 아닌가.
 "우미인화는 모두 스물이라 하더니 이 수각의 수효는 모두 열이구나. 나머지 열은 어디에 있는 것이지?"
 문득 백의유생의 말소리가 들려왔다.
 말소리가 들린다고 하여도 그 거리는 숨결이 닿을 듯한 지척이다.
 운미랑은 내심 숨을 길게 하며 대답했다.
 "수각을 좋아하는 분도 있고 그러하지 않는 분도 있지요. 그래서 저쪽 담에 나머지 열의 거처가 있죠."
 "그러한가. 그래, 네가 그처럼 칭찬해 마지않는 만다라화 열의 거처는 어디에 있느냐?"
 운미랑은 숲으로 둘러싸인 안쪽을 손짓했다.
 "만다라원은 백화원의 가장 후원에 있지요…… 관심이 있으세요?"
 "그렇게 보이느냐?"
 씁쓸한 웃음이 운미랑의 얼굴에 스쳐 갔다.
 화려함으로 가장된 웃음이었으나 그것을 숨길 수는 없었다.

"어쩔 수 없는 일이지요. 같은 여인 된 입장에서도 마음이 움직일 정도가 그녀들이에요. 하지만 한 가지, 그녀들은 자신의 마음에 들지 않으면 손님을 받지 않아요."

말을 하던 그녀는 갑자기 약간 기운이 난 듯하였다.

백의유생은 웃었다.

"너는 내가 그녀들의 마음에 들지 않을 것 같이 보이느냐?"

그의 웃음을 본 그녀는 조금 살아나던 기운이 전보다 오히려 더 빠져나가는 것을 의식했다. 여인으로 이름지어진 자, 어찌 그를 싫어할 수 있으랴.

그녀는 맥없이 고개를 흔들었다.

"그럴 가망은 없군요."

백의유생은 그녀의 어깨에 손을 얹었다.

"사람이란 것의 본질은 다 같다. 하지만 그 개인이 살아가는 삶에 따라 그 사람의 가치는 달라지기 시작하는 것이다. 특별한 삶을 살아가는 사람은 특별한 가치를 부여받게 되지. 그것을 결정하게 하는 것이 무엇인지 아느냐?"

"……"

운미랑은 말없이 고개만을 저었다. 바람 소리처럼 그녀의 머리 장식들이 부딪쳐 가벼운 찰랑임을 토해냈다.

"그것은 마음이다. 그가 살아가는 자세를 결정하는 마음…… 내가 여기 들어와 너를 나의 상대로 택한 것은 너의 미모를 보거나 재주를 보아서가 아니다. 너의 눈 속에 순수함이 남아 있음을 보았기 때문이다. 무슨 소리인지 알겠느냐?"

"상공……"

운미랑은 몸을 던졌다.

심연처럼 그렇게 백의유생의 품은 넓었다. 그녀의 몸이 파묻히고 가라앉고도 남을 정도로 그의 품은 컸다.

백의유생은 그녀의 몸을 거부하지 않았다.

말없이 그녀의 몸을 다독여 주고 있는 그의 눈은 조금의 흔들림이 없이 맑았다. 그의 나이로 본다면 가능하지 않은 일이었다. 피 끓는 젊음을 지닌 청년으로서 어찌…….

하지만 한 사람, 그는 그럴 수 있었다.

구양천상.

그 구양천상이 숭산을 떠나 바로 여기에 와 있는 것이다.

그가 여기에 온 이유는 간단했다.

동생 구양천수가 남긴 암시라고나 할까. 그 느낌을 따라온 것이다.

구양천수는 지난날 태산의 그를 찾았을 때 말했었다.

백화원이라는 이름을.

청의복면인이 금사신군 도광곤을 위협하며 오라고 한 곳이 바로 백화원이었다.

그리고 구양천수가 실종되던 그날…….

떠나던 그날 굳이 추풍객 정락성을 표나게 보낸 곳이 낙양이었다. 다른 사람은 여기에 대한 것을 소홀히 할 수 있을지 몰라도 구양천상은 그렇지 않았다.

동생이 의미없이 그런 말을 하지는 않았을 것이다.

그는 그렇게 생각했다. 그래서 그는 여기에 온 것이다.

운미랑의 부드러운 몸을 안고 있던 구양천상은 문득 나머지 열의 우미인화가 있다는 담 너머에서 호탕한 웃음소리와 함께 사람을 매혹시키는 여인의 웃음소리가 가무 소리에 어우러져 들림을 깨달았다.

"미랑."

"예."

"들리느냐? 저곳의 소리는 한두 사람이 있는 것 같지가 않구나. 오늘은 손님이 많은가 보지?"

고개를 쳐든 운미랑은 그가 말하는 곳이 어딘지 알고는 머리를 절레절레 흔들었다.

"음향당(吟香堂) 쪽이라면…… 오직 한 분이 있을 따름이지요. 다만, 그분의 시중을 들고 있는 자매들이 대여섯 되니 다른 곳보다 조금 소란하죠."

그 말에 구양천상은 의아한 얼굴이 되었다.

"한 사람에 시중드는 우미인화가 대여섯이란 말이냐?"

"이상하세요?"

"당연하지. 내가 듣기로는 우미인화는커녕, 제사등인 야래향도 한 사람을 둘이서 모시지 않고, 심지어는 한자리에도 잘 가지 않는다고……."

"그것은 원칙이지요. 하지만 본인들이 원한다면 그럴 수도 있어요. 음향당의 상공은 우리 자매들이 자청하여 모시겠다고 한 것으로 알고 있어요."

구양천상은 그녀의 기색을 보고는 대강 알 수 있었다.

"그가 조금 특별한 사람인 모양이구나?"

운미랑은 고개를 끄덕였다.

"듣건대 못하는 것이 없다고 해요. 시서가무에……."

그녀는 말을 하다가 구양천상을 보고는 배시시 웃었다.

"하지만 그분도 상공만은 못하죠."

운미랑은 계속하여 말했다.

"저분 상공이 본 원에 묵게 된 것은 하루이틀이 아니고 이미 달포가량이나 되었는데, 돈을 물 쓰듯 하는데다 인품이 속되지 않고 지닌바 재주가 놀라워 동경의 대상이 되고 있지요. 그는 야래향과 천일홍을 두루 거쳐 우미인화를 넘어 만다라화……."

"그러나 그가 지금 있는 곳은 만다라원이 아니라 우미인원이 아니냐?"

"맞아요. 우미인원이죠."

"네 말대로 만다라원에 있는 만다라화가 그처럼 좋다면 어찌 우미인원을 거쳐 만다라원에 갔다는 사람이 다시 여기에 있단 말이냐?"

웃음기가 운미랑의 눈에 돌았다.

"그분이 그처럼 특별나지 않았다면 어찌 모든 사람들에게 풍류제일공자(風流第一公子)라는 이름으로 불리고 있겠어요? 만다라원에 가서 있던 저분 공자 말씀이, 거기 여자들은 거만해서 한곳에 하나밖에는 절대로 오지 않으니 어찌 술맛이 나랴 하고는 다시 여기에 온 거예요. 며칠 되지 않죠……."

"그래서 우미인원에서는 그를 대여섯 명이나 시중하고?"

"그럼요. 그를 본 사람이라면 누구나가 그를 시중하기 마다 않으니까요……."

"너는?"

구양천상의 물음에 운미랑의 얼굴에 홍조가 피어올랐다.
고개를 숙인 그녀는 옷자락을 만지작거리며 말했다.
"저도 원했었지만 그분의 심사에서 떨어졌어요."
"떨어져?"
구양천상은 기이함을 금치 못하고 묻지 않을 수 없었다.
그가 보기에 이 여자는 기녀일 뿐, 사실 웬만한 대갓집 규수보다 나았다. 한데 그 풍류제일공자라는 자의 눈은 얼마나 높기에…….
"예, 그분 말씀은 여자가 요기롭지 못하면 감칠맛이 없다고 하면서……."
"하하하하……."
구양천상은 나직이 웃었다. 확실히 운미랑에게는 요기가 없었다. 그녀의 장점은 요기로운 것이 아니라 청순함에 있었다.
그 풍류공자는 놀다 지치게 되면 쉴 때에 그녀에게 들르겠다고 하였었다. 운미랑은 은근히 그를 기다렸다.
그처럼 대단한 매력이 그에게는 있었던 것이다.
웬만한 사람이었다면 절대로 우미인화가 대여섯이나 한꺼번에 그를 시중들지 않았을 것이었다.
하지만 지금의 운미랑은 이미 눈이 돌았다. 구양천상을 보았기 때문이다. 다른 여자는 어떨지 몰라도 그녀가 보기에 이 세상에 구양천상만 한 남자는 없었다.
웃음소리가 음악 소리에 어울려 계속 들려오고 있었다.
구양천상은 그 소리를 등 뒤로 두고 운미랑과 함께 천천히 그녀의 거처인 경화헌으로 가고 있었다.

밝다는 것은 태양이 세상에 존재하기에 가능하다.

그 존재가 사라지면 어둠이 세상을 지배한다. 그 지배에서 벗어나고자 창조된 것이 불이며, 빛이다.

어둠의 자락이 드넓게 세상을 덮고 있었다.

곳곳에 걸린 청사홍등(靑紗紅燈)이 그 어둠을 쫓아내고자 하고 있으나, 그것은 일부분 어둠의 기세를 약화시킬 따름이다. 더구나 지금처럼 갑자기 바람이 일기 시작하고 비가 흩뿌리면 그 빛은 애처롭기마저 하다.

대낮과 같아 불야성을 자랑한다는 백화원도 예외는 아니었다.

획획거리며 불어대는 바람에 풍등은 금방이라도 꺼질 듯하고 바깥을 떠돌던 모든 사람들은 다 안으로 들어갔다.

비바람이 거세지고 있었다.

노랫소리도 그 비바람에 묻히고 있는 듯했다.

그 속에 경화헌의 불은 다 꺼지고 노랫소리도 멈추었다.

운미랑은 꿈꾸듯 그렇게 잠들어 있었다. 그녀는 구양천상의 품속에서 잠이 들었었다.

비바람 속에서 구양천상은 처마등 주변을 이용하여 이미 우미인원을 벗어나 있었다.

지금 그가 들어가 있는 곳은 운미랑을 통해 알아낸 만다라원이었다.

경국의 가인들이라는 백화원 십대명화(十大名花)가 모인 곳, 만다라원은 그들의 명성답게 모두 열 곳으로 분류되어 따로이 독립

된 별채를 이루고 있었다.

가산과 연못, 인공호…… 그 사이를 잇는 교각과 누각.

화려함은 이미 우미인원을 능가하고도 남음이 있었다.

하룻밤을 만다라원에서 유하기 위해서는 천금이 있어야 한다는 말이 과장이 아님을 한눈에 느낄 수 있을 정도로 만다라원은 품격 속에 화려히 존재했다.

구양천상의 눈에 비바람을 맞으며 서 있는 수선화루(水仙花樓)가 보였다.

'수선화 소완여(蘇婉如)의 거처…….'

구양천상은 소리도 없이 어둠을 날아 수선화루의 처마로 몸을 옮겨갔다.

전면에 걸린 홍등이 꺼져 있음을 보아 수선화루의 주인인 소완여는 이미 손님을 받은 모양이었다. 구양천상은 이미 서성화(瑞聖花) 백려연(白麗娟)과 옥예화(玉蕊花) 위옥섬(魏玉蟾)의 거처를 거쳐 왔는데 모두 등의 불이 꺼져 있고 손님이 있었다.

한 사람의 손님도 없을 때가 있다는 만다라원이고 보면 이는 확실히 쉽지 않은 일이었다.

구양천상은 잠시 망설이다가 침실이 있는 곳으로 다가갔다.

십대명화가 백화원에서 차지하고 있는 비중은 가히 절대적이다. 그러하기에 그녀들을 경호하는 호원무사(護院武士)들과 그녀들의 시중을 드는 시비들의 수효는 적지 않아 구양천상은 움직임에 신경을 쓰지 않을 수가 없었다.

검은 박쥐처럼 움직이고 있는 그의 모습은 설사 운미랑이라 해도 알아볼 수 없게 변해 있었다. 백색의 유삼은 이미 검은색 야행의로 변해 있고 얼굴도 복면을 해 드러난 것은 두 눈뿐이었다.
 수선화 소완여의 침실은 별채의 이층에 위치했다.
 빗겨치는 빗방울 사이로 소리없이 날아오른 그가 그 침실의 창가에 접근했을 때, 그의 귓전에 아주 기이한 소리가 들려왔다.
 그것은…… 빗소리가 아니었다.
 창문을 통해 안을 들여다본 구양천상의 눈빛이 굳어졌다.
 화려한 침상 하나가 보였다.
 사방이 붉은빛 휘장으로 둘러쳐진 방 안에 존재하는 침상.
 지금 그 위에는 희뿌연 빛을 은은한 촛불 빛에 떠올리면서 움직이고 있는 것이 존재했다.
 그 존재가 사람의 알몸이라는 것을 구양천상이 알아보는 데에는 시간이 오래 걸리지 않았다.
 백설과 같이 뻗은 아름다운 다리에 교차된 털복숭이의 굵은 다리…… 구양천상은 더 이상 그 자리에 머물지 않았다.
 그 순간에 그는 이미 그 창문을 떠나 빗속을 가로지르고 있었던 것이다.
 '십대명화도 한낱 몸을 파는 창기에 불과하단 말인가? 내가 운미랑을 보고 그들을 과대평가한 모양이군…….'
 구양천상은 암암리에 머리를 흔들었다.
 담장 하나가 그의 발아래로 흘러갔다.
 다른 별채에 도달한 것이다.
 가운데의 건물은 이층이고, 좌우로 정자와 같은 형태의 건물들이 이어져 있는, 조금은 특이한 구조.

거기에는 능소화루(凌霄花樓)의 네 글자가 춤추고 있었다.

집 전체가 날아갈 듯한 모습을 하고 있는 능소화루의 처마에는 세찬 비바람에 금방이라도 꺼질 듯 깜빡거리는 홍등이 걸려 있었다.

이곳의 주인인 능소화(凌霄花) 연자경(燕紫瓊)은 손님을 받지 않은 모양이었다.

구양천상이 운미랑에게 들은 바에 따르면 능소화 연자경은 영지화(靈芝花) 음약화(陰若花)와 함께 십대명화 중 가장 높게 평가 받고 있다고 했다.

그녀들의 성정(性情)은 차고 고고하여 마음에 들지 않으면 설사 왕후장상이라 할지라도 맞이하지 않으니, 일 년 중 과연 몇 번이나 손님을 받는지 의문이라 하였다.

그것을 증명이라도 하듯이 오늘밤도 그 처마에 걸린 홍등은 불이 꺼져 있지 않았다.

그때 한 사람이 우장을 한 채 빗속을 가로질러 나타났다.

"별일 없나?"

"예, 초저녁에 대작(對酌)한 손님이 간 후에는……."

처마 밑에 기대고 있던 호원무사의 대답 소리가 들렸다.

"대작이 있었어? 그것참 상당한 자였던 모양이군! 능소화가 대작을 하다니……. 가무는?"

"아마 노래 한 곡을 한 것 같습니다."

"그거참 별일이군……. 지금은?"

우장을 한 사람은 고개를 혼자 주억거리더니 다시 물었다.

호원무사는 고개를 흔들며 홍등을 가리켰다.

우장을 한 사람은 쓰게 웃었다.

"이대명화가 잠자리 시중을 들지 않는다는 소문이야 낙양 일대에서 모르는 자가 없으니까…… 수고하게."

우장을 한 사람은 손을 들어 보이고는 빗속으로 사라져 갔다.

호원무사는 다시 팔짱을 끼고는 처마 밑에 기대섰다. 하지만 그는 그런 그의 머리 위로 누군가가 지나갔음을 알지 못했다.

십대명화가 거처하는 별채들은 제각기 그 구조가 달랐다.

하지만 기관토목지학(機關土木之學)에 출중한 능력을 지니고 있는 구양천상은 이미 몇 곳을 둘러본 터라 그 개략을 짐작하고 있었다.

그는 소리도 없이 이미 연자경이 있을 것으로 짐작되는 이층 누각의 창문으로 올라가 있었다. 비록 기녀라 하지만 여인의 규방을 엿본다는 것은 내키지 않는 일이었으나 어쩔 수 없는 일이었다.

그는 구양천수가 자신에게 남긴 암시가 이곳에 있다고 믿었다. 설마 아닐지라도 지금은 그럴 수밖에 없었다.

"백마부(白馬府)의 주 공자가 단순한 권문세가의 자제가 아니라는 소문이더니 오늘 보니 과연이더군요. 왜 그를 쫓아 보내셨어요? 소매가 보기에는 그 사람 정도의 인물을 찾기도 쉽지 않을 것 같던데……."

그가 창문가에 붙어 몸을 안정시킬 때 안에서 젊은 여인의 음성이 들려왔다.

"아가씨……."

예의 음성이 다시 무엇인가 말을 하려고 할 때에 약간 차면서도 맑은 음성이 들려왔다.
"밤이 늦었다. 언제까지 입을 쉬지 않고 있을 참이냐?"
구양천상은 안을 들여다보았다.
안은 과연 그가 생각한 대로 여인의 규방이었다.
화장대가 보이고 침상이 휘장 가운데 놓여져 있음이 보였다.
화장대에는 한 사람의 미인이 앉아 있었고 그녀의 앞에는 녹의를 입은 비녀 차림의 소녀 하나가 갠 옷가지들을 들고 움직이고 있었다.
녹의소녀는 매우 귀여운 용모를 지녔다.
그녀는 화장대에 앉아 있는 운라경의(雲羅輕衣)를 입은 미인을 향해 고개를 숙여 보이고는 뒷걸음해 물러났다.
운라경의의 미녀는 녹의소녀가 물러가자 화장대에서 일어났다. 치렁한 머릿결이 검은 물결이 흐르듯 그녀의 어깨로부터 흘러내렸다. 화장대에 앉아 머리 장식을 모두 떼어낸 듯했다.
운라경의는 가벼운 만큼 얇기도 한 옷이다.
구양천상은 그녀가 일어서자 옷 안으로 은은히 백옥의 살빛이 드러나는 것을 느낄 수 있었다. 그녀는 안에 별로 옷을 입고 있는 것 같지 않았다.
'대단하군……!'
어느 순간, 구양천상은 자신도 모르게 암중으로 중얼거리고 말았다.
운라경의의 미녀가 몸을 돌린 것이다.
그녀의 미모는 지금까지 구양천상이 보아왔던 그 누구보다 뛰어났다.
 눈이 그러하고 눈썹이 그러하고 오똑한 콧날에 살짝 다물어진 앵두빛 입술이 그러했다.
 하나하나가 잘생긴 미인은 있으되, 전체 모두가 잘생긴 미인은 정말 찾아보기 어렵다. 하지만 여기에 그런 미인이 존재했다.
 그녀의 얼굴은 참으로 하늘에서 날아내린 선녀라는 말이 실감날 정도였으며, 서늘한 눈에 어린 고오(高傲)한 기질은 그녀의 미모를 한층 더 높여주기에 부족함이 없다.
 능소화! 하늘에 핀 꽃이라는 이름이 왜 붙었는지 알고도 남음이 있는 미모였다.
 그런데 상상도 할 수 없는 일이 일어났다.
 구양천상은 자신의 눈앞에서 새벽의 어둠을 깨뜨리며 떠오르는 찬란한 태양을 보아야 했다.
 몸을 돌린 그녀가, 돌연 몸에 걸치고 있는 운라경의를 훌훌 벗어버린 것이다.
 옷고름이 풀림과 동시에 학과 같이 긴 목덜미가, 그리로 이어진 희디흰 어깨가 드러나더니 운라경의가 팔을 타고 흐름에 따라 백옥을 빚은 팔뚝만이 아니라, 두둥실 떠오른 가슴의 융기까지가 숨김없이 그 모습을 드러냈다.
 팔이 운라경의를 벗어나고 그녀가 한 손으로 그 옷을 들어낼 때, 출렁이는 가슴의 물결은 차라리 나았다.
 버들가지와 같은 허리에 이어진, 그 풍만을 넘어 아름다운 둔부가 조금의 숨김도 없이 팽창하고, 그 순백의 아름다움 속에 선명히 구획 지어지는 어떤 흑백(黑白)의 대비는…….

구양천상은 당황하여 눈을 감아버리고 말았다.

여인의 나신에 놀라서라기보다는 이것이 옳지 않은 일이기 때문이다.

한데 막 옷을 침상 위에다 던지려던 능소화 연자경은 무엇을 느꼈는지 창문을 바라보았다.

그리고 그녀는 어떤 검은 물체가 창문을 통해 자신의 벗은 몸을 보고 있음을 직감했다. 전율이 그녀의 전신을 달려갔다.

"누구냐?"

그녀는 순간적으로 한 손을 들어 자신의 가슴을 가리면서 던지려던 운라경의를 황급히 집어 들어 몸을 가렸다.

그녀의 소리침에 구양천상은 눈을 떴다.

순간은 공교로웠다.

그녀의 움직임에 따라 펄럭이는 운라경의 사이로 백옥의 기둥을 깎은 듯한 그녀의 종아리가, 허벅지가 조금도 숨김없이 드러났고 그 두 다리의 위에 존재하는…….

구양천상은 상황이 고약하게 되었음을 직감했다.

이제보니 그녀는 막 목욕을 하고 몸단장을 하고 있었던 모양이었다. 세상에 드문 구경거리를 공짜로 한 셈이지만 이것은 전혀 그가 원하는 바가 아니었다.

그는 고개를 절레절레 흔들면서 바람처럼 그 자리를 벗어났다.

알려지지 않은 소란이 일어났지만 그 누구도 거기에서 발견할 수 있는 것은 없었다. 마치 헛것을 본 것처럼 무엇이 다녀간 흔적은 전혀 없었다.

그러나 황급히 잠옷을 온몸에 동여맨 능소화 연자경의 얼굴은 얼음처럼 굳어 있었다. 그녀의 눈은 어둠 속을, 빗속을, 바람 속을 바라보고 있었다.

'누군가가, 누군가가 분명히 있었다. 그 눈을, 그처럼 평정한 눈을 잘못 볼 리가 없다!'

그녀는 입술을 깨물었다. 금방이라도 피가 배어 나올 듯했다.

생각하기도 싫은 일이었다.

누군가가 자신을 훔쳐보았다니……

그것도 자신의 모든 것을!

어둠 속에서 그녀의 마음이 흔들리듯이 비바람은 멈출 줄 모르고 있었다. 먹장구름이 저 하늘에서 서서히 움직이고 있었다.

第二章

풍류공자(風流公子)
─젊은 기인들은 난세를 통해 모습을 드러내고…….

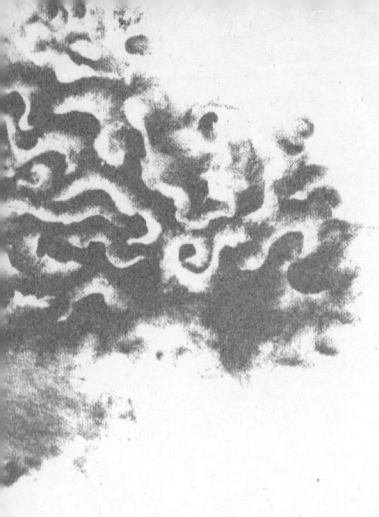

풍운고월
조천하

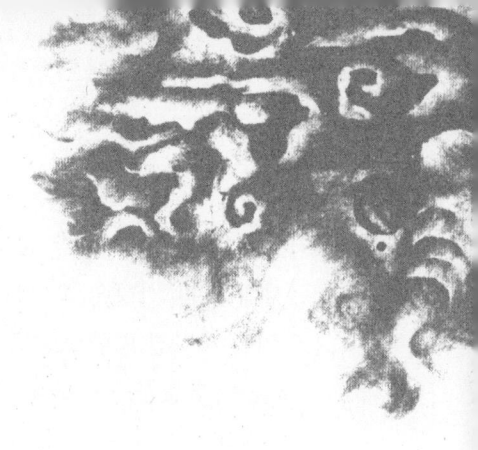

 빗줄기는 조금씩 잦아들고 있었다.
 하지만 바람은 오히려 점점 더 세차게 부는 듯했다.
 그 속을 능소화루를 벗어난 구양천상은 움직이고 있었다.
 그런데 다른 곳을 향해 날아가던 그의 신형은 어느 순간에 소리도 없이 몸을 뒤집으며 한곳 담장에 붙어 섰다.
 한 사람이 옷자락을 펄럭이며 만다라원에서 나와 우미인원으로 날아들고 있음을 발견했던 것이다.
 인영의 경공은 이미 수준에 도달한 듯 보였다. 더구나 인영은 백화원의 내부를 샅샅이 잘 알고 있는 듯이 그 움직임에 거침이 없었다. 인영은 구양천상이 멈칫하는 사이 순식간에 사라져 버렸다.
 '저 모습은……!'

찰나처럼 번뜩 나타났다가 담을 넘어 사라진 인영의 종적에 구양천상의 심중에는 가벼운 파동이 일었다.

동시에 그의 신형은 옷자락 스치는 소리와 함께 빠른 속도로 그 인영이 사라진 방향으로 움직이기 시작했다.

'찾을 수가 없군…… 그새 어디로 간 것일까?'

구양천상은 어둠 속에 몸을 세우고 주위를 두리번거리고 있었다.

지금 그가 서 있는 곳은 이미 만다라원이 아니라 우미인원의 영역에 속하고 있었다.

세찬 바람이 화단에 있는 잎새들을 휩쓸어 그 소리는 다른 모든 소리들을 집어삼키고 있어 어떤 기척을 느낀다는 것은 불가능한 상태였다.

'분명히, 분명히 태산에서 보았던 그 태음천의 사자라는 녹의 여인이었다. 그녀가 여기에 나타났다면…….'

구양천상은 빛나는 눈을 들어 주위를 살피기 시작했다.

일람첩기(一覽輒記)라는 말이 있다.

한 번 보면 무엇이든 잊지 않는다는 말이다. 구양천상이 바로 그러한 사람이었다.

그는 방금 전에 자신의 눈앞을 스쳐 간 인영이 태산 자신의 거처에 나타났던 그 녹의미인임을 경각할 수 있었다. 그녀에게는 독특한 기질이 있었고 구양천상은 어둠 속이었지만 그것을 분명히 기억해 낼 수 있었다.

그러나 그가 어디에서 본 듯하다 하여 잠시 멈칫하는 사이에 그녀의 신형은 어디론가 사라져 버리고 찾을 수가 없었다.

하지만 분명한 것은 그 녹의미인이 이 일대를 벗어나지는 못했을 것이라는 것이었다.

서서히 몸을 움직이고 있는 구양천상의 귓전에 바람 소리를 뚫고서 퉁소와 금(琴), 비파 소리가 한데 어울린 아름다운 노랫소리가 들려왔다.

海榴初綻 朶朶蹙羅 驟雨過似瓊珠亂 打遍新荷
(해류초탄 타타축라 취우과사경주난 타편신하)
바다 석류꽃은 비로소 터졌거니 송이마다 붉은 꽃잎이 수줍구나……. 소나기 지나가니 마치 아름다운 구슬을 흩뿌린 듯 새 연꽃잎을 때리네…….

그것은 원대(元代)의 해어화(解語花:기녀 이름)가 노래했다는 우타신하(雨打新荷)였는데 가히 절창이었다.

노랫소리가 잦아들면서 여인들의 웃음소리가 까르르 들려오고 그 속에 섞여 호탕한 남자의 웃음소리가 들려왔다.

"좋아, 좋아…… 우미인화 스물 중에서 노랫소리만은 너 연화(蓮花)가 제일이로구나!"

"세상에…… 좀 전에는 소매에게 그 말을 하시더니 어떻게 한 식경도 지나기 전에 말씀이 바뀌시지요?"

종알대는 여인의 교성이 그 뒤를 따라 들려왔다.

"어? 그랬던가? 괴이하군. 어떻게 나는 한 입으로 두말을 했지? 혹 너는 한 귀로 두말을 들은 게 아니냐? 핫핫하……"

다시 껄껄 웃음소리가 들려왔다.

구양천상의 눈앞에는 마치 정자처럼 생긴 건물이 세워져 있었다.

음향당(吟香堂).

이제 보니 구양천상은 운미랑이 말했던 풍류제일공자라는 자가 있는 곳에 온 것 같았다. 이미 삼경이 넘었음에도 그의 풍류는 끝이 나지 않은 모양이다.

호기심이 인 것일까? 아니면 무엇을 발견한 것일까?

구양천상은 잠시 귀를 기울이고 있더니 음향당을 향해 바람과 같이 다가가기 시작했다.

음향당 일대는 보이는 모든 것들이 꽃들로, 화단으로 이루어져 있어 심신을 취하게 하는 화향이 진동하고 있었다. 음향당이라는 말의 의미를 비로소 알 수 있을 듯하였다.

하나 이 밤에는 세찬 비바람 때문에 만개했던 백화가 사정없이 꽃잎을 떨구어내고 있었다.

음향당은 단층으로 중앙에는 대청이 하나 있고, 좌우로 화청(花廳)이 하나씩 붙어 있는데, 부는 바람 때문인지 지금은 겉문을 모두 닫아놓은 상태였다.

대청의 분위기는 화려했지만 속되지는 않았다.

단향(檀香)의 탁자가 있고 안석(安席)이 있으며 화려한 비단으로 휘감긴 침상이 있었다.

그 침상에 지금 한 사람의 금의미공자(錦衣美公子)가 비스듬히 누워 있었다. 그가 베고 있는 것은 미인의 무릎이었으며, 보고 있는 것은 미인의 얼굴이었고, 듣고 있는 것은 미인의 음성인데다 만지고 있는 것 또한 양지유가 엉긴 듯한 미인의 몸이었다.

침상 앞에 놓인 탁자는 또 어떠한가.

그냥 두어도 은은한 향이 풍긴다는 단향의 탁자…… 그 위에 놓인 그릇은 은기옥배(銀器玉杯)였으며, 거기에 담긴 음식은 용봉탕(龍鳳湯)과 하인송이(蝦仁松茸), 삼선시자(三仙翅子), 팔보계(八寶鷄) 등 서민들은 구경조차 못한 초일류의 요리만이 즐비했다.

요리보다 더한 것이 무엇인가?

금의미공자의 주위에 서고 앉은 미녀들이었다.

하나같이 보기 힘든 미인들, 그녀들의 움직임마다 패옥의 소리 상쾌히 짤랑이며 까르르 웃음을 터뜨릴 때마다 박속 같은 치아가 드러나고, 그것을 가리는 은어와 같은 손의 자태는 눈을 취하게 하기에 족하다.

그녀들의 자태가 그처럼 뛰어남은 그녀들이 바로 이 백화원의 우미인화 스물 중 다섯이라는 데에 기인한다.

금의미공자에게 베개로 무릎을 내어주고 있는 홍의미녀는 바로 이 음향당의 주인인 백음시(白吟詩)였고 그의 앞에 방금 날아갈 듯 한바탕의 춤을 추고 난 백색 경사의의 미녀는 유청청(柳靑靑)이었다.

금을 고르고 있는 미녀와 통소를 만지작거리고 있는 미녀, 그리고 금의미공자에게 음식을 집어주고 있는 미녀 모두가 우미인화에 속한 기녀들이었다.

음향당의 주인인 백음시가 금의미공자의 머릿결을 만지작거리고 있다가 그의 입에 한 알의 청포도를 따서 넣어줄 때 막 춤을 마친 유청청이 가쁜 숨을 쉬며 찰랑이는 한 잔의 술을 내밀었다.

"상공… 소매의 잔을……."

금의미공자는 백음시의 무릎을 벤 채 눈을 감고서 포도를 받아먹고 있다가 눈을 떴다.

그의 모습은 정말 준미했다.

칼끝 같은 눈썹 하며 선명한 두 눈은 용과 같고 봉과 같았으며, 우뚝한 콧날은 태산준령이고 웃음을 머금고 있는 듯한 붉은 입술은 금세라도 사람의 마음을 사로잡는 시가 흘러나올 듯하였다.

남자라 할지라도 한번 다시 보지 않을 수 없는 용모인데, 하물며 여인일진대 어찌 혼백이 녹지 않으랴.

그는 유청청이 내미는 옥배를 받아 음미하듯 잠시 눈을 감고 냄새를 맡아보더니 빙긋이 웃었다.

"귀주(貴州)의 묘주(苗酒)로구나. 어디서 이런 것을 구해왔지?"

유청청이 고개를 저었다.

"어떻게 냄새만 맡아보시고도 그렇듯 잘 아시죠? 소매는 그 한 병을 구하기 위해 천금을 마다하지 않았는데……."

금의미공자는 다시 웃었다.

"산서의 분주(汾酒)나 감숙(甘肅)의 건주(乾酒), 그리고 이 묘주는 다 독한 것으로 이름 높지. 내가 그 정도를 모른다면 어찌 내일 이 음향당에서 쫓겨나지 않으리라는 보장을 받을 수 있을까?"

백음시가 유청청을 보았다.

"유 매(柳妹)는 상공께서 맛보시지 않은 술을 구하기 위해 몇 가지의 술을 구했었지?"
　유청청은 머리를 잠시 짚었다가 손가락을 꼽았다.
　"향주의 삼백주(三白酒)를 비롯하여 하남의 패자주(柿子酒)는 물론이고…… 이름난 것만 이미 오십 가지가 넘는 거 같아요. 세상에, 상공께선 술만 드시고 사셨어요? 아니면 대대로 집안에서 주루를 하셨나요? 어쩜 그렇게……."
　금의미공자는 고개를 조금 들고 받아 든 술잔을 단숨에 들이켜더니 술잔을 내려놓았다.
　그리고 그의 입에서 흘러나오는 말.
　"일배일배부일배(一杯一杯復一杯)……. 마시고 또 마시는데 어찌 그 종류를 모르랴? 내 평생 이루어놓은 것이 주색잡기(酒色雜技)인데 술을 모른다면 말이 아니지!"
　금의미공자는 껄껄 웃었다.
　대체로 이런 종류의 사람은 천박하기 쉽다.
　한데도 이 사람에게서는 기이하게도 천박한 느낌은 없었다. 천박하게 보일 수 있는 말도 이 사람의 입에서 흘러나오면 한 가닥 기품을 품고 있는 것이다.
　유청청은 술잔을 받아 내려놓고 발치에 앉으면서 다시 입을 열었다.
　"공자께서 세상에서 맛보시지 않은 술도 있어요?"
　금의미공자는 칼끝 같은 눈썹을 가볍게 찡그렸다가 보일 듯 말 듯 고개를 끄덕였다.
　"있지. 섞어도 세 가지는 될걸……."
　"그게 뭐예요?"

음식을 집어주고 있던 마문옥(馬文玉)이 출렁 그의 옆에 앉으며 물었다.

"황산 봉황곡(鳳凰谷)에 있는 봉황연(鳳凰涎)과 천외 수벽궁(水壁宮)에 있다는 냉응향(冷凝香), 그리고 태백거(太白居)의 냉설로(冷雪露)이다."

그 말에 다섯 미녀들은 서로의 얼굴을 바라보았다.

어느 누구도 그가 말한 세 가지 술 중 한 가지라도 들은 적이 없음을 그녀들은 직감적으로 알 수 있었다.

"그것들이 다 어디에 있는 거지요? 이름만 들어도 이미 보통이 아닌 거 같아요……."

금을 고르고 있던 왕소소(王素素)가 고개를 갸웃거렸다.

"알 수 없음이 당연하다. 말만 들었지, 나도 모르는 곳들이니까. 하지만 그중 황산 봉황곡은 들은 적이 있을 것이다. 그곳은 바로 무림 중의 명문…… 천하제일가라는 절세모용가가 있는 곳이기 때문이다."

"아!"

나지막한 탄성이 다섯 미녀들 사이에 터졌다.

인구(人口)에 회자되지 않은 지 오래라 하나 아직도 봉황곡 절세모용가의 이름이 사람들의 뇌리에서 완전히 사라진 것은 아니었던 것이다.

금의미공자는 그녀들이 탄성을 터뜨리자 자신의 발치에 앉은 유청청의 희디흰 손을 잡아끌면서 낭랑히 웃었다.

"비록 맛보지 못했다 하나, 그것들은 모두 전설 중에 있는 것이니 어찌 눈앞에 있는 미인들에 비하겠느냐?"

유청청은 혈색 고운 입술을 삐죽였다.
"먼 데 있는 봉황보다 가까이 있는 닭이란 말씀이죠?"
"핫핫하하…… . 말도 아니 된다! 누가 너희들을 일러 닭이라 하더냐? 너희 정도면 최소한 꿩은 되지!"
"세상에!"
유청청이 눈을 흘겼다.
금의미공자에게 무릎을 내어주고 있는 백음시가 섬섬옥수를 내밀어 그의 귓불을 살짝 잡아 비틀더니 물었다.
"우리가 꿩이라면 봉황도 있을 텐데…… 상공께서 보신 천하제일의 봉황은 어디에 있죠?"
여인들의 눈이 흥미로 빛났다.
세상의 여인들에게 있어 가장 궁금한 것은 과연 자신이 남과 비교하여 얼마나 되는가 하는 것이다. 그것은 이들과 같은 기녀라면 더할 수밖에 없었다.
금의미공자는 눈을 떠 그녀를 올려다보더니 빙긋이 웃었다.
"여자에게는 아름다움의 기본 조건이 있지……. 삼백(三白)이라 하여…… 아, 해봐."
백음시가 얼떨결에 아, 하고 입을 약간 벌리자 고르고 하얀 치열이 드러났다.
그것을 보고 금의미공자는 말을 이어갔다.
"이가 희고 손이 희고 살결이 희어야 함이 삼백인데 너는 일단 합격이다. 삼흑(三黑)이란 눈동자가 검고, 눈썹이 그러하며, 속눈썹이 또한 그래야 하는데 그것도 합격이군."
"또 있어요?"

유청청이 묻자 금의미공자는 고개를 끄덕였다.
"물론이지. 세 가지씩 도합 모두 삼십 가지 조건에 모두 충족하여야 일급의 미인이 될 수 있지! 어디 볼까?"
그는 돌연 유청청의 허리를 와락 껴안았다.
"어마! 왜 이러세요?"
유청청은 짐짓 놀라 눈을 동그랗게 뜨며 자지러질 듯 소리쳤다. 하지만 반항의 기색은 눈꼽만큼도 없었다.
"삼협(三狹)이라 하여 입과 허리, 발목이 가늘어야 하는데 네 허리는 과연 언제 안아보아도 버들가지와 같구나. 가만, 발목이 어떻게 생겼더라? 어제는 어두워서 잘 못 봤는걸?"
금의미공자는 성큼 손을 뻗어 유청청의 치마를 훌쩍 걷어 올렸다. 백설 같은 종아리가 드러났다.
전족한 발은 마치 외씨처럼 작았고 발목은 종아리의 선과 이어져 그린 듯하였다.
"이제 보니 괜찮은걸? 그리고……"
품 안에 안은 유청청의 엉덩이를 토닥인 금의미공자는 깜짝 놀라 치마를 내리는 유청청의 풍만한 앞가슴으로 손을 넣으려 했다.
"엄마! 세상에…… 둘이 있는 것도 아닌데 무슨……"
유청청은 온통 얼굴이 홍시가 되어 그의 손에서 벗어났다.
그녀가 발치에 가 멀찌감치 앉는 것을 보고 금의미공자는 혀를 찼다.
"여자는 엉덩이와 허벅지, 그리고 가슴, 그러니까 유방이 두터워야 하는데, 이것을 삼태(三太)라 하지. 뭐 그리 놀라나? 다 본

걸 가지고……."

그리고 그는 눈을 올려 떠 자신의 베개로 무릎을 내어주고 있는 백음시를 보았다.

"손가락과 목, 콧날이 가늘어야 하니 이를 일러 삼세(三細)라 하고, 입술과 볼, 손톱이 붉어야 하니 이것이 삼홍(三紅)인데…… 음시, 너는 그 표본과 같구나. 그리고 머리가 작고 코가 마늘쪽과 같이 작으며……."

그는 말을 하다가 백음시의 옷깃 속으로 손을 넣었다.

"어머나!"

백음시가 깜짝 놀라 그의 손을 밀어내려 했을 때 금의미공자는 이미 백음시의 풍만한 가슴을 만지작거리고 있었다.

"너와 같이 젖꼭지가 작은 것을 일러서 삼소(三小)라 하지. 너야말로 내가 본 최고의 미인이다!"

그는 말을 하면서도 손을 뺄 생각을 하지 않았다.

백음시는 다른 네 미인들이 생글생글 웃으며 보고 있음에 당황해서 금의미공자의 손을 밀어내려 하였지만, 이내 아픈 표정을 지으며 엉거주춤한 상태가 되어 사정하듯 금의미공자를 내려다보았다.

그가 옷깃 속에서 필시 농간을 부린 것에 틀림이 없었다.

"오호호호……!"

미인들의 웃음소리가 까르르 대청을 휩쓸었다.

바깥의 비바람 소리는 아예 들리지도 않는 듯하였다.

구양천상은 그 광경을 바로 그들의 머리 위인 대청의 대들보에서 내려다보고 있었다.

'여전하군…….'

상황이 그와 같이 변해가자 구양천상은 알 수 없는 중얼거림을 암중에 남기고 대들보 위를 벗어나 소리없이 그 대청을 떠났다.

그가 흔적도 없이 스며들었다가 사라진 것은 알지도 못하고 대청은 그저 웃음소리로 질탕했다.

하지만 어느 순간인가.

백음시의 놀라 곤두선 젖꼭지를 만지작거리고 있던 금의미공자의 시선이 천장을 향했을 때, 그의 눈길이 우연인 듯 구양천상이 있었던 대들보를 스쳐 감은 장내의 누구도 알지 못했다.

밤이 깊어가고 있었다.

조금 자는 듯하던 빗줄기는 다시금 굵어졌다.

몰아치는 바람으로 인해서 빗줄기는 하늘에서 떨어지는 것이 아니라 허공중에서 옆으로 날아오고 있는 듯했다. 이런 날은 무엇으로도 비를 막을 수 없다.

인공호를 가득 메운 수련들은 그 빗줄기에 온몸을 내맡기고 후두둑거리며 전신을 떨고 있었다.

다른 때라면 밤이 늦었다 하나 이 연지(蓮池)에 배를 띄우고 노는 사람이 한둘은 있을 터이지만 이 밤에는 사람의 모습은 찾을 길이 없었다.

그저 수십 보의 거리를 두고 이어진 수각들에서 비춰 나오는 불빛만이 고즈넉할 뿐이다.

그 연지에 어느 순간 한 사람이 몸을 드러냈다.

의외로 그는 방금 전까지 음향당에서 주지육림에 빠져 있던 금의미공자였다. 겉에 우지의(牛脂衣)의 한 겹을 걸쳤다고는 하나 워낙 악천후인지라 최고급의 비단으로 된 그의 옷은 이미 반쯤은 젖어 있었다.

"갑자기 무슨 날씨가 이처럼 험악하단 말인가……."

금의미공자는 별로 비를 피하는 기색도 보이지 않으면서 고개를 흔들었다.

그때였다.

"날씨라는 것은 사람의 마음에 따라 움직이기도 하는 것이 아니오?"

차고 맑은 음성이 그의 앞쪽에서 들려왔다.

백석으로 조각된 돌난간이 서너 굽이 꺾어진 곳에 한 사람이 그에게 등을 돌린 채 서 있음이 보였다.

쏟아지는 빗속이고 짙은 어둠이라 흑의를 입고 등을 돌리고 있으니 잘 보이지 않았다.

금의미공자는 그를 눈여겨보더니 천천히 그의 뒤로 다가가 그와 서너 걸음 떨어진 곳에 가 섰다.

"달은 있으되 구름 속에 숨어 있고, 수련의 아름다움도 세찬 비바람에 무색하니 보이는 것은 어둠뿐이라……."

금의미공자는 그의 뒤에 가 서서는 뒷짐을 지고 난간 아래 빗줄기에 흔들리고 있는 수련들을 내려다보았다.

"……."

그러나 그의 중얼거림에 흑의인은 아무런 반응도 보이지 않았다. 그와는 아무런 상관도 없는 사람인 양 앞을 응시하고 있을 뿐이었다.

기이한 빛이 금의미공자의 눈에 흘러갔다.
그리고,
"나를 만나자고 한 사람이 바로 당신이오?"
그의 입에서 이제까지와는 다른 어조의 말소리가 흘러나왔다.
고개의 끄덕임이 흑의인에게서 보였다.
예의 음성이 그에게서 들려왔다.
"섭소접이라는 여인을 알고 있소?"
돌연, 금의미공자의 신형이 눈에 띄게 굳어졌다.
쏴아…….
침묵 속에 빗소리가 갑자기 더 커진 것 같았다.
흑의인이 천천히 몸을 돌렸다.
검은 야행의를 입은 그의 얼굴은 빛을 뿜어낼 정도로 창백하여 보기에도 매우 괴이했다.
"당신은 인생이 얼마이며, 그중 청춘이 차지하는 시기가 얼마라 생각하오? 다시 돌아오지 않을 청춘이오. 여인, 그것도 젊은 여인에게 있어서 그것은 다시없는 귀중한 것이지……. 당신은 한 여인이 박정한 한 남자로 인해 그 아까운 청춘을 기다림으로 보내고 있는 것에 대해 어떻게 생각하오?"
창백한 얼굴의 흑의인은 금의미공자를 보며 싸늘히 말했다.
금의미공자는 서서히 숨을 들이켜면서 말했다.
"귀하는 소접이 보낸 사람이오?"
창백한 얼굴의 흑의인은 대답 대신 냉소했다.
"양운비(楊雲飛)! 그러고도 당신이 풍류를 아는 사람이라 자칭

할 수 있다고 생각하오?"

 금의미공자 양운비, 그의 칼끝 같은 검미가 빗속에서 약간 찡그려졌다.

 그는 창백한 얼굴의 흑의인을 쳐다보다가 약간 가라앉은 음성으로 말했다.

 "사람이 살아가는 것에는 제각기 그 나름대로의 삶이 있는 것이오. 제삼자가 그것을 보고 옳다 그르다 하는 것은 스스로의 편견을 드러내는 것일 뿐이지! 당신은 가서 소접에게 전하시오. 나의 방랑벽은 영원히 고칠 수 없는 것이니 스스로의 길을 가도록 하라고……."

 그러자 창백한 얼굴의 흑의인은 재차 코웃음 쳤다.

 "그 말은 당신이 직접 가서 하시오!"

 동시에 그는 오른손을 번개처럼 뻗어내어 금의미공자 양운비의 완맥을 잡아갔다.

 그의 움직임은 전혀 아무런 조짐이 보이지 않다가 마치 벼락이 치듯 하여 그의 움직임을 느낀 순간에 이미 양운비의 손목을 거의 움켜잡고 있었다.

 "엇!"

 뜻하지 않은 일에 양운비는 가벼운 놀람의 외침과 함께 어깨를 움직이며 그 탄력으로 바닥을 차 옆으로 한 걸음 물러났다.

 금룡이 물을 희롱한다는[金龍戲水] 이 한 수의 신법(身法)은 어떠한 경우에도 몸을 피할 수 있었다.

 한데, 흑의인은 이미 그럴 것을 짐작이라도 했다는 듯이 그림자처럼 그를 따라붙어 상황은 조금도 호전이 되지 않았다.

'이럴 수가?'

침착하여 어떤 경우에도 놀라지 않는 양운비이건만 놀라 이마에 식은땀이 맺혔다. 그러나 어찌 망설일 여유가 있으랴!

양운비는 나직이 호통치며 흑의인이 노리는 오른손을 뒤집어 오히려 그의 손바닥에 있는 노궁혈(勞宮穴)을 노리고 찔러내면서 왼손을 움직여 연달아 삼 장을 쏟아냈다.

그가 다급하여 전력을 다하자 그의 장세에서는 획획, 하는 세찬 바람 소리가 일어났으며, 그 위세에 빗줄기가 사방으로 튕겨져 나갔다.

"분천연환수(奔天連環手)……!"

흑의인은 그것을 보고는 나직이 소리치고는 어깨를 으쓱하는 기이한 몸짓으로 그것을 피해내 버렸다.

그가 반격을 하지 않고 기묘하게 양운비의 삼 장을 피하고 여전히 그의 완맥을 잡아가자 두 사람의 변초(變招)가 워낙 빨라서 양운비가 흑의인의 손바닥 노궁을 노리는 것과 자연히 엇갈릴 수밖에 없게 되었다.

팍!

세차게 무엇이 부딪치는 듯한 소리가 두 사람의 손 사이에서 터져 나왔다.

흑의인이 어깨를 떨면서 비틀했다.

양운비도 전신을 부르르 떨더니 결국은 그 자리에서 중심을 잡았다. 얼핏 백중지세인 듯하였지만 어느 누구도 다시 공격을 하지는 않았다.

"너는……?"

흑의인을 바라보는 양운비의 눈에는 기이한 빛이 일렁이고 있었다.

창백한 흑의인의 얼굴에 기묘한 웃음이 떠올랐다.

그리고 그는 손을 들어 놀랍게도 자신의 얼굴 가죽을 벗겨냈다. 선혈이 쏟아지는 대신에 어둠 속에, 비바람 속에 드러난 것은 바로 구양천상의 얼굴이었다.

양운비를 보는 구양천상의 얼굴은 웃고 있었다.

"잘 있었나?"

"이…… 이…… 이런…… 세상에!"

양운비의 눈이 놀람으로 커져 말을 더듬었다.

그리고 그들은 누가 먼저랄 것 없이 서로를 부둥켜안았다.

진한 반가움이 쏟아지는 비보다, 휘몰아치는 바람보다 더 강하게 그들의 마음속에 소용돌이치고 있었다.

양운비(楊雲飛)!

그는 과연 구양천상이 강호에 나와 처음 찾아갔던 그 풍류산장의 주인인 양운비였다.

구양천상은 그를 음향당에서 발견하고 반가운 마음을 이길 수 없었지만 그 자리에서 그를 만날 수는 없었다. 그래서 그는 암중에 전음입밀지법으로 말을 전하고는 이곳에서 그를 기다리고 있었던 것이다.

"그러면 그렇지…… 나는 또 누가 이처럼 나를 골탕먹일 수 있을지 고민했었지. 그사이에 내 실력이 이처럼 줄었나 하고 말이야!"

양운비는 낭랑히 웃었다.

비는 계속해서 내리고 있었다.

세찬 바람은 인공호인 연지에 조그만 파도를 만들고 있었다.

그 파도를 바라보며 두 사람은 외따로 떨어진 정자에 가 있었다. 어둠 속이라 두 사람이 거기에 있음을 이 세찬 비바람 속에서 알아보기는 아마 누구라도 불가능하리라.

"동생의 소식은 들었지. 자네가 이미 강호에 나왔다는 소식도 들었고……."

말하던 양운비는 돌연 씨익 웃었다.

"무개옥합은 아직도 자네가 가지고 있나?"

구양천상은 그를 보았다.

"왜? 관심이 있나?"

"없다면 무림인이 아니지. 하나……."

그는 난감한 빛으로 고개를 저었다.

"하필이면 그게 자네 손에 있으니 안면박절하여 손을 쓸 수가 있나?"

"관계치 말게. 기왕 욕심난 거 안면이 문제일까?"

양운비는 고개를 흔들었다.

"그래도 그럴 수가 있나…… 내 한 가지 부탁을 함세."

"……?"

구양천상이 그를 보자 양운비는 심각한 어조로 말했다.

"어디 가다가 아무라도 좋으니 누구에게 한번 호되게 당하게."

"무슨 소리야?"

구양천상이 얼떨떨한 빛으로 그를 보자 양운비는 혀를 찼다.
"이러고도 신기제일이란 소리를 들으니 머리 쓰는 자들 다 죽었지. 무슨 소리는 뭐가 무슨 소리야? 자네가 함정에 빠지면 자연히 무개옥합은 적들의 손에 들어갈 것이 아닌가? 그럼 나는 그들의 손에서 마음 놓고 그것을 빼앗을 수 있으니 양심에 가책 없고…… 게다가 그들의 손에서 자네를 구출까지 해줄 수 있으니, 그거야말로 일거양득이 아닌가!"
구양천상은 어이가 없어 실소를 금치 못했다.
"도둑이 별거 다 따지는군…… 그새 는 것이라고는 겨우 그 말재간인가?"
양운비는 웃으면서 아무런 말도 하지 않았다.
쏴악, 쏴아—
비바람은 계속되고 있었다.
하늘의 구름이 움직이는 것을 보아 오늘밤 내내 이 날씨는 계속될 것처럼 보였다.
"어떻게 된 건가? 정말 강호상의 소문처럼 전혀 흔적도 없이 동생이 실종이 된 것인가?"
구양천상은 말없이 고개만 끄덕였다.
"단서는?"
구양천상은 다시 고개를 저었다.
"짐작이 가는 데라도 있나?"
양운비의 물음에 구양천상은 그간의 상황을 간략히 추려 이야기했다.
양운비는 강호상에 알려진 사람이 아니었다.

하지만 그의 능력은 강호상에 알려진 그 어떤 사람보다 뛰어난 데가 있었다.

그에게 그런 능력이 없었다면 구양천상이 태산을 떠나 만공 대사를 만나기 전에 그부터 찾지는 않았을 것이었다.

양운비는 심각한 안색으로 턱밑을 쓰다듬으며 주위를 서성이기 시작했다.

"당금 강호의 상황은 실로 그 어느 때보다 괴이하달 수 있지……. 우선 적과 친구를 명확히 구분할 수가 없는 것이 가장 문제라네. 자네가 지난날에 우려하던 것들이 이제 사실로 드러나고 있는 셈이지."

구양천상은 쏟아지는 빗줄기를 보며 아무 말도 하지 않았다.

"지난날 자네가 강호를 주유하면서 심상치 않은 공기를 느꼈듯, 오늘의 이 국면은 하루이틀에 조성된 것이 아니란 것이 내 생각이네. 동생의 실종도 그러한 관점에서 보아야 할 거야. 어쩌면 그는 우리보다 먼저 그 이면(裏面)으로 접근해 들어갔을지도 모르지."

그의 입에서 계속해서 흘러나오고 있는 말은 그들 사이에 지난날부터 무엇인가가 진행되고 있었음을 의미하는 것이었다.

양운비는 손끝으로 턱밑을 다시 한 번 쓰다듬더니 말을 계속했다.

"천도문의 힘이 강한 것은 틀림이 없어. 하지만 암중 신비는 태음천이 더한 감이 있지. 그들이 과연 자네 동생의 실종과 관계가 있을지는 모르나…… 태음천 하나만을 놓고 볼 때 자네가 이곳을 찾은 것은 정확했네."

"이곳이 태음천과 관계가 있나?"

양운비는 고개를 끄덕였다.

"틀림없어. 내가 이곳에 머무르는 이유 중의 하나도 거기에 있지…… 그간 내가 알아낸 바에 따르면 이곳은 태음천의 중요한 거점 중 하나야."

그는 말을 하다가 씩 웃었다.

"자네는 운이 좋아. 내가 그것을 확인해 낸 것은 겨우 어젯밤이었거든."

"다행이군……."

구양천상은 담담히 미소하며 운미랑이 잠들어 있을 경화헌을 비롯한 여러 수각들을 쓸어보았다.

"여기 기녀들과 그들과의 관계는 어떠한가?"

"거의 다 관계가 있지. 내가 좀 전에 데리고 있던 아이들 중에도 백음시나 마문옥 등은 상당한 무공을 지닌 그들의 수족이라 할 수 있네. 설혹, 그들이 무림 중의 태음천임을 모르는 아이들이 있다 하더라도 어떤 경로를 통해서든 간에 그들의 명을 받고 있을 걸세. 여긴 그들의 소굴이거든?"

구양천상은 양운비가 있던 음향당을 바라보았다.

"그런 무시무시한 복마전을 이처럼 빠져나와서 괜찮은가? 의심……."

양운비는 자신만만하게 웃었다.

"그 아이들은 여자가 아닌가? 여자가 일단 남자에게 눈이 멀면 자신의 부모도 몰라보는데 하물며 그까짓 상전 정도가 눈에 보일 리가 없지! 더구나 그 애들은 내가 뭐 하는 사람인지도 모르니 걱정하지 않아도 되네."

구양천상은 웃으며 그를 쳐다보았다.

"뭐 하는 사람인가?"

양운비는 픽 웃으며 양손을 벌려 보였다.

"놀고먹는 풍류공자지 뭐 별거 있나? 하도 별 볼일 없으니까 저들도 나를 그냥 두고 보는 거라네. 만에 하나라도 내가 이상한 데가 있었다면 이렇게 두지를 않았지."

"무슨 뜻인가?"

"별거 아니야. 이곳은 그들의 거점에다가 자금줄이기도 하고 때에 따라서는 사람을 풍류귀신으로 만들어 버리기도 한다는 거지. 지난 세월 동안 강호상에서 사라진 무림고수들 중 여기에서 사라진 자들도 제법 될걸?"

"……"

구양천상은 고개를 끄덕이지 않을 수 없었다.

남자들이 가장 흐트러지기 쉬운 곳이 바로 이와 같은 지분함정(脂粉陷穽)이다. 술과 여자로 인해 곯아떨어져 있는 사람을 제압한다는 것은 그리 힘드는 일이 아니었다.

"그들에 대해 아는 것이 있나?"

"관심이 있는 모양이군……"

양운비는 은연중에 고개를 끄덕이더니 말했다.

"제압된 자들은 일단 이 백화원의 후원에 있는 후저(後邸)에 수감되었다가 어디론가 보내지는 모양이더군. 그렇지 않아도 한번 들어가 보려고 하던 참이었는데 경계가 삼엄하여 조금 망설이고 있었지…… 가려나?"

"빠를수록 좋지. 지금으로서는 한걸음이라도 그 아이의 곁으로 다가갈 수 있는 방법을 찾아야 할 때이지, 돌아갈 이유가 없네."

양운비는 구양천상의 미간에 서린 어두운 그늘을 보았다.

기억하기로 구양천상이 그러한 빛을 띠는 것은 본 적이 없었다.

"좋아…… 오늘 움직인다는 것은 모험을 무릅쓰는 일이지만, 조금만 기다리게. 내 준비를 좀 하고 나오지."

양운비가 몸을 돌리려 하자 구양천상이 그의 어깨를 잡았다.

"지금 이 말을 하는 것이 시의적절하지 않다는 것은 잘 알아. 하지만, 하지 않을 수도 없네. 자네는 언제까지 섭 소저를 그처럼 버려둘 참인가?"

양운비의 얼굴이 굳어졌다.

쏴아—

갑자기 빗소리가 커지는 것 같았다.

구양천상이 다시 말했다.

"섭 소저와 같은 여인은 세상에 다시 있을 수 없다는 것을 나는 알아. 그 점 자네도 인정하는 것이 아닌가?"

양운비가 묵묵히 고개를 끄덕이고 있음을 보자 구양천상은 다시 물었다.

"그런데 왜 돌아가지를 않나?"

양운비는 미간을 찡그렸다.

"나도 몰라. 그녀를 싫어하는 것은 아니지만, 왠지 그녀가 부담스럽게…… 그녀에게 돌아가면 다시는 그녀를 떠나지 못할 것이 겁나는지도 모르네. 나는 한곳에 오래 머물 수 있는 성격이 되지 못하거든."
"같이 다닐 수도 있지 않은가?"
양운비는 나직이 한숨을 쉬었다.
"그것은 한마디로 말할 수 있는 성질의 것이 아니야. 자네와 같은 골샌님이야 어찌 남녀간의 미묘한 정리를 알겠는가? 이것은 한마디로 설명할 수 있는 것이 아니야…… 그녀가 평생을 기다린다면 언젠가는 그녀에게 내가 돌아가야 하겠지. 그렇지 않더라도 돌아가야 할지도 몰라. 하지만 그 자체가 내겐 부담……."
그는 말을 하다가 갑자기 입을 다물었다.
두 사람은 거의 동시에 정자의 기둥에 몸을 붙여 섰다.
세찬 비바람 소리에 아무것도 들리지 않을 듯하지만 내공이 경지에 이른 두 사람은 무슨 소리를 들은 것이다.
그리고 그들의 눈앞에 있는, 그러니까 연지에 만들어놓은 가산(假山:장식용의 가짜 산) 후미진 곳에서 무슨 소리가 들리는 듯하더니 돌연 불쑥 사람이 솟아났다.
'그녀다!'
구양천상이 내심 소리쳤다.
가산에 나타난 사람은 빗속에서 구양천상이 종적을 잃어버렸던 그 녹의미녀였던 것이다.
그녀는 주위를 한번 둘러보더니 몸을 훌쩍 날려 그곳을 벗어나기 시작했다.
"이제 보니 이 백화원 내부에 비밀 통로가 통하지 않는 곳이 없는 모양이군……. 이곳까지 저런 곳이 있을 줄은 몰랐는걸?"
양운비가 전음입밀로써 말을 전해왔다.

구양천상은 그를 보았다.

"자네는 일단 안으로 들어가 있게. 나 혼자 저 여자를 추적해 보겠네."

"아는…… 여자인가?"

"안다고 할 수 있지. 저 여자는 태음천의 태음사자라네. 그녀가 이 시각에 움직이고 있음을 보면 무엇인가 일이 있음이 틀림없어. 미행해 봄도 나쁘지 않을 거야."

양운비는 구양천상을 쳐다보았다.

"혼자 괜찮겠나?"

구양천상은 어둠 속에서 담담히 웃었다.

"최소한 몸은 뺄 수 있겠지. 그럼……."

말과 함께 그는 몸을 날려 이미 팔구 장 앞을 달려가고 있는 녹의미녀의 뒤를 따르기 시작했다.

그의 귓전에 양운비의 전음입밀지성이 또렷이 들려왔다.

"명심하게! 함정에 빠지면 급히 연락해. 가서 무개옥합을 가로챌 테니까."

양운비가 빗속에서 한가롭게 손을 흔들고 있었다.

第三章

일가겁운(一家劫運)

―마침내 태음천(太陰天)의 주력(主力)과 충돌하니
여인(女人)의 가슴에는 파문이 일고…….

풍운고월
조천하

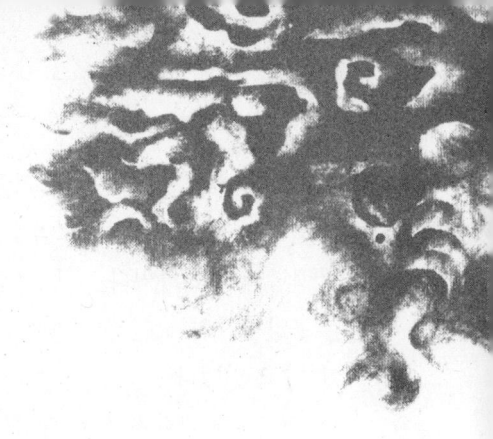

 무림 중에 구양천상의 이름을 아는 사람은 별로 없었다.
 마찬가지로 양운비의 이름을 아는 사람도 별로 없다.
 구양천상이 그러하듯 양운비 또한 양명(揚名)에 그다지 신경을 기울이지 않은 탓이었다.
 구양천상의 이름이 그나마 강호상에 알려지기 시작한 것은 그가 신산룡 구양천수의 형이라는 점 때문이고, 거기다 그가 무개옥합을 지니고 있다는 점 때문이었다.
 그런 가운데에서도 아직 구양천상의 진면목을 아는 사람은 실로 손가락을 꼽을 정도에 불과했다. 진면목은커녕, 그 이름마저도 아직은 그다지 잘 알려진 상태가 아니었다.
 하지만 구양천상의 강호행(江湖行)은 이미 오래전부터 시작되고 있었다.

그가 동생 구양천수에게 가주 자리를 양보한 것은 우의보다도, 양모 은하협녀 이옥환의 임종 시 부탁보다도, 그 자신이 명리에 담백함에 기인하였다.

구양세가의 모든 사람들이 그렇게 알고, 구양천수마저도 그렇게 알고 있었다.

그렇게 일찌감치 명리의 짐을 벗어난 구양천상은 구양천수의 성장에 힘을 기울이는 한편, 명산을 찾아 약초를 캐고 승경(勝境)을 찾아 마음을 가다듬었다.

그것이 구양세가의 사람들이 알고 있는 전부였다.

그러나 구양천상의 강호행은 그처럼 간단한 것이 아니었다.

가문에서 짐을 벗은 구양천상은 암중으로 그의 아버지 구양범의 실종에 대해 단서를 찾아내기에 전력을 다하고 있었던 것이다. 아무리 명리에 담백한 성품을 타고났다고는 하지만 자신의 뿌리를 알고자 함은 구양천상이라고 하여도 예외일 수 없었다.

표현하지 않을 뿐인 것이다.

그것은 구양세가의 움직임과는 다른 전혀 독자적인 것이었고, 그 과정에서 그는 천하 각지에 있는 적지 않은 수의 기인이사들을 사귈 수 있었다.

양운비와 구양천상이 만나게 된 것도 바로 그러한 과정에서였다.

이미 삼 년여 전이었다.

구양천상은 복우산(伏牛山) 깊은 곳에서 세상에 해를 끼치는 한 마리의 이무기[大蟒]가 있음을 알고 그것을 제거하고자 했었다.

그러나 그가 그 자리에 도착을 했을 때, 거기에는 이미 그보다 먼저 와서 이무기와 싸우고 있는 사람이 있었다.

그가 바로 양운비였다.

그를 도와 이무기를 잡고 난 구양천상은 그가 정혼자를 위해 이무기의 내단(內丹)을 필요로 하고 있음을 알았다.

이무기의 내단은 무인들에게 있어서는 대단히 귀중한 것이었다. 하지만 그의 인품을 본 구양천상은 조금도 거리낌없이 이무기의 내단을 그에게 양보했다. 뿐만 아니라 아예 그를 따라가서 그의 정혼자인 섭소접의 병까지 돌보아주었던 것이다.

그것이 그와 양운비의 만남이었다.

양운비와의 첫 만남에서 보듯 양운비가 섭소접을 사랑함을 구양천상은 분명히 알고 있었다.

하지만 그는 한 여인에게 예속되는 것이 싫어 저렇듯 끊임없이 천하를 방랑하고 있는 것이다.

미인의 얼굴을 보는 것, 그것은 그의 일생 최고의 낙이었다.

하지만 그가 단순히 그런 사람이었다면 구양천상이 그를 친우로 사귀지 않았을 것이었다.

그럼에도 불구하고 그는 분명히 멋이 있는 사람인 것이다.

그렇지 않다면 어찌 백화원 우미인화가 다섯이나 한자리에서 그를 시중하랴.

*   *   *

녹의미녀는 빗속을 뚫고서 마치 다람쥐처럼 움직였다.

'다시 만다라원으로 간단 말인가?'

그 뒤를 따르는 구양천상은 기이한 빛이 되었다.

우미인원을 벗어난 녹의미녀는 조금도 망설이지 않고 빗속을 가로질러 만다라원으로 접어들었던 것이다.

그녀는 마치 예정된 길을 가듯 은폐물을 적절히 이용하면서 번개처럼 움직여 가고 있었다.

구양천상은 눈치채이지 않도록 대단히 조심하지 않을 수가 없었다. 그녀는 빠르게 움직이면서도 주의를 게을리하지 않았기에.

만다라원에는 적지 않은 수효의 호원무사들이 번을 돌고 있었지만 그들로서는 녹의미녀나 구양천상의 앞을 막을 장애가 되지 않았다.

그녀가 자취를 감춘 곳은 만다라원 후원 깊숙이 위치한 한 채의 누각이었다.

청사홍등에 아직도 불이 밝혀져 있는……

그 누각에는 영지화각(靈芝花閣)이라는 넉 자가 어둠 속에서도 뚜렷이 보였다.

'영지화각? 그럼 능소화 연자경과 어깨를 나란히 한다는 영지화 음약화의 거처란 말인가?'

구양천상이 내심 중얼거릴 때, 녹의미녀는 이미 안으로 들어가고 있었다. 문을 열어주는 사람이나 들어가는 사람이나 묵계가 되어 있는 듯 아무런 말도 없었다.

다만 어둠 속에서 녹의미녀가 무엇인가를 보여주는 것을 볼 수 있을 뿐이었다.

백화원 기녀 모두가 태음천과 연관이 있을 것이라던 양운비의 말이 생각났다.
 그녀는 여기에 무엇 하러 온 것인가?
 영지와 음약화를 만나러 온 것일까, 아니면……
 주위를 둘러보던 구양천상은 영지화각과 얼마 떨어지지 않은 곳에 몇 그루의 백송(白松)이 한데 엉기어 서 있는 것을 발견했다.
 저곳이면 눈치채지 않게 어떻게 움직여 볼 수 있을 듯했다.
 그는 소리도 없이 백송의 위로 올라갔다.
 솔잎은 그를 감추기에 충분하였다.
 그가 안으로 들어가야 하나 말아야 하나 고민하고 있을 때, 돌연 일진의 돌개바람이 회오리치며 영지화각 일대를 휩쓸고 지나갔다.
 요란한 음향과 함께 영지화각은 물론이고, 일대의 모든 집들의 문들이 열리고 닫히고 소란을 떨었다.
 바람이 어찌나 세찬지 별로 신경을 쓰지 않고 있던 구양천상은 백송이 금방이라도 부러질 듯이 흔들리면서 온몸을 떠는 바람에 하마터면 나무 위에서 떨어질 뻔했다.
 '갑자기 이게 무슨……'
 흠칫 자세를 바로잡고 난 구양천상은 눈이 번쩍 뜨여졌다.
 방금의 일진 돌개바람 때문에 영지화각의 덧문들이 모조리 활짝 열어젖혀져 안을 엿보기 좋게 되어 있었던 것이다.
 구양천상은 희미한 불빛이 새어 나오는 대청 안에서 방금 진에 안으로 들어간 녹의미녀가 손을 모으고 서 있음을 볼 수 있었다.
 필시 누군가를 기다리고 있는 듯했다.
 덧문이 열리자 바람이 안으로 밀려들어 가 대청을 밝히고 있던 촛불을 두어 개나 꺼뜨리고 말아 대청 안은 겨우 한 개의 촛불이 어둠을 물리치고 있어 매우 어두웠다.
 청의를 입은 시녀 차림의 소녀 둘이 한쪽에서 나타나더니 덧문을 닫으려 했다.
 문들이 닫히자 구양천상은 내심 조금 다급해졌다.
 이렇게 되면 안으로 들어가야만 할 것이기 때문이다.
 그때,
 "그 문 하나는 남겨두어라."
 대청 안에서 싸늘한 여인의 음성이 들려왔다.
 대청 안에는 어느새 한 사람이 불어나 있었다. 아마도 촛불이 일렁이는 사이에 대청 안에 들어온 듯하였다.
 녹의미녀의 앞에는 한 사람의 흑의녀가 나타나 있는데, 그녀는 전신에 검은빛 경사를 두르고 있었고 얼굴에도 검은 면사를 내리고 있어 희미한 대청의 불빛 아래서는 그 면목이 잘 분간이 되지 않았다.
 그러나 그 와중에 다행인 것은 닫히지 않은 문이 구양천상의 앞쪽에 있어서 그가 안을 들여다볼 수 있다는 점이었다.
 흑의녀가 나타나자 녹의미녀는 그녀를 향해 무릎을 꿇었다.
 '그녀는 태음천의 사자라 했었다…… 그날 내 거처에 나타났을 때에도 그 행동으로 미루어보면 그 신분은 결코 낮은 것이 아니었다. 한데 저 흑의녀가 누구기에 그녀가 무릎을 꿇는단 말

인가?'

 양운비는 백화원의 기녀들 전부가 어떤 경로로든 태음천과 줄이 닿아 있다고 했었다.

 만약에 그 흑의녀가 이 영지화각의 주인인 영지화 음약화라면 기녀 중에는 태음천의 중심인물도 있다는 말이 되는 것이다.

 "금곡(金谷)…… 천주기(天柱旗)……."

 바람 소리에 가리워진 희미한 말소리가 들려왔다.

 이래서야 무슨 소리인지 알 수가 없다.

 구양천상은 생각을 걷어치우고 정신을 모으고서 전 공력을 일으켜 안의 말에 정신을 곤두세우기 시작하였다.

 세찬 바람이 일진의 돌풍 이후에 잠잠해진 것이 천만다행이었다.

 "언제 출발하느냐?"

 흑의녀의 말소리가 들려왔다.

 "……출발함을 보고 속하 이리로 바로 달려왔습니다. 보고를 마치면 속하도 곧 그리로 출발하여 그 결과를 점검하겠습니다."

 녹의미녀의 말소리가 들려왔다.

 '누가 무엇 때문에 출발했다는 것일까?'

 구양천상이 의혹을 가지고 있을 때 흑의녀의 말소리가 다시 들려왔다.

 "금곡 노야(金谷老爺)가 가지고 있는 금곡전장(金谷錢莊)은 낙양 일대의 상권(商權)을 지배하다시피 하는 곳이다. 일에 차질이 있어서는 아니 된다."

 "명심하고 있습니다."

녹의미녀가 공손히 말했다.

"……."

그녀의 말에 흑의녀는 잠시 아무 말 없이 녹의미녀를 내려다보았다. 그녀가 앉아 있고 녹의미녀는 무릎을 꿇고 있는지라 상하는 명백했다.

흑의녀에게서 아무 말도 없자 녹의미녀는 당황한 듯 고개를 숙이고 아무 말도 하지 않았다.

"약군(若君)."

흑의녀의 부름에 녹의미녀가 고개를 약간 쳐들고 그녀를 보았다.

"너는 본 천의 오대 태음사자 중에서 가장 뛰어난 활약을 보였고 그 능력도 이미 인정을 받았다. 하지만…… 지난번 구양가의 일을 맡고 난 후부터 네가 하는 일은 하나도 성공을 하지 못했다. 다른 사람이었다면 문책을 면치 못할 일이다."

"특별한 배려이심을 각골명심하고 있습니다."

녹의미녀, 매약군은 다시 고개를 떨구었다.

구양천상은 태연한 듯 가장하지만 그녀의 음성이 내심 떨리고 있어 심중으로 저 흑의녀를 대단히 두려워하고 있음을 알고도 남음이 있었다.

흑의녀의 말소리가 다시 들려왔다.

"그 일은 어떻게 진행이 되고 있느냐?"

"오늘까지도 그의 행적을 추적하고 있었는데, 낙양 일대에 들어서는 것을 확인하고는 그만 종적을 잃어버리고 말았습니다."

"종적을 잃어버려?"

흑의녀가 되묻자 매약군은 떨리는 음성으로 말했다.

"비록 잃어버렸다고는 하지만 낙양 일대를 샅샅이 수색하고 있으니 내일이 가기 전에 다시 그의 움직임을 확인할 수 있을 것입니다."

그녀의 말에도 흑의녀에게서는 말이 없었다.

매약군은 가슴이 떨려 다시 말했다.

"구양천상은 숭산에서 소림사 장문 만공과 만나 밀담을 나누고 이어 천도문의 남후(南侯)와 만나 그의 동생인 구양천수의 행적을 알 수 있는 확실한 단서만 건네준다면 무개옥합을 내놓겠다는 약속을 하였습니다. 그와 구양천수와의 우애는 각별하니, 그것을 이용하여 덫을 친다면 분명히 그에게서 무개옥합을 빼앗을 수 있을 것입니다."

그 소리를 듣고 구양천상은 놀라지 않을 수 없었다.

'그것은 불과 어제의 일이고, 그 일을 알고 있는 사람은 아마도 누구를 막론하고 다른 사람에게 그 일을 말하지 않을 것이다. 그런데도 저들이 벌써 그 일을 알고 있음은…… 천하의 그 어디에나 저들의 이목이 존재하고 있음을 말하고 있다. 다시 말한다면, 그 어떤 조직에나 저들의 간세가 숨어들어 있다는 것이다!'

생각을 굴리던 구양천상은 갑자기 깜짝 놀라 몸을 숨겼다.

그와 얼마 떨어지지 않은 곳에 있는 담장 위에 한 사람이 몸을 담장에 바짝 붙이고는 대청 안을 주시하고 있음을 무심결에 발견하게 되었던 것이다.

그 거리는 불과 삼사 장, 상대가 그를 발견했는지 아닌지 알 수 없었다.

하지만 야행의를 입고서 담장 위에서 대청 안을 주시하고 있음을 보면 태음천 쪽의 사람이 아닌 것은 틀림이 없는 듯하였다.

구양천상이 자세히 살펴보니 상대의 체구는 매우 왜소해 보였다.

'여자란 말인가? 설마…….'

대청 안에서 싸늘한 웃음소리가 들려왔다.

"자신이 있느냐?"

매약군의 대답이 들려왔다.

"목숨을 걸겠습니다."

"좋다! 너를 다시 한 번 믿어보지. 네게 태음집법기(太陰執法旗)를 움직일 수 있는 권한을 주겠다."

그 말을 끝으로 흑의녀는 몸을 일으켰다.

그녀가 사라질 때까지 매약군은 그 자리에서 무릎을 꿇고서 움직이지 않았다.

흑의녀가 사라지자 담장 위에 찰싹 엎드려 있던 야행인은 몸을 일으켜 주위를 번개처럼 쓸어보고는 검은 고양이처럼 지붕으로 올라가더니 지붕을 타 넘어 사라져 갔다.

그런데 그 그림자가 사라지는 방향을 보고 있던 구양천상의 눈에 괴이한 빛이 떠올랐다.

'저쪽이라면…….'

그곳은 오로지 한 채의 누각밖에는 없었다.

능소화루.

바로 능소화 연자경의 처소밖에는 없는 것이다.

'설마하니…… 저 흑의인이 능소화 연자경이었단 말일까?

음······.'
 구양천상은 신음했다.
 한 번 본 것은 거의 잊지 않는 구양천상이다.
 그는 흑의인의 체구가 그녀와 비슷한 것을 기억해 냈다.
 이러한 상황에서 그것이 맞다고 말할 수는 없는 것이다. 하지만 사람에게는 감각이라는 것이 있다.
 그리고 보니 복면을 한 그 야행인의 눈빛은 능소화 연자경과 조금은 닮은 듯하였다.
 잠시 망설이던 구양천상은 소리없이 백송을 벗어나서 그 야행인이 있던 담장 위로 옮겨 갔다.
 그 자리는 매우 시야가 넓었다.
 다만 공교롭게도 구양천상이 있는 곳만 다른 백송에 가려서 잘 보이지 않을 뿐이었다. 아마도 그는 구양천상을 보지 못하였을 것이다.
 구양천상은 담장 너머로 방금 전의 그 인영이 어둠 속을 돌아서 능소화루의 뒤쪽으로 숨어드는 것을 볼 수 있었다.
 어쩌면 그의 짐작은 잘못되지 않은 듯했다.
 '백화원의 기녀들 중에는 태음천을 이반(離反)하는 자도 있는 모양인가?'
 하지만 그렇게만 보기에는 인영의 신법은 얼핏 보기에도 매약군 이상이었다.
 그 순간에 영지화각에서는 매약군이 빠져나오고 있었다.
 야행인이 능소화루를 들어가는 것을 확인한 이상, 당연히 그는 매약군의 뒤를 따라야 했다.

매약군은 순식간에 백화원을 벗어났다.

그녀는 백화원의 지리만 잘 아는 것이 아니라, 낙양 일대의 지리도 익숙한 듯했다.

백화원을 벗어난 그녀는 조금도 거리낌없이 신법을 전개하여 어둠을 가르며 질주했다.

비바람은 조금씩 잦아들고 있었다.

문을 닫은 상가가 나타나기 시작하고 그중에서도 저 멀리 다른 곳보다 큰 건물이 나타났다.

어둠 속에 괴물과 같이 웅크린 건물의 좌우에는 돌로 된 사자[石獅子] 두 마리가 집을 지키고 있었고, 문루에는 금곡전장총타(金谷錢莊總舵)라는 여섯 글자가 웅휘한 필치로 걸려 있었다.

전장이라 함은 은행과 같은 역할을 하는 것이니, 이 금곡전장은 그중에서도 대단한 영향력을 가진 곳이었다.

대강남북(大江南北)에 스물여섯 곳의 분타(分舵:지점)를 가진 이 금곡전장이 기침을 하게 되면 낙양 일대의 상권은 몸살을 앓게 되는 것이다.

매약군은 바로 그 금곡전장의 총타를 바라보고 있었다.

어두운 골목길에서 한 사람이 그녀의 앞에 와 섰다.

매약군은 차가운 눈길로 그를 바라보았다.

흑의인은 그녀를 향해 포권하며 말했다.

"준비가 끝났습니다."

"천주기(天柱旗) 대장(隊長)은?"

"대장께서는 이미 총타의 안에 잠입하여 계십니다. 아마도 이미 움직이고 계실 것입니다."

"신호를 보내라."

매약군은 간단히 말하고는 옷자락을 펄럭이며 앞으로 달려나가기 시작했다.

그녀의 뒤에서 나직한 호루라기 소리가 어둠을 뚫고서 울려 퍼졌다. 비는 아직도 추적추적 내리고 있지만, 바람은 많이 자고 있어 그 소리는 낮은 듯했지만 아주 뚜렷이 들렸다.

매약군은 그 소리를 뒤로하고 서슴없이 금곡전장 안으로 진입해 들어 갔다.

대체로 전장이라는 곳은 돈을 취급하는 곳이라 자체적으로 호원무사들을 거느리고 있는 법인데, 괴이하게도 이 금곡전장에는 그러한 것이 없는 듯 그녀의 앞을 가로막는 사람이 하나도 없었다.

거침없이 금곡전장의 안으로 들어간 매약군이 이르른 곳은 금곡전장의 대청인 금룡청(金龍廳)이었다.

금룡청의 주변은, 아니, 금곡전장의 전체는 오늘밤 괴이할 정도의 정적이 흐르고 있었다. 그처럼 많았던 호원무사들이 오늘은 비가 싫어서인지 하나도 보이지 않았다.

어둠 속에 마치 유령처럼 이곳저곳에서 번뜩이는 검은 그림자들이 보일 뿐…….

매약군은 그것은 보이지 않는 듯 아랑곳하지 않고 금룡청의 안으로 들어섰다.

화려(華麗)의 극을 이루고 있는 금룡청.

그녀가 들어선 그곳에는 그 화려함보다 더 짙은 숨 막히는 분위기의 공기가 깔리고 있었다.

 그녀가 들어서자 중앙에 있는 태사의에 앉아 있던 풍채 좋은 비단옷의 노인이 휑한 눈을 부릅뜨고 그녀를 바라보았다.

 후덕한 모습의 비단옷 노인의 혈색 좋은 얼굴은 놀람과 당황, 그리고 공포로 인해 나무껍질과 같았다.

 그와 얼마 떨어지지 않은 곳에는 한 사람이 팔짱을 낀 채 용이 조각된 기둥에 기대서 있음이 보였다.

 복면한 눈에 드러난 것은 차가운 빛뿐이었다. 눈길을 끄는 것이 있다면 등 뒤에 걸린 쌍검.

 매약군이 들어서자 그녀의 뒤를 따라 한 무리의 사람들이 들어섰다.

 그들은 매약군이 들어선 정문이 아니라 안채로 통하는 편문(偏門)에서 나왔는데, 여인과 아이들로 그 수효는 팔구 명 정도였다. 그들을 이끌고 나온 것은 검은 옷에 복면을 한 자들이었다.

 여인과 아이들…… 그중에는 장성한 남자가 둘이 있었으나 죽었는지 살았는지 인사불성이었다.

 "으…… 으……."

 비단옷 노인의 얼굴이 참혹하게 일그러지면서 신음 소리가 입안을 맴돌았다. 그러나 그 자리에서 벌떡 일어나지 않음을 보아 자제력이 대단한 사람이었다.

 이 노인이야말로 재신(財神)이라 불리는 금곡 노야이며, 방금 끌려 들어온 사람들은 그의 직계가족들이었다.

 비 오는 밤, 그들은 실로 아닌 밤중에 홍두깨로 정체불명의 이들에게 습격을 받았던 것이다.

매약군은 아무 말도 없이 금곡 노야 앞에 있는 의자에 가 앉았다.

그 순간이었다.

흑의복면인 하나가 날이 새파랗게 선 단검을 꺼내더니 조금도 망설이지 않고 인사불성인 사십대 남자의 팔을 하나 잘라냈다.

신음 소리보다 빠르게 피분수가, 펄떡거리는 팔을 비집고 쏟아졌다.

흑의복면인은 정신을 잃고 있던 사십대 남자—그는 금곡 노야의 장남이었다—가 처절한 고통에 정신을 차려 울부짖는 것은 돌아보지도 않고 다시 단검을 들었다.

그의 단검은 이제 스물 정도 되어 보이는 청년의 목을 향하고 있었다.

그는 금곡 노야의 손자이며, 사십대 남자인 금원외(金員外)의 외아들이었다.

"멈추시오!"

그것을 보자 금곡 노야는 혼비백산하여 외쳤다.

평소 그가 얼마나 저 손자를 사랑했던가.

흑의복면인의 단검이 청년의 목줄기에서 아슬아슬하게 멈추었다. 단검에 스친 청년의 목에서 실낱같은 핏줄기가 미약하게 흘러내렸다.

"무, 무슨 일이오? 무엇을 원하시는 것이오? 돈이라면 얼마든지, 얼마든지 드리겠소이다!"

금곡 노야가 허집지집하여 외쳤디.

아무리 침착한 그라 할지라도 이미 침착하기에는 도가 지나치고 있었다.
　매약군의 얼굴에 아름다운 웃음이 떠올랐다. 이 살벌한 광경 속에서도 미인의 웃음은 아름다웠다.
　"돈은…… 한 푼도 원하지 않아요."
　"……?"
　금곡 노야의 얼굴이 얼떨떨하여 괴이하게 변했다.
　매약군은 여전히 웃으며 말했다.
　"우리가 원하는 것은 한 사람을 노야께서 곁에 데리고 있어주는 거예요."
　그녀의 말과 함께 편문에서 다시 한 사람이 나타났다.
　세모꼴의 눈을 가진 회삼(灰衫)을 입은 중년인, 염소수염을 기른 그의 눈동자는 매우 반짝이고 있어 머리를 잘 쓰는 사람인 듯하였다.
　특이한 것은 그의 허리에 매달린 금주판이었다.
　그를 보고 금곡 노야는 멍청해져 매약군을 쳐다보았다.
　"단지…… 저 사람을 데리고 있어주는 것이란 말이오?"
　매약군은 여전한 표정으로 고개를 끄덕였다.
　"그래요. 저 사람은 능력이 있는 사람인데, 써주는 사람이 별로 없어요. 그의 능력은 차차 보시게 되면 아시겠지요? 우리는 금곡 노야께서 그를 이 금곡전장의 관사(官事)로 써주시기를 바랄 뿐이에요……."
　얼떨떨한 표정이던 금곡 노야는 그 말을 듣는 순간에 무엇인가를 생각하는 듯하더니 이내 안색이 대변했다.
　"금곡전장의 모든 업무를…… 저 사람이 관장한다는 뜻이오?"

매약군은 맑게 웃으며 손뼉을 쳤다.
"오늘에야 금곡전장이 이처럼 융성해진 이유를 알겠군요? 노야께서 이처럼 영명하시니 어찌 발전하지 않겠어요? 거기에 우리 금산반(金算盤) 주곡(周曲), 주 선생이 가세하게 되면 대강남북 그 어디에 거칠 것이 있겠어요?"
금곡 노야의 얼굴이 거칠게 일그러졌다.
그는 실로 입지전적인 인물이었다.
상계에서 뼈를 굵혀 오면서 그 자신의 능력 하나로써 오늘날의 부를 이룩해 낸 그였다. 그러한 그였기에 상대의 말이 무엇을 뜻하는지 모를 리가 없었던 것이다.
상대는 단순히 얼마의 금품을 노리는 것이 아니라, 그가 평생을 바친 재산 전체를 가로채겠다는 것이다.
그처럼 무력해 보이던 금곡 노야의 얼굴이 단호히 굳어졌다.
"못하오."
매약군의 얼굴이 가볍게 굳어졌다. 미간에 내 천(川) 자가 희미하게 나타났다.
"그럴 리가……."
그녀의 말소리의 여운과 더불어 단검을 쥐고 있던 흑의인이 손을 움직여 찰나간에 금곡 노야의 손자의 귀를 잘라 버리더니 어깨에 단검을 박았다.
"와악!"
흑의인이 천천히 손을 움직이자 청년은 그 고통을 참지 못하고 처참한 비명을 실렸다.
금곡 노야의 얼굴이 일그러졌다.

하지만 그는 이번에는 아무 말도 하지 않았다.

오히려 그대로 눈을 내리감았을 따름이었다.

매약군은 고개를 절레절레 흔들면서 한숨을 쉬었다.

"왜 일을 이처럼 어렵게 만들려 하시는지 모르겠군요…… 우리는 심하게 손을 쓰고 싶은 생각이 없는데……."

그녀의 말과 함께 돌연 찢어지는 비명이 들려왔다.

그것은 여자의 것이라 눈을 감고 있던 금곡 노야는 자신도 모르게 눈을 뜨고 말았다.

"할아버지!"

이제 십팔구 세가량의 미모의 소녀 하나가 중앙으로 내팽개쳐져 공포에 떨고 있었다.

그녀는 자다가 잡혀온 듯 잠옷을 입고 있었는데, 그 잠옷이 흑의인 하나의 사정없는 손길에 찢겨 나가, 눈같이 흰 어깨와 매끈한 등, 백옥처럼 윤기 나는 허벅지와 종아리들이 그대로 노출되어 있었다.

"완아……."

그녀가 자신이 가장 아끼는 손녀 금소완(金小婉)임을 본 금곡 노야의 눈꼬리가 격동으로 떨렸다.

"으아악! 하…… 할아버…… 님…… 할, 할…… 으악!"

그사이에도 단검은 청년의 어깨에서 천천히 움직이며 심장이 있는 가슴 쪽으로 내려오고 있었다. 그의 전신은 이미 피로 물들어 있었다.

대부호의 손자가 어찌 이런 고통을 겪어보았으랴.

그는 그 처절한 고통을 이기지 못하고 꺽꺽 소리와 함께 피거

품을 쏟아내면서 다시 기절하고 말았다.
 흑의인 하나가 바람과 같이 가벼운 몸짓으로 중앙에 내동댕이쳐진 금소완의 곁으로 다가가며 검을 뽑아 휘둘렀다.
 "아악!"
 서릿발 같은 검기가 코앞에서 번뜩이자 금소완은 자지러질 듯 놀라 찢어지는 비명을 질렀다.
 하지만 고통은 없었다.
 그러나 괴이한 느낌, 그녀는 문득 아래를 내려다보았다.
 잠옷이 찢겨졌지만 그녀는 그 안에 붉은빛 내의를 입고 있었다. 내의라고는 하나, 겨우 가슴 가리개와 아래를 가리고 있는 고의 하나가 그녀의 몸을 가리고 있는 고작이었다.
 그런데…… 그것들이 마치 가위로 잘라 버린 듯이 그녀의 몸에서 미끄러져 버린 것이다.
 가장 싱그러운 탄력으로 뭉쳐진 그녀의 가슴팍이 남김없이 드러났고, 희디흰 둔부와 그 아래가 바닥에 무릎을 꿇다시피한 그녀의 자세로 인해 아슬아슬하게 신비를 내밀었다.
 "악!"
 그녀는 혼비백산하여 비명을 지르며 한 손으로 가슴을 가리고 두 다리를 꼬며 다른 손을 내밀어 아래를 가리려 했다.
 "학……!"
 하나, 다음 순간에 그녀는 어디를 가리기는커녕 두 눈을 부릅뜨면서 목을 부여잡고 허공에서 두 다리를 바동거려야 했다.
 섬을 휘둘러 그녀의 옷을 베어버린 그 흑의인이 손을 내밀어 그녀의 목을 움켜잡아 공중에 쳐들어 올린 것이다.

갓 낚아 올린 은어와 같이 싱싱한 처녀의 몸이 숨김없이 그대로 드러났다.

팔짱을 낀 채 기둥에 기대서 있는 복면인은 그 광경을 조금의 감정도 담기지 않은 눈으로 보고 있었다.

금곡 노야가 눈을 질끈 내리감았다.

그 광경을 보고 금산반 주곡이라 불린 중년인이 혀를 찼다.

"장사를 하는 사람은 나아갈 때와 물러설 때를 잘 알아야 성공을 할 수가 있지. 고집만을 가지고 움직인다면, 십중팔구 실패할 수밖에 없는데 어찌 지금과 같은 상황에서 최소한의 자본도 지킬 수 없는 막다른 길을 택하려고 하시오?"

금곡 노야의 눈꼬리가 덜덜 떨리더니 갑자기 눈을 번쩍 뜨고 소리쳤다.

"그 아이를 내려놓으시오!"

하지만 흑의인은 그 말은 들은 척도 하지 않고 금소완을 치켜든 채 그녀의 알몸을 괴이한 눈길로 쳐다보고 있을 따름이었다.

뿐만 아니라 다른 흑의인 하나가 품에 갓난아이를 안은 젊은 여인 하나를 다시 중앙으로 내동댕이쳤다.

갓난애가 자지러질 듯이 울 때 그녀의 옷이 비명과 같은 음향을 일으키면서 찢겨지자 금곡 노야는 더 이상 참을 힘을 잃고 말았다.

"하늘 아래 머리를 둔 사람들이 어찌 이처럼 무도할 수가! 마음대로 하시오! 당신들이 시키는 대로 하겠소!"

모든 움직임이 멎었다.

매약군의 얼굴에 다시 웃음이 피어났다.
"쓸데없는 고집은 서로를 피곤하게 만들 뿐이죠. 역시 노야는 현명하시군요. 주 관사가 앞으로 노야를 많이 도와드릴 테니 노야는 편히 쉬실 수 있을 거예요."
그녀가 말을 하고 있는 사이에 냉정한 눈으로 사태의 추이를 지켜보고 있던 복면인, 쌍검을 메고 등을 기둥에 기대고 서 있던 그가 등을 기둥에서 떼면서 처음으로 입을 열었다.
"가자."
그의 말에 따라 흑의인들이 금곡 노야의 가족들을 이끌고 금룡청을 벗어나기 시작했다.
"무, 무슨…… 어디로 저들을 데리고 가는 것이오?"
금곡 노야가 다시 얼굴이 변해 외쳤다.
그처럼 침착했던 그였지만 이들에게 당하고 보니 이미 제정신을 유지할 수가 없어 허둥대고 있었다.
대답은 한 걸음을 떼어놓던 그 얼음 같은 눈길의 복면인이 했다.
"오늘부로 노야는 가족들과 잠시 떨어져 있게 되오. 물론…… 우리의 일에 어느 정도 성의를 보이는가에 따라 상봉의 시기는 조정이 될 것이오."
"그, 그런…… 말도 아니 되는……."
금곡 노야가 턱을 떨자 그는 냉소했다.
"노야는 무엇이 더 보고 싶으시오?"
"……!"
금곡 노야의 턱이 얼어붙었다.

감히 여기에서 무슨 말을 하랴.

그는 무서운 악마의 덫에 자신이 치인 것을 이제 확실히 알았다.

그것은 알아도 벗어날 수 없는 덫이었다.

복면인은 매약군을 돌아보았다.

"대원 몇을 남겨 협조토록 할 테니 나머지 일은 사자가 알아서 하도록 하시오. 본 대장은 이만 돌아가서 천주께 복명토록 하겠소."

매약군은 고개를 끄덕였다.

"오늘의 공로는 모두 천주기의 힘이니 천주께서 그냥 계시지 않을 거예요."

복면인은 아무 말도 하지 않았다.

그는 고개를 한 번 끄덕여 보이고는 금룡청을 벗어나고 있었다.

그는 태음천의 주력이라는 오기대장(五旗隊長) 중 하나인 천주기의 대장이었다. 세간에 알려진 바에 따르면 태음천에는 오대 주력이 있는데, 그들이 바로 오기(五旗)라 하였다.

그중 천봉기 대장은 이미 구양천상과 태산에서 만난 적이 있었다.

매약군은 천주기 대장이 걸어나가는 것을 보고 자신도 몸을 일으켰다.

그녀는 허탈한 모습으로 거의 늘어져 있는 금곡 노야를 향해 손을 내밀었다. 그 손 위에는 한 알의 붉은 단약이 놓여 향기를 발하고 있었다.

"……?"

금곡 노야는 멍청한 빛으로 그것을 돌아보았다.

금반산 주곡이 그것을 받아 들고 금곡 노야의 앞에 내밀었다.

"심신을 안정시키는 영단이니, 노야에게 도움이 될 것이오."

"필요…… 없소……."

금곡 노야가 귀찮다는 듯 고개를 젓자 막 밖으로 걸어나가고 있던 천주기 대장이 머리를 돌렸다.

그의 입에서 차가운 음성이 흘러나왔다.

"아직도 당신은 자신이 어떤 위치에 있는지를 모르는 모양이군? 선택의 기회가 당신에게서 사라진 것은 이미 오래되었소."

그 말에 금곡 노야의 얼굴이 다시 일그러졌다.

그제야 그는 자신에게 내민 이 단약이 좋지 않은 것임을 알게 되었다.

한데, 그 순간에 갑자기 전장의 전원 쪽에서 소란스러운 음향이 들려왔다. 매약군 등의 눈길이 그쪽으로 쏠릴 때, 그 소리는 돌연 호통 소리와 함께 단말마의 비명으로 변했다.

천주기 대장의 신형이 바람과 같이 밖으로 날아 나갔다.

그의 부하들이 그림자처럼 그의 뒤를 따랐다.

채 숨 서너 번 몰아쉴 시간도 흐르지 않아 그 소리는 이미 사라졌고 흑의인 하나가 번개처럼 나타났다.

매약군은 그의 눈에 당황의 빛이 어려 있음을 보았다.

"무슨 일이냐?"

그녀의 물음에 흑의인은 금곡 노야를 힐끗 바라보더니 낮게 말했다.

"어떤 자가 신출귀몰하더니 노야의 가족들을 탈취해 가지고 감쪽같이 사라져 버렸습니다! 지금 대장께서 추적을 하고 계시는데……."

그 말을 들은 매약군은 어안이 벙벙했다.

오늘 금곡전장을 습격하는 일은 극비였고, 게다가 천 내(天內) 오대세력 중 하나인 천주기가 동원되어 일개 문파와도 능히 자웅을 결할 수 있는 힘을 가지고 있었던 것이다.

그런데 누가 나타나서 그 짧은 시간에 한두 명도 아닌 금곡 노야의 가족들을 빼돌릴 수 있었단 말인가?

그러나 그녀가 의혹을 가질 시간은 그리 길지 않았다.

"흑!"

한소리 숨이 막히는 소리가 들림과 동시에 금곡 노야의 앞에 서 있던 금산반 주곡이 비틀거리더니 그 자리에 픽 쓰러져 버리고 만 것이다.

그리고 그 자리에는 차가운 얼굴의 흑의인[冷面黑衣人] 한 사람이 주곡 대신 서 있었다. 검은 야행의를 입은 그의 얼굴은 괴이하도록 창백했다.

그는 조금 전까지도 금산반 주곡의 손에 있었던 붉은빛 단약을 자신의 손바닥 위에 올려놓고 유심히 들여다보고 있었는데, 금산반이 쓰러진 것은 자신과는 전혀 관계가 없다는 듯한 태도였다.

"누구냐?"

돌연한 광경에 매약군은 놀라 외쳤다.

단약을 내려다보고 있던 냉면흑의인은 단약을 품속에 갈무리하며 눈을 들어 그녀를 보았다.

그 눈은 의외에도 맑고 깊었다.

하지만 그는 매약군의 물음에 답하는 것이 아니라, 고개를 돌려 금곡 노야를 보며 입을 열고 있었다.

"움직이실 수 있겠습니까? 노야의 가족은 이미 소생이 저들의 손으로부터 안전한 곳으로 호송 중에 있습니다."

금곡 노야의 눈이 휘둥그레졌다.

"저, 정말이오? 그, 그대는 뉘시기에……?"

그의 말이 다 끝나기도 전이었다.

한소리 휘파람 소리와 더불어 소식을 전하러 왔던 흑의인이 땅을 박차고 날아올라 냉면흑의인을 향해 덮쳐 왔다.

그의 수중에는 어느새 한 자루 장검이 들려 있었다.

그의 검세는 날카롭기 이를 데 없어 검광(劍光)이 일어나는 순간에 검은 이미 냉면흑의인의 가슴팍까지 이르러 있었다.

싹!

검이 번개처럼 그의 가슴을 가르는 그 순간에 냉면흑의인은 상체를 버들가지처럼 움직여 그것을 피해냈다.

"욱!"

그리고 그 다음 순간에 그를 공격했던 흑의인이 고목이 쓰러지듯 그 자리에 허물어졌다.

냉면흑의인이 내밀었던 손을 서서히 거두어들임을 보고 매약군은 가슴이 철렁했다.

상대의 출현은 의표를 찌르는 것이었는데, 이제는 그가 흑의인을 어떻게 제압했는지조차 알아보지 못한 것이다.

흑의인은 천주기 휘하의 고수였다. 그를 단 일 초로 제압한 것은 그가 심상(尋常)한 고수가 아님을 의미하고 있었다.

바깥에서 들려오고 있던 천주기의 신호는 이미 멀어져 있었다. 조금 전에 울린 흑의인의 신호가 들렸는지 알 수 없었다.

그녀는 천천히 숨을 내쉬며 입을 열었다.

"귀하의 신수로 보건대 무명소졸이 아님은 분명하지만, 본 천은 남이 본 천의 일에 간섭하는 것을 좋아하지 않아요. 뉘신지 모르나, 이 정도에서 손을 뗀다면……."

그녀는 냉면흑의인의 얼굴에서 웃음과 같은 희미한 선이 입가에 그어지는 것을 보았다.

그리고,

"세상에는 남의 일에 간섭하기 좋아하는 사람들이 있는데…… 나 또한 오늘은 그러한, 별로 참을성이 없는 사람들 중의 하나이지."

그의 입술에서는 조용한 어조의 말이 흘러나왔다.

그는 금곡 노야를 향해 다시 말했다.

"소생은 적의 주력을 다른 곳으로 유인했는데 시간이 그리 많지 않습니다. 따라가시겠습니까?"

그의 말에 금곡 노야는 대침에라도 찔린 듯이 벌떡 일어났다.

"아무려면 지금보다 나빠지기야 하겠소?"

맞는 말이었다. 어차피 상황은 최악이었던 것이다.

"좋습니다."

냉면흑의인은 가볍게 고개를 끄덕이더니 손을 내밀어 금곡 노야의 손을 잡은 채 한 걸음 앞으로 나섰다.

순간,

"흥!"

매약군은 냉소를 터뜨리면서 한 손을 칼날과 같이 세워 비스듬히 냉면흑의인의 가슴팍을 공격해 갔다.

그 기세는 빠른데다가 노리는 방위는 괴이하기 이를 데 없어서 마치 내 집에 온 듯 움직이고 있던 냉면흑의인의 눈에서조차 흠칫하는 빛이 드러났다.

그는 어깨를 움찔하면서 오히려 한 손을 쳐들어 그녀의 손목을 잘라갔다. 평범한 횡단무산(橫斷巫山)의 일식이었지만 그 쓰임새는 놀랍도록 빨라서 매약군은 깜짝 놀랐다.

자칫하면 그녀가 냉면흑의인의 가슴을 치기 전에 그의 손이 그녀의 손목을 칠 지경이었던 것이다.

"하앗!"

한소리 기합이 울리며 그녀는 손을 거두어들이는가 싶더니 이내 그 손을 다시 앞으로 무찔러 내었다. 그것은 이미 준비가 되어 있는 듯 놀랍도록 빨라 좀 전의 속도와는 비교도 되지 않을 정도였다.

더구나 그 손바닥[玉掌]에는 은은한 청색빛이 아지랑이와 같이 감돌고 있어 무슨 기이(奇異)한 공력이 운기되어 있음이 틀림없었다.

손과 손이 피할 여유가 없이 마주쳤다.

팡!

요란한 음향이 터져 나오면서 세찬 바람이 일어나 금룡청을 밝히고 있던 촛불이 금방이라도 꺼질 듯이 마구 춤을 추었다.

'음…….'

매약군은 가슴의 기혈이 진동됨을 느끼고 신음을 삼키며 마침내 뒤로 두어 걸음 물러났다.

냉면흑의인은 어깨를 한차례 부르르 떨더니 그 자리에 버티고 서서 놀란 빛으로 그녀를 보았다.

강약은 일장의 교환으로 명백했다.

그녀를 보고 있던 냉면흑의인은 미미하게 고개를 저었다.

"당신의 악독함은 내가 생각한 것보다 더했다. 비키지 않는다면, 손에 사정을 두지 않겠다!"

그의 음성을 들은 매약군의 전신이 흡사 거대한 망치에 맞은 듯이 흔들렸다. 방금 전에 그의 손에서 번뜩인 금빛이 뇌리를 스쳐 갔다.

"대라금광수…… 그럼 당신은……?"

그녀는 말을 잇지 않았다.

비록 얼굴이 다르고 옷이 달랐으나, 저 눈빛과 저 기품은 다른 어떤 사람이 흉내낼 수 있는 것이 아니었다.

그러했다.

나타난 사람은 바로 구양천상이었다.

그는 매약군이 멍청한 빛이 되어 자신을 쳐다보고 있음을 보자 다시 말했다.

"여인에게는 가야 할 길이 있다. 어떠한 경우에라도…… 풍진 속에서 손에 피를 묻히고 사는 것은 옳지 않아."

그는 말과 함께 금곡 노야의 손을 잡고 그녀의 곁을 스쳐 지나갔다. 그래도 매약군은 그를 바라보고만 있을 뿐이었다.

그런데, 그가 막 금룡청을 벗어나려 할 때 돌연, 고막을 찌르는 음산한 웃음소리가 들려왔다.
"과연…… 조호이산지계(調虎離山之計)! 그럴 줄 알았다!"
동시에 한 사람의 그림자가 허공에서 뚝 떨어져 내렸다.
"그를 막아요!"
나타난 사람을 보자 매약군은 그제야 정신을 차린 듯이 갑자기 소리쳤다.
나타난 사람은 복면의 천주기 대장이었다.
그는 허공에서 뚝 떨어져 내려 구양천상의 진로를 막았을 뿐 아니라, 그 순간에 이미 서릿발 같은 검광을 일으켜 공격을 개시하고 있었다.
예리한 휘파람 소리와 같은 파공음이 꼬리를 물면서 검기가 파도처럼 구양천상에게 덮쳐 왔다.
'대단하군!'
구양천상은 상대의 검도가 이미 상승(上乘)의 경지에 이르러 있음을 직감했다. 검을 이와 같은 경지에까지 수련한다는 것은 쉬운 일이 아니었고, 그것은 또한 태음천의 잠재력을 말하는 것이기도 했다.
구양천상은 창졸간에 당한데다가 무공을 모르는 금곡 노야를 보호하고 있는 입장이라 단숨에 십여 걸음이나 뒤로 밀려나고 말았다.
상대의 검기는 더욱 무서워져 있었다.
한걸음 한걸음이 가중될 때마다 그 기세는 점점 사나워지고 있는 것이다. 게다가 천주기 대장이 쓰고 있는 것은 쌍검(雙劍)이라 맨손의 구양천상은 막기가 더 수월치 않았다.

바로 그때였다.

"감히 본 천에 정면으로 도전을 하다니……."

싸늘한 웃음소리와 함께 매약군이 구양천상의 뒤에서 일장을 무찔러 왔다.

앞은 검의 파도요, 뒤는 음독한 장세였다. 막는다는 것은 지금의 상황으로서는 어느 것도 불가능했다.

한데,

"고맙군."

혼비백산하여 식은땀을 흘려야 할 구양천상에게서는 기이하게도 나직한 웃음소리가 들려오는 것이 아닌가.

그리고 그의 손이 금곡 노야의 허리를 껴안는가 싶더니 그 자리에서 팽이와 같이 맴돌며 감쪽같이 사라져 버리는 것이었다.

'천기미리보!'

매약군이 내심 소리쳤다.

그와 동시에 그녀의 장세는 어쩔 수 없이 밀려오고 있는 천주기 대장의 검세를 향해 부딪쳐 가고 있었다.

다급한 외침과 함께 두 사람의 신형이 엇갈렸다.

하지만 천주기 대장의 검도는 과연 놀라워 그 순간에 이미 검세를 비틀어 그 여세로 구양천상을 뒤쫓고 있었다.

고수에게 있어서 한순간의 틈이라는 것은 가히 천추(千秋)의 무게가 있다.

그 짧은 순간은 이미 구양천상에게 안정을 주기에 족했다.

그는 금곡 노야를 뒤쪽으로 밀어놓음과 동시에 낭랑한 호통을 치면서 구양세가 독보의 대라금광수를 갈겨냈다.

그의 장세에서 금빛이 번뜩이며 산을 갈아엎을 듯한 장세가 노도와 같이 천주기 대장에게 덮쳐 갔다.

웅웅— 쓰쓰—

검세와 장세의 마찰음이 귀를 거슬리면서 사납게 일어났다.

제아무리 천주기 대장이라 하나, 구양천상이 전력을 다한 일격을 정면으로 받자 이미 충격을 받고 멈출 수밖에 없었다.

하지만 구양천상은 그 순간에 번개처럼 뒤로 물러나 금곡 노야를 허리에 끼며 편문으로 뛰쳐나갔다.

"돌아가라!"

호통 소리가 들리며 편문 좌우에서 사나운 검세가 번뜩였다.

이미 적이 금룡청을 에워싸고 있음이 틀림없었다.

시간이 갈수록 불리한 것은 자명했다.

구양천상은 길게 휘파람을 불면서 물러나는 것이 아니라 오히려 그 검세 안으로 덮쳐들어 갔다. 용이 울고 범이 신음하는 듯한 소리가 쩡쩡, 하며 일어나더니 신음 소리가 잇달아 들려왔다.

동시에 검광이 씻은 듯이 사라지며 구양천상은 이미 편문을 통과하고 있었다.

그것을 보고 천주기 대장은 노호하며 바람과 같이 내달았다.

"어디를 가느냐?"

편문의 바깥은 전후좌우로 사방이 연결된 회랑이었다.

입구에는 이미 두 명이 피를 토하며 쓰러져 있었고 구양천상은 이 장여를 전진한 상태였다.

비는 이미 그쳐 있었고 바람만 아직 조금씩 불고 있었다.

구양천상은 사방에 적이 있음을 보았다. 얼핏 보아도 적의 수효는 열이 넘었다. 약자가 없음은 물론이었다.

구양천상은 두세 개의 회랑 사이를 단숨에 건너뛰어 화원 가운데에 내려섰다. 기다렸다는 듯이 천주기 대원들이 공격해 왔다.

그러나 그가 일장을 쳐갈 때 그들은 그와 맞서는 것이 아니라, 되려 번개처럼 뒤로 물러났다. 구양천상은 금곡 노야를 끼고 있어 행동이 아무래도 자유롭지 못했다.

싸늘한 웃음소리는 이미 그의 등 뒤까지 도달하고 있었다.

천주기 대장이 벌써 그를 쫓아온 것이다.

누구라도 알 수 있도록 결정적으로 불리한 것은 구양천상이 왼손으로 금곡 노야를 허리에 감고 있어 한 손밖에 쓸 수가 없는 점이었다.

천주기 대장이 이미 구양천상의 뒤에 이른 것을 보자 천주기 대원 하나가 고함치면서 검을 휘둘러 왔다.

그 순간, 아무도 상상치 못한 일이 벌어졌다.

구양천상의 팔에 매달려 있던 금곡 노야가 갑자기 세찬 바람을 일으키면서 허공중으로 솟아오른 것이다.

동시에 자유로워진 구양천상의 왼손이 공격해 온 자의 가슴을 쳤고 처절한 비명과 함께 그자가 거꾸로 곤두박질했다. 그의 검은 이미 구양천상의 수중에 와 있었다.

구양천상은 공수입백인(空手入白刃)의 수법으로 빼앗은 검을 휘둘러 뒤쪽을 무찔러 갔다.

쨍그렁! 쩡, 쩡!

그의 검이 뒤쪽에서 덮쳐 오던 천주기 대장의 검세와 부딪쳐 요란한 음향을 울려내더니 그대로 두 동강이 나버렸다.

하지만 그 반동으로 구양천상은 이미 허공중에 날아올라 있었다. 그리고 그는 오륙 장 허공으로 솟아올랐다 막 떨어지고 있는 금곡 노야의 허리를 끼더니 사오 장 떨어져 있는 건물의 지붕에 내려섰다.

 이제 보니 금곡 노야는 스스로 날아오른 것이 아니라, 구양천상이 공중으로 던져낸 것이다. 이러한 판단은 실로 간단한 것이 아니고 아무나 할 수 있는 것도 아니었다.

 "으—악!"

 구양천상의 손이 쳐들리자 그의 앞에 불쑥 나타났던 천주기 휘하의 고수가 짚단과 같이 지붕 위에서 굴러떨어져 갔다.

 아무도 그가 어떻게 손을 썼는지 알아보지 못했다.

 구양천상은 천주기 대장이 분노해 서릿발 같은 검기와 함께 날아옴을 보고 차갑게 말했다.

 "사람을 구하는 일이 아니라면, 오늘 나는 이 자리에서 일장의 도살을 벌였을지도 모른다."

 말과 함께 그는 소매를 휘둘러 날아오는 천주기 대장을 쓸어갔다.

 쏴쏴, 하는 음향이 음산하게 일어나더니 몇 줄기의 빛이 천주기 대장을 향해 쏘아갔다. 그 기세는 놀랍도록 빨라 거의 보이지 않을 정도였다.

 천주기 대장은 그것이 무서운 암기임을 알아보고 놀라 검을 휘두르면서 진기를 토해내며 허공중에서 밑으로 뚝 떨어졌다.

 빙빙, 하는 소리가 그의 칼끝에서 들림과 동시에 그는 땅 위에 내려섰다.

"윽……."

그는 땅 위에 내려섬과 동시에 이를 악물었다.

세상을 놀라게 하는 그의 검세로도 구양천상이 쏘아낸 암기를 막아내지 못한 것이다.

그가 발작적으로 고개를 쳐들어 보자 구양천상의 모습은 이미 지붕 위에서 사라지고 보이지 않았다.

"구양세가의 은하신침이에요……."

매약군이 그의 앞으로 다가오면서 천천히 말했다.

천주기 대장의 신형이 진동했다.

"은하신침? 그럼…… 그가 구양세가의 구양천상이란 말인가?"

매약군은 천천히 고개를 끄덕였다.

"그가 아니라면 누가 있어 우리의 손에서 무인지경을 가듯 사람을 구해갈 수 있겠어요?"

"구양천상…… 그를 쫓아라!"

천주기 대장이 발을 구르더니 몸을 솟구쳤다.

오늘의 이 임무는 실로 간단한 것이 아니었다.

매약군도 고개를 젓더니 뒤따라 몸을 뽑아 올렸다.

第四章

풍진은세(風塵隱世)
―구슬이 풍진에 몸을 의탁하고 있다 하나
어찌 그 빛을 잃으랴

풍운고월
조천하

밤은 아직도 다 가지 않았다.
어둠은 아마도 한참을 머물 것이었다.
낙양 근교에 있는 어느 장원.
구양천상은 금곡 노야의 가족들의 상세를 돌보아주고는 바깥으로 나왔다. 그 뒤를 금곡 노야가 따랐다. 하룻밤 사이에 그의 얼굴은 십 년은 늙어 보였다.
구양천상은 그를 돌아보았다.
"너무 심려 마십시오. 못 견딜 일을 겪기는 했지만 모두 잘 이겨낼 수 있을 겁니다. 손자의 상세가 조금 중하기는 하지만 미리 손을 써 생명에는 지장이 없습니다."
금곡 노야가 손을 내밀어 구양천상의 손을 잡았다.
"대협! 노부는 평생 누구의 도움을 받지 않고 오늘날의 부를 이

룩했소……. 하지만 오늘 입은 이 은혜는 노부가 죽고 나서라도, 자식의 대, 손자의 대까지 대대로 잊지 않을 것이오."

"과찬의 말씀입니다. 요행히 소생이 재난을 목도하여 도와드린 것밖에 없는데 그것을 어찌 큰일이라 할 수 있겠습니까?"

금곡 노야는 세차게 고개를 저었다.

"아니오, 아니오! 노부가 일생 쌓아 올린 것이 단 하룻밤에 몰락할 참이었소! 이 일에 대협이 없었다면 어찌 가능키나 한 일이겠소…… 결코, 결코 잊지 않으리다!"

그는 다시 구양천상의 손을 움켜잡았다.

"말씀해 주시오. 언제라도…… 언제라도 대협이 원하신다면 본가의 재산 전체를 기울여서라도 대협을 돕겠소. 노부가 할 수 있는 것이라고는 돈을 쓰는 것밖에는 없소이다."

"감사합니다. 하지만 소생이 노야를 도와드린 것은 보답을 바라고 한 일이 아닙니다."

"물론, 물론 그러하다는 것을 아오. 그 은혜를 물질로 보답하려 한다는 것이 가소롭다는 것도……. 그러나, 그것은 숨김없는 노부의 마음이니 너무 허물치 마오."

구양천상은 담담히 웃어 보이기만 했다.

그가 본 금곡 노야는 그릇이 큰 사람이었다.

대체로 자수성가한 사람들은 수전노(守錢奴)의 기질이 있기 마련인데 이 노인에게는 그러한 것이 거의 보이지 않았다.

구양천상은 그와 잠시 뜨락을 거닐다가 말했다.

"적은 무서운 힘을 가지고 있습니다. 노야께서 표면에 나서시면 언제라도 다시 올 것입니다. 당분간은 몸을 숨기심이 좋을 겁니다."

이미 태음천에 대해 약간의 설명을 들은 금곡 노야였다.

그는 잠시간 침음하다가 입을 열었다.

"노부도 그럴 생각이오. 다행히 노부가 천하에 벌여놓은 기업이 상당수 있으니, 몸을 의탁할 곳을 찾아 헤매지는 않아도 될 것이오."

"하지만 적의 이목이 놀라우니 노야께서 어디에 가시더라도 찾아낼 가능성이 있습니다."

구양천상의 말에 금곡 노야는 미미하게 웃었다. 피폐했던 그의 얼굴에서 오늘 처음 보는 웃음이었다.

"노부가 벌여놓은 사업은 비단 전장 하나만이 아니오. 일단 노부가 숨기로 마음만 먹는다면, 귀신이라 할지라도 찾아내기 쉽지 않을 거요."

구양천상은 내심 다행이라고 생각했다.

그는 오늘밤 무리를 하여 이들 가족을 구출했었다. 그가 금곡 노야의 가족들을 구할 수 있었던 것은 그가 낙양에 들어서면서 접촉한 구양세가의 연락망을 움직였기 때문에 가능했다.

천기수사 구양범의 실종 이후, 구양세가가 그를 찾기 위해 들인 노력은 간단하지 않아서 그 정보망만은 자랑할 정도로 발달해 있었던 것이다.

그러나 정보망이 발달했다 함은 기동력이 있다는 말이기는 하지만, 그것 자체가 거대한 태음천과 맞설 정도의 힘이라는 말은 결코 되지 못했다.

부딪친다면 그 즉시로 흔적도 남지 못할 것이 틀림없었다.

금곡 노야의 후일까지 책임져야 한다면 사실 문제였다.

금곡 노야는 구양천상이 아무 말이 없자 내심 작정한 바가 있어 입을 열었다.

"노부는 한 가지, 대협에게 반드시 물어보고 싶은 것이 있소."

구양천상이 그를 돌아보자 금곡 노야는 말을 이어갔다.

"이제부터 대협은 그들과 정면으로 맞서야 하는 입장에 있는 것이오?"

"그렇습니다. 아직은 아니었지만 이미 싸움은 시작이 되었다고 할 수 있습니다."

금곡 노야는 고개를 끄덕이더니 자신의 손에서 검은빛의 가락지 하나를 빼냈다. 평범해 보이지만 그 검은빛 가락지에는 정교한 형태의 용이 아홉 마리나 새겨져 있었다.

"이 구룡지환(九龍指環)은 바로 노부를 대표하는 신물(信物)이오. 언제라도 필요한 재물이 있으면 가까운 전장에 가서 이것만 내밀면 필요한 만큼의 돈을 얻을 수 있을 것이오. 받아주시오."

"노야…… 이것은……."

구양천상이 난처한 빛을 띠자 금곡 노야는 고개를 저었다.

"사양할 일이 아니오. 일을 함에 있어 금력은 필요악이오. 그것이 필요없다면 그처럼 강하다는 그들이 무엇 때문에 노부를 수중에 넣으려 했겠소?"

구양천상이 그를 보았다.

"이런다면 소생이 그들과 다를 것이 무엇이 있겠습니까?"

금곡 노야는 웃었다.
"당연히 다르오. 그들은 강탈하는 것이고, 대협은 기증을 받는 것이오. 어찌 호리(毫釐)라도 같을 수가 있겠소? 받아주시오. 장차 도움이 되실 것이오."
"……."
구양천상은 잠시 그 묵옥지환, 구룡지환을 바라보고 있다가 정중한 태도로 그것을 받았다.
"과공(過恭)은 비례(非禮)라 하니, 더 이상 사양치 않겠습니다. 감사합니다! 남용치 않고 반드시 필요할 때에만 사용하겠습니다."
"받아주어 정말 고맙소! 이제야 노부의 재력이 쓸 곳을 찾은 느낌이오. 유용히 사용하여 그들에게 빚을 갚아주시오."
구양천상은 담담히 웃어 보였다.
구룡지환이 그의 손에 끼워졌다.
구양천상은 그를 향해 다시 말했다.
"그들의 움직임이 조금 둔해질 때까지 여기에 계십시오. 삼사일 정도면 방법을 강구할 수 있을 것이니 그동안 정양을 하시면서 쉬시는 게 좋을 듯합니다."
"감사하오…… 후우……."
금곡 노야는 고개를 끄덕이면서도 길게 한숨을 쉬었다. 오늘밤의 일은 정녕 다시 생각조차 하기 싫은 악몽과도 같았던 것이다.

바람은 이직도 세차게 불고 있었다.
구양천상은 금곡 노야를 안으로 들여보내고는 장원의 뜨락을 서성였다. 이곳은 구양세가가 극비리에 마련해 놓은 낙양 거점이었다.

어둠에 묻혀 있던 밤하늘은 바람이 붐에 따라 구름을 밀어내고 보름이 가까워 가는 달을 선보이고 있었다. 구름 속에 숨었다 나타났다 하지만 그것은 암흑 속에 존재하는 한줄기 빛이었다.

구양천상은 뒷짐을 지고 바람 속을 서성이고 있었다.

"무림 중에서 쌍검을 사용하는 사람의 수효는 그리 많지 않고, 그와 같은 경지에까지 수련한 사람은 정말 흔하지 않다……."

그의 중얼거림은 그와 대결한 태음천 천주기 대장을 가리키고 있었다.

"더구나 근래에 들어 쌍검으로 유명한 사람은 더욱 줄어들어 불과 다섯 이내이다. 그중에서 그처럼 날카로운 기세를 보일 수 있는 사람은…… 내 생각에는 오직 십여 년 전부터 강호상에서 모습이 보이지 않는 남해(南海)의 무정쌍검수(無情雙劍手)뿐이다. 하지만……."

그의 미간에 그늘이 드리워졌다.

"그는 남해문 중에서 가장 기대를 모으던 일대의 기걸(奇傑)이었었는데, 그러한 그가 설마 태음천의 일개 대장이 되었단 말인가?"

말은 부정하지만 그는 그것을 부정하지 않고 있었다.

오늘 그는 전력을 다하고서야 겨우 그를 따돌릴 수가 있었다. 그것은 그의 검이 얼마나 위력적인가를 단적으로 증명하는 것이기도 했다.

또한 태음천의 힘도…….

구양천상은 하늘을 올려다보았다. 달이 구름 속에서 오르락내리락하고 있었다.
그는 천천히 걸음을 옮겨놓았다.
달이 따라 걷고 있었다.
한 구절의 시가 떠올랐다.

청천유월래기시 아금정배일문지(靑天有月來幾時 我今停杯一問之)
인반명월부가득 월행각흥인상수(人攀明月不可得 月行却興人相隨)
푸른 하늘에 달 있은 지 그 얼마인가?
나 이제 잔을 멈추고 물어보노라.
사람은 달을 잡으려 해도 잡을 수 없지만
달은 떠서 오히려 사람을 따라 걷노라.

구름 속에 묻혀 구양천상을 따라 걷고 있는 달은 오늘도 어쩌면 외로워 보였다. 천하를 덮고 있는 어둠을 오직 그 하나만의 빛으로 걷고자 애쓰고 있기 때문이다.
그는 걸음을 멈추었다.
달도 움직임을 멈추었다. 구름만이 움직이고 있었다.
"만약…… 실종되었던 사람들이 모두 그처럼 적의 주구가 되어 있다면, 이 일은 실로 간단한 문제가 아니다. 실종된 자 중에 어느 하나 고수기인(高手奇人) 아닌 자 있으랴……."
심각한 빛이 되어 중얼거리고 있던 구양천상은 문득 품속에서 금산반 주곡에게서 빼앗은 단약을 끼내 들었다.
그러나 그가 그것을 자세히 살피기도 전에 그의 뒤에 한 사람이 나타났다.
 "대공……."
 나타난 사람이 한쪽 무릎을 꿇으며 낮게 입을 열었다.
 구양천상은 단약을 다시 품속으로 넣으며 그를 보았다.
 나타난 사람은 삼십대의 청년으로서 오늘밤 구양천상을 도운 구양세가의 일원이었다.
 "적의 움직임은 어떠하더냐?"
 "사방의 수색이 무섭게 진행되고 있어 함부로 나다닐 수 없는 지경입니다. 형제 둘이 이미 그들에게 피살되었습니다."
 구양천상은 미간을 찡그렸다.
 "모두에게 일러 내 별도의 명이 있을 때까지는 즉각 모든 활동을 중지하도록 해라."
 그가 고개를 숙이자 구양천상은 다시 물었다.
 "어르신네에 대한 소식은 있느냐?"
 "아직…… 아마 곧 소식이 있을 것으로 알고 있습니다."
 "모든 힘을 다해 그분의 소식을 알아보도록 해서 내게 알리도록 해라. 가주의 행방을 알기 위해서는 반드시 그 어르신네를 만나야 한다."
 청년이 물러가자 구양천상은 다시 뜨락을 거닐었다.
 생각은 많고 알아낼 수 있는 것은 한계가 있었다.
 '지금의 상황으로는 역시 백화원이 가장 큰 단서를 가지고 있다. 그 내부……!'
 생각을 하다 무심결에 하늘을 올려다본 구양천상의 얼굴은 순식간에 석고상과 같이 굳어졌다.

그의 수양으로 이와 같은 표정을 드러냄은 그 일이 간단한 것이 아님을 의미하고 있었다.

그가 바라보는, 밤하늘을 가리고 있던 먹구름은 이미 몰아치는 바람에 이리저리 흩어져 달이 고개를 내밀고 이제는 그 사이로 하나둘 별의 모습이 보이고 있었던 것이다.

그런데 그 구름 사이로 엉기고 있는 별의 모습……

그것을 본 구양천상의 얼굴이 납덩이와 같이 굳어져 있었다.

"무곡성(武曲星)에 천공(天空), 지겁(地劫)의 양성(兩星)이 침범했다……."

이윽고 그의 입에서 거의 들리지 않을 정도의 낮은 소리가 흘러나왔다.

이미 천기를 볼 수 있는 능력을 가진 그였다. 그가 본 것이 간단한 것이라면 그의 안색이 변할 리가 없었다.

"천이(遷移)라고 하는 것은 인간의 행동 발전, 성패를 의미하는 것이다. 무곡성 내좌[我座]에 천공과 지겁의 양대 흉성(兩大兇星)이 한꺼번에 침범했다는 것은 며칠 사이에 내게 생명의 위험이 도래할 것임을 의미한다……."

그의 중얼거림은 놀라웠다.

천공성과 지겁성은 화기성(化忌星) 등과 함께 최악의 흉성(兇星)이다. 그런 대흉의 별이 일시에 구양천상의 성좌를 침범했다면…….

구름이 다시 모이고 있었다.

드러났던 천기는 그 구름에 다시 가려지고 있었다.

보이는 것은 단편적인 것이라 전후의 길흉을 완벽하게 판단해

낼 수는 없었다.
 구양천상은 잠시 눈을 감았다.
 그가 다시 눈을 떴을 때에도 그의 성좌는 보이지 않았다.
 구양천상은 지그시 입술을 깨물었다. 천기를 볼 수 있게 된 후부터 단 한 번도 틀려보지 않았다.
 '방금 본 것으로 보아 내가 봉착할 재난은 간단치 않을 것 같다. 피할 수 있는 방법이 없어 보인다……. 기문신수(奇門神數)를 설(設)하여 보아야 하나…….'
 생각을 굴리고 있던 구양천상은 이내 고개를 저었다.
 '하늘이 모든 것을 나에게 알려주고자 하셨으면 어찌 구름으로 그것을 가렸으랴. 신수는 천기를 침범하는 것이라 개인적인 일에 남용함은 정도(正道)가 아닌데도 이미 천수를 위해 썼다. 운명에 의지함보다, 스스로 조심하고 경계하여 대처함이 옳을 것이다.'
 생각은 정했지만 마음은 쉽사리 맑게 개이지 않았다.
 그러나 그의 얼굴은 이미 평정하였다.
 재난이 임박했음을 알고 있음에도 그의 어디에서도 두려운 빛은 보이지 않았다.
 그의 머리 위로 달빛은 유난히 선명했다.

*　　*　　*

 구양천상은 다음날 다시 백화원을 찾았다.
 그가 백화원을 찾았을 때는 이미 해가 떨어져 갈 때였고, 하늘빛 유삼을 걸친 것이 달라졌을 뿐 그의 모습은 별로 달라진 것이 없었다.
 기실 그의 얼굴은 강호상에서 거의 알려지지 않은 상태라 어쩌면 이처럼 공공연한 활보가 적의 예상을 뛰어넘는 것일 수도 있었다.
 백화원에 나타난 그는 은밀히 양운비를 찾아보았으나 오전에 나갔다는 그는 그때에 백화원에 있지를 않았다.
 잠시 생각한 구양천상은 우미인화원을 벗어나서 만다라원으로 향했다.
 거기에 가서 그가 찾은 것은 영지화 음약화였다.
 그러나 그는 음약화를 만날 수 없었다.
 "우리 아가씨는 병이 나셔서 당분간 외객을 모실 수가 없으니, 죄송하지만…… 다음을 기약하시죠."
 나타난 시비의 말이었다.
 강제로 들어갈 수도 없는 일이다. 염탐을 하더라도 나중에 와야 할 일이 아니랴.
 짐짓 쓴웃음을 지은 그는 발길을 돌리다가 흰 돌이 깔린 길을 보았다. 마치 시냇가에서 가져온 듯한 조약돌들이 쭉 깔린 길, 화원 사이로 난 길은 아름답게 채색된 담장에 연결되어 있었다.
 담장 너머로 날아갈 듯한 처마들이 보였다.
 그 생김은 어딘지 특이한 분위기를 보이고 있는데, 구양천상은 이미 그곳이 어딘지 알고 있었다.
 하지만 그는 자신의 앞에 서서 안내를 맡고 있는 배화원의 심부름꾼에게 묻고 있었다.

"저곳은 어디냐?"

심부름꾼은 쥐눈의 영리하게 생긴 자였는데 그는 구양천상이 가리키는 곳을 보고는 난감한 빛을 띠었다.

'이 사람은 왜 이렇게 골치 아픈 곳만 고른다지?'

그러나 직업의식은 이내 그의 얼굴에 웃음을 떠오르게 만들었다.

"저곳은…… 본 원의 만다라화 중 유명한 능소화 연자경, 연 아가씨의 처소인 능소화루가 있는 곳입니다."

"능소화? 음…… 언젠가 한번 들은 적이 있는 듯하다. 명지화와 쌍벽을 이룬다는 그 능소화 말이지……. 좋아, 앞장서라."

다시 난감한 빛이 심부름꾼의 얼굴에 떠올랐다.

그는 이미 구양천상에게 상당한 돈을 수고비로 받은 터라 함부로 대강 할 수가 없었던 것이다.

"대인…… 하지만 저 능소화 연 아가씨는 영지화 음 아가씨보다 손님 고르는 것이 더 까다로워서 가셨다가 잘못하면 기분만 상하실 텐데, 차라리 수선화나…… 아니면……."

구양천상은 크게 웃었다.

"핫핫핫…… 너는 내가 퇴짜를 맞을 것처럼 보이느냐?"

그 말에 심부름꾼은 멀뚱해졌다.

과연 구양천상의 모습은 학과 같고 기품 또한 범상치 않은지라 어쩌면 잘될 수 있을지도 몰랐다.

그가 고개를 꾸벅 하고 앞장서 능소화 연자경이 있는 담장에 이르러 문을 두드리니 이내 문이 열렸다.

안에서 고개를 내민 것은 아름다운 소녀였다.

'어제 본 시녀로구나.'

구양천상은 그녀가 연자경의 시중을 들던 수다쟁이인 것을 알아볼 수 있었다.

"옥련(玉蓮), 이분 공자께서는 연 아가씨를 만나고자 천 리 길을 오셨으니…… 미안하지만 아가씨께 통보를 좀 해주겠소?"

대체로 기원의 심부름꾼은 눈치 빠른데다 힘을 쓸 수 있는 자들로 고용되어 있어 기녀의 감시 임무까지 띠고 있음이 보통이다.

당연히 기녀 자신들도 그들에게는 쉽게 대하지 못했다.

하지만 지금은 기녀 본인도 아닌 그 시녀에게 심부름꾼이 이처럼 대하는 것을 볼 때, 능소화 연자경이 백화원에서 차지하고 있는 비중은 짐작이 되고도 남음이 있었다.

옥련이라 불린 소녀는 눈을 깜박이며 구양천상을 쳐다보더니 문을 열며 한 걸음 물러섰다.

"일단 안으로 들어오시지요. 비녀(婢女)가 아씨께 말씀을 드리겠습니다."

그녀가 앞서 나가자 심부름꾼은 구양천상에게 속삭이듯 말했다.

"잘됐군요! 옥련이 일단 들어오도록 했으니…… 그녀가 딴 핑계를 대면 안으로 들어가 보지도 못하거든요. 소인은 만다라원의 규정상 더 이상 안으로 들어갈 수가 없으니 잘해보십시오."

구양천상은 가볍게 고개를 끄덕여 보이고 안으로 들어갔다.

어제 그가 보았던 건물들이 보였다.

구양천상이 안내된 곳은 그 중앙에 있는 이층 누각의 아래층이었다.

그곳은 하나의 대청이었는데, 금곡전장의 금룡청과는 가히 견줄 수 없지만 장식이 상당히 화려하고, 그런 가운데에서도 품위를 잃지 않고 있었다.

기원의 대청이 품위를 잃지 않는다는 것은 쉽지 않은 일이었지만 이미 우미인원에서부터 그러한 것을 보아왔던 구양천상은 그것을 그리 신기하게 여기지 않고 있었다.

그가 중앙에 있는 탁자에 앉자 옥련이 안으로 들어가고 이내 그녀보다 나이가 조금 들어 보이는 홍의소녀가 들어왔다.

그녀는 조용한 태도로 들고 온 찻잔을 구양천상의 앞에 놓았다.

"비녀는 홍련(紅蓮)이라 합니다. 아가씨께서 곧 듭실 것이니 잠시 차를 드시면서 기다려 주시면……"

그녀는 구양천상의 앞에 취옥(翠玉)으로 만든 찻잔을 내려놓고는 조심스러운 태도로 찻잔의 뚜껑을 열었다.

찻빛은 찻잔의 푸른빛과 어울려 마치 하늘빛과 같았다.

가만히 그것을 내려다보고 있던 구양천상은 찻잔의 뚜껑을 내려놓는 홍련을 보고 말했다.

"고형차(固形茶)가 민간에서 사라진 지 이미 오래인데, 연 낭랑(燕娘娘:아가씨의 일컬음)은 매우 특별한 취미를 가지고 있는 모양이구나."

고형차라고 하는 것은 차의 잎을 달인 것이 아니라, 그것을 말려 쪄서 덩어리로 만든 차를 말한다. 명나라 초까지는 모두 이 고형차를 사용했으며, 차는 이 덩어리 차를 부숴서 달였었다. 하지만 이 고형차는 대단히 많은 수공을 요하여 이후, 백성의 부담을 덜기 위해 민간은 물론, 진상하는 차도 그대로 찻잎을 달이는 것으로 변했다.

구양천상의 말에 홍련은 그를 보더니 미소했다.

"공자께서는 다도(茶道)에 깊은 조예가 있으신 모양이에요? 맑게 달였음에도 한눈에 알아보심을 보니…… 이 차가 어떠한 것인지도 아실 수 있으신지요?"

이 말은 일개 시비가 할 수 있는 말이 아니다. 구양천상은 그녀가 자신을 시험하고 있음을 알았다.

구양천상은 찻잔을 들어 한 모금 마시고 나서 그 맛을 음미하듯 잠시 눈을 감았다 뜨더니 담담히 웃었다.

"남송(南宋)의 제다(製茶:차를 만드는 법)를 아직 이어오고 있음은 평범한 일이 아니지……. 아마도 이 차는 대관 이년(남송 휘종의 연호, 서기 1109년)에 만들어진 어원옥아(御苑玉芽)가 아니면 만수룡아(萬壽龍芽)인 듯한데, 향기가 조금 강한 것으로 보아 만수룡아에 가까운 듯하다. 맞느냐?"

경악의 빛이 홍련의 얼굴에 떠올랐다.

이것은 가치 불가능에 가까운 일이었다.

고형차는 그 모양에 따라 이름이 결정지어지고 산지에 따라 이름이 붙기는 하지만, 그 종류가 많고 또 민간에서 사용치 않은 지 오래되어 그 맛을 이처럼 다 알고 있는 사람은 있을 수 없기 때문이다.

"몰라뵙고 작은 재주를 부려 공자를 시험하여 몸 둘 바를 모르겠습니다. 용서하십시오."

그녀가 고개를 숙이며 그 자리에 무릎을 꿇자 구양천상은 빙긋이 웃었다.

"그러한 일에 용서가 필요하다면 이 세상은 매우 복잡할 것이다. 일어나도록 해라. 나는 필요없는 격식을 그리 좋아하지 않는다."

구양천상은 말을 하다가 벽에 걸린 족자 하나를 보게 되었다.

거기에는 아주 미려하고 섬세한 행서(行書)의 구(句)가 쓰여져 있는데, 괴이하게도, 한쪽의 대구가 없이 비어 있었다.

구는 이러하였다.

효월잠비천수리(曉月暫飛千樹裏)
새벽 달 잠시 수림(樹林)을 비추나니······

족자의 아래에는 문방사우(文房四友)가 놓여져 있었고 벼루 위에는 아직 먹이 마르지 않은 황모무심필(黃毛無心筆) 한 자루가 보였다.

짐작컨대 방금 전에 쓴 것이 분명했다. 몸을 일으키던 홍련은 구양천상의 시선이 족자를 보고 있음을 알고 입을 열었다.

"이곳에 오신 분들은 모두가 재사기인들이시라, 소비(小婢)는 외람되게 그분들의 필적을 받고 있지요. 방명록이라 생각을 하시면 좋겠지만······ 혹여 마음이 내키지 않으시면 붓을 잡지 아니하셔도 상관이 없으십니다."

"잡지 아니하면?"

홍련이 배시시 웃었다.

"다른 분이시라면 저희 아가씨께서 갑자기 아플 수도 있고, 아니면 어쩔 수 없는 사정이 생겨 접대를 못할 가능성이 많이 생기겠지요……. 하지만 공자께서는 이미 소비의 시험을 받으실 필요가 없으니 상관은 없습니다."

구양천상은 쓰게 웃었다.

"여백을 메우라는 말보다 더 무섭게 들리는군……."

그는 몸을 일으키더니 황모무심필을 집어 들기가 무섭게 족자의 빈자리에 일필휘지하고는 붓을 내려놓고 자리에 돌아왔다.

'세상에…….'

홍련은 그가 단숨에 써 갈긴 글씨를 보고 절로 입이 딱 벌어졌다.

그가 쓴 글은 먼저의 줄과 어울려 절묘한 대구를 이루고 있을 뿐 아니라, 그 글씨는 금방이라도 살아날 듯한 절필로서 먼저의 글씨와 대조가 되면서도 기가 막힌 조화를 이루어 그야말로 용봉제비(龍鳳齊飛)의 형국을 이루고 있었던 것이다.

효월잠비천수리(曉月暫飛千樹裏)
추하격재수봉서(秋河隔在數峰西)
새벽 달 잠시 수림 사이에 반짝이나니
은하수는 아득히 봉우리 서쪽에 가로놓여 있구나…….

홍련이 말을 잊고 있을 때, 옥련과 그 또래의 소녀 하나가 손에 백사궁등(白紗宮燈)을 들고 나와 달고는 촛불을 꺼버렸다.

방 안의 분위기가 은은해졌다.

옥련이 약간 몸을 숙이고는 조그맣게 말했다.

"아가씨께서 나오시나 봅니다."

그녀의 말의 여운이 사라지기도 전에 패옥이 부딪치는 소리가 맑게 들리더니 남빛의 비단옷을 입은 미녀가 모습을 드러냈다.

백사궁등의 은은한 불빛 아래 드러난 남색 옷 미녀의 자태는 가히 천향국색(天香國色)이라는 말이 어울렸다.

구양천상은 한눈에 그녀가 바로 어젯밤에 보았던, 이층 침실에서 옷을 벗던 그 절세의 미인임을 알아볼 수 있었다.

남색 옷의 미녀는 구양천상과 눈이 마주치자 가볍게 미소 지어 보이며 살짝 고개를 숙여 보였다.

바로 앞에서 보니 그녀의 미색은 더했다. 구양천상이 제아무리 철석간장이며, 수양이 과인하다 하나 어젯밤의 일이 생각나자 심신이 진동됨을 금할 수 없었다.

그 순간, 한줄기 향이 코끝을 스치면서 남색 옷의 미녀는 치마를 나풀거리면서 한 마리 나비처럼 사뿐히 구양천상의 옆자리에 와 앉았다.

그리고 맑은 음성이 옥통소가 울리듯 그녀의 입에서 흘러나왔다.

"귀빈을 몰라뵙고 결례를 하였으니 무엇으로 사죄를 하여야 할지를 모르겠군요. 찾아주신 연자경이옵니다. 높으신 이름을 듣고자 하니 허락을 바랍니다."

그녀를 보기까지의 절차는 어떤 양가집의 규수를 만나는 것보다도 더 복잡했다.

일개 기녀가 할 수 있는 일이 아니었다.

어느 누가 자신의 돈을 쓰면서 기녀를 만나는 데 그러한 시험을 받고자 하랴. 그야말로 굶어 죽기 딱 알맞은 일이었다.

하지만 제아무리 화가 났던 사람이라 할지라도 그녀를 본 순간에 그녀에게만은 그러한 자격이 있음을 인정하지 않을 수 없었다.

그녀에게서는 일반 기녀에게서 느낄 수 있는 연지(嚥脂)의 방탕이 아니라, 고결한 아름다움이 느껴져 도저히 다른 기녀들과는 비교를 할 수가 없었기 때문이다.

구양천상은 정말로 고개를 끄덕였다.

"능소화를 일러 하늘의 꽃이라 하는 이유를 이제야 알겠군. 나는 경사(京師:수도 북경)에서 온 육자안(陸子安)이라 하오."

연자경은 환하게 웃었다. 수천의 복사꽃이 만개하는 듯하였다.

"원래 경사에서 오신 육 공자이셨군요? 경사의 귀빈을 모시게 되어 천첩으로서는 일생의 광영(光榮)이 아닐 수 없습니다."

그녀가 말을 하고 있는 사이에 탁자에는 이미 주효(酒肴)가 마련되어 있었다. 음식은 첫눈에도 정갈하고 법도가 있었다.

'시녀들의 움직임조차 다르다. 도대체 이 여자의 신분은 무엇일까?'

단순히 풍진에 몸을 담은 기녀라고는 납득할 수가 없었다.

그때 연자경이 옥배에 한 잔의 술을 따라 내밀었다.

"한 잔의 술을 올리겠으니 받아주시지요."

잔을 잡은 손길은 옥과 같이 빛나고 백설 같은 피부 속에는 은은히 다홍빛이 깃들여 있는 듯하니 길고 가는 손가락은 더욱 아름다웠다.

구양천상은 고개를 끄덕였다.

"설사 독주(毒酒)라 할지라도 미인의 손에 들린 것을 어찌 사양할 수 있겠소······."

그가 단숨에 잔을 들이켜는 것을 보자 연자경은 다시 미소했다.

"공자께는 속기(俗氣)가 느껴지지 않으니······ 아마도 평범한 분이 아닐 것 같은데, 경사에서는 무엇을 하시는지요?"

잔을 내려놓는 구양천상의 어조는 담담했다.

"속인에게서 속기가 느껴지지 않는다니 우습군. 대단한 사람이 아니라 미안하지만 나는 그냥 학문을 닦고 있는 평범한 학인(學人)일 따름이오. 잠시의 시간이 남아 천하를 주유하여 견문을 넓히기 위해 경사를 떠났다가 낙양에 이르러 연 낭랑의 성명(盛名)을 듣고 흠모의 정을 금치 못하여 이렇게 찾아온 것일 뿐이오."

연자경은 손을 들어 입을 가리며 나직이 웃었다.

"천첩의 미천한 이름이 공자의 귀를 더럽혔으니, 죄송하기 이를 데 없군요. 실망이 되셨으면 어찌하지요?"

구양천상은 미미하게 고개를 저었다.

"그럴 리가······ 비록 풍진에 묻혀 있지만 그 허물[垢]이 낭랑의 타고난 빛을 가리지 못하니 그것은 한 덩어리의 옥이 진흙에 묻혀 있더라도 그 빛이 사라지지 않음과 같소······."

잠시 여운을 두던 구양천상은 그녀를 정시하며 말을 이었다.

"나는 낭랑의 이름을 들었을 때는 그냥 단순한 일개 기녀인 줄만 알았었소. 그러나 오늘 보니, 전혀 그렇지 않은 듯하오. 낭랑이 굳이 스스로를 굽혀서 이처럼 풍진에 몸을 담고 있음에는 어떤 까닭이 있소?"

물음은 너무도 갑작스럽고 단도직입적이다.

다시 한 잔의 술을 따르고 있던 연자경의 손이 그 자리에 딱 멎었다.

구양천상을 바라보는 그녀의 얼굴이 일시지간에 얼음과 같이 굳어졌다.

봄날 춘풍과 같던 그녀의 모습이 일단 안색을 굳히자 마치 서릿발 같았다. 범하기 어려운 위엄이 있었다. 일개 여인이, 그것도 불과 이십 세 정도의 여인이 보일 수 있는 일이 아니었다.

하지만 그것은 순간적일 따름이었다.

그녀의 얼굴은 마치 얼음이 풀리듯 순식간에 제 모습을 되찾았다. 그리고 그녀는 웃으며 말하였다.

"속세에 관심없어 은거하시던 분이 하산함은 본의이신가요? 사람마다 그 일신에는 남에게 밝히기 곤란한 사정(事情)이 있기 마련이니, 상공께서는 너무 다그치지 마시지요."

말소리는 부드럽고 영롱했다.

하지만 구양천상은 내심 크게 놀라지 않을 수 없었다.

그녀의 어조로 보건대 그녀가 자신의 신분을 알고 있는 듯하였기 때문이다. 우연히 나온 말이라고 보기에는 그녀의 어조는 너무도 날카로웠다.

가만히 그녀를 바라보고 있던 구양천상은 고개를 저었다.

"사람마다 사정이 있기 마련이고 길이 다르기 마련이지. 하지만 길의 옳고 그름은 스스로가 결정을 하여야 할 것이니 모든 것은 낭랑의 생각에 달려 있지 않겠소?"

연자경은 구양천상에게서 시선을 돌려 손에 든 술잔을 내려다보더니 단숨에 그것을 마셔 버리고는 구양천상을 바라보았다.

"생각만으로 모든 일이 된다면 어찌 세상에서 어려운 것이 있겠는지요? 공자께서는 과연 자신의 생각대로 모든 것이 이루어지셨습니까?"

구양천상은 할 말이 없었다.

그는 원래 말을 많이 하는 편이 아니었다.

말을 많이 하지 않는다 함은 말을 못한다는 것이 아니라, 쓸데없는 말을 하지 않는다는 뜻이다. 그런 만큼 그 이야기에는 조리가 서 있어 아무도 그 말을 멈추게 할 수는 없는 것이다.

한데, 여기에 그러한 일이 일어나고 있었다.

한 잔, 또 한 잔……

밤이 깊어가고 있었다.

第五章

용문풍운(龍門風雲)
―드러나는 태음천주의 정체!
용문에 서린 음모는…….

풍운고월
조천하

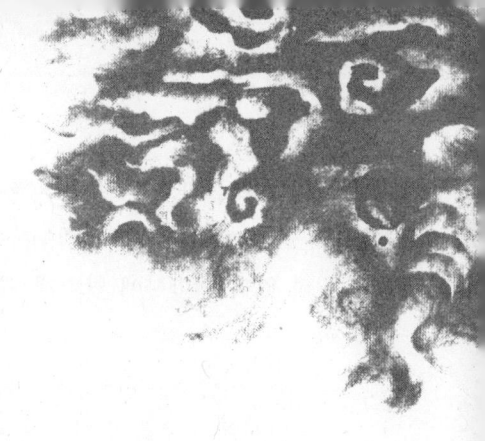

백마사(白馬寺).

후한(後漢) 효명제(孝明帝) 영평 십년(永平十年:서기 10년)에 건립된 중국에서 가장 오래된 사찰이다.

백마사의 정문 앞에는 돌로 된 말[石馬]이 서 있으니, 그것은 곧 이 절의 유래를 의미한다.

그 옛날 후한의 효명제는 어느 날 밤 자신의 꿈속에 궁정으로 날아든 신인(神人)을 보고는 신하들에게 명하여 천축(天竺:인도)으로 법을 구하러 가도록 했고, 낙양을 떠난 진경(秦景) 등의 신하들은 대월씨국(大月氏國)에 이르러 천축 승려인 마등(摩騰)과 법란(法蘭)의 두 사람을 만나 낙양으로 돌아오게 되었다.

낙양으로 돌아온 그들(마등, 법란)을 위해 효명제는 절을 짓게 되었는데, 그것이 곧 오늘날의 백마사가 되었다.

그때 그들과 같이 돌아온 것은 두 마리의 백마였는데 그 백마의 등 위에는 사십이장경(四十二章經)과 석가모니와 입상(立像)이 실려 있어 백마사에 안치케 되었고 절의 이름도 백마사가 된 것이다.

백마사에서 조금 떨어진 곳에는 동백마사의 유적이 있는데, 그 중 제운탑(齊雲塔)이 가장 유명하다.
이경이 다가오는 어둠 속에서 제운탑은 십삼 층의 탑신을 높이 세운 채 존재했다.
구양천상은 바로 그 제운탑의 아래에 서 있었다.
능소화 연자경을 만나 알아낸 것은 아무것도 없었다.
있다면 그녀가 절대로 일개 기녀가 아니고, 또한 평범한 신분을 지니고 있지 않다는 느낌 정도라 할 수 있었다.
후일을 기약할 수밖에 없었다.
그리고 그는 여기에 서 있는 것이다.
그가 주위 경치를 완상하듯 천천히 움직이고 있을 때 어둠 속에서 옷자락 스치는 소리가 빠른 속도로 다가왔다.
돌아보니 한 사람이 바람에 옷자락을 펄럭이면서 나는 듯이 다가오고 있었다.
"정 이숙……."
그 사람을 본 구양천상은 뜻밖이라는 듯 중얼거렸다.
나타난 사람은 추풍객 정락성이었다.
그는 구양천상이 앞에 이르자 포권을 해 보이고는 말했다.
"오래 기다리셨습니까?"

구양천상은 마주 답례하면서 가볍게 고개를 저었다.
"얼마 되지 않았습니다. 어떻게 정 이숙께서 오셨습니까? 지금의 신호는……."
"낙양총탐(洛陽總探)이 오고자 하였으나, 마침 제가 도착을 하여 대신 왔습니다. 가까운 곳에 있으니 필요하시다면 언제라도 신호만……."
"아닙니다. 그래, 저들의 뒤를 따라가서 얻은 것이 있었습니까?"
추풍객 정락성의 얼굴이 흐려졌다.
"죄송합니다. 그들의 움직임은 너무도 신속하고 은밀하여 추적하기가 쉽지 않았습니다. 하지만…… 그들이 아직 이 일대를 벗어난 것이 아님은 분명하니 곧 무슨 소득이 있을 것입니다. 저는 다시 그들의 뒤를 따를 생각입니다."
구양천상은 묵묵히 고개를 끄덕이더니 물었다.
"작은할아버님에 대해서는 아직 소식이 없습니까?"
"백방으로 수소문을 하고는 있으나 워낙 신룡 같은 어르신네라 쉽지 않은 모양입니다. 더구나 어제와 오늘은 수색에 지장을 받아서……."
구양천상은 그를 보았다.
"그들의 움직임은 어떻다고 합니까? 백화원 내에서는 아무런 움직임이 보이지 않는다고 합니까?"
"그런 모양입니다. 말로는…… 어떤 움직임도 보이지 않아 전혀 무림과 관계가 없는 곳처럼 보일 정도라고 합니다. 마치 그 안의 사람들이 모조리 사라져 버린 듯하다고……."

"……."

구양천상은 아무 말도 하지 않았다.

그도 백화원을 돌아보며 그러한 느낌을 받았던 것이다.

어제의 일로 그들은 무섭게 노해 낙양 일대를 암중에 휘젓고 다녔었다. 구양천상을 찾기 위하여…….

그런데 오늘은 아무런 움직임이 보이지 않는 것이다.

'무엇인가 느낌이 있다…… 무슨 일을 꾸미고 있는 것일까?'

방법은 하나밖에 없었다.

다시금 백화원으로 돌아가서 안을 조사해 보는 것이다.

원래 처음부터 그럴 생각이었지만 하나의 약속 때문에 여기에 온 그였다.

휙—

돌연히 앞쪽에서 나지막한 휘파람 소리가 울렸다.

추풍객 정락성은 구양천상을 바라보더니 번개처럼 날아올라 제운탑으로 들어가 버렸다.

그리고 구양천상의 앞으로는 한 사람이 빠른 속도로 나타났다. 그는 갓 삼십대의 청년인데, 눈빛이 번뜩임을 보아 내외공을 겸수한 고수인 듯 보였다.

그는 구양천상의 모습을 발견하자 그를 눈여겨보더니 앞으로 다가와 포권하며 입을 열었다.

"구양 대공이십니까?"

구양천상은 아무 말 없이 그를 보았다.

"소생은 풍류문(風流門)의 전령사자인 예한(艾翰)이라 합니다. 문주의 명을 받들고 왔습니다."

구양천상의 얼굴이 약간 변했다.

풍류문이란 바로 풍류공자 양운비 휘하에 있는 문파이다.

그 이름은 세상에 별로 알려져 있지 않으나 그들의 정보망이나, 이목은 강호제일이라는 개방과도 겨룰 만했다.

"문주에게 일이 생겼소?"

그가 묻자 전령사자 예한은 고개를 저었다.

"아닙니다. 바쁜 일이 있어 약속을 지키지 못하신다고 소생에게 이 서한을 전하라는 말씀이 계셨습니다."

그는 말과 함께 품속에서 한 통의 봉서를 꺼내 내밀었다.

그것을 받아 개봉한 구양천상의 안색이 굳어지는가 싶더니 급히 물었다.

"이 봉서를 받은 지 얼마나 되었소?"

"그리 오래되지는 않습니다. 아마 한 시진쯤 되었을 겁니다."

그 말에 구양천상은 발을 굴렀다.

"무모한 친구 같으니!"

심상치 않음이 느껴졌던지 예한이 무거운 표정이 되어 구양천상을 보았다.

"무슨 일입니까?"

"속히 가서…… 아니오. 정 이숙!"

말을 하던 구양천상은 정락성을 불렀다.

정락성이 제운탑 위에서 날아내렸다. 기인고수가 속출하는 마당이라 그의 무공은 이제 빛을 잃었지만 경공만은 아직도 절정의 수준이었다.

"이분 예 사자와 힘을 합쳐 낙양 일대에서 적이 어떤 움직임을 보이고 있는가를 조사하십시오! 모든 힘을 다 기울여야 합니다."

구양천상은 예한을 보고 말했다.

"문주의 생사가 걸린 일이오. 그는 위험 속으로 몸을 던졌으니 조금도 지체해서는 아니 될 것이오!"

어리석은 자들에게만 말이 많이 필요한 법이다.

정락성과 예한의 신형은 이내 그 자리에서 사라져 갔다.

구양천상은 다시 한 번 그 봉서를 읽어보았다.

봉서의 내용은 대개 이런 것이었다.

〈……나는 현재 태음천주(太陰天主)의 행방을 발견하여 그 뒤를 쫓고 있네. 같이 가고자 하였으나, 때가 늦을 듯하여 혼자 가네. 표식을 남길 테니 흥미가 있으면 쫓아오게나…….〉

그와 구양천상은 원래 백화원에서 만나기 힘들면 이곳에서 다시 서로 연락을 취하기로 하였었다.

그렇기에 구양천상은 백화원에서 이곳으로 바로 왔던 것이다.

'오전부터 시작하여 종적을 찾을 수 없다 하였더니 이런 일을 꾸미고 있었군……. 도대체 별안간 어디서 태음천주의 행적을 발견한 것일까?'

구양천상은 머리를 흔들고는 경공을 전개하기 시작했다.

그에게 무슨 일이 생기면 섭소접에게 면목이 없게 된다.

              *   *   *

 풍류문의 표기는 매우 독특하여 아는 사람이 아무도 없다.
 외부인으로 있다면 구양천상 정도라고 할까.
 그 표시는 낙양을 벗어나 황하 일대를 향하고 있었다.
 밤에 표기를 따라간다는 것은 당연히 쉽지 않다.
 구양천상은 반 시진 정도를 가자 그 표기가 달라지고 있음을 느끼게 되었다. 안정되지 않고 급한 상태에서 남긴 것임을 알아볼 수 있었던 것이다.
 황하 쪽으로 치우쳐 가던 표기는 다시 방향을 바꾸어 낙양에 가까워졌다가 멀어졌다.
 그나마 다행이라고 할 것은 오늘밤은 밤하늘이 맑아 둥근 달이 거울과 같이 걸려 아래를 밝혀주고 있음이다.
 구양천상은 굳은 표정으로 아래를 내려다보고 있었다.
 표기가 있은 지 불과 십 장도 오지 않았다.
 그런데, 그의 눈앞에는 흑의인 하나가 쓰러져 있었다. 태음천의 신패를 지니고 있음을 보아 아마도 그는 태음천에 속한 사람인 듯하였다.
 그러나 그가 죽어 있음이 구양천상의 얼굴을 굳게 하는 것이 아니었다.
 그의 가슴에 난 장인이 그로 하여금 긴장되게 하는 것이다.
 '분명히 운비, 그 친구의 독문무공인 천풍장력(天風掌力)이다! 뒤를 따라가던 그가 무엇 때문에 적과 충돌했을까?'
 해답은 하나뿐이다.

적에게 종적이 발견되어 싸움이 벌어졌다는…….

구양천상은 고개를 젓고는 몸을 날렸다.

그 숲을 지나자 야산(野山) 하나가 나타나고 그 아래에 초가 한 채가 어둠 속에 있음이 보였다. 아마도 농가인 듯하였다.

구양천상은 그 농가를 바라보고 있다가 소리도 없이 농가로 다가갔다. 농가의 앞에 있는 나무에 양운비가 남긴 표기가 있었던 것이다.

그러나 농가 안에서는 아무런 소리도 들리지 않았다.

사람이 살고 있는 어떤 움직임도 보이지 않는 것이다.

잠시 망설이고 있던 구양천상은 문득 불어오는 바람 속에 피비린내가 스며 있음을 느꼈다.

그는 더 이상 망설이지 않고 농가의 문을 열었다.

왈칵 피비린내가 쏟아져 나왔다.

안은 엉망이었다.

탁자가 부서지고 기물이 흩어져 있었다.

농민이 있는 것이 아니었다. 거기에 쓰러져 있는 것도 흑의인이었다. 조금 전에 구양천상이 숲속에서 발견했던 흑의인과 조금도 복색이 다르지 않은 자들이었다. 수효는 셋.

'역시 천풍장에 의해 심맥이 끊어져 죽었다. 무엇 때문에 이자들 정도의 수하들과 싸워야 했을까?'

그때,

삐익— 삐이!

어디선가 귀에 익은 듯한 호각 소리가 밤하늘을 뚫고 예리하게 울려 퍼졌다.

그 순간에 구양천상은 농가를 벗어나 그 소리가 들려온 곳으로 몸을 날리기 시작했다.

채 이십 장을 가지 않아서 그는 한 떼의 흑의인들을 볼 수 있었다. 그들의 수효는 대략 십여 명이었다.

모두 복면을 하고 눈만을 드러낸 그들은 놀라울 정도로 빠른 속도로 움직이고 있었다. 개개인의 경공은 이미 경지에 도달해 있는 듯했다.

얼핏 보면 지금까지 구양천상이 본 흑의인들과 같은 것처럼 보였지만 그들의 팔에는 한 가닥 흰 줄이 그어져 있음이 달랐다.

구양천상이 그들을 발견한 순간이다.

그들의 앞에는 한 사람의 흑의복면인이 유성과 같이 뚝 떨어져 내렸다. 그의 어깨와 팔에는 두 가닥의 흰 줄이 그어져 있고 눈에서는 냉전과 같은 빛이 뿜어져 나오고 있었다.

"집법기 부대장을 뵈옵니다!"

그를 보자 흑의인들이 일제히 허리를 굽혔다.

흑의복면인은 손을 저으며 싸늘한 음성으로 말했다.

"어찌 되었느냐?"

"아직…… 아무런 종적도 보이지 않습니다."

"흥! 적이 이미 발동을 하였는데, 본 천의 최정예인 집법기가 이처럼 바람난 강아지 모양으로 돌아다니기만 해야 한단 말인가? 당장 흩어져 결과를 찾아 보고하라!"

흑의인들이 바람과 같이 사방으로 흩어져 갔다. 그들의 신법은 구양천상이 지금까지 본 자들과는 달랐다.

'어제 본 태음천의 천주기 휘하들과는 같지 않다. 저들이 그

오기 중 집법기 휘하란 말인가?'

그가 생각에 잠겨 있는 중에 부대장이라는 흑의복면인은 주위를 둘러보더니 질풍 같은 속도로 논두렁을 달려가기 시작했다.

미상불 무엇인가 이 밤에 벌어진 것은 틀림이 없었다.

구양천상은 더 이상 생각할 것도 없이 그의 뒤를 따랐다.

좀 전에 그는 농가의 앞에서 표지를 발견했었는데 그것이 가리키는 방향이 집법기 부대장이 달려가는 방향과 같았던 것이다.

얼마를 달려가자 논밭이 사라지고 숲이 나타났다.

어둠 속에서 상당한 면적을 차지하고 있는 장원 한 채가 보였다. 외겼다고 할까, 외진 곳이라 남의 시선이 잘 미치지 않는 곳이었다.

집법기의 부대장이라는 흑의복면인은 그 장원의 안으로 들어갔다.

그 뒤를 따르던 구양천상은 장원에서 얼마 떨어지지 않는 곳에 있는 나무에서 양운비가 남긴 표시를 발견했다. 그 표시가 가리키는 곳은 바로 장원이었고, 거의 알아볼 수 없도록 그 표시는 급하게 갈겨써져 있었다.

구양천상은 그 장원의 생김을 먼저 머릿속에 넣고는 바람과 같이 장원 안으로 날아들어 갔다.

안으로 들어간 그는 흑의인들이 장원 여기저기에서 움직이고 있음을 볼 수 있었다. 그들의 움직임은 조금 전에 보던 집법기의 대원들보다는 많이 떨어지는 수준이었다.

집법기의 부대장은 장원의 후원과 전원의 중간에 있는 대청으로 서슴지 않고 들어갔다. 아마도 이곳은 그들의 거점인 모양이었다.

대청에는 불이 대낮과 같이 밝혀져 있었다.

거기에는 방금 들어간 집법기 부대장을 비롯하여 다섯 명의 사람들이 있는데, 그중에는 태음사자 매약군의 모습도 있었다.

그들은 원을 그리듯 빙 둘러 있었고 그 가운데에는 세 명의 흑의인들이 거의 벌거벗은 모습으로 누워 있었다. 미동도 하지 않고 있음을 보아 아마도 숨이 끊어진 듯했다.

집법기 부대장이 안으로 들어서자 매약군이 그를 보며 물었다.
"어떻게 되었나요?"
"아직…… 보통 교활한 놈이 아니오. 사방에다 흔적을 만들어서 허탕을 치게 해 대원들이 사방에서 헛다리를 짚고 있……!"

그가 대답을 하는데 고개를 숙이고 누워 있는 흑의인, 장한들의 시신을 조사하고 있던 흑삼노인(黑衫老人)이 고개를 들었다.

"어떠한 일이 있더라도 잡아야 하오! 그자가 훔쳐 간 금면지주왕(金面蜘蛛王)은 본 문의 삼대보물 중의 하나로서, 만약 그것을 찾지 못해서 되돌려놓지 못한다면…… 그 어른께 문책을 면치 못할 것이오……."

말을 하는 흑삼노인의 얼굴은 초조함으로 가득 차 있었다. 그의 얼굴은 사람의 안색과 달리 푸르러 보기에 매우 괴이했다.

하지만 밖에서 그 말을 엿들은 구양천상은 그를 다시 한 번 보지 않을 수 없었다.

'금면지주왕이리고?'

금면지주왕이라는 것은 다시 말해서 사람의 얼굴을 닮은 무늬를 가진 한 마리의 희귀한 거미이다.

그러나 그 지닌바 독은 비할 바 없이 지독하여 코끼리라 할지라도 즉사를 면할 수 없을 정도이고, 그 무늬가 완전히 금색으로 변하여 금면(金面)이 되기까지는 짧게는 수백 년, 길게는 천 년의 시간이 있어야 한다.

그러한 독 중의 독물이니, 천하를 뒤져도 찾아보기 힘듦은 당연했고 당대 무림 중에는 오직 한 사람만이 그것을 가지고 있다고 하였다.

그 사람은 강호무림 중에는 한 번도 나타난 적이 없다는 묘강 독문(毒門)의 독왕(毒王) 우잠(于蠶)이다.

'그것이 어찌하여 저 노인의 수중에 들어갔더란 말인가? 그렇다면 그가 독문삼로(毒門三老)와 관계가 있는 사람이란 말일까…….'

구양천상은 미간을 접었다.

독문삼로는 독왕 우잠과 사형제가 되는 사람들이다.

그중 한 사람은 구양천상이 일찍이 묘강에 갔을 때 사귄 적이 있었고, 얼마 전에 그가 숭산에서 사용했던 청하분은 바로 그에게서 얻은 것이었다.

그가 생각에 잠겨 있을 때 집법기 부대장의 말소리가 나직이 들려왔다.

"그까짓 문책이 이 마당에 무에 그리 큰 문제란 말이오? 어차피 그것이 본 천의 대업에 필요하다면…… 흐흐흐…… 처음부터 그것이 묘강으로 다시 돌아갈 가능성은 없지 않소?"

그 말에 흑삼노인의 얼굴이 일그러졌다.

"닥치시오……."

그는 벌떡 일어섰다.

"설사 집법기의 대장이라 할지라도 천주의 명을 집행할 때 외에는 노부의 앞에서 그런 식으로 말하지 못하거늘…… 부대장은 노부를 무시하는 것이오?"

"그럴 리가……."

집법기 부대장은 음산히 웃으며 고개를 젓고는 그 문제는 더 이상 논하기 싫다는 듯 말머리를 돌렸다.

"그가 쓴 무공의 내력은 알아내었소? 집법기 휘하 고수들의 포위를 뚫고 도주할 수 있음은 그가 절대로 무명인이 아님을 말하는데…… 그의 무공은 강호상에 알려진 것이 아니라……."

흑삼노인이 푸른색 얼굴을 우그러뜨리고 있을 때, 그와 같이 장한들의 시신을 조사하고 있던 회색빛 옷의 노인이 집법기 부대장의 말에 입을 열었다.

"상해를 입은 자들은 하나같이 겉으로는 별로 상처가 없고 내부가 으스러져 죽었소. 이런 것은 내가의 불경진맥(拂經振脈)류의 무공으로 절정의 내공을 지니지 않으면 시전할 수 없고, 반드시 독특한 무공에 의해서만 발휘가 되는 법이오. 당금 강호무림 중에는 아마 서너 가지 정도가 이와 같은 위력을 발휘할 수 있을 것이오."

"그게 뭐요?"

"그건 화산파의 죽엽수(竹葉手)나 무당의 면장(綿掌)…… 그리고 강호상에는 잘 알려시지 않있지민 풍류문의 천풍장(天風掌)……."

집법기 부대장이 복면 속의 눈을 번뜩였다.

"무공으로 말하면 혹 가능성이 있을지 몰라도 무당이나 화산의 개코들이 어찌 이곳을 찾아낼 수 있단 말이오? 더구나 화산파에서는 죽엽수가 음독하다 하여 연마를 금지한 지가 오래되었소. 그 풍류문이란 곳은 어디, 뭐 하는 곳이오? 별로 들어본 적이 없는 듯한데……."

"당연하오. 세상에 이름을 날리는 게 목적인 문파가 아니고, 따라서 세력을 키우지도 않으니 알고 있는 사람도 별로 없지, 노부도……."

'정말 양운비로군!'

구양천상은 거기까지 듣자 마음이 급해졌다.

그들이 말하고 있는 사람은 분명히 그가 뒤따르고 있는 양운비인 것이다.

태음천 천주의 종적을 발견하고 그 뒤를 따르고 있다고 하더니 도대체 뭣 때문에 난데없이 여기에 침입하여 금면지주왕을 탈취하여 도주한 것일까?

이들의 말로 보면 지금 양운비는 그들의 집중 추격을 받고 있음이 틀림없었다.

회색 옷 노인의 말이 이어지고 있을 때, 갑자기 어디선가 고막을 울리는 맑은 방울 소리가 들려왔다.

"천주 금령(金鈴)이다!"

다섯 사람이 일제히 바깥을 바라보았다.

그 말과 함께 방울 소리가 대청 앞에서 울리며 한 사람이 나타났다.

일신을 칠흑 같은 흑의로 감싸고 복면을 한 인영의 체구는 매우 왜소해 보였고 방울 소리는 그의 움직임에 따라 일어나고 있었다. 자세히 보면 그의 허리에 제법 큰 금방울이 하나 달려 있음을 알 수 있었다.
"천주의 영유(令諭)가 당도하였소!"
"명을 기다립니다!"
왜소한 흑의인영이 소리치자 대청에 있던 사람들이 모두 일제히 무릎을 꿇으며 고개를 숙였다.
흑의인영은 그들을 한 번 쓸어보더니 이내 빠른 어조로 말했다.
"용문(龍門) 일대에서 그의 종적이 발견되었다는 보고이니 그 일대를 봉쇄, 어떠한 희생을 치르더라도 그를 놓쳐서는 아니 된다는 명이십니다! 그는 이미 중상을 입어 도주할 가능성이 희박하니, 만에 하나라도 불상사가 발생한다면 관계자들 모두에게 죽음으로써 책임을 묻겠다 하시었소!"
"명심, 봉행하오리다!"
모두가 떨리는 음성으로 답하며 황급히 고개를 숙였다.
그것은 천주의 권위를 말하는 것이기도 했다.
왜소한 체구의 흑의인영은 자신을 향해 고개를 숙이고 있는 매약군을 힐끗 내려다보더니 냉소하며 다시 외쳤다.
"속히 움직이도록 하시오!"
구양천상은 더 이상 그들의 움직임을 보지 않고 몸을 빼내었다.

＊　　　＊　　　＊

　용문(龍門).
　낙양 일대에서 빼놓을 수 없는 일대의 걸작이며 사적이다.
　북위(北魏) 효문제(孝文帝) 태화 십팔년(太和十八年:서기 494년)에 건립되기 시작하여 송나라 초기에 이르기까지 무려 오백년 간이나 조성된 이 용문의 석굴은 운강(雲岡), 돈황(敦煌), 맥적산(麥積山)과 병칭되어 중국사대석굴(中國四大石窟) 중의 하나로 불린다.
　이수(伊水) 강변에 자리한 절벽에 조성한 동굴의 수는 공칭 천삼백오십이 개. 일반적으로 알려지기는 이천 개가 넘는다. 그 길이만도 이 킬로미터 이상.
　불상이 무릇 십사만 이천이백팔십구 존(尊), 비석류가 삼천육백여 점에다가 불탑(佛塔)이 사십여 개이니 가히 그 규모가 짐작이 되고 남음이 있지 않은가.

　이수의 물은 오늘도 조용히 흘러가고 있는데 그 위에 비치는 달빛은 더욱 그윽해 보였다.
　하지만 어둠이 짙어갈수록 이 이수변을 에워싸고 있는 이궐용문(伊闕龍門)에서는 숨 막히는 음모의 살기가 소용돌이치며 사방으로 움직여 가고 있었다.
　구양천상은 초조한 마음으로 전력을 다하여 바로 그 용문에 이르렀다.
　양운비의 종적은 어디에도 없었다.

그러나 그는 오는 도중에 태음천의 고수들로 짐작되는 자들을 몇 번이나 보았다. 그가 그들을 먼저 발견하여 충돌이 일어나지는 않았지만 그들이 사방을 수색하며 빠른 속도로 용문 일대를 좁혀오고 있음은 분명히 알아볼 수 있었다.

 '어디로 갔단 말인가? 상처를 입었다고 하더니 설마 행적을 알릴 힘조차 없어졌단 말인가?'

 초조히 주변을 살피던 구양천상은 용문석굴의 불상 중에서 가장 큰 불상이 있다는 연화동(蓮花洞) 입구에서 드디어 양운비가 남긴 표식을 발견했다.

 그것은 마치 낙서처럼 그려진 한 덩이의 조각구름이었다.

 아무도 의미를 알 수 없는 단순한 그 그림을 보는 순간에 구양천상은 양운비가 언제 이곳을 지나갔으며, 지금 그가 어디에 어떠한 상태로 있는지까지를 알 수 있었다.

 조각구름의 머리 부분은 그가 있는 방향을 가리킨다.

 그리고 그 구름이 한 번 꼬일 때마다 그 사람의 신상에는 위험이 가중된다. 그런데 지금 양운비가 남긴 표식에는 구름이 무려 다섯 번이나 꼬여 있었다. 그것은 생명의 위험을 의미하고 있었다.

 '구름의 꼬리가 그리 길지 않은 것으로 보아 운비가 이곳을 지난 지는 불과 얼마 되지 않았다.'

 구양천상은 하늘을 쳐다보고는 빠른 속도로 움직이기 시작했다. 구름의 꼬리는 시각을 의미한다. 풍류문의 소식 전달 표식은 강호제일이라 할 만했다.

*　　　*　　　*

　석벽이 균열처럼 길게 갈라져 하나의 협곡과 같다.
　어둠은 그곳을 제왕처럼 지배하지만 틈새로 달빛이 스며듦조차 막을 수는 없다.
　"으으…… 지, 지독한 장세로군……."
　신음 소리를 양운비는 흘리고 있었다.
　안색은 백지장 같고 입가에는 아직도 가는 선혈이 방울방울 흘러내리고 있었다. 그가 몸을 숨기고 있는 곳은 용문석굴이기는 하되, 불상이 있는 석굴은 아니었다. 앞에는 하나의 불탑이 가로막고 있으니 그쪽 안에 석벽의 틈이 굴과 같이 나 있음을 알아볼 사람은 그리 많지 않으리라.
　그는 석벽에 기댄 채 이를 악물고 바깥을 보았다.
　아직 어떤 조짐은 보이지 않았다.
　"둔한 친구 같으니…… 아직까지 따라오지 않다니, 설마 나를 진짜 귀신으로 만들 셈인가? 윽……."
　혀를 차던 양운비는 절로 가슴을 부여잡았다.
　울컥!
　선혈이 그의 입에서 치밀더니 대번에 가슴팍을 붉게 물들였다.
　그 순간이었다.
　"그 지경이 되고서도 남의 욕을 하나?"
　낮은 음성이 그의 앞에서 들려왔다.
　반사적으로 양운비는 벌떡 몸을 일으켰다.
　"앉아."

한 사람이 조용히 말하며 그의 어깨를 눌러 그가 일어서지 못하도록 했다. 구양천상이었다.

미미한 웃음이 양운비의 입가에 안도로 스쳐 갔다.

"왔군…… 난 또 안 오는 줄 알았지……."

그는 안심이 된 듯 머리를 벽에 기대며 그대로 주저앉았다.

"심한가?"

구양천상이 곁에 쭈그려 앉으며 묻자 양운비는 웃어 보였다.

"죽지 않을 정도는 되네."

구양천상은 말없이 품속에서 고본정양환이 든 병을 꺼내 그 속에서 세 개의 고본정양환을 쏟아내어 그에게 내밀었다.

양운비가 그를 건너다보았다.

"과용하는 거 아닌가? 보약도 너무 많이 먹으면 정력(精力)에 지장이 생겨……."

"이 마당에도 그 타령인가? 어서 삼키게. 내가 진기도인을 해 줄 테니까. 우리에게는 시간이 별로 없어."

양운비는 한입에 고본정양환을 다 털어 넣고는 정색을 했다.

"맞아, 시간이 별로 많지 않겠지. 내 상세는 잠시 운기조식을 한다고 회복될 성질이 아니야. 나는……."

구양천상이 그의 말을 잘랐다.

"입을 다물게."

동시에 그는 손을 번개처럼 움직여 그의 삼십육 개 대혈을 쳐 갔다. 그 움직임은 얼마나 빠른지 마치 서른여섯 개의 손이 한꺼번에 움직이는 듯했다.

"윽!"

양운비는 그의 손속에 나직한 신음과 함께 전신을 부르르 떨더니 눈을 내리감았다.

구양천상은 그의 머리 백회(百會)와 등허리 명문(命門)에 자신의 두 손을 대고 본신의 진기로 그의 회복을 도왔다.

차 반 잔 마실 시간이 지나지 않아 양운비는 눈을 떴다.

"되었네."

구양천상이 손을 떼며 그를 보았다. 그 눈은 무거워져 있었다.

"누구에게 이처럼 심하게 당했나?"

"여자."

"여자?"

"그렇지, 여자가 아니라면 내가 어찌 이처럼 당할 수가 있겠나? 여자가 때리니 그냥 맞을 수밖에…… 싸울 재간이 없지."

그는 말을 하다가 어떤 일이 생각난 듯 얼굴을 굳혔다.

괴이하기 짝이 없었다.

구양천상은 방금 그에게 소요신옹 구양운유가 창안해 낸 대환주천의 점혈 비법을 사용하여 그의 상세를 치료했다.

거기다 고본정양환을 세 알이나 투입했으므로 약효가 도는 순간에 양운비의 상세는 호전되어야 했으나 그렇지가 않았던 것이다.

양운비의 상세는 일반 무림인이라면 살아 있을 수 없을 정도로 무거운 것이었다.

그의 무공은 구양천상과 별 차이가 없을 정도다.

그런 양운비를 이처럼 지독한 상세로 만들어놓은 실력자가 누구란 말인가?

더구나 그것이 여인이라니.

과연 그것이 누군지 짐작조차 가지 않았다.

제아무리 구양천상이라 할지라도 묻지 않을 수가 없었다.

"태음천의 천주를 찾아간다고 하더니 어떻게 된 건가?"

양운비는 씨익 웃었다.

창백했던 그의 얼굴빛은 구양천상의 조처로 조금 나아져 있었다.

"천주가 여자야."

"천주가……?"

그는 얼떨떨해져 있는 구양천상을 보고 고개를 흔들었다.

"게다가 나이도 별로 많지 않지. 얼굴 또한 백화원 십대명화를 능가할 정도이니…… 하하…… 제 버릇 개 못 준다고 한눈을 팔다가 이 지경이 되었지. 그렇지 않다면 이 지경까지 되지는 않았을 것인데……."

구양천상은 입을 다물고 양운비를 바라보았다.

이것은 너무도 의외의 일이 아닐 수 없었다.

당금 천하를 좌지우지, 풍운을 일으키고 있는 신비 세력 태음천의 천주가 여자라니!

양운비는 구양천상이 말없이 그를 쳐다보고 있자 픽 웃었다.

"딴생각은 하지 말아. 화려한 꽃일수록 가시와 녹이 지독하지. 그녀의 손속은 뼈도 못 추리도록 지독하던걸?"

말은 태연하나 구양천상은 그의 안색이 굳어지는 것을 볼 수 있었다.

그리고 보니 천주라는 여인에 대한 말이 나올 때마다 양운비의 얼굴은 굳어지고 있었다. 풍류공자라는 말에 어울리게 양운비의 성품은 호탕하여 그 어떤 경우에도 두려움을 보이는 법이 없었다.

한데…….

구양천상은 침음하고 있다가 입을 열었다.

"태음천의 천주가 여자라는 것이 틀림없나?"

양운비가 고개를 끄덕였다.

"오늘만 두 번을 보았는데 잘못 볼 리가 없지. 여자에 관한 한 일가견이 있는 내가 아닌가."

구양천상은 무거운 마음 중에서도 쓴웃음을 지을 수밖에 없었다.

"자세한 이야기는 일단 이곳을 벗어난 후에 듣도록 하지. 갈 수 있겠나?"

그가 몸을 일으키자 양운비는 서슴없이 고개를 끄덕이고 같이 몸을 일으켰다.

하지만 구양천상은 그가 암중에 미간을 찡그리는 것을 볼 수 있었다.

그러나 그가 부상을 입고 있고, 적이 포위망을 좁혀오고 있음을 아는 이상 이곳에 더 머물 수는 없는 노릇이었다.

第六章

사면초가(四面楚歌)
―보이는 것은 적의 매복이니 어디로 가랴…….

풍운고월
조천하

　양운비가 태음천주에 대해서 단서를 얻은 것은 백화원에서였다. 그가 백화원에 머문 것은 허송세월을 위한 것이 아니었던 것이다.
　그리고 그가 구양천상이 보았던 장원에 이를 때까지 그의 행적은 그런대로 순탄했다.
　비록 작은 충돌이 있었지만 적은 아직 그의 존재를 모르고 있었다.
　하지만 그가 장원에 이르러 신비의 베일에 싸인 태음천주를 보게 되면서 일은 꼬이기 시작하였다.
　검은 휘장이 시야를 차단하고 있었지만 그 안에서 흘러나온 목소리로 미루어 천주는 여사였다. 그것만으로도 족히 강호를 진동할 일인데, 그 태음천주에게 보고되고 있는 내용은 더욱 그를 놀라게 했다.

"그들은 그 장원에서 암중에 일종의 극독을 제조하고 있었는데, 그 이름을 망혼단(忘魂丹)이라 하더군."

"망혼단?"

"음…… 망혼단. 제아무리 심지견정한 자라 할지라도 먹게 되면 모든 기억을 상실하는 꼭두각시가 된다더군. 뿐만 아니라 주인 된 자에게 자신의 생명을 돌보지 않고 충성케 된다니 보통 일이 아니지."

그것은 족히 공포스러운 일이었다.

그 망혼단이 이 비밀 장원에서 만들어지고 있고, 그것이 거의 완성 단계에 왔다는 말을 들은 양운비는 도저히 그냥 있을 수가 없었다.

태음천주가 장원에 온 것은 방금이 아닌 듯 그가 그 말을 들었을 때, 태음천주는 대청을 떠났다.

태음천의 모든 것을 알아낼 수 있는 절호의 기회일 수도 있었다.

그러나 망혼단의 일 또한 그에 못지않았다.

잠시 고민 끝에 양운비는 그들이 태음천주를 배웅하러 나간 틈을 타 장원의 심장부로 진입했다. 이미 그들의 대화에서 망혼단이 어디에서 제련되고 있는지 알고 있는 그였다.

그는 후원 깊숙한 곳에서 연제되고 있는 망혼단을 발견했다.

그는 전력을 다해 그곳을 지키는 자들을 일거수에 처치하고 거의 불이 꺼져 가고 있는 단로(丹爐)를 뒤엎어 버렸다.

약을 제단(製丹)함에 있어서 가장 중요한 것은 불 끄기다.

 그런데 그 단로를 아예 뒤엎어 버렸으니 대라선단이라 할지라도 효력을 기대할 수가 없게 되었다.

 뿐만 아니라 양운비는 그 약실에 있던 모든 약재들을 모조리 뒤엎고 짓밟아 버렸다.

 그러던 중 그는 한 가지 놀라운 독물(毒物)을 발견하게 되었으니, 그것이 바로 금면지주왕이다.

 견문이 풍부한 양운비다.

 그는 그 금면지주왕이 독문에서 얼마나 귀중하게 취급되고 있는지 알고 있었다. 아울러 금면지주왕이 아마도 망혼단의 제련에서 지대한 역할을 하고 있음도 짐작했다.

 망설이는 성격의 그가 아니었다.

 금면지주왕이 간직된 상자를 들고 연단실을 빠져나왔다. 거기까지는 가히 일사천리였다.

 하지만 적이라고 허수아비는 아니었다.

 아무리 양운비의 무공이 높다고 하더라도 그가 그처럼 설쳤는데, 눈치조차 못 챌 리가 없다. 그들을 물리치고 그곳을 빠져나오던 그는 공교롭게도 태음천주를 배웅하고 들어오던 자들과 마주치고 말았다.

 그가 전력을 다해서 포위망을 뚫고 그곳을 벗어나 한숨을 돌리는가 하는 순간에 그의 앞에는 괴이한 향거(香車) 한 대가 나타났던 것이다.

 "거기에 타고 있었던 것이 비로 태음천의 천주였어. 그리고는 이 꼴이지."

이미 기력을 소모하고 있던 양운비였다.

그가 그 자리에서 몸을 피할 수 있었던 것은 순전히 그가 일신에 가진 능력으로 인해 가능했다.

일단 자리를 모면하기는 했지만 그에게는 다시 적과 상대할 능력이 사라진 후였다.

그만큼 태음천주의 무공은 공포스러웠다.

"내가 상대한 것은 그녀의 향거를 호위하고 있는 수신호위라는 두 명이었어. 무서운 자들이었지만 나를 이 꼴로 만든 것은 바로 태음천주였지!"

양운비의 얼굴이 일그러졌다.

"생각이라도 할 수 있겠나? 내가 태음천주와 상대한 것이 오로지 단 일 초라는 사실을……."

*　　　*　　　*

보름달이 가까운 밤하늘의 달이었다.

달은 두 개였다.

출렁이는 이수 속에 흔들리는 달 하나. 하늘에 떠 구름에 희롱당하고 있는 달 하나.

오늘의 달은 너무 밝아 보였다.

최소한 구양천상과 양운비 두 사람에게는.

용문 일대는 대낮과 같이 보였다.

단애를 덮고 있는 석굴과 불상 등이 아니라면 몸 숨길 곳마저 없을 정도였다.

양운비가 몸을 숨기고 있던 곳에서 나와 그의 손을 잡고 그늘의 어둠 속으로 몇 걸음 전진하던 구양천상은 그 자리에 굳어졌다.

"무슨 일이야?"

앞을 내다보던 양운비도 굳어졌다.

그들의 앞에서 삼사 장이나 될까?

긴 그림자를 드리우고 있는 석비의 옆에 한 사람의 흑의인이 그들을 기다리고나 있었던 듯이 우뚝 서 있음을 본 것이다.

딴 곳을 보고 있는 것도 아니었다.

형형히 빛나는 눈길로 그는 그들을 쏘아보고 있었다.

"당신이로군……."

흑의인을 쳐다보고 있던 구양천상이 천천히 중얼거렸다.

흑의인이 손을 들어 복면을 벗었다.

그 얼굴은 바로 매약군이었다. 그녀의 얼굴은 싸늘히, 마치 얼음장과 같이 굳어져 있었다.

"보기 나쁘지 않군요. 그처럼 초연하던 사람이 거미줄에 걸린 파리와 같은 모습을 하고 있는 것도."

"내가 그렇게 보이오?"

매약군은 코웃음 쳤다.

"아직도 느끼지 못하고 있단 말인가요? 당신들은 이미 본 천에서 설치한 함정에 빠져 있어요. 당신의 친구가 그 상태로 본 천의 주력을 피해 이와 같이 도주할 수 있었던 것이 그의 능력 때문이라고 생각을 한다면 태음천의 힘을 너무도 얕보아요."

그녀의 말에 양운비의 얼굴이 돌변했다.

"함정이라고?"

"그래요. 당신은 구양가의 대공이라는 고기를 낚기 위해 사용된 한 마리 미끼였어요."

양운비가 뭐라고 말하기 전에 구양천상이 입을 열었다.

"그는 당신들이 만들고 있는 망혼단의 제련을 방해하고, 그 연단에 결정적으로 필요한 금면지주왕까지 탈취했소. 그와 같은 위험과 희생을 감수해야 할 정도로 내 존재가 가치가 있단 말이오?"

매약군은 차갑게 웃었다.

"함정에는 미끼가 좋아야 한다는 것이 상식이죠. 금면지주왕이 비록 세상에 보기 드문 것이기는 하지만, 제아무리 귀해도 무개옥합에는 비할 수가 없지요. 어떻게 생각해요?"

침묵이 무겁게 주위를 맴돌았다.

"생각보다 더하군…… 감탄했다!"

양운비가 얼굴이 일그러져 신음하듯 중얼거렸.

견디기 힘든 치욕이 아닐 수 없었다. 자신의 판단으로 인해 친구를 사지(死地)로 끌어들인 꼴이 된 것이다. 그는 이러한 경우를 당하기는커녕, 생각조차 해본 적이 없었다.

그러나 구양천상의 얼굴빛은 여전했다.

그의 말소리도 침착했다.

"당신들이 설치한 매복이 우리 두 사람을 확실히 막을 수 있을 것이라고 자신을 하오?"

매약군은 냉소했다.

"오늘 본 천은 본 천의 주력 중 절반 이상을 여기에 투입했어요. 본 천의 성립 이후에 이처럼 한곳에 정예를 집중시킨 적은 단 한 번도 없어요. 당신 생각에는 어떤가요?"

 할 말이 없었다.

 개인의 무학이 아무리 놀랍다고 하나, 태음천과 같은 세력이 전력의 절반 이상을 투입했다면…….

 구양천상의 뇌리에 한 생각이 스쳐 갔다.

 어젯밤에 보았던 그 위험한 천기(天機)!

 '너무도 정확히 빨리 다가오는군…….'

 두 사람은 서로의 얼굴을 마주보았다.

 구양천상의 얼굴에 웃음이 떠올랐다.

 "자네가 원했던 대로 된 거 같군."

 "무슨 소리야?"

 "어제 말하지 않았던가? 내게 함정에 빠지라고……."

 양운비는 어이가 없는지 껄껄 웃었다.

 "말이 씨가 된다더니…… 그거야 자네 혼자 함정에 빠지기 바란 거지, 나까지 포함이 되면 어떻게 한단 말인가? 이래서야 내가 목적했던 어부지리를 얻을 수가 없는데 무슨 소용이야?"

 옆에서 듣자니 어이가 없었다.

 도대체 이 두 사람은 지금 자신들이 어떠한 상황에 처해 있는지나 알고 있는 것일까?

 아니면, 자신이 한 말이 헛소리로 들리는 것일까.

 매약군은 냉소를 터뜨렸다.

 "흥! 당신들 두 사람이면 본 천의 정예고수들마저 두렵지 않은 모양이니…… 설마 당신들 두 사람의 힘으로 능히 본 천의 매복을 뚫고 나갈 수 있으리라고 믿고 있다면 당신들은 너무도 자신의 분수를 모르고 있다고 하지 않을 수 없군요!"

그녀의 말에 양운비가 씩 웃었다.

"옳소. 당연하지. 하지만 그것은 일반적인 경우의 일이고, 도와주는 사람이 있을 경우에는 상황이 조금 달라지는 법이오."

얼떨떨한 빛이 매약군의 얼굴에 떠올랐다.

"도와주는 사람이라니?"

그녀가 얼결에 주위를 둘러보자 양운비는 정색을 하고 말했다.

"찾을 필요 없소. 그 사람은 바로 소저 자신이니까."

"……!"

매약군은 전신을 휘청하더니 그 자리에 그대로 섰다.

그리고 그 다음 순간에 그녀는 싸늘히 웃었다.

"말도 안 되는 소리…… 내가 무엇 때문에 당신들을 돕는다는 말인가요?"

양운비는 핏기를 잃어 조금 희게 변한 얼굴에 미미한 웃음을 떠올렸다. 그의 모습에는 여전히 여인들의 가슴을 울리는 매력이 있었다.

"당신들이 아니고, 바로 내 곁에 서 있는 이 잘생긴 친구 때문이지. 소저의 생각에는 자신이 무엇 때문에 여기에 왔을 것이라고 생각하오?"

그는 매약군이 다시 말할 여유를 주지 않고 계속 말했다. 여자를 다루는 데 있어서는 백 사람의 신기제일이 있어도 당할 수 없을 그였다.

"우리를 발견했음에도 불구하고 신호를 울려 매복을 불러들이기는커녕, 매복이 있음을 말하는 의도가 어디에 있다고 소저는 생각을 하시오?"

매약군의 안색이 변했다.

"그것은······."

그 순간이었다.

고막을 울리는 얼음 같은 웃음소리가 한쪽에서 울려 나왔다.

"호호호호······ 과연 그랬었군······. 어쩐지 근래에 들어 행동이 이상하다 했더니 감히 본 천을 배반하고 외부인과 내통하여 놀아나고 있기에 그랬었구나!"

매약군은 안색이 백지장과 같이 희게 변해 소리가 들려온 쪽을 바라보았다.

그들과 사오 장가량 떨어진 곳에 있는 석굴 안에서 한 사람의 검은 인영이 걸어나오고 있었다.

구양천상은 첫눈에 그것이 바로 장원에 나타나 천주의 명을 전하던 사자(使者)인 것을 알아보았다.

그녀를 알아보자 매약군은 가슴이 철렁했다.

요령(姚玲).

태음천의 다섯 명 태음사자 중의 한 명이다. 매약군과 같은 동료 중의 하나라 할 수 있지만, 평소 매약군이 천주의 신임을 받고 있음을 대단히 질시하여 기회만을 노리고 있는 그녀였다. 그것을 알고 있는 매약군이기에 긴장을 금할 수 없는 것이다.

그것을 증명하듯 요령은 싸늘히 웃으며 다시 매도했다.

"약군! 너는 본 천이 배신자에 대해 어떻게 대하는지 잘 알고 있겠지? 그러면서도 감히 배반을 하다니, 정말 감탄했다!"

매약군은 안색을 굳히고 소리쳤다.
"무슨 허튼소리를 하고 있는 거예요? 나는 이 사람들에게 투항을……."
"오호호호……! 지나가던 강아지가 웃을 소리를 하고 있군! 좋아, 천주의 앞에 가서 그런 말을 해보지!"
요령은 소리를 높여 웃더니 한 손을 쳐들었다.
그녀의 손에서 바람을 가르는 소리가 들리더니 한줄기 불꽃이 공중으로 솟아올랐다. 신호탄이었다.
그것을 보고 매약군은 이를 악물더니 갑자기 옷자락을 펄럭이며 날아올라 그 불꽃이 허공중에서 폭발하지 못하도록 중도에서 차단하려 했다.
하지만 구양천상의 신형이 그보다 더욱 빨랐다.
그가 거대한 대붕과 같이 허공을 가르며 허공을 격한 채 전력을 다한 일장을 갈기자 신호탄은 채 이 장도 솟아오르지 못하고 불꽃을 터뜨리지도 못한 채 박살이 나 흩어졌다.
그것을 보자 매약군은 허공에서 창응회신(蒼鷹廻身)의 신법으로 몸을 꺾으며 그대로 요령을 향해 내리꽂혔다.
"대담한 계집애 같으니! 더 무슨 할 말이 있어? 절대로 그냥 두지 않겠다!"
요령은 매섭게 소리치며 번개처럼 뒤로 두어 걸음 물러나 손을 휘둘러 다시금 신호탄을 발사했다. 이번 것은 뒤로 쏘아내어 구양천상도 막을 수가 없었다. 양운비가 막아내고자 하였지만 평상시의 그가 아니라 어쩔 수가 없었다.
신호탄은 밤하늘에서 폭발했다.

적이 몰려오는 것은 시간문제였다.

"전력을 다해 저 여자를 죽이게! 우리와 원군에게는 시간이 없어!"

구양천상이 날아내리자, 양운비는 그를 향해 다급히 소리쳤다.

구양천상은 그의 말이 무엇을 의미하는지 잘 안다.

원래 매약군은 처음부터 태음천을 배신하려는 마음은 없었다.

물론, 구양천상에 대해 호감과 같은 감정을 가진 것은 틀림이 없었을 것이었다. 하지만 그것이 배신이라는 엄청난 결과로 이어질 정도의 것은 아니었다.

아직은 감히 할 수가 없음이 옳은 말이었다.

아무리 여자가 사랑에 빠지면 부모도 몰라본다는 말이 있다고는 하지만 그녀와 구양천상의 사이에는 그러한 감정이 생길 만한 일이 없었던 것이다.

그런데 그것을 그 방면의 귀재 양운비가 들어 단숨에 이러한 결과로 몰고 가버렸다.

매약군은 배반을 하고 싶지 않더라도 남이 그것을 인정하지 않을 판이었다. 그녀도 그것을 잘 알고 있기에 이를 악물고 동료 요령을 공격해 간 것이다. 그녀를 죽여 입을 막아야만 했다. 자신이 살아남기 위해서.

구양천상은 쓴웃음을 지었지만 이 마당에서는 선택의 여지가 없었다.

그가 바람을 일으키면서 날아듦을 보고 요령은 가슴이 철렁했다. 매약군과 그녀의 무공은 원래 별 차이가 없었다. 차이가 있다 해도 그녀는 원군이 도달할 때까지 충분히 버틸 자신이 있었다.

그러나 구양천상이 가세하면 일은 전혀 달랐다.

상대는 세상이 인정하는 당대의 중요 인물이다.

당황하여 손발이 어지러워진 그녀는 매약군에게 전력을 다한 공격을 퍼부어 그녀를 한 걸음 물리치고는 그 틈에 몸을 뒤로 빼냈다.

그리고 온 힘을 다해 뒤로 몸을 날리려던 그녀의 눈에 공포가 드러났다.

놀랍게도 구양천상이 어느새 그녀의 앞을 가로막고 있었던 것이다.

그는 엄숙한 빛으로 한 손을 치켜들어 그녀를 가리키고 있는데, 그 손에는 장엄한 금광이 일어나고 그의 옷자락이 절로 펄럭이고 있었다.

요령은 숨도 쉬기 어려운 압력이 전신에 가해져 옴을 직감했다. 피할 수 없음을 안 그녀는 전신의 모든 공력을 끌어올려 거기에 대항했다. 그녀의 손에서는 지난날 매약군에게서 보았던 청색의 기류가 아지랑이와 같이 뻗어 나오고 있었다.

팍!

농축된 무엇이 터지는 듯한 음향이 일어났다.

"학!"

마치 폭풍을 만난 조각배처럼 전신을 떨던 요령은 그 힘을 이기지 못하고 금방이라도 쓰러질 듯이 비틀거리며 잇달아 뒤로 물러났다.

세찬 바람이 회오리처럼 일어나 주위로 퍼져 나갔다.

요령이 십여 걸음이나 물러난 곳은 바로 매약군의 앞이었다.

"요 사자…… 상세가 심해요?"

의외에도 매약군이 그녀를 부축하며 물었다.

요령은 놀라 머리끝이 곤두섰다.

그녀는 황급히 매약군의 손길을 뿌리치며 뒤로 물러나려 했다.

하지만 이미 손과 발이 그녀의 말을 듣지 않았다. 피가 목에서 올라오고 코에서 쏟아지고 눈과 귀에서도 흘러나왔다.

세상의 모든 것이 그녀와 상관없이 멀어지고 있었다. 천지가 온통 암흑으로 가득 찼다.

구양천상의 일장이 그녀의 심맥을 완전히 뒤흔들어 버린 것이다.

"너…… 너…… 너…… 너……!"

말소리가 잦아들었다.

그녀가 칠공에서 선혈을 쏟아내며 쓰러짐에 매약군은 내심 크게 놀랐다.

'요령의 무공은 나보다 별로 못하지 않는데, 그가 단 일 장으로 심맥을 끊어버리다니…… 이제껏 그는 본신의 능력을 다 보이지 않고 있었단 말인가?'

하지만 그것은 내심의 생각이고 그녀의 행동은 달랐다.

"악독하군! 이런다고 당신들이 본 천의 포위망을 벗어날 수 있을 것 같은가? 당신들이 땅 위에 있는 한, 어림도 없다!"

그녀는 매섭게 소리치면서 온 힘을 다해 구양천상을 공격했다.

그녀를 물리치지 않고서는 전진할 수가 없다.

돌변한 상황이건만 구양천상에게서는 당황한 빛이 없었다.

차가운 한마디가 그의 입에서 흘러나왔을 뿐이었다.

"비키지 않는다면, 어쩔 수 없다!"

그의 손이 쳐들렸다.

"아악!"

매약군은 그와 일장을 마주하는 순간에 처절한, 애처로운 비명을 터뜨리고 선혈을 뿜어내면서 쓰러졌다.

놀라운 위세였다.

구양천상은 그녀를 돌아보지도 않고 양운비의 손을 잡으며 바람과 같이 그녀를 스쳐 갔다.

그때였다.

"게 서라!"

음산한 호통 소리가 공중에서 들려오는가 싶더니 무서운 속도로 가까워졌다.

반사적으로 허공을 올려다본 구양천상과 양운비의 안색이 변했다. 밤하늘을 가르는 유성인 양 번뜩이는 도광(刀光) 한줄기가 그들을 향해 내리꽂히고 있었던 것이다.

도광 한줄기의 범위는 놀랍게도 삼사 장 이상을 덮고 있어 가히 경인(驚人)의 위세였다.

"먼저 가게!"

구양천상은 양운비를 마치 던져 내듯 앞으로 밀어내며 양 소매를 떨쳐 내어 그 도광을 막아갔다.

쓰쓰— 쓰파앗!

격돌이 일어났다.

도광이 한 마리 이무기처럼 꿈틀거리면서 소용돌이치고 수영(袖影) 장풍이 그 속에서 흙먼지를 말아 올리면서 움직였다.

단 한 순간의 격돌에서 구 초 십이 식이 교환되면서 두 사람이 떨어졌다.

구양천상의 앞으로 한 사람의 녹포괴인이 옷자락을 날리면서 날아내렸다. 손에 들린 한 자루의 기형도는 악마의 이빨과 같이 어둠 속에서 번뜩이고 있었다.

'태음천 천봉기 대장!'

구양천상은 대번에 그가 지난번 태산에 왔다가 참패를 당한 천봉기 대장임을 알아볼 수 있었다.

천봉기 대장은 독사의 눈과 같이 날카롭고도 차가운 눈으로 구양천상을 쏘아보고 있었다. 구양천상의 소매 한쪽이 거의 다 찢겨져 나가 너풀거리는 것을 보고 그의 무표정한 얼굴에 음산한 웃음이 떠올랐다.

"오랜만이군! 지난번의 만남 이후에 항상 너를 잊은 적이 없었다. 흐흐흐흐…… 오늘…… 이 자리는 소요곡 구양세가가 아니니, 더 이상 그 알량한 매복을 이용할 수는 없겠지……."

그는 천천히 수중의 기형도를 움직여 구양천상을 겨냥했다.

원래 그는 신호가 올라감과 동시에 이곳에 당도했다.

굳이 말한다면 요령이 구양천상의 손에 의해 쓰러짐과 동시라 할까. 그가 온 쪽은 단애의 위쪽이라서 그는 매약군이 쓰러지는 것을 보고는 더 이상 참지 못하고 십 장여 높은 단애의 위에서 도광을 이끌면서 구양천상을 덮쳐 내렸었던 것이다.

하지만 그는 어찌 매약군이 스스로 구양천상의 장세에 몸을 던져 피를 토하고 나가떨어질 것을 상상이라도 했을까.

구양천상은 주위에 사람의 그림자가 어른거림을 의식할 수 있었다. 사방에서 녹포인들이 몸을 날려 다가오고 있었다. 천봉기를 따르는 휘하의 고수들인 모양이었다.

이제부터는 시간을 끌수록 불리했다.

구양천상은 쓰러져 있다가 겨우 몸을 일으켜 석벽에 몸을 기대는 매약군을 슬쩍 보고는 천봉기 대장을 향해 담담히 말했다.

"과연 그렇게 자신이 있다면 그 자리에서 한 걸음 앞으로 나와 보시오."

"……!"

천봉기 대장은 자신도 모르게 주춤하며 자신의 발아래를 내려다보았다. 그것은 거의 반사적이었다.

그 순간, 구양천상의 입에서 낭랑한 웃음소리가 터져 나왔다.

"핫핫핫…… 이곳이 구양세가가 아니라는 것을 당신은 금세 잊어버린 모양이로군!"

동시에,

펑!

요란한 음향과 함께 그가 서 있던 자리에서 일진의 연기가 사방을 뒤덮으면서 일어났다. 그것은 실로 간단치 않아서 순식간에 주위 이십여 장을 덮어버렸다.

천봉기 대장이 노해 부르짖었다.

"게 서라!"

그는 땅을 박차고 날아올라 구양천상이 있던 곳을 덮쳐 갔다.

연기 속에서 한차례 요란한 소리가 들려왔다.

그리고 웃음소리,

그 소리가 멀어져 가는가 하는 순간에 천봉기 대장이 연기 속에서 뛰쳐나왔다. 해골처럼 마른 그의 얼굴이 칠면조처럼 변하고 있었다.
 그는 이를 악물더니 소리쳤다.
 "쫓아라! 절대로 놓쳐서는 아니 된다! 놈은 반드시 천봉기가 잡아야 한다!"
 신호탄이 밤하늘로 올라갔다.
 매약군은 녹포인들이 사방으로 다시 흩어져 가는 가운데 천봉기 대장의 안색을 보고 그가 이미 한차례 손해를 보았음을 알 수 있었다.
 구양천상과 양운비가 사라진 연막은 아직도 걷히지 않고 계속 번지는 중이었다.

 구양천상과 양운비는 연막이 시야를 가리는 사이에 그 자리를 벗어날 수 있었다.
 하지만 그것은 이제 시작이었다.
 그 정도를 어찌 위기라 할 수 있겠는가.
 뒤쪽에서는 호각 소리와 신호탄이 연이어 터져 올랐다. 두 사람은 그것이 놀라운 속도로 자신들을 좁혀오고 있음을 알 수 있었다.
 "간단히 벗어날 수 있을 것 같지 않군……."
 양운비가 사방의 움직임에 귀를 기울이고 있다가 중얼거렸다.
 그 순간에도 그들의 신형은 바람과 같이 움직여 멈추지 않았다. 양운비가 부상을 당했다고는 하지만 구양천상이 그를 부축하고 있어 그 움직임은 아직 크게 느리지 않았다.

구양천상이 말했다.

"그들이 설치한 함정은 아마도 용문 일대일 거야. 그러니 지금 우리가 할 수 있는 일은 최대한 빨리 용문을 벗어나는 것이지."

쓴웃음이 양운비의 창백한 얼굴에 번져 갔다.

"말은 쉽지."

그는 다시 말했다.

"좀 전의 그 녹포괴인과 같은 자가 둘만 더 나타난다면 오늘밤 우리의 생사는 제법 불분명해질 것 같은데…… 과연 그들이 고수를 얼마나 많이 준비해 두었는지 모르겠군."

"그건 나중에 한가할 때 생각해 보도록 하게."

구양천상은 그의 말을 막아버리고 더욱 빨리 달리기 시작했다. 양운비는 그가 암중에 무엇인가 생각하고 있음을 느끼고 아무 말도 하지 않았다.

아무리 은밀하고 빠르게 움직여도 이미 기다리고 있던 적이다. 충돌을 면할 수는 없다.

그렇다고 돌아서 간다면 얼마가 지나지 않아 움직이지도 못하게 될 것이 틀림없었다. 채 반 시진이 지나지 않아 그들은 이미 아홉 차례의 대소 격전을 치르고 전진을 했다.

구양천상은 마치 날개 달린 호랑이와 같았다.

호각 소리는 계속해 들려오고 있었지만 한 번도 그들을 추월하지 못했다. 뒤를 따라오고 있을 뿐이었다.

"후우……."

앞을 가로막는 흑의인 둘을 단숨에 쓰러뜨린 구양천상이 길게 숨을 내쉬며 양운비를 돌아보았다. 용문석굴이 있는 그 긴 단애가 이제 끝나가고 있었다. 몇 마장만 가면 그곳을 벗어날 수 있는 것이다.

하지만 양운비와 함께 막 몇 걸음 나서던 구양천상은 그 자리에 굳어지고 말았다.

그들의 눈앞에는 단애에 이어진 야트막한 구릉이 나타나고 있었다. 몇 그루 소나무가 뒤틀리면서 자라나고 있을 뿐 기암괴석만이 나뒹굴고 있는, 몸 숨길 곳도 없는 황량한 돌산.

그 위에 한 사람의 흑의인이 팔짱을 낀 채 그들 두 사람을 내려다보고 있었다.

거리는 십사오 장가량.

복면을 하여 얼굴은 알 수 없으되, 드러난 두 눈에서 번뜩이는 형형한 신광은 그 어둠 속을 횃불과 같이 꿰뚫고 두 사람을 쏘아보고 있었다. 그의 어깨 어림에는 세 개의 흰 줄이 선명했고 그의 뒤에는 얼마 전에 장원에서 보았던 태음집법기 부대장이 우뚝 서 있었다.

그들의 좌우로는 집법기 휘하의 고수들이 천천히 밀려 내려오고 있었다. 그 형상은 구양천상들을 기다리고 있다가 맞이하려 내려오는 듯했다.

"환영하오. 구양 대공…… 본 대장은 여기에서 기다린 지 오래되었소."

팔짱을 끼고 있던 흑의인은 미동도 않고 서서 말하였다.

그의 음성은 크지 않았으나, 또렷이 구양천상과 양운비의 귀에 전달되었다. 그가 태음천의 제일고수 집법기 대장임은 짐작하기 어렵지 않은 일이었다.

반사적으로 뒤를 돌아보던 양운비는 안색이 더욱 굳어졌다.

그들의 뒤에도 서서히 움직이고 있는 자들이 있었다. 구양천상은 그중 한 사람을 알아볼 수 있었다. 천주기 대장이었다. 그렇다면 움직이고 있는 자들은 그 휘하의 고수들이리라.

제아무리 구양천상이 침착하다 해도 퇴로까지 차단당하고서야 마음이 무겁지 않을 수 없었다.

이제는 정말로 함정에 걸려든 것이다.

얼핏 보아도 적의 수효는 백이 넘었다. 천봉기가 합류한다면 아마 그 수는 지금의 배 이상이 될 것이다. 매약군의 말은 틀리지 않았다. 아니, 어쩌면 정예의 절반 이상이 모인 듯했다.

더 이상 망설일 수 없음을 구양천상은 깨달았다.

"운비, 갈 수 있겠나?"

"무슨 소리인가?"

괴이한 빛이 양운비의 눈에 떠올랐다.

그들의 대화는 전음으로 이루어지고 있었다.

"상황으로 보아 어차피 둘이 가기는 힘이 든다. 저들이 노리는 것은 나……."

양운비의 눈 속에서 차가운 빛이 피어났다.

"나에게 혼자 도주하란 말인가? 이 일이 누구 때문에 벌어졌는데? 더구나, 저 포위망을 지금의 내가 뚫을 수 있으리라고 생각한단 말인가?"

구양천상은 고개를 저었다.

"방법이 없다면 이런 말을 꺼내지도 않았지."

"방법이 있다면 왜 자네가 사용하지 않는가? 이 자리는 내가 지키지. 잠시라도 시간을 벌 수 있을 거야. 아직까지는⋯⋯."

적이 점점 다가옴을 보고 구양천상은 빠르게 말했다.

"고집을 부릴 때가 아니야. 저들이 노리는 것은 나이니, 자네에게는 그다지 신경을 쓰지 않을 거야. 아마 자네 혼자라면 포위를 뚫는 것은 조금 수월할걸? 그렇게만 된다면⋯⋯ 나는 마음의 부담을 덜고 전력으로 움직일 수가 있어. 무슨 소리인지 알 수 있나?"

양운비는 어리석은 사람이 아니었다.

그는 얼굴을 일그러뜨리면서 묵묵히 고개를 끄덕였다. 그가 사라진다면 구양천상은 아마도 좀 더 수월할 수 있을 것이었다.

그것이 지금의 그가 할 수 있는 최선이었다.

구양천상이 그의 손을 잡았다.

소맷자락을 통해서 차가운 물체가 자신의 손에 잡힘을 양운비는 깨달았다.

그가 물어보려 할 때 구양천상이 다시 말했다.

"은하침통일세. 내가 개량한 것으로 손목에 매달아 손의 움직임으로 조절할 수 있게 되어 있어. 한 개, 두 개, 세 개, 따로따로 쏠 수가 있고 마음먹기에 따라서는 연속 발사도 가능하지. 필요하다면 침통 안에 있는 침 모두를 한꺼번에 발사할 수도 있네. 그렇게 되면 아마 그것을 피할 수 있는 사람은 거의 없을 거야."

그 말에 양운비는 구양천상이 여기까지 오면서 소매를 쳐들기만 하면 적이 짚단과 같이 쓰러졌던 이유를 알 수 있었다. 그의 소매 속에는 은하침통이 숨어 있었던 것이다.

"이것을 내게 주면 자네는 어떻게 하나?"

양운비의 물음에 구양천상은 미소했다.

"나처럼 준비성이 강한 사람은 여분을 가지고 다니기 마련이지. 걱정 말게."

그들이 손을 잡고 천천히 움직이고 있음을 내려다보고 있던 태음집법기 대장이 말하는 소리가 들려왔다.

"본 천의 천주께서는 구양 대공을 중시하고 있소. 지금이라도 적대 의사를 버린다면 우리는 친구가 될 수도 있을 것이오."

그의 말과 함께 구양천상이 속삭이듯 말했다.

"내가 전력을 다해 자네를 집어 던질 테니까 그때 그쪽으로 날아가면서 가로막는 자들을 처리하게. 그리고 포위망을 뚫을 수 있으면…… 반드시 물로 가게."

"물?"

양운비가 되묻자 구양천상은 고개를 저었다.

"설명은 나중에 하지. 마지막 희망일세. 자, 준비하게!"

구양천상과 양운비는 동시에 땅을 박차고 날아올라 왼쪽의 적을 향해 덮쳐 갔다. 흑의인들이 그 앞을 막아섰다.

양운비를 잡았던 구양천상의 왼손이 쳐들리면서 양운비의 신형이 훌훌 날아오르고, 그와 동시에 구양천상의 오른손이 앞으로 쭉 뻗었다.

쉬쉬쉬! 무서운 은빛이 마치 폭포수가 거꾸로 쏟아지듯이 그의 소매 속에서 사방 팔구 장을 뒤덮으면서 쏟아졌다.

처절한 비명이 사방을 진동했다.

"피해라! 구양세가의 은하침통이다!"

집법기 대장이 외치며 날아올랐다.
 순간적으로 대혼란이 일어나며 그 사이를 구양천상의 전력을 다한 팔 힘을 빌린 양운비가 바람을 가르며 한꺼번에 무려 사십여 장을 날아 단숨에 포위망을 돌파했다.
 그를 가로막는 자들의 입에서는 거의 처절한 비명이 대답처럼 터져 나왔다. 양운비는 힐끗 구양천상이 있는 쪽을 바라보더니 망설이지 않고 물이 있는 이수 쪽으로 사라져 갔다.
 구양천상이 그에게 물이 있는 곳으로 가라고 한 것은 매약군의 말에 의해서였다.
 그녀는 분명히 땅 위에 있는 한 벗어날 수 없다고 했었다. 구양천상은 그 말을 생각해 본 끝에 그녀가 가리킨 곳이 물이라고 생각했다. 새가 아닌 이상 하늘로 올라갈 수는 없는 일이니까.
 그가 너무 세심하여 매약군이 그냥 한 말에 의미를 부여했다면, 그도 어쩔 수 없는 일이었다.
 그것도 운명(運命)이니까.
 구양천상이 자신의 손에 남아 있던 은하침 모두를 한꺼번에 사용하여 양운비의 혈로를 뚫어주는 순간에 그의 뒤에서는 무서운 기세가 덮쳐 오고 있었다.
 고수에게 있어서 가장 중요한 것은 기세이다.
 경지에 오른 고수는 보이지 않는 미세한 기세를 감지할 수 있다. 더 나아가서는 공기의 미세한 파동까지도 느낄 수가 있는 것이다. 물론 그것은 아무나 할 수 있는 것이 아니다.
 원래 구양천상은 양운비를 도주시키고 자신도 그 뒤를 따르려 했었다.

하나, 그의 뒤에서 덮쳐 오고 있는 기세를 느낀 순간에 그 생각은 포기하지 않을 수 없었다. 도저히 몸으로 받아내거나 상관하지 않을 수 있는 기세가 아니었던 것이다. 죽음을 각오한다면 몰라도…….

구양천상은 거세게 진기를 한입 들이마시며 몸을 천선지전(天旋地轉)의 일식으로 팽이와 같이 차 돌리며 일장을 따로 때려냈다.

펑!

구양천상은 막강한 충격이 가슴을 치는 것을 느끼고 놀라 앞을 바라보았다. 충격으로 그 자리에 서 있기가 힘이 들었다.

집법기 대장이 그의 앞에 우뚝 서 있었다. 그의 복면한 눈에도 놀람의 빛이 보였다.

"구양가의 무공은 그 머리를 따라가지 못한다고 하더니…… 오늘 보니 그것은 과소평가였었군."

집법기 대장이 신음처럼 중얼거리며 천천히 양손을 세웠다.

그의 손은 다른 사람에 비해 길어 보였다. 그리고 컸다.

구양천상이 그것을 느낀 순간, 집법기 대장은 우레와 같은 호통을 지르며 날벼락 같은 일장을 다시 쳐왔다. 질풍노도와 같은 장세가 일어났다. 아니, 그것은 장세가 아니었다.

배산도해의 힘을 지닌 권력(拳力)이었다.

콰콰콰!

"패권(覇拳)?"

그것을 본 구양천상의 입에서 놀람의 소리가 터져 나왔다.

펑!

막강한 충격.

구양천상은 비틀 한 걸음 물러났다.

다시 일 권이 무너져 오고 있었다. 마치 산이 무너져 내리는 듯한 권세였다. 그 기세는 가공하여 막아내지 않고 피할 가능성은 거의 없었다.

천기미리보가 발휘되었다.

그의 옷자락이 찢어질 듯 펄럭이는 가운데 전신이 터져 나갈 듯한 압력 속에서 일 장여를 물러나서야 권세를 피할 수 있었다.

패권의 무서움은 그 가공할 권세가 계속하여 이어지는 데 있었다.

한데, 집법기 대장은 연달아 삼 권을 격출하고는 형형한 시선으로 구양천상을 쏘아보고 있을 뿐이었다.

주위를 의식한 구양천상은 순식간에 그 이유를 알 수 있었다.

집법기 휘하 고수들이 그를 포위하고 있었던 것이다.

단순한 포위가 아닌 듯했다.

'구성연환(九星連環)의 소모진이구나.'

구양천상은 표정이 무거워졌다.

신기제일 구양세가의 핵이라 할 수 있는 대공 구양천상이 그였다. 어떠한 진세라 할지라도 그에게 있어 그다지 효력을 발할 수 없다. 하지만 이 구성연환진은 달랐다.

이것은 진세의 변환이 기오(奇奧)한 절정진세가 아니다.

아홉 사람의 힘을 바탕으로 하여 상대의 힘을 뽑는 것이다.

파해의 방법이 따로 있는 것이 아니었다. 그저 아홉 명 구성 인원을 힘으로 쓰러뜨려야만 했다.

구양천상과 같은 진세의 전문가도 속수무책인 진세였다. 아마도 그를 의식한 배치일 것이다. 지금과 같은 상황에서 힘을 소모함은 곧 패배를 의미한다.

집법기 휘하의 고수들은 달랐다.

그들 개개인은 모두 강호고수의 자격이 있었다.

구양천상은 그들 전부를 쓰러뜨리는 것을 목적으로 하지 않고 진세를 벗어나는 데에 주력하였음에도 공력의 소모가 큰 대라금광수를 연달아 세 번이나 쓰고서야 그들 중 다섯을 쓰러뜨리고 그 진세를 벗어날 수 있었다.

아쉬운 것은 양운비를 보내기 위해 일시에 소모한 은하침통이었다.

그러나 그는 진세를 벗어나자마자 숨 돌릴 틈도 없이 그의 앞으로 닥쳐오는 집법기 대장의 권세를 보아야 했다.

이건 피할 수가 없다. 마주 일장을 쳐내어야만 하였다.

펑!

구양천상은 다시 충격을 받고 뒤로 한 걸음 물러났다.

집법기 대장은 어깨를 한번 흔들더니 날벼락과 같은 고함을 지르며 다시 놀라운 위세의 패권을 쏟아냈다. 구양천상이 그것을 막기도 전에 그는 제이권을 쏟아내고 다시 제삼권을 쏟아내고 있었다. 주위 삼사 장이 모조리 그의 권세하에 뒤덮여 버렸다.

그것을 보고 구양천상의 안색이 돌변했다.

'패권은 위력이 강한 만큼 공력의 소모가 극심하여 어떤 사람도 함부로 전개하지 못한다. 한자리에서 열 번 이상 전개한 사람은 거의 존재하지 않는다! 저자가 단숨에 삼 권을 쏟아낼 수 있다

니, 그렇다면 저자가 정녕 권왕(拳王) 천이도(千移都)란 말인가?'

그의 놀람은 당연했다.

패권은 너무도 막강한 패도공부였다.

그래서 어느 누구도 한꺼번에 열 번을 전개한 적이 없었고 다섯에서 일곱 번이 그 한계처럼 되어 있었다. 그것을 깨뜨린 사람이 권왕 천이도였다.

그는 한자리에서 패권을 무려 열 번을 전개하여 패권십식(覇拳十式)의 벽을 무너뜨린 사람이었다.

그가 진정으로 이십 년 전부터 나타나지 않고 있는 권왕 천이도라면 힘으로 그와 맞서는 것은 어리석은 일이다.

구양천상은 모든 힘을 기울여 천기미리보를 전개하여 그의 권세하에서 벗어나려 했다. 일대일이라면 대결도 해보겠으나, 지금은 그런 상황이 아니었다.

그의 다리 아래에서 건곤(乾坤)이 전도되고 감리(坎離)가 교차되며 태산을 무너뜨릴 듯한 집법기 대장의 제삼권을 피해내고 있을 때, 구양천상은 그가 피하는 자리에서 마치 기다리고나 있었다는 듯이 그를 향해 덮쳐 오는 무서운 검세를 느낄 수 있었다.

뼈를 깎을 듯한 검세.

구양천상은 자신의 뒤쪽이 모조리 그 검세하에 놓여 있음을 깨달았다. 피할 수 있는 검세가 아니었다.

한소리 호통과 더불어 구양천상은 몸을 앞으로 비스듬히 숙이는 동시에 회전시키며 오른발을 들어 뒤로 선풍소낙엽(旋風掃落葉)의 일식으로 차냈다.

쓰쓰, 소리와 함께 그의 신형이 순간적으로 바로 서며 다시 일장이 발출되었다.

스파앗! 땅!

검기와 장세가 엇갈리며 경쾌한 음향이 터져 나왔다.

등 뒤에서 그를 공격해 온 것은 바로 천주기 대장이었다. 그의 검은 본래 쌍검이라 그 변화는 신랄(辛辣)하기 이를 데 없었다.

구양천상은 피하기 어려움을 직감하고 위험을 무릅쓰고 발로써 그의 검신을 차고 그 탄력을 이용하여 다시 일장을 쏟아내어 그의 다른 검세마저 차단한 것이다.

그것은 마치 약속된 곡예를 보는 듯했다.

하지만 그와 거의 같은 순간에 구양천상은 전신이 터져 나갈 듯한 압력이 자신을 내리덮는 것을 깨달았다.

패권이 다시 그를 덮쳐 온 것이다.

채 신형도 안정되지 않았을 때였다.

피할 수 없다. 천주기의 쌍검은 독사의 혓바닥과 같이 그를 노리고 있었다. 구양천상은 온 힘을 다해 패권에 맞서갈 수밖에 없었다.

펑!

굉음과 흙먼지가 날아오르고 구양천상은 눈앞에 별이 번쩍이는 듯한 충격을 받았다. 내부의 기혈이 용솟음쳐 오르는 것 같았다. 이내 다리에 통증이 이는 것 같더니 축축해져 왔다.

피가 흐르고 있었다. 상처는 얕지 않았다.

좀 전에 천주기 대장의 쌍검을 막으며 상처를 입은 듯했다.

그것이 지금의 충격으로 피가 터져 나오기 시작한 모양이었다.

'음……!'

안으로 신음을 삼키며 억지로 신형을 안정시키던 구양천상은 의외로 천주기 대장과 집법기 대장이 그 절호의 기회를 틈타지 않고 하늘로 날아오르는 것을 볼 수 있었다.

괴이한 느낌이 전신을 엄습하는 순간,

슈슈— 슈슈우—!

바람을 찢는 예리한 파공성이 날벼락과 같이 구양천상의 온몸으로 쏟아졌다.

화살이었다.

출기불의(出其不意), 제아무리 구양천상이라도 갑자기 화살이 날아올 줄이야 상상을 했으랴.

무림의 고수에게는 화살의 공격이라는 것이 별 효력이 없다. 특히나 원거리에서는. 하지만 지금은 그렇지 않았다. 전혀 의외인데다가 밤인 것이다. 더구나 그는 전 신경을 두 고수에게 기울이고 있던 중이었다.

화살이 마치 폭풍과 같이 그의 전신을 스치고 지나갔.

그 속에서 구양천상의 신형이 그림자와 같이 움직였다.

한계가 있었다. 그 가운데 구양천상은 무서운 기세로 날아든 화살 하나에 가슴이 꿰뚫리고 말았다.

"으악!"

처절한 비명과 함께 구양천상이 가슴을 부여잡고 쓰러져야 하건만, 오히려 땅! 하는 금속성이 울리며 화살이 그의 가슴에서 튕겨져 나가 버렸다.

괴이하기 이를 데 없는 노릇이었지만 이유는 간단했다. 그의 가슴, 화살이 적중된 그 자리에는 무개옥합이 있었던 것이다.

식은땀이 등골을 타고 흘러갔다.

이미 어깨와 몇 군데가 화살에 스쳐 가는 선혈이 흘러내리고 있었다. 그곳은커녕, 다리의 상처도 돌볼 여가가 없었다.

하늘로 날아올랐던 천주기 대장과 집법기 대장이 좌우에서 그를 목표로 하여 날아내리고 있었던 것이다.

그것은 화살이 멈추는 것과 거의 동시에 행해졌기 때문에, 화살 하나가 구양천상의 등골에 식은땀이 흐르게 하는 순간에 그들은 이미 그에게 이르고 있었다.

피할 수도 막을 수도 없어 보였다.

절대절명(絶對絶命)!

그 순간이었다.

구양천상의 신형이 약간 낮추어지는가 싶더니 양손이 좌우로 뻗어나갔다. 무모하기 이를 데 없었다. 피할 수가 없자 양대 고수를 각기 손 하나로 상대하려는 듯했다.

그와 동시에 전신이 패권의 무서운 경력과 쌍검의 검기 속에 들어가 옷자락이 펄럭이다 못해 찢겨져 나갈 정도가 되었다. 가히 공포의 기세!

구양천상의 얼굴이 돌처럼 굳어졌다.

그리고 벌어졌던 그의 손이 한 가닥 회오리의 기운을 일으키며 번개처럼 교차했다.

"……!"

천주기 대장의 눈 속에 의혹과 경악의 빛이 떠올랐다.

그 한 가닥의 기운 속에는 괴이한 인력이 포함되어 있어서 자신의 검세를 무섭게 잡아당기고 있음을 깨달았던 것이다.

이것은 자살행위가 아닐 수 없었다.

그냥도 피하거나 맞설 수 없는 상황에서 그것을 가속화시켜 자신에게 끌어들이다니!

'괴상하다!'

천주기 대장은 그 상황이 다른 사람이 아닌 구양천상에 의해 일어난 것이라 공연히 가슴이 섬뜩했다.

찰나, 구양천상의 신형이 양손을 교차하는 여세를 빌어 그 자리에서 한 바퀴 빙글 돌면서 두어 걸음 벗어났다.

말은 쉬우나 상황의 진전은 너무도 순간적이라서 천주기 대장과 집법기 대장은 혼비백산하여 머리끝이 곤두섰다.

결정적인 순간에 구양천상이 그들의 가운데에서 물러나 버리자 서로가 서로를 공격하는 꼴이 되어버린 것이다. 구양천상이 그들의 공세를 잡아당기지 않았다면 공세를 비틀어 구양천상을 쫓아갈 수도 있었겠지만 지금은 너무도 긴박한 순간이라 피할 재간조차 없었다.

패권의 무서움은 일 권이 가해질 때마다 더해진다는 데 있다. 권세가 막강한 만큼 스스로를 희생할 각오를 하지 않고서는 거둘 수도 없다.

검세가 미친 듯이 패권의 공포스러운 위세하에서 울부짖으며 번뜩였다. 불의의 대격돌이 일어났다.

"윽……."

결정적인 위기의 순간에 자리에서 벗어난 구양천상은 그 광경을 볼 여가도 없이 이를 악물며 그 자리에서 비틀거렸다.

안색이 창백했다.

하지만 그 다음 순간에 그는 발을 굴러 번개처럼 그 자리를 벗어났다.

"으악!"

그의 앞을 가로막는 자에게서 비명 소리가 어둠을 뚫고서 터져 나왔다. 일격, 일격이 전력을 다한 중수(重手)였다.

펑!

그의 신형이 번개처럼 그 자리를 벗어나면서 일진 폭음과 함께 다시 연막이 일어나 그의 종적을 삼켜 버렸다.

"이, 이런 실수가······."

집법기 대장이 신형을 가누고 서며 눈살을 찌푸렸다.

순간적으로 권세를 흘리기는 하였으나 상대 천주기 대장이 어찌할지를 몰라 권세를 마음대로 할 수가 없었던 것이다. 만약 공세를 거두었다가 상대가 그대로 검세를 발휘한다면 그는 성하기 어려웠던 것이다.

그것은 천주기 대장도 마찬가지였다. 감히 패권의 위세하에서 어찌 방심할 수가 있으랴.

결국 두 사람은 치명적은 아니나 각기 손해를 볼 수밖에 없었다. 집법기 대장은 몰라도 천주기 대장은 상당한 충격을 받아 얼굴이 일그러졌다.

집법기 대장은 눈앞에 가득 차 피어나고 있는 연막을 보고 어이가 없었다.

"이 인원으로 사람 하나를 잡지 못하다니······ 다 잡은 순간이었는데······ 신호를 울려라. 어떠한 일이 있더라도 잡고야 말겠다!"

분을 참지 못하고 한차례 발을 구른 그는 손짓을 하고는 번개처럼 옷자락을 펄럭이며 앞으로 쏘아져 가기 시작했다. 집법기 대원들이 그 뒤를 따랐다.
 천주기도 예외는 아니었다.
 남아 있는 사람은 아무도 없었다.
 신호탄이 밤하늘로 날아오르고 있었다.
 무서운 밤은 아직도 끝나지 않았다.

第七章

태음천주(太陰天主)
―마침내 나타난 태음천주 그 무서운 위세는
경인천하고…….

풍운고월
조천하

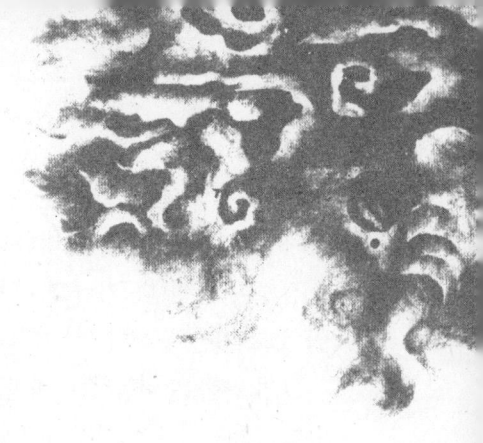

 무림 중에는 접인신공(接引神功)이라는 것이 있다.
 잡아당기는 힘을 이름이다. 그것은 가히 절정의 공부였고 그중에는 남의 힘을 끌어들여 적을 공격하는 이화접목(移花接木)의 공부도 있었다.
 구양천상이 위기의 순간에 발휘한 비전의 포석인옥(抛石引玉:돌을 버리고 옥을 끌어들임)의 한 수도 바로 그러한 힘이었다. 이것이 절정에 달하면 자신의 힘은 소모치 않고 적의 힘만으로 적을 되공격할 수가 있는 최상승의 공부였다.

 달빛은 아직도 밝았다.
 무서운 밤이었다.
 일세의 기재를 노린 모든 함정이 마련되어 있는 그 밤은 아직도 길고 길었다.

구양천상은 하늘을 올려다보았다.

삼경이 거의 다 지나고 사경(四更:새벽 한 시에서 세 시)이 가까워 오고 있는 듯했다.

그의 온몸은 어둠 속이지만 분명코 피투성이임을 알아볼 수 있었다. 그중 천주기 대장에게 맞은 다리의 일검이 가장 깊었다. 응급조치를 했음에도 절룩임을 면할 수가 없었다. 지금 같은 상황에서는 가히 치명적이었다.

뒤쪽에는 적들이 상호 연락하는 신호가 꼬리를 물고 이어졌다. 아마 숨 몇 번 몰아쉴 정도의 시각이면 적은 다시 그를 포위할 수 있을 것이다.

이처럼 참담한 처지가 될 줄이야 어찌 상상이라도 했으랴.

하지만 그럼에도 불구하고 구양천상의 약간 창백해진 듯한 얼굴에는 고요함이 아직 남아 있었다.

쏴아— 쏴아—

물소리.

그의 앞에는 이따금 불어오는 밤바람에 파랑을 일으키고 있는 이수가 자리하고 있었다. 갈대가 바람에 머리를 풀어헤치고 기분 나쁘게 낄낄대고 있으나 물이 그의 앞에 존재하고 있음은 분명했다.

마침내 그도 물로 온 것이다.

'운비가 어찌 되었는지 모르겠다. 제대로 탈출을 했는지……적의 매복이 너무 강력하여 우리의 연락망이 정황을 알아내었다 해도 별 도움이 되지를 않았을 텐데…….'

그는 당황하지 않고 있었다.

구양천수와 마찬가지로 그도 물에는 어느 정도 자신이 있었다. 물로만 들어갈 수 있다면…….

하지만,

"……!"

바람과 같이 나아가고 있던 구양천상은 어느 순간에 그만 그 자리에 우뚝 서고 말았다.

출렁이는 이수의 변(邊), 넘실대고 있는 그 이수강변에는 언제부터 서 있었는지 한 대의 호화로운 장식의 향거(香車)가 서 있었던 것이다.

네 마리의 말이 끌고 있는 향거는 사람이 타고 있지 않은 듯 조용하기만 했다.

하지만 구양천상은 그 향거의 좌우에 흑의장삼을 길게 늘어뜨린 두 사람이 팔짱을 끼고 자신을 형형한 시선으로 쏘아보고 있음을 발견했다. 뿐만 아니라, 그 좌우로는 각기 여섯 명씩의 흑의대한들이 강변에 석상처럼 늘어서 있었다.

'태음천주…….'

구양천상은 정말로 신음을 삼켜야 했다. 앞에 전개된 상황은 양운비가 말했던 태음천주의 것과 조금도 다르지 않았다.

평소의 그기 이니다.

상대가 정말 저 신비한 태음천주라면, 평소의 그라도 이 자리를 피할 수 있다고 장담할 수 없다.

한데 지금에 이르러서야…….

구양천상은 길게 한숨을 쉬었다.

어제 보았던 천기가 다시 뇌리를 스쳐 갔다.

'벌써 나 구양천상의 명운(命運)이 다하였단 말인가? 그렇다면 하늘은 너무도 무심하군……'

구양천상은 암중에 고개를 흔들더니 천천히 앞으로 걸어갔다.

향거와 그와의 거리가 가까워졌다.

기다리고 있다면 피할 수 없을 것이다. 그것이 태음천의 천주라면 더욱…… 피할 수 없음을 알면서도 뒤를 보인다는 것은 장부가 할 수 있는 일이 아니다. 그것은 비겁이기에.

그가 발소리를 내며 다가가 향거와 약 삼 장 정도의 거리를 두고 멈추어 서자 문득 향거에 쳐진 주렴의 안에서 맑은 음성이 흘러나왔다.

"본좌는 처음부터 그들이 당신을 막을 수 없으리라 생각을 했었는데, 과연 당세 구양세가의 지주(支柱)답게 본좌를 실망시키지 않는군……"

그 음성은 분명히 여인의 것이었고, 양운비의 말대로 나이 또한 그렇게 많은 것 같지 않았다.

구양천상은 눈을 들어 주렴의 안을 들여다보았다.

거리가 있고 어둠이 있지만 그는 그 주렴 안에 한 사람의 검은 옷을 입은 여인이 앉아 있음을 어슴푸레하게 알아볼 수 있었다.

그가 물었다.

"당신이 태음천의 천주이오?"

주렴 속의 여인은 조금도 망설이지 않았다.

"아직까지…… 나 외에 그렇게 불리는 사람이 있다는 말은 들어본 적이 없소."

 그 말은 간단했지만 한편으로는 실로 거대한 의미를 포함하고 있었다. 신비의 신비에 싸인 적의 수뇌, 그 태음천의 천주가 구양천상의 앞에 나타난 것이다. 자신이 여인임을 드러내면서…….

 주렴 속에 앉아 있는 태음천주가 돌연 나직이 웃더니 말했다.

 "어찌하여 하늘은 구양세가에만 인재를 내리는지 모르겠군. 이건 너무 편애가 심한 것이 아닌가……."

 그 말을 들은 구양천상의 얼굴이 약간 변했다.

 둔한 사람이라면 모르되, 구양천상과 같이 한마디의 말에서 백 가지의 의미를 추출해 낼 수 있는 사람에게 있어 그 말은 매우 의미심장했던 것이다.

 그는 주렴 속의 태음천주를 직시했다.

 "천주는 본 가의 가주를 보았소?"

 예의 웃음소리가 주렴 안에서 들려왔다.

 "어느 가주 말인가? 전대 가주 구양범을 말함인가? 아니면 당대 가주인 그대 동생 구양천수를 말함인가?"

 그녀가 아버지 구양범을 들먹일 줄은 전혀 상상 밖이라 구양천상은 내심 놀라지 않을 수 없었다.

 그는 순식간에 수천의 생각을 스쳐 보내면서 천천히 숨을 내쉬었다.

 "나의 아버님이신 그 어른과 나의 동생인 천수, 두 사람 다를 말이오."

답은 기대한 바와 같지 않았다.

"어찌 그리 쉬운 일이 있을 수 있을까? 이 일은 강호상의 오랜 일대의안(一代疑案)이었지…… 아마 당금 강호 중에 그 일에 대해 아는 사람은 별로 없을걸! 만약 그렇지 않았다면 그 일이 이처럼 미궁에 묻혀 버리지 않았을 테니까……."

말을 돌리고 있었다.

구양천상은 피동이 되는 것을 알면서도 스스로 입을 열어 묻고 있었다. 그럴 수밖에 없는 것이 지금은 시간이 필요했던 것이다. 그는 현재 과도한 공력을 소모한 데다가 양 기(兩旗) 대장의 합공에 약간의 내상마저 입고 있는 상태였던 것이다.

변화를 일으킬 수 있는 여지(餘地)는 이제 시간밖에 없었다.

"내게 원하는 것이 무엇이오? 이와 같은 엄청난 노력을 들여 나를 상대함이 단순히 구양천상이라는 일개인을 죽이기 위함이라면, 나의 존재는 너무 과대평가되어 있는 것 같은데……?"

맑은 웃음소리가 주렴을 흔들면서 울려 나왔다.

"그럴 리가…… 절대로, 절대로 그럴 리가 없지! 당신과 같은 존재는 친구로 만들 수 없으면 세상에 남겨두지 말아야 한다는 것이 본좌의 신조이지. 거기에…… 무개옥합은 또 하나의 가치를 더하고 있으니, 오늘의 이 일은 충분히 타당성이 있지 않은가? 그리고……."

태음천주는 잠시 말을 끊었다가 이었다.

"당신이 마음을 돌린다면…… 그럴 수 있다면, 오늘의 이 일은 이 정도에서 끝날 수도 있지."

구양천상은 담담히 물었다.

"어떻게 하는 것이 마음을 돌리는 것이오?"

"옥합을 내놓고 그 비밀을 말하며, 또한 본좌에게 투항을 하여 충심으로 본좌를 섬기는 것이다. 그렇게 한다면 본좌는 그대를 본 천의 제이인자로 중용(重用)할 의사가 있을 뿐 아니라, 장차……."

"무림을 석권한 후에 부귀를 함께 누리겠다는 것이오?"

구양천상이 말을 자르자 태음천주는 잠시 아무 말도 하지 않았다.

그리고 그녀는 말했다.

"그렇군! 구양세가의 대공이 명리에 담백하다는 말을 잠시 잊었었군……. 좋아. 그 말은 그만두지. 하지만, 그렇게 되면 당신은 알고 싶은 것을 알 가능성이 있지. 어떤가?"

구양천상은 그녀의 어조에서 그녀가 이미 시간을 더 이상 허락하지 않을 작정임을 알았다.

그는 천천히 입을 뗐다.

"대답은 당신이 잘 알고 있을 것이라 믿소. 그 답을 알지 못했다면 당신은 이와 같은 매복을 준비하지 않았을 것이오."

"오호호호호!"

긴 웃음소리가 향거의 안에서 들려왔다.

"맞아! 그 답을 듣고 싶있다. 그래야 미련이 사라질 테니까. 거둘 수 없는 자는 남겨두지 않는 것이 후환의 염려가 없기에 본좌는 오늘 이 자리에서 그대를 기다린 것이다."

어조가 갑자기 서릿발과 같다.

구양천상의 말은 여전히 담담했다.

"결국…… 오늘 구양천상은 화를 피할 수가 없게 된 모양이로군."

"아마 그렇게 되겠지. 아니…… 어쩌면 사람들은 그들을 기억하지 못하는 또 하나의 구양 대공을 보게 될지도 모르지."

태음천주의 말은 괴이했다.

구양천상은 그 말을 듣는 순간에 양운비가 말했던 망혼단이 떠올랐다.

보통 일이 아니었다.

어찌 과거를 기억하지 못하는 꼭두각시가 되어 적의 수중에서 놀아난단 말인가? 차라리 죽음만 같지 못했다.

구양천상은 내상이 어느 정도 회복되었음을 느끼고 암중에 주위를 살펴보았다.

그가 지나왔던 쪽에는 검은 그림자들이 마치 검은 병풍처럼, 성채처럼 둘러서 있었다. 집법기나 천주기 등 모든 매복이 집결되어 있는 듯했다.

퇴로는 없었다.

있다면 태음천주가 지키고 있는 앞쪽뿐이었다.

그는 지그시 이를 악물었다. 얼굴빛이 엄숙했다.

그리고 그의 신형은 땅을 박차고 바람과 같이 비스듬히 옆으로 쏘아갔다.

기다리고 있었다는 듯이 팔짱을 끼고 있던 흑의장삼의 두 사람이 날아올라 그의 앞을 막았다. 그들의 무공은 과연 양운비가 고개를 저었을 정도로 강했다.

그러나 그들과 허공에서 구양천상이 격돌하는 순간,

펑!

요란한 음향이 그 사이에서 터져 나오며 연막이 뭉클뭉클 일어나 주위를 뒤덮어 버리고 말았다. 구양천상이 몸을 날리자마자 이러한 일이 일어날 줄이야 누가 상상이라도 하였으랴.

사방을 덮은 연막 속에서 노한 외침 소리와 웃음소리가 엇갈리며 들려왔다.

그리고 폭음과 신음 소리…….

한 사람이 비틀거리며 그 연막의 안에서 물러 나왔다.

놀랍게도 그것은 구양천상이었다.

연막의 안에서 또 한 사람이 천천히 걸어나오고 있었다.

검은빛 비단으로 온몸을 휘감은 여인이었다. 그녀가 눈처럼 흰 손을 쳐들자 검은빛 비단 자락이 휘날리면서 한줄기 음풍(陰風)이 일어나 주위로 퍼져 가던 연막의 연기를 말아 올려 버렸다.

순식간에 연막이 기세를 잃고 주위 경물을 알아볼 수 있게 되었다.

"구양세가의 인물들이 술수를 잘 부린다고 하더니 과연이로군……. 하지만 본좌의 앞에서 이런 수가 통하리라고 생각했다면 잘못이지!"

음성은 그녀가 누군가를 웅변하고도 남음이 있었다.

그녀는 향거의 안에 있던 태음천주였다.

온몸을 검은빛 비단으로 휘감은 태음천주는 얼굴마저도 검은 빛 면사를 쓰고 있어 제대로 알아볼 수 없었다. 눈빛만이 드러나 있을 뿐…….

하지만 그것만으로도 그녀가 대단한 미인이라는 것은 분명히 알아볼 수 있었다. 양운비의 말대로 그녀는 미인인데다가 나이 또한 얼마 되지 않아 보였다.

그것이야말로 놀라운 일이라 할 수 있었다.

태음천의 천주가 젊은 여인이라니…….

한데, 그녀를 본 구양천상의 얼굴에는 경악의 빛이 떠오르는 것이 아닌가.

그리고,

"영지화 음약화……."

구양천상의 입에서 신음처럼 흘러나온 말은 더욱 놀라운 것이 아닐 수 없었다.

"……!"

그 말에 태음천주의 신형도 멈칫 굳어졌다.

그녀는 구양천상을 쏘아보더니 싸늘히 웃었다.

"당신이 아는 것은 실로 적지 않군…… 예로부터 화는 입으로부터 나온다고 했으니 어쩔 수 없지!"

구양천상의 귀에만 들리도록 전달된 그녀의 전음지성(傳音之聲)은 그녀가 음약화임을 시인하는 것이었다.

이것은 더욱 괴이하고 알 수 없는 일이었다.

천하의 태음천, 그 태음천의 천주가 도대체 무슨 일로 일개 기녀로서 백화원에 머물고 있단 말인가?

단순히 연락을 위해서라면 말이 되지를 않았다.

하지만 구양천상이 더 이상 생각할 여가는 없었다.

검은 비단이 휘날리며 그 속에서 옥같이 흰 태음천주의 손이 그를 향해 쳐오고 있었던 것이다.
 이미 쓴맛을 본 구양천상이었다.
 그는 태음천주의 일장을 맞받으려 하지 않고 천기미리보를 사용하여 피하려 했다.
 "흥!"
 하지만 그는 그의 귓전에 태음천주의 냉소가 들리는 순간에 뭔가가 잘못되었음을 직감했다.
 그를 향해 쳐오던 태음천주의 옥장이 돌연 놀랍도록 속도가 빨라져서 그가 움직이는 방향의 앞쪽에서 그를 덮쳐 오고 있었던 것이다. 구양천상의 눈에 경악이 드러났다.
 그는 오늘밤 귀문(鬼門)을 넘나드는 격전을 치렀지만 한 번도 이와 같은 경우는 당해본 적이 없었다.
 상대는 차원이 다른 고수였다.
 그녀는 태음천의 천주인 것이다.
 젊은 여인이 그토록 신비스러운 조직을 이끌고 있다면 그 능력이 어찌 간단하랴.
 구양천상은 피할 수 없음을 직감했다.
 그가 천주기 대장에게 받은 다리의 일검은 그의 움직임에 미세한 지장을 주고 있었으며, 그 지장은 태음천주와 같은 절정의 고수를 상대함에 있어서는 가히 지명적이 될 수 있었다. 단 한 순간의 멈칫거림이 모든 선기를 앗아가 버리는 것이다.
 천기미리보의 장점은 태음천주의 그 한 수의 놀랍도록 빠른 수법(手法)에 의해 모조리 와해되어 버렸다.
 "하앗!"

구양천상은 한소리 호통과 더불어 전력을 다한 일장을 쏟아냈다.

펑!

가죽 북이 터져 나가는 폭음이 그 가운데에서 울려 퍼졌다.

'윽!'

구양천상은 막강한 충격이 팔을 타고 심장을 뒤흔드는 것을 느끼고 암중으로 이를 악물었다. 패권을 상대할 때보다 더했다.

그러나 그가 자세를 다시 가다듬을 여가도 없었다.

태음천주는 한차례 어깨를 꿈틀하는 듯하더니 드높게 웃으며 다시 그를 덮쳐 왔던 것이다.

검은 옷자락이 어둠의 나래와 같이 펄럭였고, 그 속에서 옥장은 마치 눈으로 빚은 듯, 창백하도록 희었다. 그 아름다운 옥장은 마치 연인의 품을 쓰다듬을 듯 미묘한 움직임을 보이고 있는데, 구양천상은 그 미묘한 움직임 아래 자신의 가슴팍 일대의 구 개 요혈이 모조리 드러나 있음을 직감했다.

그는 이처럼 무서운 적을 만나본 적이 없었다.

"대단하군!"

나직한 외침, 동시에 그는 한 손을 내밀어 잡아당기는 시늉을 했다.

포전인옥의 한 수, 구양천상은 포전인옥의 수법으로 태음천주의 공세를 좌측으로 잡아끌며 그 찰나적인 틈을 이용하여 대갈일성하면서 일장을 갈겨냈다.

이것이야말로 그가 온 힘을 다해 쏟아낸 것으로 그의 장심(掌心)에서는 노을빛과 같은 광채가 일어나고 있었다.

"대라금광수?"

그것을 본 태음천주의 눈에 경악의 빛이 드러났다.

그것은 단순히 지금까지 구양천상이 전개하던 대라금광수가 아니었다. 진원(眞元)의 손상을 무릅쓰고 전개한 혼신의 일격인 것이다.

진원이란 진기의 근원이다.

진원이 온전하면 진기가 고갈되더라도 운기조식(運氣調息)으로써 금세 회복할 수 있다. 하지만 만에 하나라도 진원이 손상되면, 그것은 보충을 할 수가 없다.

이십 년의 노력을 한 사람이 십 년의 진원을 소모해 버린다면 그가 노력한 이십 년 중 십 년은 완전히 허사가 되어버리는 것이다. 그것을 회복하기 위해서는 다시 십 년의 노력이 더 필요케 되는 것이 진원 손상의 의미였다.

검은 비단 옷자락이 날아오를 듯이 펄럭이는 가운데 그녀는 뻗어냈던 옥장을 약간 비틀어 구양천상의 대라금광수를 향해 비스듬히 때려내는가 싶더니 다음 순간에 번개처럼 손을 거두며 뒤로 물러났다.

그 속도는 놀랍도록 빨랐다.

하지만 물러나는 속도보다 그녀가 다시 덮쳐 오는 속도는 더 빨랐다.

그녀의 옥장이 뻗어오는 속도는 어찌나 빠른지 마치 백옥빛 광채가 그녀의 팔 어림에서 뻗어 나오고 있는 듯했다.

구양천상은 그녀의 옥장 가운데에서 푸른빛의 기류가 빙글빙글 돌고 있음을 볼 수 있었다.

그는 순간적으로 그것을 어디에서 보았는지 기억했다.
바로 태음사자 매약군과 요령이 결정적인 순간에 펼치던 무공이었다. 하지만 그 차이는 너무도 현격하여 마치 전혀 다른 무공을 보는 듯했다.
어디 그뿐이랴.
그것을 발견하는 순간에 구양천상은 귀신의 숨결과 같은 음풍이 장세 일 장 주위를 뒤덮음을 느낄 수 있었다.
찰나, 그는 숨이 막혀옴을 체감하고 안색이 굳어졌다.
"야압!"
그는 두 다리를 태산과 같이 버티고 서면서 쌍장을 잇달아 쏟아내어 태음천주의 공세를 향해 전력을 쏟아냈다.
절정에 이른 고수 앞에서는 요행이라는 것이 통하지 않는다. 모든 것은 오로지 본신의 능력으로써 결정되는 것이다.
꽝!
마치 벼락이 지상에 내리꽂히는 듯한 굉음이 두 사람의 사이에서 일어나며 세찬 경풍이 주변 사오 장을 휩쓸며 퍼져 나갔다.
갯벌의 돌 자갈들이 마구 날아오르고 갈대들마저 거기에 휩쓸려 갈가리 찢겨져 흩어졌다.
쿵, 쿵, 쿵…….
구양천상은 전신을 휘청거리면서 뒤로 물러나고 있었다.
한 걸음 물러날 때마다 그의 발은 땅바닥을 진흙 바닥과 같이 파고들면서 깊숙한 흔적을 만들어내고 있었다. 울림이 사방으로 전해졌다.

그가 신형을 바로 세운 것은 무려 십여 걸음이나 뒤로 물러나서야 가능했다.

그리고,

"윽!"

구양천상은 마침내 답답한 신음과 더불어 입으로부터 한 모금의 선혈을 왈칵 토해내었다. 그의 얼굴은 단 한 순간에 백지장과 같이 창백해졌다.

하지만 그는 그 자리에 꿋꿋이 서 있었다.

그의 앞에는 태음천주가 서 있었다.

그들 사이에 발생한 회오리바람이 그녀의 검은 비단 옷자락을 하염없이 펄럭였다. 그녀를 둘러싸고 있는 검은 옷자락은 속이 비치도록 얇았다. 그 속으로 아낌없이 드러나고 있는 그녀의 희디흰 팔은 어둠 속에서 요기롭기조차 했다.

이 한 번의 격돌의 위세는 가히 대단하여 그녀의 얼굴을 가리고 있던 면사마저도 벗겨져 너울거렸다. 조금은 창백하게 느껴지는 하얀 얼굴이 남김없이 그 형용을 드러내고서 구양천상의 앞에 존재했다.

아름답고 무표정한 그 얼굴에는 지금 놀람의 빛이 역력히 떠오른 상태였다. 그녀의 앞에도 발자국 두 개가 선명히 그 모습을 보이고 있었다.

구양천상은 그녀를 보더니 창백한 얼굴에 미미하게 웃음을 떠올렸다.

"정말 대단하군…… 내 평생 가장 강한 상대…….”

그는 고개를 끄덕이며 천천히 손을 올려 손등으로 입가에 묻은 피를 쓰윽 문질렀다.

그가 말을 하고 움직임을 보고 태음천주의 눈에는 더욱 놀람의 빛이 강하게 드러났다.

"나는 강호에 나와 아직까지 이 태음신공장(太陰神功掌) 삼 초를 계속해 받아내는 사람은 한 번도 본 적이 없었는데 오늘에야 그 사람을 보게 되었군……."

그때였다.

구양천상이 얼굴을 일그러뜨리며 웃었다.

"당신은…… 보지 못했소……."

동시에 그는 중심을 잃고 그 자리에 쓰러졌다.

쏴아…….

갑자기 물소리가 커진 듯했다.

가만히 쓰러진 구양천상의 모습을 보던 태음천주는 다시 쳐들었던 손을 내리고서 암암리에 고개를 흔들었다.

"그래도 당신이 최고였지. 당대 강호상에 누가 있어……."

그녀가 말을 하고 있는 순간이었다.

쉬이잉!

돌연, 바람을 찢는 매서운 파공성이 귓전을 울렸다.

무엇인지 태음천주의 눈에도 보이지 않았다. 소리만 들릴 뿐이었다.

그리고 그것이 무엇인지 알아보기도 전에 갑자기 쓰러졌던 구양천상의 신형이 번개처럼 날아올랐다.

그것은 너무도 빨라 마치 움츠러들었던 용수철이 튕겨져 나가는 듯했다. 누가 이런 일을 상상이라도 했으랴.

천하의 태음천주조차 너무 의외의 일이라 멍청해졌다가 구양천상이 날아오른 후에야 노해 외쳤다.
"감히 본좌의 앞에서 잔꾀를 부리다니!"
그녀가 불같이 노해 땅을 박차고 날아오를 때 구양천상의 신형은 이미 십 장 밖에 있는 갈대숲 사이로 사라졌다.
그다음 순간,
쏴쏴— 쏴아아—!
물살을 가르는 소리가 들리더니 돌연 갈대 사이로 작은 조각배 한 척이 나타났다.
그 조각배는 모습을 나타냄과 동시에 놀랍도록 빠른 속도로 하얀 포말을 뱃전에 부숴내면서 앞으로 질주했다. 그 모양은 흡사 준마 한 필이 굽을 놓아 달리는 듯하였다.
느닷없이 조각배 하나가 나타나 강심(江心)으로 달려가는 것을 보자 날아올랐던 태음천주는 멍청해졌다.
조각배 위에는 구양천상이 기대 있음이 보였고, 한 사람의 커다란 삿갓을 쓴 어부가 열심히 노를 저어대고 있었다.
그것을 본 태음천주는 상황이 어떻게 된 것인지를 알 수 있었다.
"흥! 감히 본좌의 수중에서 어부지리를 노리는 자가 존재하다니!"
그녀는 무섭게 노해 조각배를 향해 몸을 날렸다.
조각배는 물살을 가르며 무서운 속도로 나아가고 있었다. 일개 어부 한 사람이 낼 수 있는 속력이 아니었다.
태음천주는 십 장 거리를 단숨에 가로질러 날더니 강물 위에서 청정점수(蜻艇點水)의 신법으로 강물을 찍으며 날아올라 조각배를 덮쳐 갔다.
그 신법 하나만으로도 족히 강호를 놀라게 하기에 족한 것이었다.
"멋들어진 신법이군, 지부(地府)의 여우가 물 위로 솟아오르는 것 같은걸?"
그것을 보고 조각배 위에서 열심히 노를 저어대던 어부가 껄껄 웃었다.
쒸이잉!
동시에 그의 수중에서 낚싯대 하나가 쭉 뻗어나 매서운 음향을 일으키면서 태음천주를 향해 덮쳐 왔다. 낚싯대의 길이는 이삼 장을 넘었다. 게다가 윙윙 소리와 함께 그 낚싯대에서 낚싯줄이 풀어지자 그 위세는 어느 누구도 상상할 바가 아니었다.
그 어부는 바로 그 낚싯대로 쓰러진 구양천상을 낚아 올렸던 것이다.
태음천주는 놀라지 않을 수 없었다.
그 낚싯대의 위세도 위세였지만, 그 낚싯줄에는 무려 세 개의 갈고리가 달려 천변만화하면서 그녀의 전신을 옭아왔던 것이다.
그녀가 허공중에서 일장을 갈겨 그 공세를 피하며 몸을 뒤집을 때, 조각배는 이미 다시금 십 장을 멀어져 있었다.
제아무리 태음천주의 공력이 놀랍다고 하지만 아직은 물 위를 마음대로 걸어다닐 정도는 아니었다.
발 디딜 곳이 없는 그녀는 이를 갈면서 돌아올 수밖에 없었다. 그야말로 눈을 멀거니 뜨고 눈앞에서 다른 사람이 구양천상을 데리고 가는 것을 보고만 있어야 하는 경우가 생긴 것이다.

다시 강변으로 돌아온 태음천주의 전신이 노기를 참을 수 없어 부들부들 떨렸다.

배는 이미 완전히 어둠에 묻힌 강심에 가 있었다.

이쪽 강변에서 신호가 올라갔다.

그러자 강변 저쪽에서도 신호가 올랐다.

매복은 저쪽에도 있는 듯했다. 태음천의 고수들은 당황하여 강변을 따라 뛰고 있었다. 곧 배가 나타났다.

태음천주는 강바람에 옷자락을 펄럭이며 서 있었다.

그 눈은 차갑게 굳어 있었다.

'아무리 방심을 하였다 하더라도 내 앞에서 사람을 채갈 수 있는 사람…… 물에서 저러한 능력을 보일 수 있는 사람이 과연 누구란 말인가?'

그녀의 의문은 너무도 당연했다.

하지만 아직 밤은 깊고 모든 것은 끝난 것이 아니었다.

第八章

십장생공(十長生功)
—마침내 무개옥합의 신비(神秘)는
그 베일을 벗고…….

풍운고월
조천하

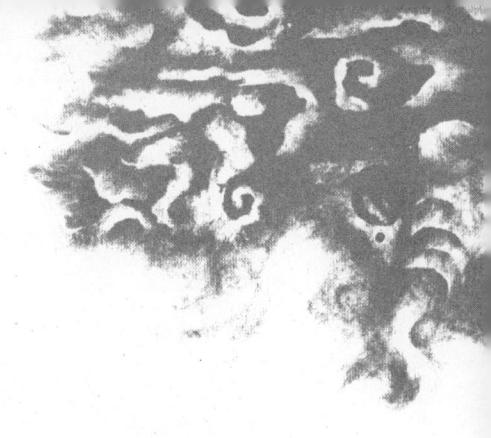

"견딜 만하냐?"

걸걸한 음성이 구양천상의 귓전에 들리고 있었다.

커다란 삿갓 아래 드러난 어부의 얼굴이 어둠 속에서 웃고 있었다. 붉게 탄 얼굴에 흰 수염은 서리와 같고, 주름살은 세상의 풍진을 말하는 듯하다.

쓴, 괴로운 웃음이 구양천상의 입가에 매달렸다.

"별로……."

그는 말과 함께 손을 움직여 품속에서 고본성양환 세 알을 한꺼번에 꺼내 삼켰다.

어옹이 씨익 웃었다.

"멍청하게 계집애에게 그 모양이 된단 말이냐?"

"그 여자는 저보다 힘이 세던데요?"

"……!"

구양천상의 대답에 어옹의 얼굴이 멍청해졌다.

그리고,

"핫핫핫하하하…… 그사이에 는 것이라고는 말재주뿐이로구나!"

그는 이내 통쾌한 웃음을 터뜨렸다.

그때, 신호탄이 밤하늘을 수놓고 그들의 머리 위에서 폭발했다. 그리고 어디선가 물살을 가르는 소리가 들리는 듯했다.

"놈들이 포기하지 않는데?"

어옹이 돌아다보고는 눈살을 찌푸렸다.

잠시 눈을 감고 있던 구양천상은 몸을 세워 주변을 둘러보고는 낮은 음성으로 말했다.

"적의 배가 적지 않은 수효인 것 같군요……."

어옹은 고개를 끄덕였다.

"별로 보지 못한 것 같은데, 그새 어디에서 배를 구해 왔는지 모르겠구나. 이렇게 되면 시간이 그리 많지 않은데…… 움직일 수 있겠느냐?"

"움직여 봐야지요."

말을 하던 구양천상은 어옹을 돌아보았다.

"그런데…… 제가 여기에 있는 줄은 어떻게 아셨습니까? 일대 어디에서도 노선배님의 종적을 찾을 수가 없어 포기를 했었는데……."

어옹은 구양천상을 보고 다시 씨익 웃었다.

"보고 싶다고 찾을 때마다 찾을 수 있다면 그거야 어찌 은거기인일 수 있겠느냐?"
 어옹의 말에 구양천상은 쓴웃음을 지었다.
 천하조수(天河釣叟).
 이 고기잡이 노인은 무림 중에서 그렇게 불린다.
 그가 강호상에서 성명(盛名)하던 때는 무려 오십 년 전, 구양천상이 태어나기도 전이었다. 그는 무림 중의 인물이면서도 사람들과 어울리기를 좋아하지 않아 왕래가 별로 없어 잘 알려진 사람이 아니었다.
 하지만 그의 능력, 특히 물에서의 능력은 가히 천부적이었다.
 그러한 천하조수를 구양천상이 사귀게 된 것은 오 년 전, 그가 강호상에 처음 나왔을 때였다.
 당시 그는 황하의 범람을, 그 유역 농민들의 비참한 대기근(大饑饉)을 목도했다. 그를 격분시킨 것은 그러한 기민(饑民)들을 등치고 있는 황하의 수적(水賊)들이었다.
 그는 단신으로 그 황하수적들의 본거지인 황하채(黃河寨)를 무너뜨렸고, 그때 그를 아무도 가려 하지 않는 황하채까지 배로 실어다 준 것이 바로 천하조수였다.
 평생을 물에서 살아온 천하조수는 황하수적들의 악행을 듣고 그를 응징하러 오던 중이었는데, 그야말로 홍안의 구양천상이 단신으로 황하채에 쳐들어감을 보고 흥미를 느껴 암중에서 그를 도와주며 관찰을 했던 것이다.
 그렇게 두 사람은 서로를 알고 막역한 사이가 되었었다. 그것이 이미 오 년 전, 구양천상은 낙양 일대에 이르러 그를 찾아보려 했었지만 신룡과 같이 떠도는 그의 행적을 알 재간이 없었다.

"당금 강호 중에 신비한 세력이 판을 치고 있다는 말은 내 들었지…… 한데 보니 웬 놈들이 이 용문 일대에다가 천리지망을 치고 있어 무슨 꿍꿍이속인가 궁금하여 보고 있었지. 한데 그놈들이 노리고 있는 것이 괘씸하게 너일 줄이야 짐작이라도 했겠느냐?"

천하조수는 혀를 찼다.

강심으로 저어가 물결을 거슬러 오르던 조각배는 저 멀리 앞쪽에서 대형 선박이 나타나는 것을 보고는 이내 선수를 돌려 육지로 향하였다.

조각배를 모는 것은 천하조수이니 그 속도는 나는 듯했다.

순식간에 배는 강안(江岸)에 닿았다.

노를 젓던 천하조수는 노를 놓으며 배에서 몸을 일으켰다.

순간,

촤촤— 쏴아아!

물소리가 들리며 사방에서 흑의인들이 벌 떼처럼 몰려왔다.

"쯧쯧…… 어리석은 놈들……."

그들을 보고 천하조수는 고개를 젓더니 조금도 망설이지 않고서 그대로 물속으로 뛰어들었다.

물이 내 집과 같은 사람이니, 대번에 어디로 갔는지 알 재간이 없었다.

흑의인들 일부가 물로 뛰어들어 그를 찾고 나머지는 조각배를 포위하며 덮쳐들었다.

하지만 그들이 본 것은 아무도 없는 빈 조각배뿐이었다.

"속았다……!"
그들의 입에서 절로 흘러나온 이구동성의 신음 소리.

*   *   *

이수를 거슬러 올라가면 점점 갈대가 무성해지고 강폭이 좁아진다. 그리고 너른 벌판이 그 모습을 드러낸다. 가히 일망무제(一望無際)라 할까.

그것은 좀 과장이겠지만 저쪽으로는 산이 보이고 멀지 않은 곳에 숲과 강이 있는 곳이니 기름진 곳이라 할 만하다.

그 벌판의 가운데에서 구양천상은 천천히 움직이고 있었다.

돌이 그의 손에 옮겨지고 나뭇가지들이 움직여졌다.

지금 그가 움직이고 있는 곳은 용문에서 그리 멀다고 할 수 있는 곳이 아니었다. 고수라면 한 시진 이내에 찾아낼 수 있는 곳이라 할 수 있었다. 그런데도 그는 더 이상 갈 생각을 하지 않고 여기에서 한가롭게 조경(造景)을 하고 있었다. 사방에 자신의 모습이 노출되고 있음을 전혀 모르는 듯이…….

"음……."

백여 근 정도 나갈 듯한 바윗돌 하나를 들어 위치를 가늠한 후에 그것을 한곳에 놓은 구양천상은 문득 가슴을 움켜쥐며 그 자리에 무릎을 꿇었다.

그의 얼굴은 다시 창백해졌다.

깨문 입술 사이로 미미한 선혈의 기미가 보였다.

"정말 지독한 장공(掌功)이군……."

잠시 눈을 감고 있던 구양천상은 신음처럼 중얼거리며 눈을 떴다. 그는 괴로운 빛으로 주위를 둘러보더니 암암리에 고개를 끄덕였다.

'이 수목진(樹木陣)은 주천금쇄를 응용한 것이니, 아무리 진세에 밝은 자가 오더라도 반나절의 시간은 벌어줄 수 있을 것이다.'

그의 생각은 그가 왜 이 자리를 벗어나지 않고 돌을 움직이고 있었는가를 설명하고 있었다. 그는 사방이 잘 보이는 곳에다 진식을 설치하고 상처를 치료할 생각인 것이다.

그대로 쫓기다가는 상처를 돌보지도 못하고 적이 나타나면 속수무책이 될 것이기 때문이다. 천하조수가 태음천주를 유인키로 하였으니, 조금이라도 시간을 더 벌 수 있을 것이었다.

창백한 얼굴로 진세를 점검하고 난 구양천상은 그 중심부에 앉아 품속에서 고본정양환을 꺼내보았다. 열 몇 알이 남아 있었다. 구양천수에게 대부분을 다 주고 난 끝이라 그에게 남은 것은 별로 없었다.

그는 그중 두 알을 다시 복용하고 단정히 가부좌를 하고 눈을 감았다. 가문의 호연신공에다가 대환주천(大圜週天)의 비법을 이용하면 아무리 심한 내상이라도 오래지 않아 회복시킬 수 있을 것이다.

하지만 구양천상은 시간이 흘러감에 따라 그것이 안이한 것임을 자인해야만 했다.

태음천주에게서 받은 상세는 그의 생각을 초월하는 괴이한 것이었다. 전신의 경맥에 음한(陰寒)한 기운이 스며들어 있어 운기를 할 수가 없었다.

그것은 시간이 갈수록 더하는 것 같았다.

눈을 감고 있던 구양천상의 미간에 그늘이 드리워졌다.

더구나 그중 가장 큰 타격을 받은 가슴 부위의 신봉(神封), 단중(檀中), 화개(華蓋) 등의 대혈은 거의 폐쇄되어 있는 상태였다.

'아무리 대환주천의 심법이 오묘하다 해도 고수의 도움이 없이는 진기요상이 쉽지 않겠다…….'

이런 상태라면 몇 시진이 아니라, 몇 달이 가야 회복될지 알 수가 없었다.

그 순간이었다.

별안간 그의 가슴 부위에 미미한 진동이 일더니 한줄기 청량한 기운이 밀려들어 오기 시작했다. 그리고 그것은 거의 폐쇄되어 있던 신봉, 화개 등의 혈도를 감돌며 진기가 그곳을 통과할 수 있도록 도와주는 것이 아닌가!

괴이한 일이었지만 그로 인해 구양천상은 진기를 움직일 수 있었고, 백지장과 같던 그의 안색은 약간이나마 핏기를 찾을 수 있었다.

잠시 후에 눈을 뜬 구양천상은 가만히 자신의 가슴을 내려다보았다. 영문을 알 수 없었던 것이다. 그 청량한 기운이 아니었다면 그는 도저히 혼자 진기를 운행할 수 없있을 것이다.

"설마……?"

구양천상은 품속에서 하나의 물건을 꺼냈다.

그것은 바로 세상이 그처럼 탐내는 무개옥합이었다.

옥합은 어둠 속에서 은은한 빛을 뿌리고 있었다.

어둠 속이라 그런지 십장생의 그림은 유난히 더 선명해 보였다.

"무개옥합이…… 나를 도와주었단 말인가? 그것이 무개옥합의 영기(靈氣)였단 말일까?"

구양천상은 나직이 중얼거렸다.

그것이 불가능한 일이 아님을 구양천상은 알고 있었다.

세상에는 만년온옥(萬年溫玉)이나, 만년한옥(萬年寒玉)과 같은 희세기보가 있어 일반의 회춘장수를 돕고, 무림인에게는 내공의 증진과 상처 치료에 도움을 줄 수가 있는 것이다.

이 무개옥합을 이루고 있는 것은 만년온옥이나 한옥보다 조금도 못하지 않은 만년옥정(萬年玉精)이니, 그 효력은 아마도 더할 수가 있을 것이다.

기이한 웃음이 구양천상의 입가에 떠올랐다.

"너로 인해 내 생명의 구함을 받다니……."

그의 웃음에 담긴 것은 기쁨이 아니라 쓰디쓴 것이었다.

화살의 공격 때에도 무개옥합이 아니었더라면 어찌 가슴이 성할 수 있었겠는가.

무개옥합을 내려다보고 있던 구양천상의 미간에는 다시 어두운 빛이 드리워졌다.

"도대체 그녀가 쓴 무공이 어떠한 것이기에 이처럼 악독무비한 것일까? 나는 무림 중에 그러한 무공이 있다는 말을 들은 적이 없다……."

곰곰이 생각을 더듬던 구양천상은 가볍게 아, 하는 소리를 냈다.

"어쩌면 그것은…… 그렇군! 그녀의 입으로도 자신이 쓴 무공이 태음신공장이라 하였었지. 그렇다면 그것은 전설 중에 있는 여인들의 문파, 성모궁(聖母宮)에서 유래되었을 가능성이 있다. 하지만…… 어떻게 하여 성모궁의 절학이 강호상으로 유출이 되었을까? 설마……!"

구양천상의 안색이 돌연 급변했다.

태음천의 존재는 너무도 신비하였다.

그리고 그것을 이루고 지배하고 있는 천주가 여인이라는 것은 더욱 놀라운 것이었다.

어찌 그뿐이랴!

그 태음천주가 미모의 젊은 여인이라는 것은 더욱 놀랍고 괴이한 것이라 하지 않을 수 없었다.

'무림 중의 고수들이 실종된 것은 아버님이 사라지기 전부터였다. 천도문에도 혐의가 있지만 실제로 그녀의 휘하에는 지난날 강호상에서 실종되었던 고수들이 상당수 있음을 오늘 나는 볼 수 있었다. 그런데 그녀의 나이는 어떠한가?'

영지화 음약화의 나이는 아무리 많아도 스물서넛 내외에 불과했다. 기원에서는 기녀가 스물다섯을 넘으면 이미 제대로의 대우를 받을 수 없는 법이다.

'그렇게 본다면, 그녀는 태어나기 전부터 태음천주가 되어야 한다는 결론이 아닌가. 설마 백 보를 양보하고 그녀의 놀라운 무공을 감안하여 그녀가 주안(駐顔:청춘을 유지함)으로써 실제의 나이가 보기보다는 훨씬 많다고 하더라도 이 일은…… 충분히 음미할 만한 가치가 있다!'

생각을 굴리고 있던 구양천상은 문득 경악의 빛으로 무개옥합을 내려다보았다.

무개옥합은 달빛을 받고 있었다.

달빛 아래에서 은은한 빛을 뿌리고 있는 무개옥합.

그 옥합에 새겨진 십장생도가 빛 속에서 천천히 움직이고 있는 듯한 착각이 들었던 것이다.

그가 정신을 가다듬고 보니 십장생도는 여전히 변함없이 그대로 있었다.

'하지만 내가 잘못 볼 리가 없다!'

구양천상은 방금 전의 상황을 생각하고는 마음의 상태를 다시 조금 전과 같이 무심으로 했다.

그러자 과연 십장생도가 움직이기 시작했다.

아니, 그것은 움직이는 것이 아니었다. 십장생의 그림이 은연중에 하나로 모이고 있는 느낌이 있었을 뿐이었다.

'이제 보니 십장생의 중심은 불로초이다. 십장생은 불로초를 중심으로 하여 조각되어 있었다…….'

구양천상은 갑자기 품속에서 무개옥합의 탁본을 꺼내었다. 그리고 그는 그것과 무개옥합을 대조하며 뚫어져라 들여다보기 시작하였다.

얼마가 지나지 않아 그는 한참을 무엇인가 계산하는 듯하더니 불로초를 중심으로 하여 나머지 아홉 조각들을 만지기 시작했다.

그가 해와 산, 물, 구름들을 거쳐 마지막으로 조각의 중심인 불로초를 만졌을 때였다.

불로초가 돌연 꿈틀하는 듯하더니 청량한 향기(香氣)가 사방을 진동했다.
 '이게 뭐지?'
 구양천상은 놀라 그것을 들여다보았다.
 불로초의 가운데 부분에 좁쌀과 같은 틈이 생겨 있고 그 사이로 파르스름한 빛을 띠고 있는 꿀과 같은 액체가 맺혀 떨어지고 있었다. 향기는 바로 그 액체에서 나오고 있었다.
 그것을 본 구양천상은 다음 순간에 그것이 무엇인지 깨닫고 깜짝 놀라지 않을 수 없었다.
 '만년옥장(萬年玉漿)이다!'
 만년옥장이라고 하는 것은 영성(靈性)을 띤 옥이 만 년의 세월로써 스스로 용해되어 만들어진 젖과 같은 액체이다.
 말이 좋아 액체이지, 어찌 구경이라도 한 사람이 있었으랴.
 도가(道家)에서 이르기를 평범한 사람이라도 그것을 복용할 수 있으면 탈태환골(奪胎換骨)하여 우화등선(羽化登仙)한다 하였으니, 그 효능이야말로 세상에 있는 그 어떤 것보다 뛰어난 것이었다.
 설마하니 무개옥합 안에 그런 것이 감추어져 있었을 줄이야! 구양천상은 그 천고(千古)의 기진(奇珍)이 헛되이 땅바닥에 떨어짐에 놀라 황급히 입으로 무개옥합을 가져갔다.
 청량한 향기가 입 안으로 넘어왔다.
 정신이 한없이 맑아지면서 그처럼 답답하던 가슴속이 이른 아침에 냉수를 마셨을 때처럼 시원해져 왔다.
 만년옥장은 실로 얼마 되지 않았다.
 불과 일고여덟 방울이나 되었을까?

더 이상의 옥장이 없음을 깨달은 구양천상이 입에서 무개옥합을 떼고 만년옥장이 떨어진 바닥을 내려다보았다. 애석하게도 그가 미처 모르는 사이에 옥장은 서너 방울이나 헛되이 땅바닥에 떨어져 버린 것이다.
 한 방울의 생성에 백 년이 걸린다는 만년옥장이었다.
 하지만 구양천상의 맑은 눈에는 안타까워하는 빛이 조금도 없었다.
 '이것으로 나는 내상을 치료함은 물론, 내공의 발전을 바랄 수 있게 되었다. 무엇을 더 바랄 것인가? 죽음 속에서 살아나고 복을 얻었으니 하나도 손해난 것은 없다······.'
 그의 얼굴에 담담한 웃음이 떠오를 때였다.
 휘이익—
 돌연 강 하류 쪽에서 긴 휘파람 소리가 들려왔다. 그 소리가 들림과 동시에 구양천상과 얼마 떨어지지 않은 곳에서 회답하는 듯한 휘파람 소리가 울려 퍼졌다.
 '벌써 왔단 말인가?'
 구양천상의 안색이 조금 굳어졌다.
 아무리 그가 만년옥장을 복용하였다 하더라도 지금 태음천주를 다시 만난다면 그녀를 벗어날 재간이 없었다.
 그는 부지중에 손에 든 무개옥합의 탁본을 바라보았다.
 다음 순간, 그는 무개옥합을 품 안에 갈무리하고 그 탁본을 들여다보기 시작했다.
 이미 십장생도가 불로초를 중심으로 되어 있음을 알아낸 구양천상이었다. 그동안 뭔가 풀어졌다가 다시 모호해졌던 것들이 알

알이 눈앞에 드러나 있는 듯했다.
 그때,
 스스— 스윽...... 스윽......!
 풀잎이 스치는 이상한 소리가 주위에서 일어나기 시작했다.
 그 소리는 아주 낮게 들리더니 이내 조금씩 커지고 가까워졌다.
 풀잎이 흔들리고 있었다.
 잔잔한 파도가 밀려오고 있는 듯한 느낌이었다. 한군데가 아니었다. 그 소리는, 그 움직임은 사방에서 밀려오고 있었다.
 고개를 쳐든 구양천상은 풀잎의 사이로 반짝이는 빛을 발견할 수 있었다. 그것은 음산한 빛이 번뜩이는 어떤 동물의 눈이었다.
 '뱀이로구나!'
 구양천상은 간담이 서늘해졌다.
 이제 보니 엄청난 뱀 떼가 그가 있는 들판을 온통 덮으며 다가오고 있었다. 일이백 마리도 아니고, 일이천 마리도 아닌 것 같았다. 사람이라면 몰라도 뱀 떼를 진세가 막아낼 수 있을까?
 구양천상은 자신이 없었다.
 그는 잠시 생각하다가 어느새 앞선 뱀 몇 마리가 진세의 안으로 기어들고 있음을 보고 지력을 발출하여 그것들의 머리를 으스러뜨려 죽이고는 품속에서 병 하나를 꺼냈다.
 '오늘밤엔 내가 가지고 있던 것들은 모조리 다 쓰게 생겼구나......'
 그는 몸을 낮게 일으켜서 병 속에 있던 것들을 진세 주위 땅바닥에다 뿌리기 시작했다. 그것은 그가 심산유곡을 다니다 만나는 뱀을 상대하기 위해서 만든 피사분(避蛇粉)인데, 뱀이 가장 싫어하는 것들로 만들어져 있었다.

웬만한 뱀이라면 모조리 코를 감싸 쥐고 달아나기 마련이었다.

다가오던 뱀들이 주춤하는 듯하더니 진세를 피해 우회하기 시작하였다. 조용한 소란이 일어났다. 그럴 수밖에 없는 것이 앞선 뱀들은 옆으로 비키려 하지만 뒤에서 밀려 제대로 움직이지를 못해 꿈틀거리자 소음이 생기기 시작한 것이다.

그것을 보고 구양천상은 다시 탁본을 들여다보기 시작하였다.

한순간 한순간이 중요함을 그는 알고 있었다.

이러한 곳에 이처럼 엄청난 뱀 떼가 공연히 모일 리가 없는 것이다.

그것을 증명하듯이 뱀 떼 가운데에서 소란이 일어나자 어디선가 삐리리…… 하는 귀에 거슬리는 피리 소리가 들려왔다.

그래도 뱀들의 움직임이 진정되지 않자 그 소리는 갑자기 화가 난 듯 높아지고 빨라졌다.

그러자, 뱀 떼 가운데에서 괴이한 뱀 한 마리가 대가리를 꼿꼿이 쳐들고서 나타났다. 크기도 작지 않아 얼핏 보기에도 한 이 장 정도는 되는 듯했다.

하지만 크기보다 그 생김은 정녕 괴이하였다.

그 이 장가량이나 되어 보이는 몸 전체가 마치 타는 듯 빨간 데다가 쳐든 대가리의 가운데 박힌 두 눈은 마치 홍보석이 박힌 듯이 붉게 빛나고 있었던 것이다.

그 홍색괴사는 대가리를 쳐들고 쉭쉭 소리를 내고 있더니 다른 뱀이 진세의 주위에서 우왕좌왕하고 있자 노한 듯 훌쩍 몸을 날려 진세의 안으로 뛰어들었다.

하지만 그놈도 뱀인지라 이내 못마땅한 표정이 되어 주위를 두리번거리다 구양천상을 쳐다보았다. 진세의 영향 없이 그를 발견한 것 같았다. 그놈은 구양천상을 쳐다보더니 피사분 때문인지 고개를 흔들흔들하고 잠시간 아무런 움직임을 보이지 않았다.

그러고 있을 때, 한쪽에서 한 무리의 사람들이 나타났다.

앞선 자는 음침한 얼굴을 가진 노인이었는데, 일신에는 뱀가죽으로 만든 옷을 입고 어깨에는 굵은 뱀 두 마리가 그의 몸을 휘감고 있었다. 바로 지난날 소림사에 나타났다가 구양천수에게 낭패를 당한 적이 있었던 사노였다.

그의 옆에는 천봉기 대장이 삼엄한 기색으로 주위를 살피고 있었고, 녹포인들이 그 뒤에 호위하듯이 늘어서 있었다.

사노가 나타나자 뱀들은 약속이라도 한 듯 좌우로 갈라져 길을 만들었다.

천봉기 대장은 진세가 펼쳐져 있는 일대를 눈여겨보더니 사노에게 말했다.

"사 호법. 저 일대에 뱀들이 몰리지 않고 피하는 이유가 무엇이오?"

"글쎄…… 이미 뱀이 싫어하는 무엇이 있는 듯한데, 다시 한번 확인해 보도록 합시다."

사노는 고개를 갸웃거리더니 손에 들고 있던 이상하게 생긴 뼈로 된 피리를 입에 대고 귀에 거슬리는 소리를 내었다.

그러자 고개를 흔들흔들하고 있던 홍색괴사는 갑자기 꼬리를 마구 흔들어 바닥에 뿌려져 있던 피사분을 사방으로 날려보냈다. 피사분이 날아가자 그 아래 있던 뱀들이 기겁을 했지만, 피사분이 날아간 곳은 뱀들이 들어올 수 있게 되었다.

홍색괴사는 쉿쉿, 소리를 내어 망설이는 뱀들을 들어오게 하고는 고개를 쳐들어 구양천상을 쳐다보았다.

구양천상은 아직도 탁본만을 내려다볼 뿐, 자신의 앞에 홍색괴사가 와 있음을 알지 못하는 듯했다.

홍색괴사는 구양천상이 자신을 쳐다보지 않자 쉿, 하는 소리와 함께 훌쩍 날아올라 구양천상이 있는 곳으로 공격해 갔다. 그 홍색괴사는 움직임이 비할 바 없이 빨라 일단 움직이자 그 행동은 전광석화와 같았다.

그런데, 그때였다.

고개를 숙이고 탁본만을 내려다보고 있던 구양천상이 돌연 눈을 번쩍 올려 뜨더니 한 손을 벼락같이 갈겨내는 것이 아닌가!

그 일장에는 웅후한 잠경이 담겨 있어 홍색괴사는 괴이한 소리와 함께 허공에서 몸을 비틀어 번개처럼 땅으로 내려섰다.

뱀이 일장을 피해내자 구양천상은 놀라 그 홍색괴사를 보고는 나직이 말했다.

"음산(陰山)에 있다는 사왕(蛇王)인 혈목홍사(血目紅蛇)로구나. 너와 같은 물건이 어찌 이수변까지 내려왔단 말이냐?"

그의 말에 홍색괴사, 혈목홍사는 고개를 흔들거렸다.

구양천상은 혈목홍사가 비할 바 없이 독하다는 것을 잘 알고 있었다. 그리고 저 뱀이 공격을 하려 할 때는 저처럼 머리를 흔든다는 것도 알고 있었다.

그것을 증명하듯 혈목홍사는 다음 순간에 번개처럼 구양천상을 공격해 왔다.
"너의 심성은 천생 악독하니…… 살아온 세월을 감안하여도 살려둘 수 없다."
구양천상은 한 손을 쳐들었다.
그의 약지(藥指)에서부터 식지까지 네 손가락이 차례로 부챗살과 같이 펴졌다.
그러자 그의 손가락에서 쉬쉭, 하는 예리한 파공성이 일어나더니 처절한 비명과 함께 혈목홍사가 허공에서 훌떡 뛰더니 쏜살같이 진세 밖으로 날아갔다.
혈목홍사가 진세 밖으로 도주함을 보고 구양천상은 부지중에 자신의 손을 내려다보았다.
자신의 손에서 뻗어나간 지풍(指風)은 도저히 지금 자신의 몸 상태에서 펼쳐 낼 수 있는 것이 아닌 까닭이었다.
그리고 다음 순간에 미미한 웃음이 그의 입가에 떠올랐다.
'과연…… 십장생도에는 절학이 숨겨져 있었구나! 그 지법이 이처럼 위력적일 줄이야!'
하지만 그가 더 이상 탁본을 내려다볼 수 있는 가능성은 없었다. 혈목홍사는 갔지만 뱀 떼들이 꾸역꾸역 진세의 안으로 들어오고 있었던 것이다.
구양천상은 몸을 일으켰다.
그리고 그는 십칠팔 장 앞에 서 있는 사노와 천봉기 대장 등을 볼 수 있었다.
"이럴 수가?"

사노는 혼비백산하여 자신의 앞으로 도주해 온 혈목홍사를 보고 입이 딱 벌어졌다. 그처럼 빛나던 혈목홍사의 눈 하나가 흔적도 없이 사라지고 전신 몇 군데에 구멍이 나 피가 흘러내리고 있었던 것이다.

"말도 아니 되는 일…… 혈목홍사의 가죽은 보검으로도 상하기 어려운 것인데, 도대체 무엇이……!"

천봉기 대장은 심각한 안색이 되어 전면의 뱀 떼에 둘러싸인 진세를 주시하고 있었다.

그리고 그는 그의 뒤에 있는 녹포인 하나에게 명했다.

"저 앞에 있는 곳이 보이지? 가봐, 가서 무엇이 있는지 보고해라."

녹포인은 잠시 망설이는 듯하다가 금세 바람과 같이 달려 진세의 안으로 들어섰다. 그가 움직일 리 없었다. 들어서자마자 갈피를 못 잡고 우왕좌왕하기 시작했다.

그것을 보고 천봉기 대장은 고개를 끄덕였다.

"과연 진세가 있군…… 저것은 어디선가 본 것 같다."

그는 혼자 중얼거리더니 다시 뒤에 서 있는 녹포인을 보았다.

"화염탄이 있지?"

"예."

"저기에 던져 이 일대를 불사를 수 있나?"

"아마 가능할 겁니다…… 어제 비가 오기는 했지만 저 뱀 떼 부근 일대라면 수풀이 있으니까……."

"던져라."

"예? 저기에는 천봉기 구호가……."

그는 말을 하다가 얼음과 같은 눈빛으로 자신을 쏘아보고 있는 천봉기 대장의 눈을 보고는 간담이 서늘하여 급급히 고개를 끄덕였다.

"아, 알겠습니다!"

화염탄이 던져졌다.

불꽃이 일어나더니 이내 타오르기 시작했다.

사노의 명에 따라 뱀 떼들이 주위로 흩어졌다. 진세의 일대가 불에 타오르고 있었다. 그 속에서 처절한 비명을 지르며 불길에 휩싸여 허우적거리는 천봉기 구호가 보였다.

하지만 천봉기 대장이 기대하는 구양천상의 모습은 나타나지 않았다.

"이미…… 이 자리를 벗어난 것이란 말인가?"

그가 괴이하여 고개를 젓고 있을 때, 불길에 휩싸인 진세 안에서 한 사람이 번개처럼 솟아나오는 것이 보였다.

천봉기 대장은 그가 구양천상임을 한눈에 알아볼 수 있었다.

"흐흐흐…… 어디로 갔나 했더니, 겨우 거기에 웅크리고 숨어 있었구나! 이제 또 어디로 가려느냐?"

천봉기 대장은 득의해 크게 웃었다.

신호 소리가 사방으로 울려 퍼졌다.

아직은 불길이 진세 주위 이삼십 장가량을 태우고 있을 뿐이라 구양천상의 경공으로 본다면 그곳을 벗어나기는 그리 어려운 일이 아니었다. 하지만 불길을 벗어난 그의 모습에는 낭패한 빛이 있었다.

아직까지 그는 정상이 아니었다.

십장생도에서 어떤 소득이 있었는지는 모르지만 시간이 촉박하여 운기행공하여 상세를 회복할 시간이 없었던 것이다.
 천봉기 대장은 휘하 고수들을 이끌고 파도와 같이 다가오고 있었다.
 불길과 뱀 떼로 인해 애써 설치한 진세는 무력화되었다.
 구양천상은 눈을 들어 주위를 살펴보았다.
 천봉기 대장이 다가오고 있는 쪽을 제외한 모든 곳은 뱀의 물결이 노도와 같이 굼실거리고 있었다. 하늘을 나는 새가 아닌 다음에야 저 뱀 떼를 날아 넘을 재간이 없다.
 어쩌면 서쪽 방면만은 한 가닥 길이 있을 듯했다. 그곳은 숲이라 나무를 타고 날아갈 수 있을 것 같았던 것이다.
 '피할 수 있다면 피하는 것이 옳다. 오늘은…… 이 악몽의 밤은 아직도 다 간 것이 아니다…….'
 구양천상이 암중에 작정을 했을 때, 쉭쉭 소리가 들리더니 이미 뱀 떼가 발밑에서 달려들기 시작했다.
 상대를 하자면 끝이 없다.
 구양천상은 숨을 들이쉬고는 그대로 몸을 떠올려 천봉기 대장이 있는 쪽으로 향했다.
 검광이 번뜩이더니 천봉기의 휘하들이 덮쳐 왔다.
 구양천상의 몸이 휘청하는 듯하더니 그들을 지나갔다.
 "윽……!"
 나직한 신음 소리와 함께 그들이 검을 떨어뜨리며 비틀하더니 그 자리에 쓰러졌다.
 피투성이의 구양천상이었다.

그가 어떻게 되었는지 알아볼 여가도 없이 두 명의 고수들을 쓰러뜨리고 자신에게 날아듦을 보고 천봉기 대장은 깜짝 놀랐다.

'천주의 일장은 인육지구(人肉之軀)로서는 당해낼 재간이 없는데, 설마하니 아무렇지도 않단 말인가?'

동시에 그는 우레와 같은 고함을 치면서 수중의 기형도를 찔러 냈다. 도광이 삼엄하게 번뜩이면서 무섭게 움직였다.

천봉기 대장의 도법과 같은 것을 일러 기세의 도(刀)라 한다. 예봉이 살아 있으면 무서운 위력을 발할 수 있고, 그 기세가 꺾이면 갑자기 위력이 처지고 마는 것이다.

"물러나라!"

구양천상은 나직이 소리치면서 약지로부터 식지를 거의 동시에 부챗살과 같이 활짝 펴며 지력을 일으켰다.

치익치익, 소리와 함께 천봉기 대장의 기형도가 멈칫했다.

곧이어 땅땅, 소리가 뒤를 잇더니 그의 기형도는 금방이라도 부러질 듯이 휘청이면서 위세를 잃어버리고 말았다.

천봉기 대장의 괴이한 얼굴이 흙빛이 되었다.

'세상에! 이게 무슨 지력이…… 이런 지력이 있단 말이냐?'

그가 대경실색하여 물러날 때 구양천상은 그는 돌아보지도 않고 천봉기 대장의 옆에 서 있던 사노를 향해 다시 예의 지력을 발출했다.

눈앞에서 그 광경을 본지라 사노는 깜짝 놀라 황망히 뒤로 물러나려 했다.

하지만 구양천상의 움직임은 비할 바 없이 빨라 그가 움지이는 순간에 구양천상의 신기한 지력은 이미 그의 몸을 덮치고 있었다.

"덤벼라! 사왕!"

사노는 황망히 외치며 영사신법(靈蛇身法)을 발휘하면서 수중에 들었던 물건을 쳐내어 구양천상의 지력을 막으려 할 때, 따앙, 소리가 들리고 그의 손이 허전해졌다.

동시에 눈앞에 닥쳐들었던 구양천상의 모습은 이미 저만큼 가 있었다.

"이, 이런……!"

손을 내려다본 사노의 얼굴이 흉하게 일그러졌다.

그가 뱀 떼를 조종하는 피리인 구사마적(驅蛇魔笛)이 방금 구양천상의 일격을 막다가 두 동강이 나 폐품이 되어 있었던 것이다.

"으으으!"

화가 머리끝까지 치밀어 고개를 획 돌려 혈목홍사를 노려보았다. 그리고는 그는 기가 막혀 입이 딱 벌렸다.

그 무서운 것이 없는 혈목홍사가 구양천상을 보더니 꼬리를 말고는 저만큼 가서 고개만 까딱까딱하고 있음을 본 것이다.

저러고 있으니, 공격을 하라고 한들 어찌 소용이 있었으랴.

단숨에 사노가 뱀 떼를 조종할 수 없게 한 구양천상은 천봉기대장이 다시 자세를 가다듬기 전에 날듯이 몸을 날리고 있었다. 그가 몸을 움직이는 것은 전혀 부상을 당한 사람 같지 않고 마치 폭풍이 휘몰아치듯 했다.

서너 번 몸이 오르락내리락하는 순간에 그는 이미 그가 목적했던 서쪽 방면의 숲으로 도달하고 있었다.

그런데,

"……!"

 구양천상의 그 비호와 같던 신형이 갑자기 그 자리에 얼어붙듯 멈추어 서는 것이 아닌가!

 따가닥…… 따각…….

 은은히 들리는 말발굽 소리.

 숲 사이로 한 대의 향거가 나타나고 있었다.

 좌우로 보이는 저 흑의인들…….

 "태음천주……!"

 구양천상이 신음했다.

 최대의 강적이 그의 앞에 다시 나타난 것이다.

 밤은 아직도 끝나지 않았다.

第九章

구중지비(九重之秘)
―구중으로 감추어진 비밀…… 그 내막의 무서움은
바로 공포(恐怖)의 것이라…….

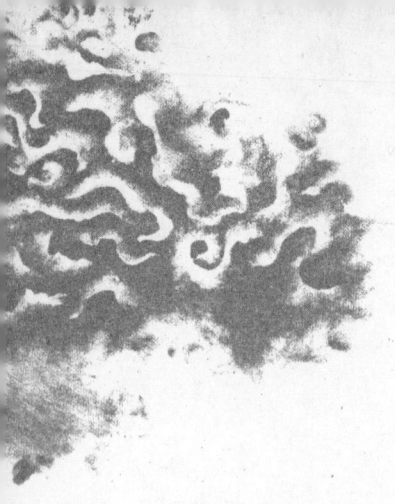

풍운고월
조천하

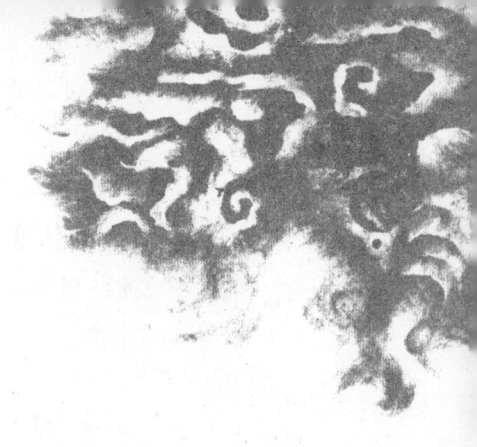

 짐작은 했으되, 그녀가 이처럼 빨리 나타날 줄은 상상 밖이었다. 구양천상은 온몸의 힘이 빠지는 것을 의식했다. 그는 사실 이러한 결과를 피하기 위해서 방금 부상을 무릅쓰고 전력을 다했던 것이다.
 향거는 그의 앞에 멈추어 서 있었다.
 주렴을 통해서 안에 영지화 음약화, 태음천주가 자신을 바라보고 있음을 볼 수 있었다.
 싸늘한 음성이 주렴을 통해 흘러나왔다.
 "정말 대단하군! 본좌의 태음신공장에 경동되고도 그와 같이 움직일 수 있다니…… 직접 보지 않았다면 어찌 믿을 수 있는 일일까."
 "……."

구양천상은 아무 말 없이 묵묵히 그녀를 바라보고만 있었다. 그가 지금 심중으로 무슨 생각을 하고 있는지 기색으로 알아낼 사람은 아마 당대에는 없을 것이었다.

향거 안의 태음천주는 그가 입을 다물고 있자 같이 침묵을 지키고 있었다.

하지만 그 침묵을 깨뜨린 사람은 역시 태음천주였다.

"당신이 생각을 바꾼다면 본좌 또한 생각을 바꿀 뜻이 있어요. 어떻게 생각하나요?"

그녀의 어조는 구양천상을 처음 만나던 때와는 분명히 조금 달랐다.

"무슨 뜻이오?"

구양천상의 물음에 태음천주는 말했다.

"무개옥합을 나에게 넘겨주고 우리와 굳이 적대를 하지 않는다는 조건이라면 당신을 이대로 놓아줄 수도 있다는 뜻이에요. 반드시 친구가 아니라도 좋겠지만, 어떠한 경우에도 적대는 하지 않는다는……"

구양천상이 말했다.

"그걸로는 오늘밤 나에게 들인 공이 너무 크다고 생각하지 않으시오? 천주는 이제 바라는 모든 것을 다 얻을 수 있는 목전에 와 있을 텐데."

태음천주의 음성은 흔들림이 없었다.

"그 정도는 충분히 감수할 용의가 있어요. 무개옥합의 의미는 얻었다는 것으로 족한 것이니까."

그녀의 말이 끝나기도 전에 구양천상은 고개를 흔들었다.

"하지만 미안하게도 나는 그러고 싶은 생각이 없소."
"……."
향거의 안에서는 잠시 동안 아무런 소리도 들리지 않았다.
"흥!"
그리고 다음 순간에 그녀에게서는 얼음보다 더 차가운 웃음소리가 터져 나왔다.

향거의 문이 열리고 안에서 태음천주가 천천히 걸어나왔다. 온몸을 검은 비단으로 감싸고 있는 그녀의 전신에서는 서리와 같은 기운이 감돌고 있었다.

그녀는 구양천상의 앞에 섰다.

처음과 다른 서릿발과 같은 어조의 음성이 그녀에게서 흘러왔다.

"영웅(英雄)인 체하는 뭇 남자들일수록 그러하지, 죽음을 초개와 같이 여기는 것이 자랑인 줄 아는 착각……. 그래서 당신에게 남는 것이 무엇이오?"

구양천상의 창백한 얼굴에 미소가 희미하게 떠올랐다.

"남는 것을 바라고 어찌 죽음 앞에서 초연할 수 있겠소? 사람에게는 저마다의 길이 있으며, 그 길에 대한 확신이 있을 때, 그 신념이 두려움을 없애주니 초연한 듯 보이는 것일 뿐이오."

조용하나 의미도 그렇고, 어조도 그렇듯 당당했다.

"흥! 본좌는 수많은 영웅호한이라는 자들을 보았지만 아직까지 한 번도 절실한 죽음 앞에서 초연할 수 있는 사람은 보지 못했다!"

구양친상은 날카로운 칼로 자르는 듯한 그녀의 어조에 담담히 웃을 뿐 아무 말도 하지 않았다.
 그가 아무 말도 하지 않고 있자 태음천주는 정말로 화가 난 듯했다.
 "좋아…… 나는 당신이 과연 그들과 얼마나 다른지 한번 보아야겠다!"
 그녀는 음랭히 웃더니 검은 비단을 펄럭이면서 백옥과 같은 흰 옥장을 들어 구양천상을 쳐왔다.
 구양천상은 저 부드러운 손바닥이 얼마나 무서운지 이미 잘 알고 있었다. 아무리 초연한 수양의 구양천상이라 할지라도 어찌 감히 태만할 수 있으랴.
 그는 바람과 같이 뒤로 물러났다.
 그것을 본 태음천주의 눈에 놀람의 빛이 드러났다.
 구양천상의 움직임이 자신에게 부상을 입기 전보다 오히려 더 자연스러워 보였던 것이다.
 하지만 그녀의 입에서 다시 싸늘한 웃음소리가 주위를 울리는 순간에 그녀의 옥장은 처음보다 더욱 빠른 속도로 뻗어나 구양천상을 쳐갔다.
 검은 비단이 암흑의 나래와 같이 펄럭이는 가운데 그녀의 옥장은 이미 구양천상의 앞에 도달했다.
 '역시 아직은 피할 수 없다!'
 구양천상은 암중에 소리치며 손을 들어 올렸다.
 펑!
 "윽!"
 굉음이 터지고 그 속에 한소리 신음이 섞이는 순간에 구양천상의 신형이 돌개바람에 휘말린 연과 같이 훌쩍 날아올랐다 떨어졌다.

경력의 회오리가 주위를 휩쓸었다.

'저런……?'

태음천주의 신형이 흠칫 굳어졌다.

거의 치명적인 타격을 받았을 구양천상이 바닥에 떨어져서 한 모금의 선혈을 토하고는 천천히 몸을 일으키고 있었던 것이다.

창백한, 거의 핏기가 사라진 그의 얼굴에는 괴로운 빛 대신에 미미한 웃음기가 있었다.

그는 말했다.

"왜 마지막에 가서 손에 사정을 둔 것이오? 그렇지 않았다면…… 나는 다시 일어나지 못했을 텐데?"

검은 면사 속에 자리한 태음천주의 아름다운 얼굴이 얼음을 깎은 듯이 굳어졌다.

"그것이 그토록 불만이라면, 죽음의 신이 당장 당신의 혼백을 낚아가도록 해줄 수 있지!"

그녀는 차갑게 소리치며 번갯불과 같은 일장을 뻗어냈다.

그녀의 장세는 매우 괴이하여 속도가 그와 같이 빠름에도 불구하고 강대한 위세가 일어나는 것이 아니라, 보이는 것은 그저 그 아름다운 손바닥[玉掌]에서 일어나 빙글빙글 돌아가고 있는 푸른빛 기류뿐이었다. 하지만 그것이 얼마나 풍운변색(風雲變色)할 위세가 있는지는 이미 증명이 되고도 남음이 있었다.

은은한 잠경(潛勁)의 소용돌이가 무서운 여운을 담고 구양천상의 주위를 뒤흔들며 휘감았다.

그의 전신 옷자락이 금세라도 모조리 찢겨져 나갈 듯 펄럭였고 멎었던 상처의 피가 분수처럼 터져 나왔다.
 하지만 그의 신형은 그 가운데에 태산과 같이 서 있었다.
 그 모습은 조금도 방금 전에 그처럼 처참한 일격을 당한 사람 같지 않았다.
 그의 눈은 침착했고 그 손은 바람과 같이 태음천주의 태음신공장을 맞아가고 있었다. 소지에서부터 식지에 이르는 네 손가락이 마치 꼬리를 물 듯 차례로 펼쳐지며 지력을 일으키고 있었다.
 그것의 흐름은 바로 무개옥합의 십장생도에 따르고 있는 것이었다.

 산(山)이 우뚝하여 천고에 불변하니, 그 허리에 구름[雲]이 흘러가도다.
 산 굽이돌아 굽이쳐 흐르는 물[水]은 돌[石]에 부딪쳐 부서진다…….
 포말되어 부서진다 한들, 물이 아니랴.
 세상사 변하지 않는 것 어디 있으며, 겉모습 변했다 하여 그 근본 변하는 것 또한 어디 있으랴…….

 치익, 칙!
 단 쇠붙이가 물속에 들어가듯, 마치 송곳과 같은 경력이 태음천주의 태음신공장을 뚫고 들어갔다.
 '이럴 수가! 이게 뭐지?'
 상상도 하지 않았던 일에 태음천주는 깜짝 놀랐다.

크게 놀란 태음천주는 자신도 모르게 날카롭게 소리치며 몸을 바람개비와 같이 회전시켜 일장을 재차 때려내어 공격해 갔다.

무서운 위세가 일어났다.

그때였다.

"멈추시오!"

귀청을 떨어 울리는 호통 소리가 벼락치듯 들려왔다.

동시에 두 사람의 가운데에 흰 그림자 하나가 날아들며 비스듬히 일장을 때려왔다.

쾅!

굉음이 그 가운데에서 터지고 거대한 회오리가 흙먼지를 마구 말아 올리면서 일어났다. 풀포기들이 뿌리째 뽑혀 올라 장마에 물건 떠내려가듯 허공중에서 부유했다.

이미 중상을 입었던 구양천상이다.

그는 한소리 나직한 신음과 함께 전신을 흔들더니 견디지 못하고 쿵쿵 소리를 내면서 잇달아 칠팔 보 이상을 후퇴하다가 겨우 몸을 세웠다. 몸을 세웠다 하나 그의 머리와 어깨가 흔들리고 있음은 방금의 그가 받은 타격이 얼마나 막강했는가를 웅변하고 있었다.

누구라도 알 수 있었다.

방금 그들의 사이에 날아든 흰 그림자[白影]가 태음천주의 장세를 향해 비스듬히 일장을 쏟아내어 그 위세를 약화시키지 않았다면 그가 이렇게나마 서 있을 수 없을 것이라는 것을…….

구양천상은 암중에 숨을 들이켜면서 눈을 들어 앞을 바라보앉다.

 그의 앞쪽, 태음천주와 그의 사이에는 한 사람의 흰색 비단 장삼을 입은 중년대한(中年大漢)이 우뚝 서 있었다.

 휘몰아치는 경력에 흰색 비단 장삼을 펄럭이면서 서 있는 그의 얼굴은 무거웠으며, 길게 자리한 두 눈은 형형(炯炯)한 빛으로 태음천주를 쏘아보고 있었다.

 아는 사람이 아니었다.

 "누구냐?"

 태음천주가 그를 노려보고 있다가 물었다.

 아무리 옆에서 장세를 밀어내었다고는 하지만 중년대한이 방금 보여준 한 수는 그가 만만히 볼 수 없는 절정의 고수임을 의미하고 있었던 것이다.

 그가 대답을 하기 전이었다.

 "그는 본 문의 북후(北候)인데, 들어본 적이 있으신지요?"

 낭랑한 음성이 숲 한쪽에서 들려왔다.

 일신에 태음천주와 같이 검은 비단으로 온몸을 휘감은 여인 하나가 모습을 드러내고 있었다.

 면사를 늘어뜨린 태음천주에 비해 복면을 했다는 점과 태음천주의 검은 비단이 그녀의 것보다 매우 얇다는 것이 다르다면 다른 점일 수 있었다.

 태음천주의 아미가 찡그려졌다.

 "북후? 천도문의 사람이냐?"

 흑의복면여인이 웃으며 말했다.

 "본 문 외에 또 누가 그러한 명칭을 사용하던가요? 알아주시니 감사해요. 이 몸은 남후(南候)라고 하지요."

흑의복면여인은 말과 함께 구양천상을 쳐다보았다.

"구양 대공, 괜찮으신가요? 사별삼일(士別三日)이면 괄목상대(刮目相對)라 하더니 숭산에서 헤어진 후에 고초가 많으신 듯하군요?"

그녀의 말솜씨는 신랄하기 그지없었다.

구양천상은 그녀의 음성을 듣고 그녀가 바로 숭산에서 만났던 남북이후 중의 남후임을 알았다. 단지 그녀가 당시에는 사인교자에 타고 있어 여자임을 확신할 수가 없어 금세 알아볼 수 없었을 뿐이다.

그녀가, 그것도 천도문의 수뇌세력이라 할 수 있는 남북이후가 동시에 여기에 나타난 것은 의외의 일이라 하지 않을 수 없었다.

구양천상은 그녀의 날카로운 풍자에도 불구하고 평정한 낯빛으로 대답했다.

"별로…… 아직 쓰러진 것은 아니니까. 하지만 그리 늦게 오신 것은 아닌 듯하오."

그의 태도가 이와 같이 담담하자 흑의복면여인, 천도문 중의 남후는 뜻밖이라는 듯 구양천상을 쳐다보더니 암중에 고개를 끄덕였다.

"진작 왔어야 하는 건데, 몇 가지 조사힐 일 때문에 늦어 구양대공으로 하여금 고초를 겪게 했군요? 죄송해요."

두고 보자니 이건 보통 방자한 것이 아니다. 아예 자신은 안중에도 두지 않는 듯하지 않은가.

태음천주는 노해 버리같이 곤두설 지경이었다.

그녀는 차갑게 웃으며 말했다.

"천도문 중에 남북이후가 있어 대소사를 돌보아 실수가 없다 하더니 오늘 보니…… 흥! 과연 그런지 의심스럽군!"

그런데,

"확인을 해보고 싶으신가요?"

남후는 그녀의 말에 조금도 망설이지 않고 반문하는 것이 아닌가.

태음천주는 강호상에 나와 단 한 번도 이러한 경우를 당해본 적이 없었다. 기가 막히면 말이 나오지 않는다. 멍청히 그녀를 쳐다보고 있던 그녀는 날카롭게 웃으며 말했다.

"좋아, 오늘 본 천주는 과연 천도문 내의 남북이후에게 어떠한 능력이 있는지를 한번 보아야겠군!"

말은 오히려 느리다.

태음천주는 말의 여운이 사라지기도 전에 백옥 같은 손을 들어 남후를 쳐갔다. 검은 비단이 암흑의 나래와 같이 장세를 따라 날렸다.

남후의 눈에 긴장의 빛이 흘렀다.

그녀보다 먼저 움직인 것은 북후였다.

그는 나타난 후에 줄곧 단 한 마디도 하지 않고 있었지만 형형한 눈으로 태음천주의 행동을 예의 주시하고 있었고, 그녀가 움직이는 순간에 이미 호통과 함께 허리에 차고 있던 패검(佩劍)을 뽑아 찔러가고 있었다.

그 순간에 사방에서 호통 소리와 병장기가 서로 부딪치는 소리가 들려오기 시작했다.

태음천주를 호위하고 있던 흑의인들과 천봉기 대장 등이 백의를 걸친 자들의 공격을 받고 싸우고 있었다.
천도문은 오늘 단단한 준비를 하고 온 듯했다.
남후는 그 광경을 쓸어보더니 구양천상에게 물었다.
"구양 대공은 스스로를 보호할 수 있나요?"
구양천상은 망설이지 않았다.
그가 고개를 끄덕임을 보고 남후는 조심하라는 말과 함께 태음천주를 향해 공격해 갔다.
북후의 무공은 가히 강호 절정의 것이었다.
그의 검세 또한 강호 중에서 보기 힘든 괴이한 것이었다.
그러나 그것으로 구양천상을 단 삼 초 만에 피를 토하고 나가떨어지게 만든 태음천주의 태음신공을 상대할 수 있을 것 같지는 않았다.
태음천주는 무슨 까닭인지 그를 상대함에 있어 그 가공할 태음신공장을 사용하지 않고 있었다. 하지만, 남후가 싸움에 가담하고 주위의 상황을 보고는 마침내 태음신공장을 사용하기 시작했다.
그녀의 검은 비단 옷자락이 너울거리기 시작했다.
단 일 장으로 이미 남북이후를 압도하고 있었다.
그런데, 상황이 변했다.
무서운 위세를 일으키고 있던 태음천주의 태음신공장이 돌연 무엇 때문인지 힘이 약화되어 버린 것이다.
무서운 회오리바람에 세 사람이 엉켜 싸우고 있는 주위를 휘몰고 있어 무엇이 어찌 되고 있는지 알 수 없었다.

그렇지만 구양천상만은 상황을 알아볼 수 있었다.
 태음천주가 태음신공장을 사용하는 순간에 남북이후의 무공도 변했던 것이다.
 북후의 신형이 마치 유령(幽靈)과 같이 흔들리면서 기궤(奇詭)하고도 악독하기 이를 데 없는 검법을 구사하여 태음신공장의 힘을 끊고, 남후는 그 검세에 맞추어 귀신의 호곡성과 같은 소름끼치는 음향이 일어나는 장세를 발출하여 그녀를 공격하고 있었다.
 그 두 사람의 무공은 실로 괴이하기 이를 데 없어서 구양천상조차도 본 적이 없는 것이었다.
 '도대체 저것이 어디에서 유래된 것이기에 태음신공장과 같은 무서운 무공을 극제할 수 있단 말인가?'
 심각한 빛으로 그들의 싸움을 주시하고 있던 구양천상은 문득 태음천주의 태음신공장이 자신을 공격할 때보다 위력이 못한 것을 알아보았다.
 '설마 그녀가 그때 타격을 받았단 말인가?'
 구양천상의 미간에 한줄기 의혹의 빛이 가늘게 떠올랐다.
 원래 조금 전에 북후가 그를 구할 때 구양천상이 태음천주의 공세를 막기 위해 사용했던 것은 무개옥합에서 깨달아낸 절학 중 하나로 일종의 지력이었다.
 그것은 날카롭기 이를 데 없으면서도 변화무쌍하여 상대로 하여금 도저히 막을 수 없게 하는 신기막측한 것이었다. 혈목홍사가 이 지력에 독목홍사가 되었지 않았던가.
 다급한 중에 그가 그것을 사용했을 때에 그 지력은 사정없이 태음천주의 태음신공장을 뚫고 들어갔었다. 오죽하면 태음천주가 놀라 전력을 때려내었으랴.
 하지만 구양천상은 그럼에도 자신의 지력이 태음천주의 소맷자락에 몇 개의 구멍을 내었음을 느끼고 있었다.
 그런데…… 지금 태음천주가 싸우고 있는 모양을 보면 그때 그의 지력은 단순히 그녀의 소맷자락에 구멍을 낸 정도가 아닌 듯 했다. 마지막에 그가 발출한 그 지력의 위세야말로 실로 간단하지 않았던 것이다.
 사람들은 모두 지금의 그가 닭 한 마리 잡을 힘도 없도록 중상을 입은 사람으로 인정했다.
 하지만 사람들은 아무도 주의하지 못했다.
 그처럼 치명적인 타격을 받은 구양천상, 마치 시체와 같이 창백하다 못해서 푸르게 변했던 구양천상의 얼굴에 은은히 홍광(紅光)이 감돌고 있음을…….
 그것이 어떤 의미임을 상상할 수 있는 사람은 아무도 없었다.
 조금 전 태음천주의 분노한 일장이 구양천상에게 어떠한 결과를 가져다주었는가를.
 구양천상은 천하의 영약인 만년옥장을 복용하는 기연(奇緣)을 얻었지만 그것을 자신의 것으로 할 수 있는 시간을 가지지 못했 었다.
 그런데, 그가 태음천주에게서 막내한 충격을 받게 되자 그 충격은 그의 내부를 온통 뒤흔들어서 만년옥장의 기운을 그의 전신으로 유포시켰을 뿐만 아니라 그 작용으로 나쁜 피마저 밖으로 토해내게 되었던 것이다.
 그렇게 되자 그가 발출한 지력에는 당연히 전과는 다른 힘이 들어가기 마련이었다. 그가 첫 번째 공격에는 피를 토하고 나가 떨어졌지만 두 번째 더 강한 공세에는 나가떨어지는 것이 아니라 칠팔 보 물러나다가 멈추어 선 것으로도 그의 체내 변화가 어떠하다는 것은 알 수가 있었다.

그것을 사람들은 북후가 관여하였기에, 라고 단정을 해버리고만 것이다.

그때 남북이후의 괴이한 무공에 안색을 굳히고 생각을 굴리고 있던 구양천상은 갑자기 한 생각이 떠올라 깜짝 놀랐다.

'설마하니, 저것이 오십팔 년 전에 사라진 암흑마교(暗黑魔敎)의……'

그가 경악하고 있을 때 태음천주의 입에서도 놀람의 외침이 들려왔다.

"이, 이건…… 그럼 너희들은……!"

그 소리와 함께 장내에서는 요란한 음향이 미친 듯이 들려왔다. 일진의 경풍이 광란의 소용돌이를 일으키며 구양천상의 몸까지 흔들어댔다.

그 속에서 태음천주가 검은 비단을 너울거리면서 뒤로 물러나고 있음이 보였다.

"오늘의 일은…… 잊지 않고 기억해 두겠다……. 이후, 천도문이 치러야 할 대가를 기억해 두도록 하라!"

날카로운 웃음소리가 사방을 뒤흔들면서 그 공포의 위세를 보이던 태음천주가 발을 구르더니 향거에 올라갔다.

한소리 신호와 더불어 태음천의 고수들이 썰물이 빠지듯이 사라져 갔다.

"음……!"

그들이 사라져 감을 보고 있던 남후는 태음천주 일행이 완전히 시야에서 없어지자 나직한 신음과 함께 비틀했다.

그녀의 앞섶이 피로 물들었다.

"사매!"

북후가 그녀에게 다가왔다.

남후가 그를 보고 고개를 저었다.

복면 속의 눈은 쓰게 웃고 있었다.

"역시 그녀의 태음신공은 무섭군요…… 사형은 그녀가 다시 돌아오는가 경계해 주세요. 여기는 오래 지체할 곳이 못 돼요."

북후는 그녀의 말에 잠시 그녀를 보더니 고개를 끄덕이면서 수하들을 지휘하여 떠날 준비와 아울러 주위를 경계했다. 묵묵한 듯했지만 그의 움직임은 간단하지 않았다.

북후가 움직임을 보고 남후는 구양천상에게 천천히 다가왔다.

"구경이 마음에 드셨나요?"

구양천상은 고개를 저었다.

"나는 싸움 구경을 별로 즐기지 않소."

남후는 구양천상을 쳐다보다가 가볍게 한숨을 쉬더니 말했다.

"용건을 말하도록 하지요. 제가 찾아온 까닭을 짐작하시겠지요?"

구양천상은 그녀를 보았다.

"본 가 가주의 소식을 알아내셨소?"

어처구니없다는 듯한 웃음이 남후의 눈 속에 흘러갔다.

"이 마당에 자신이 그러한 주장을 할 수 있다고 느끼시나요?"

"나는 상황에 따라 말이 바뀌는 사람이 아니오."

어조는 담담하다. 하지만 그 속에 담긴 뜻은 간단하지 않다.

남후는 암중에 머리를 끄덕이지 않을 수 없었다.

"과연이군요. 좋아요, 말하지요. 대공의 동생이신 구양천수, 구양 가주는 바로…… 구중비(九重秘)의 비밀을 풀기 위해 잠적했어요."

"구중비……?"

"그래요. 구중비! 당금 강호상에서 가장 거대한 비밀이라고 할 수 있지요."

"그것이 무엇이오?"

구양천상의 물음에 남후는 머리를 저었다.

"자세한 것은 저도 몰라요. 그것을 알아내는 것은 대공의 능력에 달려 있겠지요."

구양천상은 미간을 찡그렸다.

"그 말은 너무 막연하오. 말 한마디로 무슨 일을 할 수 있단 말이오?"

"단서를 하나 더 드릴 수가 있지요. 구중비를 알아내기 위한……."

구양천상이 묵묵히 그녀를 바라보고 있자 남후는 다시 말했다.

"태음천이 바로 그 구중비를 풀 수 있는 열쇠예요."

"태음천이?"

"그렇지요. 그 구중비의 비밀 속에는 태음천도 속해 있다는 말이 있으니까."

듣자니 점점 더 괴이하다.

"좀 더 자세하게 말할 수 있으시오?"

구양천상의 말에 남후는 잘라 말했다.

"이것이 아는 전부예요. 굳이 한 말씀을 더 드린다면, 아마 태음천주를 잡아 물어보는 것이 가장 빠른 방법일 거라는 정도일 거예요."

"좋은 계획이군…… 일석이조도 되고……."

구양천상이 나직이 중얼거리자 남후는 못 들은 척하고 손을 내밀었다. 그녀의 손가락은 길고 아름다웠다. 그 손에 낀 비취반지 또한 그에 못지않게 아름다웠다.

구양천상은 그녀를 보며 담담히 웃었다.

"나는 지난번 숭산에서 분명히 자세한 행방을 원한다 하였었는데……."

"지금은 상황이 조금 다르지요. 그 정도면 대공의 능력으로 충분히 조사를 해낼 수 있을 거예요. 사실 본 문은 지금의 상황에선 이러한 정보를 제공하지 않고서도 무력으로 대공에게서 목적을 달성할 수 있어요."

구양천상은 조용히 그녀를 바라보았다.

겉보기로 그녀의 말은 사실이었다. 분명히 그녀는 예의를 지키고 있다 할 수 있었다.

구양천상은 품속에 손을 넣어 무개옥합을 꺼내 그녀의 손 위에 놓아주었다.

그가 이처럼 간단히 무개옥합을 넘겨줄 것은 기실, 누구라도 상상치 못한 의외의 일이었다.

그녀는 흠칫 무개옥합과 구양천상을 번갈아 보더니 고개를 끄덕였다.

"과연 다르군요? 기왕 받은 김에 한 가지 더 부탁을 드리겠어요. 제가 듣기로는 대공께선 무개옥합에 대해 연구를 하여 상당한 성과를 얻으셨다고 하던데?"

구양천상은 창백해 보이는 얼굴에 미소를 떠올렸다.

"요구가 과하다고 생각지 않으시오?"

"전혀! 당연한 것이라 생각지 않나요? 만약 대공이 무개옥합의 비밀을 이미 풀어내었다면 우리는 알맹이는 두고 껍데기만 가지고 가는 것이 아닌가요? 너무 손해 보는 일일 뿐 아니라 멍청한 짓이지요."

그녀는 확실히 만만하지 않았다.

구양천상은 그녀를 바라보다가 말했다.

"그렇다면 한 가지만 말해주겠소. 무개옥합은 처음부터 열리지 않도록 만들어진 합이오. 비밀은 애초부터 간단하오. 무개라는 말에 이미 그 비밀이 풀어져 있었으니까."

남후는 멍청해졌다.

"열리지 않는다고……?"

그녀는 무개옥합과 구양천상을 번갈아 쳐다보더니 알았다는 듯이 고개를 끄덕였다.

"믿어보지요."

그녀의 신호에 따라 북후가 수하들을 이끌고 썰물과 같이 후퇴하기 시작했다.

남후는 그를 보고 말했다.

"다음에 우리가 다시 만날 때…… 우리는 적인지 친구인지 모르겠군요?"
 구양천상은 주저함없이 말했다.
 "어떤 상황이든 적이란 적을수록 좋다고 생각하오."
 "그러길 바라겠어요. 대공과 같은 사람을 적으로 두는 것은 그리 기분 좋은 일이 아니지요……."
 남후는 말과 함께 목례를 보내고 그 자리를 떠나기 시작했다. 그녀가 천도문 중의 고수들과 같이 모두 사라져 감을 보고 구양천상은 암암리에 한숨을 쉬었다.
 '어찌 된 일인지 근래에 들어 강호에 출몰하는 신비인은 모두가 여자뿐이로구나. 설마하니 남자들의 시대는 이미 가버린 전설에 불과하단 말인가?'
 그가 묵묵히 서서 생각에 잠겨 있는데 어디선가 옷자락이 바람에 펄럭이는 소리가 들려오더니 번개처럼 다가왔다.
 나타난 사람은 뜻밖에도 칠 척 대도를 등에 멘 개방의 벽력도 뇌정이었다.
 그는 구양천상의 앞에 이르러 형형한 신광이 감도는 눈으로 그를 쳐다보면서 입을 열었다.
 "견딜 만하시오?"
 구양천상은 미소하며 고개를 끄덕였다.
 "좋소! 좋아……."
 그는 무엇이 좋은지 모르나 중얼거리더니 이내 몸을 돌렸다.
 그리고 막 자리를 떠나려던 그는 고개를 돌려 구양천상을 보았다.
 "이제 부개옥합에는 주인이 없음이 사실이오?"

"원래부터 주인이 있는 물건이 아니었소이다."

"좋아, 좋아…… 다시 봅시다!"

그는 마치 바람처럼 사라져 갔다.

그의 종적이 금세 사라져 버리자 그는 아예 나타나지도 않았던 사람인 듯했다. 하지만 그가 이 자리에 언제부터 있었는지는 아는 사람만이 알 일이었다.

"저 사람 또한 당대 영웅기인(英雄奇人) 중의 하나라 할 수 있다. 그러고 보니 당대의 무림 중에서 정말로 용봉이 서로 빛을 다투는구나[龍鳳爭輝]……."

구양천상은 그가 사라진 쪽을 바라보고 있다가 천천히 걸음을 옮기기 시작했다.

몇 걸음을 지나지 않아 그의 발걸음은 빨라지기 시작하더니 번개처럼 그 자리에서 사라졌다.

누가 보았다면 아연실색할 것이었다.

중상을 입어 움직일 수도 없어 보이던 그가 보이는 그 신법의 신속함…… 그는 힘이 없어 무개옥합을 뺏긴 것이 아니었다.

第十章

영웅기녀(英雄奇女)
―신비(神秘)에 싸인 기녀(奇女) 그녀의 감정은
과연 어디로 가고 있을지…….

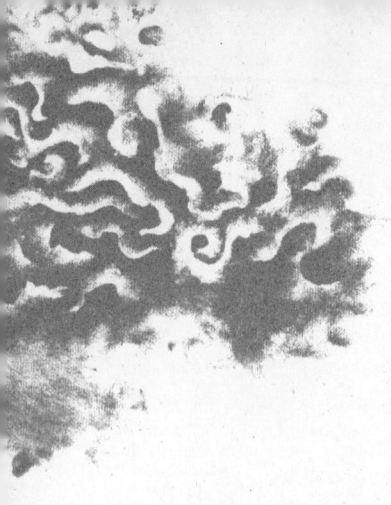

풍운고월
조천하

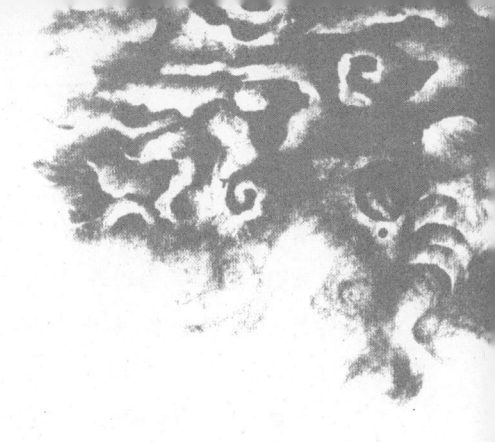

 표행(鏢行)이라 함은 대가를 받고 남의 물건을 호송하여 주는 것을 말하며, 그것을 업으로 하는 곳을 일러 표국이라 한다.
 낙양 일대의 삼대표국 중 하나라고 알려지고 있는 금룡표국(金龍鏢國)도 바로 그중 하나이다. 금룡표국의 국주인 비룡금도(飛龍金刀) 관일청(貫一靑)은 사람 사귀기를 좋아하고 무공 또한 고강하여 그의 표국은 날로 번창하여 가고 있는 편이었다.

 달이 휘영청 밝았다.
 보름달은 마치 쟁반을 하늘에도 걸어놓은 듯, 그 걸어놓은 쟁반이 투명한 거울로 변한 듯 휘영(輝映)한 빛을 사방으로 뿌리고 있었다.
 달이 그렇듯 밝을 수밖에 없는 것은 오늘이야말로 중원의 명절인 중구(重九)이기 때문이다.

"펑펑!"

요란한 폭죽 소리와 함께 사방에서 불꽃놀이가 벌어지고 떠들썩한 사람들의 흥겨운 웃음소리가 물결처럼 이리저리 밀렸다.

금룡표국 또한 예외일 수는 없었다.

하지만 그것은 겉보기일 뿐이었다. 금룡표국 후원에 위치한 작은 화청(花廳)에는 심각한 분위기가 내려앉고 있었다.

몇 개의 그림이 걸렸을 뿐, 검박한 장식의 화청에는 침상이 하나 놓여 있고 그 위에는 한 사람이 가부좌를 한 채 앉아 있는 것이 보였다.

관옥 같은 준미한 얼굴에 병색이랄 정도로 창백한 빛을 떠올린 그 사람은 바로 풍류제일이라는 양운비였다.

그의 눈은 자신에게 등을 돌린 채 창밖에서 벌어지고 있는 불꽃놀이를 보고 있는 사람에게 향하고 있었다.

"영지화라고……?"

양운비는 낮게 중얼거렸다.

등을 보이고 있던 사람이 몸을 돌렸다.

그는 구양천상이었다.

백의의 그의 얼굴은 여전히 고요했으나 어딘지 모르게 무거운 빛이 깔려 있었다.

구양천상은 양운비를 바라보며 말했다.

"자네는 백화원 내에 있는 기녀들을 모조리 다 만나보았다고 했었는데…… 설마 태음천주가 만다라원의 영지화 음약화임을 그녀를 보고도 알지 못했었단 말인가?"

양운비는 쓴웃음을 머금었다.

"당연하지…… 봤어야 알아볼 것이 아닌가?"

그는 입맛을 다시더니 다시 말했다.

"영지화는 근래에 들어 만다라원에 머문 것이 그리 많지 않았어. 말로는 몸이 좋지 않아서 요양차라고 했지만…… 이제 보니 다 까닭이 있었군! 그러니 만나볼 수가 있었어야지."

말을 하던 그는 미간을 찡그리더니 가슴을 쓰다듬었다. 그의 안색은 조금 더 창백해진 듯했다.

"그 여자의 장공은 정말 지독하군! 어떻게 나와 같은 미남의 얼굴을 보고도 그처럼 지독한 손질을 할 수가 있을까?"

그 말에 구양천상은 어이가 없어 고개를 흔들었다.

그가 치료를 해주기는 했지만 양운비가 태음천주에게서 받은 상세는 아마도 상당 기간을 요양해야만 할 것이다. 물론 도주하지 않았더라면 양운비는 그 자리를 벗어나 여기에서 저런 소리도 할 형편이 되지 않았을 것이었다.

금룡표국은 양운비의 가업 중 하나였다.

양운비는 혹 있을지 모르는 적의 추격을 피해서 여기에 임시 거처를 마련했고 풍류문의 연락망을 통해 그와 만난 것은 얼마 되지 않은 상태였다.

"그런데…… 자네는 그녀의 무공이 성모궁에서 유래되었으리라는 것을 정말로 확신하나?"

양운비가 정색을 하고 물었다.

구양천상은 이미 많은 생각을 한 듯 말했다.

"확인을 하지 않은 이상, 단정을 한다는 것은 옳은 방법이 아니지. 하지만…… 내가 듣기로 성모궁의 모든 것은 비밀에 싸여 있어 강호상에 알려진 것이 없는데다가 그 궁 내에는 강호상에서 보기 드문 절기가 산과 같이 쌓여 있다고 하더군. 더구나, 그 절기의 대부분은 남자들보다는 여인들이 익혀 대성할 수 있는 것들이라고 하는데, 그렇게 본다면 태음천주의 그 가공할 태음신공장의 출처는 성모궁과의 연관을 배제할 수 없게 되지."

양운비는 미간을 찡그렸다.

"나도 들은 적이 있기는 한데, 하지만 성모궁이 강호상에 알려지지 않은 가장 큰 이유는 그들이 전혀 강호와 접촉을 않고 있기 때문이잖나? 난데없이 그곳의 무공이 강호상에 유출되었다는 것 또한 괴이한 일이 아닌가?"

양운비의 말에 구양천상은 조용한 어조로 대답했다.

"세월이 흐르면 홍안의 미소년도 백발의 노인이 되는 법인데 성모궁이라고 언제까지나 옛날 그대로 있으리라는 법이 있을까? 아무도 장담할 수 없는 일이지."

"음……!"

양운비는 나직이 신음했다.

그 말이 의미하는 바는 대단한 것이었기 때문이다.

그는 구양천상을 쳐다보았다.

"자네가 하는 말은 성모궁이 이미 강호상에 진출해 있다는 것인가? 태음천의 배후에?"

구양천상은 그에게서 시선을 돌려 다시 창밖의 밤하늘을 수놓고 있는 불꽃들을 올려다보았다.

"증거가 명확하지 않은 이상, 속단은 금물이지만 의심할 구석이 있다면 소홀히 할 수 없는 것이 지금 우리가 처한 상황이네. 하지만, 태음천주인 영지화 음약화의 나이는 무공에 비해 너무 젊어. 그녀의 나이로는 뱃속에서부터 태음천을 조직했더라도 오늘날의 강호 대국을 주지하여 풍운을 일으킬 만한 상태가 되기 힘들지……."

양운비가 미미하게 웃으며 구양천상을 바라보았다.

"자네라 할지라도 불가능한가?"

그 말에 창밖을 내다보고 있던 구양천상은 멈칫했다.

"그녀가 자네만큼 똑똑할 가능성이 없다고 할 수도 없지 않은가? 세상에는 가끔 천재들이 태어나지만 이따금 한꺼번에 세상에 나올 경우도 있을걸?"

그는 구양천상이 말할 기회를 주지 않고 말을 계속했다.

"나이만을 가지고 말한다는 것은 문제가 있을 걸세. 무공이 일정 수준에 올라가면 청춘을 유지할 수[駐顔]가 있으니 그녀가 여인인 이상, 당연히 자신의 미모에 관심이 없을 리 없겠지. 어쩌면 그녀는 우리가 본 바와는 달리 실제로는 할머니일지도 모르지 않겠나?"

"일리 있군."

구양천상은 고개를 끄덕였다.

"최선의 방법은 그녀가 과연 성모궁에서 왔는가 하는 것인데, 성모궁이란 곳이 워낙 신비에 가려져 있어서 그 위치마저 알려져 있지 않으니 그것을 알아보는 것 또한 쉬운 일이 아니로군……."

양운비의 말에 구양천상이 말했다.

"그 점에 대해서는 내게 하나의 대안이 있다네."

"대안(代案)?"

"음, 하나의 방법이 있지. 한 사람을 찾아야 하는 일인데…… 아직은 뭐라 할 단계가 아니니, 좀 더 확실해지면 말을 하도록 하지."

양운비는 구양천상의 성격이 매우 신중하기 때문에 확실한 자신이 없는 일은 절대로 입 밖으로 내지 않는다는 것을 알고 있었다.

그는 그 말에 잠시 무엇인가를 생각하는 듯하더니 다시 입을 열었다.

"그 천도문 중의 남후가 말했다던 구중비(九重秘)라는 것에 대해서는 생각을 해보았나?"

구양천상은 여전히 등을 돌린 채 묵묵히 고개만 끄덕여 보였다.

"내 생각으로는 그것이 태음천의 배후와 관련이 있음은 물론이고, 오늘날 강호가 직면하고 있는 제반 문제들을 풀 수 있는 관건(關鍵)인 것 같은데…… 어떻게 보나?"

양운비의 말에 구양천상은 몸을 돌렸다.

그의 눈은 맑고 깊었다.

그와 같이 그의 눈빛이 차분함은 그가 이미 이 방면에 있어 많은 생각을 했음을 의미하는 것이었다.

"내 생각도 비슷하네. 그것은 태음천 내부 조직에 대한 비밀이거나, 혹은 오늘날 강호상에 조성된 국면의 비밀일 것이고 천수의 실종과도 무관하지는 않을 거라고 생각하네."

"자네의 동생이 이미 그것을 알아내었기 때문에 실종되었다는 뜻인가?"

구양천상은 미미하게 미간을 찡그렸다.

"그럴 수도 있고, 아닐 수도 있겠지……."

그는 말끝을 흐렸다.

그의 심중은 무거웠다.

그는 속으로 중얼거리고 있었다.

'그 말을 전해준 천도문의 행사 또한 신비롭기 이를 데 없는 것이 아니겠나? 처음 드러난 힘은 천도문이었지만, 그들의 힘은 오히려 뒤에 숨어 있는 태음천에 비해 미약해 보였다네……. 그런데 남북이후의 몸에서 분명히 지난날 강호상에서 사라진 암흑마교의 무공이 나타났음을 나는 보았었네……. 그것은 실로 간단한 문제가 아니라네. 천도문이 암흑마교의 후예(後裔)라면 그 존재는 태음천보다 더욱 위험스러운 것이 아닐 수 없지 않은가. 과연 그들이 암흑마교의 후예라면 구중비라는 것을 내게 전해준 의도마저 매우 의미심장한 것일 수밖에 없어……."

그들은 구양천상을 제압하고 무개옥합을 빼앗을 수 있는 상황에서 하나의 비밀을 제공하고 그것을 교환하는 형식을 취했다.

숭산에서는 그러지 않았었다.

그러나…….

* * *

구름마저 없다.

오늘따라 천공(天空) 중에 걸린 달은 유난히도 밝다.

교교한 달빛은 고향 떠난 사람들의 가슴속 비수처럼 날카롭다. 달빛의 그윽한 정취에서 일어나는 상념은 때론 비수보다 무섭게 사람을 흔들어대는 것이다.

딩…… 딩…… 디리리…….

애잔히 울리는 비파 소리에 묻혀 흐느끼듯 이어지고 있는 낮은 노랫소리가 있었다.

독재이향위이객(獨在異鄕爲異客)
매봉가절배사친(每逢佳節倍思親)
요지형제등고처(遙知兄弟登高處)
편한수유소일인(遍挿茱萸少一人)
타향에 홀로 떠도는 이내 나그네 몸
명절을 만날 때마다 어버이 생각 간절하네
머얼리 고향 땅에서는 형제들이 높은 곳에 올라
수유(茱萸) 꽂고 노는 그 자리에 한 사람이 빠졌으리…….

은어와 같은 손가락이 줄을 고를 때마다 맑은 소리는 울음과 같이 피를 토한다.

백거이(白居易)는 그를 일러 네 줄―비파의 줄 수는 네 줄―에서 얽히는 소리가 마치 비단이 찢기는 소리와 같다 하며, 마음에 쌓인 끝없는 한(恨)을 쏟아놓는다고 했다.

띠잉―!

비파가 울음을 멈추고 노랫소리도 멎었다.

서늘한 바람에 드러난 여인의 장밋빛 뺨은 흘러내리는 두 가닥 설움에 이미 싸늘히 식은 지 오래이다.

침묵 속의 달빛은 운미랑의 눈앞 연못에 가득 아름다움을 자랑하고 있는 수련 위에 소리없는 무게로 내려앉고 있었다.

멀지 않은 곳에서 웃음소리가 들리고 폭죽의 불꽃이 보였건만 그것이 어찌 지금의 그녀와 상관있으랴.

"시천자(詩天子) 왕창령(王昌齡)이 '한(恨) 되는 것은 가을 부채처럼 버려진 이 몸인데[却恨含情掩秋扇] 외로이 명월을 바라보며 님을 기다리고 있다[空懸明月待君王]'라고 한 말의 뜻을 몰랐더니, 내 오늘에서야 비로소 그 말에 담긴 뜻을 알겠구나……"

한참을 밖을 내다보고 있던 운미랑은 길게 탄식하며 중얼거렸다.

긴 한숨 소리에 그녀의 옷깃에 스친 비파가 나직이 울렸다.

그때였다.

"그것이 어떠한 뜻이냐?"

조용한 음성이 그녀의 뒤에서 들려왔다.

"……!"

밖을 내다보고 있던 운미랑은 소스라치게 놀랐다.

문은 닫혀 있다.

누가 자신의 뒤에서 말을 한단 말인가?

비파를 안은 채 빠르게 몸을 돌린 운미랑의 온몸이 찰나적으로 굳어졌다.

갑자기 온몸이 싸늘히 식어오는 듯했다.

한 사람이 그녀의 앞에 서 있었다.

어스름한 방 안의 불빛 속에 백의를 입은 그는 여전한 그 얼굴로 그녀를 보고 있는 듯했다.

"상공……."

운미랑의 입술이 벌어지며 힘이 빠진 그녀의 손에서 비파가 떨어졌다. 요란한 음향과 함께 비파가 찢어지는 비명을 울려대리라.

하지만 그러한 일은 일어나지 않았다.

비파가 땅에 떨어져 부서지기 전에 백의의 그는 비파를 받아들며 예의 그 조용한 음성으로 말을 하고 있었던 것이다.

"고향의 부모들을 생각하고 있었더냐?"

운미랑은 말문이 막혀 고개만을 까닥이고 있었다.

그녀가 앞서 노래한 것은 분명히 고향의 형제들을 그리는 마음이다.

하지만…….

하지만, 그녀가 방금 전에 중얼거렸던 것은 삼척동자라도 알 수 있듯 부모형제를 그리는 것이 아니었다.

그러나 그녀는 다른 말을 할 수가 없었다.

구양천상은 천천히 그녀의 앞으로 다가와 그녀의 어깨에 손을 얹었다. 굳어졌던 운미랑의 가슴이 세차게 뛰놀기 시작한다. 갑자기 왜 입 안이 말라오는가. 가뭄에 갈라진 논바닥과 같은 느낌이었다.

"네가 자유의 몸이 아님을 안다. 고향에 돌아가고 싶으냐?"

문득, 운미랑의 얼굴에 쓸쓸한 그늘이 졌다.

"가고 싶다고 하여 누구에게나 돌아갈 수 있는 고향이 있는 것은 아니지요…… 천첩의 고향에는 천첩을 기다리는 사람이 아무도 없습니다."

구양천상은 그녀의 아름다운 눈에 수정과 같은 맑은 물이 그윽이 고임을 보았다. 그리고 그 얼굴에 이미 흘러내렸던 두 줄기 눈물 자국을 발견할 수 있었다.

"너는…… 울보로구나. 홍진(紅塵)에 몸을 담고 있으면서 이렇듯 마음이 약해서 어찌 살아갈 수 있겠느냐?"

구양천상이 그녀의 눈물을 닦아주려 하자 운미랑은 황급히 소매를 들어 자신의 눈가를 닦으며 억지로 웃었다.

눈물 맺힌 여인의 웃음을 본 적이 있는가.

처염(悽艶)이란 말은 바로 그렇게 형용할 수 있으리라.

그녀는 자리에 구양천상을 앉히며 다시 웃었다.

"상공을 뵈올 때에만 미랑은 약합니다. 항상 이렇듯 울었다면 어찌 백화원에 몸을 담고 있을 수 있었으리까?"

그녀가 상을 봐오려 하자 구양천상은 그녀의 손목을 잡아 곁에 앉히며 고개를 저었다.

"그만두어라. 여기 있는 것만으로도 충분하다. 굳이 다른 사람들에게 내가 온 것을 알릴 필요는 없다."

운미랑은 다소곳이 구양천상의 곁에 앉았다.

공연히 어색했다.

그처럼 잘 나오던 말이 왜 저 사람의 얼굴만 보면 막히고 마는 것일까?

"노래를 한 곡 불러드릴까요?"

한참 만에야 그녀가 한 말은 그러했다.

그리고 그녀는 난감했다. 스스로 생각해도 바보 같은 말을 한 것이기 때문이다.

구양천상은 그녀의 얼굴을 바라보며 담담히 웃었다.

"그래 가지고서야 노랜들 제대로 부를 수 있겠느냐? 비파는 한 쪽으로 치워두고 이야기나 하도록 하자."

운미랑은 새 술 한 병을 창밖에서 가지고 왔다.

거기에는 항시 여분의 술이 준비되어 있음을 구양천상은 이미 알고 있었다.

통통통…….

술병이 그녀의 손에 의해 기울어져, 취옥배(翠玉杯)에 술이 흘러드는 소리가 마치 물장구를 치는 소리인 듯 청량했다.

호박빛 그윽한 술을 내려다본 구양천상은 미소했다.

"여아홍(女兒紅)이로구나. 과연 백화원 내의 물건들은 어느 것 하나 평범한 것이 없군…… 설마 나를 위해 미리 준비해 둔 것은 아니겠지?"

술잔을 들며 구양천상이 묻자 운미랑은 어색한 빛으로 고개를 숙였다.

그녀의 눈은 깊은 무게로 떨리고 있었다.

여아홍이란 장원홍(壯元紅)이라는 말과 같은 의미이다.

남자가 태어날 때, 술을 담가 지하에 묻었다가 그 아이가 장성하여 장원급제하면 그 술을 파내어 잔치를 하게 되니 그것이 바로 장원홍이다.

여아홍도 그와 마찬가지이다.

태어난 여아가 시집갈 때 그 술을 파내어 혼인잔치에 사용하게 되니, 여아홍이나 장원홍이나 결국은 같은 뜻이며 그 어느 것이든 십칠팔 년은 묵은 오래된 술일 수밖에 없다.

'안 돼!'

고개를 숙였던 운미랑은 세차게 입술을 깨물었다.

그녀가 고개를 쳐들자 구양천상은 자신이 따라준 술잔을 입에 대고 있었다.

"상공!"

그녀는 부지중에 구양천상의 술잔을 든 손을 황급히 잡았다.

그 서슬에 잔이 출렁이며 술이 좌우로 흘러내렸다.

구양천상은 그녀를 보았다.

"왜 말리는 것이지?"

운미랑은 당황하여 말했다.

"죄, 죄송해요. 그저 무슨 생각을 했는지 무심결에…… 이를 어쩌지요?"

말을 하던 그녀의 얼굴빛이 굳어졌다.

구양천상이 절반쯤 남아 있는 술잔 속의 여아홍을 그대로 마셔 버리는 것을 본 것이다.

구양천상은 술잔을 상 위에 내려놓으면서 놀란 토끼눈을 하고 있는 운미랑을 보았다.

"잘하지는 못하지만 술 한 잔으로 취할 정도의 주량은 아니지. 고맙구나."

굳은 표정으로 그를 지켜보고 있던 운미랑은 길게 한숨을 쉬더니 말하였다.

"알고…… 있었군요?"

담담한, 예의 그 담담한 미소가 구양천상의 얼굴에 떠올랐다.
"태음천주는 이미 나의 존재를 눈엣가시와 같이 여기고 있을 것이니 나를 대접함에 소홀함이 있을 리 없지…… 그보다는 너를 찾아온 것이 헛된 일이 아니라는 것을 알았으니 그것이 가장 기꺼운 일이다."

"무슨 뜻인가요?"

운미랑의 목소리는 어색하고도 딱딱했다. 얼굴빛 또한 어두웠다.

"나는 너를 처음 볼 때부터 맑고 부드러운 심성의 소유자임을 알았다. 이런 곳에 맞는 사람이 아니고…… 강호 중에 몸을 담을 사람은 더더구나 아니었다."

운미랑의 얼굴이 쓸쓸하게 변하더니 이내 싸늘히 굳어졌다.

"결국 그런가요? 내가 태음천의 사람임을 알면서도 나를 찾아온 것은 결국…… 호호호…… 그런 말로써 내게 과연 무엇을 알아낼 수 있으리라고 생각을 하시나요?"

그녀는 냉랭히 웃었다.

"아마 실망하실 거예요. 나는 일개 하수인일 뿐, 상부에 대해 아는 것은 아무것도 없으니까요. 아니, 알더라도 내가 왜 당신에게 이야기해야 하죠?"

그녀의 태도와 어조는 그녀가 방금까지 구양천상에게 보이던 것이 아니었다.

구양천상은 말없이 그녀를 쳐다보고 있다가 몸을 일으켰다.

"내가 너를 잘못 찾은 모양이다. 도움이 필요한 것은 사실이지만 너를 이용하려는 생각은 없다."

운미랑의 눈빛이 흔들렸다.

구양천상은 다시 말했다.

"태음천은 정도를 걷는 문파라 할 수 없다. 오래 몸을 담을 만한 곳이 아니니 신중히 생각하여 후회를 남기지 않도록 해라."

구양천상이 말과 함께 밖으로 걸어나감을 보고 운미랑의 눈빛이 크게 흔들렸다.

그의 손이 문을 열고 있었다.

그의 발이 문을 나가고 있었다. 한 걸음이면 이제 문이 닫힐 것이다.

"상공!"

운미랑은 마침내 소리치고 말았다.

천천히 구양천상의 신형이 돌아섰다.

그의 신형이 운미랑의 시야에서 뿌옇게 흐려졌다.

수많은 남자들을 보았건만, 왜 저 사람에게만은 이처럼 약해지고 마는 것일까?

왜…… 왜…….

　　　　　＊　　　＊　　　＊

'백화원 내에 태음천의 손길이 구석구석 미치고 있음은 사실이에요. 하지만…… 누가 과연 그들의 조종을 받고 있는지는 본인을 제외하고는 아무도 알 수 없어요. 상부에 어떤 일이 있는지 알 수 있는 것은 더더구나 없죠. 우리가 할 수 있는 일은 명령의 이행과

보고일 뿐이니까요.'

 밤하늘 가운데 두둥실 떠오른 달의 주위로 한두 점 구름이 흘러가고 있을 때, 그 아래 산하에는 사방에서 폭죽이 터지고 떠들썩한 웃음소리들이 하늘의 불꽃처럼 일어나고 있었다.
 술을 파는 곳.
 특히 백화원과 같은 기원은 이날이 정말 명절일 수밖에 없다. 그럴 수밖에 없는 것이, 고향에 가지 못한 사람들이 회포를 풀기 위해 찾는 곳이 바로 이러한 곳이기 때문이다.
 하지만 그런 가운데에서도 구양천상의 눈에 비친 능소화루는 조용해 보였다. 등도 꺼져 있지 않았다.
 기실 그는 운미랑의 거처에 가기 전에 이미 백화원 전체를 암중에 둘러본 상태였다.
 그는 그 가운데에서 영지화 음약화의 거처에는 아무도 없고 후원에서 양운비가 발견했다던 적의 거점마저 사라져 버렸음을 보고 운미랑을 찾아갔었던 것이다.
 겉으로 보기에 이곳은 이제 평범한 고급 기원에 불과했다.
 소리없이 능소화루에 다가선 구양천상은 능소화루의 바깥에 시종 서너 명이 서성이고 있음과 대청의 불이 밝혀져 있음을 보았다.
 안에 누군가가 있음을 알 수 있었다.
 '괴이하군...... 등이 그대로 걸려 있는데, 설마 손님을 받았단 말인가?'
 구양천상은 능소화 연자경의 까다로운 시험을 생각하고, 온 사람이 누구일지 궁금해졌다.
 하지만 그보다 중요한 일은 능소화의 신분이 과연 무엇인가를 알아내는 일이다.

 '능소화 연자경은 영지화 음약화와 더불어 본 원에서 제일 특별한 대접을 받는 존재예요. 그들은 누구의 간섭도 받지 아니하고 손님의 선택도 스스로가 할 수 있죠. 백화원의 백화(百花)는 모두 암중 감시를 받고 있지만, 그들 두 사람만은 예외로 되어 있는 걸로 알고 있어요.'

 '영지화가 태음천의 천주인 이상, 그것은 당연한 대접이다. 하지만 능소화 연자경의 신분은 과연 무엇이기에 그녀가 같은 대접을 받을 수 있는 것일까?'
 그것은 기이한 일이었다.
 그날 보았듯, 연자경은 암중에 태음천주인 영지화 음약화의 행동을 훔쳐보고 있는 듯했다.
 그녀의 행동은 영지화 음약화가 태음천주임을 알고 있다고 해도 과언이 아닐 듯한데, 그렇다면 그녀는 어떤 존재로서 백화원에 존재하고 있는 것인가?
 이층 능소화 연자경의 방에는 불이 밝혀져 있었다.
 구양천상은 그녀를 찾아온 사람이 누구인가 알아보려던 생각을 떨쳐 버리고 소리없이 그녀의 방으로 몸을 날렸다.
 그녀가 손님을 맞는 것을 이용하여 그녀의 방을 조사해 볼 심산이었다. 여인의 규방을 훔쳐본다는 것은 옳지 않은 일이지만 사정이 사정인만큼 어찌할 수 없는 일이었다.

불 밝혀진 창가에 선 구양천상은 공연히 머뭇거려졌다.

지난번 바로 이 자리에서 본 그 광경이 무심 중에 떠오른 것이다. 그러한 일이 다시 일어나지는 않겠지만, 또 일어난다면 실로 곤혹스러운 일이 될 것이다.

다행히 방 안에는 아무도 없었다. 불만 밝혀져 있을 따름이었다.

구양천상은 창을 통해 기척도 없이 방 안으로 날아들어 갔다.

무개옥합의 신비, 그 무공과 만년옥장을 수습한 그의 무공은 이미 또 다른 진경(進境)에 접어들고 있었다.

방 안은 사향과도 같은 여인 특유의 어떤 향기가 감돌고 있는 듯했다. 늘어진 휘장도 가구도 모든 것들이 다 섬세하고 아름다웠다.

그런데 그는 방 안에 들어서자마자 물소리를 들었다.

'무슨 소리지?'

그가 물소리가 들려온 안쪽을 바라본 순간이다.

"아가씨! 백마부의 주 공자가 고집을 부리고 돌아가지 않고 있어요. 어찌해야 할까요? 아가씨를 뵙기 전에는 절대로 돌아가지 않겠다고 하는데요······."

문밖에서 이십 세 전후의 여인의 것인 듯한 음성이 들려왔다. 기억이 과인(過人)한 구양천상은 음성의 주인이 지난날 보았던 옥련임을 알 수 있었다.

한데, 그녀가 하는 말의 뜻은 무엇인가?

'그럼?'

그가 놀라 안쪽을 바라보는 순간에 휘장이 드리워진 안쪽에서 희미한 사람의 그림자가 비쳐 보이며 은쟁반에 옥을 굴리는 음성이 맑게 들려왔다.

"잘 설득하여 돌려보내도록 해라. 오늘은 아무도 만나고 싶지 않다."

그 음성은 정녕 능소화 연자경의 것이었다.

휘장 뒤에서 올라오고 있는 더운 김이나 물소리, 거기에 휘장에 은은히 비치는 그녀의 모습은 그녀가 지금 무엇을 하고 있는지 알고도 남음이 있었다.

정말 공교롭게도 그녀는 또 목욕을 하고 있는 것이다. 지난번과 다른 것이 있다면 목욕을 마친 것이 아니라, 하고 있다는 것 정도일까?

구양천상이 어이없어할 때, 돌연 문이 열리며 옥련이 안으로 한 걸음 들어와 고개를 내밀었다.

"하지만 말로는 쉽게 돌아갈 것 같지를 않은걸요?"

싸늘한 음성이 휘장 안에서 들려왔다.

"권주를 마다하면 벌주를 마실 수밖에, 그 뒤는 네가 알아서 해라."

머리를 내민 옥련이 고개를 갸웃하더니 말했다.

"그렇게 하죠. 정 안 되면 쓴맛을 보여서라도 쫓아내죠. 아가씨, 등이라도 밀어드릴까요?"

"필요없다. 오늘은 더 이상 나를 귀찮게 하지 말아라."

휘상 안에서 들려오는 연자경의 음성은 좀 더 싸늘했다.

그 음성을 들은 옥련은 머쓱한 표정이 되어 고개를 흔들고는 문을 닫고 사라졌다.

'백마부의 주 공자라면 강호상에 그리 이름없는 사람이 아니다. 그런 자를 일개 시녀가 처리할 수 있단 말이지?'

듣고 보니 점점 신비하지 않을 수가 없다.

구양천상은 옥련이 문을 여는 순간에 바람처럼 날아올라 대들보 위에 올라가 있었다.

그런데, 그 순간이었다.

'이것은!'

갑자기 구양천상의 온몸이 싸늘히 굳어졌다.

경악(驚愕)이었다.

전율과 같은 경악이 그의 전신을 꿰뚫었다.

하나의 기호가 대들보 위에 새겨져 있음을 보았던 것이다.

다른 사람이 보았다면 아마도 나뭇결이나, 어떤 낙서처럼 생각했을 것이다.

하지만 구양천상만은 그것이 무엇을 의미하는지 알고 있었다.

구양세가 독문의 표기이며, 가주만이 사용할 수 있는 것이 바로 저 은형문(隱形紋)인 것이다. 당대에 그것을 사용할 수 있는 사람은 그의 동생인 구양천수밖에 없었다.

'보름 이전...... 불과 보름 내외 이전에 천수가 이곳에 왔었다. 녀석은 여기에 무엇인가 중요한 단서가 있음을 나에게 알려주고자 했다.'

구양천상의 전신은 갑자기 긴장되기 시작했다.

그가 속으로 생각했던 것은 빗나가지 않은 셈이었다.

구양천수는 자신이 떠나면서 정락성을 움직임으로써 그 방향을 암중에 구양천상에게 알리고자 했던 것이다.

그리고 여기에서 그 첫 번째 행적이 발견되었다.

그들 형제만이 할 수 있는 연락 방법이라 하지 않을 수 없었다.

촤르르…… 쏴아…….

물소리가 육감적으로 휘장을 흔들고 있었다.

구양천수가 남겨놓은 기호를 내려다보며 그 의미를 생각하고 있던 구양천상은 무엇인가 결심을 한 듯 대들보 밑으로 날아내렸다.

밑으로 날아내린 구양천상은 조금도 망설이지 않고서 의자에 앉았다.

그의 시선은 늘어진 휘장을 향하고 있었다.

이내 물소리가 멎었다.

그리고 휘장이 걷혔다.

한 여인의 모습을 드러냈다.

물기에 젖은 치렁한 머리를 수건으로 싸매고, 활어와 같은 싱싱한 온몸을 속이 비치는 경사나의로 가린 여인은 앞가슴을 여미며 무심히 휘장 밖으로 나서다가 마치 벼락을 맞은 듯 그 자리에 굳어졌다.

매미 날개와 같은 경사나의가 파르르 경련했다.

양지유를 빚어 내린 듯한 허벅지와 종아리가 그 속에서 빛을 뿜었다. 가릴 힘이 없는 가릴 것 속에 숨은 육체는 너무도 싱싱하고 풍만했다.

가볍게 흔들린 구양천상의 눈이 굳어진 여인의 눈과 허공을 사이에 두고 마주했다.

세찬 흔들림이 허공에서 일어났다.

"옷을 입으시오."

구양천상은 눈을 감으며 조용한 어조로 말했다.

흡사 석상과 같이 그 자리에 굳어져 있던 나신의 미녀, 능소화 연자경은 그의 말에 정신이 돌아온 듯했다.

황급히 한 손으로 가슴을 가리며 곁에 있는 옷을 집어 든 그녀는 돌아서서 옷을 입었다. 옷이라고 하나, 속이 비치지 않는 옷 하나를 겉에 걸쳤을 뿐이다.

가슴이 뛰지 않을 리 없다. 목욕을 마치고 나오는데 외간남자가 의자에 태연히 앉아서 자신을 정면으로 응시하고 있을 줄이야 어찌 상상이라도 했으랴.

채대(彩帶:색 있는 허리띠)를 집어 허리를 질끈 동여맨 연자경은 거의 발작적으로 고개를 홱 돌렸다. 그 서슬에 수건이 벗겨져 나가며 머리카락이 우산살이 퍼지듯 사방으로 흩날렸다.

그 머릿결에 휘감긴 그녀의 그 아름다운 얼굴은 얼음보다 더 차게 굳어 있었다. 얼음이 닿았다가 그 차가움에 못 이겨 쨍, 소리를 내며 갈라져 버릴 듯.

"당신은……!"

그녀가 입술을 떨며 소리치는 순간, 구양천상이 말했다.

"무례함을 알고 있소. 미안하오. 눈을 뜨겠소."

순간,

"흥!"

구양천상은 싸늘한 코웃음 소리에 사태가 심상치 않음을 직감했다.

눈을 뜨자 옥과 같이 흰 손이 번갯불같이 날아오듯 자신의 얼굴을 덮쳐 오고 있음을 볼 수 있었다. 속도의 빠름은 일 장여의 거리를 찰나간에 지척으로 만들 정도라, 피하는 것조차 거의 불가능해 보였다.

구양천상의 눈에 놀람의 빛이 스쳐 갔다.

그녀의 무공이 이와 같은 경지일 줄은 몰랐던 것이다.

하지만 그는 그 자리에서 움직이지 않고서 한 손을 완만하게 뻗어냈다.

그 손의 움직임은 연자경의 그 폭풍 같은 속도와는 대조적인데도 불구하고 괴이하게도 연자경의 손은 구양천상의 얼굴을 때리기 이전에 그의 수중에 손목이 잡히게 되었다.

그것은, 천천히 입을 벌리고 있는 하마의 입속으로 파리가 전력을 다해 날아들어 간 것과 흡사했다.

'이럴 수가?'

대경실색한 연자경이 전력을 다해 손을 거두어들일 때, 미약한 음향이 그녀의 소맷자락에서 일어났다.

허전함을 느낀 연자경이 보니 자신의 소매가 마치 예리한 비수로 그은 듯 갈라져 있어 만지면 분이 묻어날 듯 흰 자신의 팔뚝이 드러나 있었다.

'이것이 도대체 어떤 무공이기에……?'

연자경은 석고 같은 얼굴이 되어 구양천상을 바라보았다.

구양천상의 그 조용한 움직임에는 실로 무서운 힘이 숨어 있었던 것이다.
 원래 그의 무공이었다면 지금처럼 그 자리에서 움직이지도 않고 연자경을 물리칠 수는 없었을 것이었다. 그만큼 그녀의 무공은 높았다. 하지만 무개옥합 내의 만년옥장을 복용하고 그 무공을 깨닫기 시작한 구양천상의 무공은 불과 며칠 사이에 이미 다른 경지에 올라서 있었다.
 구양천상이 무개옥합의 십장생도에서 맨 처음 발견한 것은 그 십장생이 이루고 있는 거대한 흐름이었다.
 그 흐름은 일종의 선천신공(先天神功)을 의미하고 있었으며 그 경지는 범부(凡夫)라면 정녕 평생이 걸려도 의미를 알 수 없는 가히 지고무상(至高無上)이었다.
 구양천상은 그 선천신공을 이해하기 시작했다.
 그리고 그것이 도가(道家)에 근원을 두고 있음과 십장생 하나하나의 움직임에 따라 그 선천신공을 쓸 수 있는 방법이 다시 십장생 내에 숨어 있음을 알게 되었다.
 그가 가장 먼저 깨달아낸 것은 바로 태음천에 의해 쫓길 때 사용했던 그 지법(指法)이었다.
 그것은 지공 중에서 가히 무소불위(無所不爲)라 할 수 있어 손을 씀에 구애가 없고 변화가 자유자재한 데다가 위력은 날카롭기 이를 데 없어서 절정고수의 호신강기(護身罡氣)마저 파괴할 수 있을 정도였다.
 구양천상이 수류천파(水流濺破)라 이름한 그 지공은 씀에 따라 금나수(擒拿手)로 활용될 수 있으니, 바로 지금 구양천상이 연자경에게 사용한 것이었다.

그 선천신공의 흐름에서 다시 나타난 것이 구름이 움직이듯 물이 흘러가듯 하는 신법(身法)이었다.

무개옥합의 무공이 모두 그러하듯 그 신법 또한 자연스러움을 최상으로 하는 도가의 무위자연(無爲自然)에 기초하고 있었다.

이미 절세기진(絕世奇珍)인 만년옥장을 복용한 구양천상은 그것만으로도 강호상의 절대고수의 반열에 들고도 남을 경지에 도달한 상태였다.

그러나 그 가운데에는 구양천상이 아직 완전히 이해하지 못하고 있는 또 하나의 무공이 있었다.

그가 짐작하기로 그것은 고강하기 이를 데 없는 검술(劒術)이었다.

그가 무개옥합 내의 무공에 대해서 이처럼 빠른 진경을 보일 수 있는 가장 큰 이유는 아마도 무개옥합 내의 무공이 무위자연에 기초하여 그의 적성과 매우 잘 맞기 때문일 것이다. 그렇게 본다면 아마도 앞으로 그 어떤 사람이 무개옥합 내의 신공을 배운다 할지라도 그와 같은 진경을 보일 가능성은 거의 없었다.

연자경은 단 일거수에 구양천상에게 격퇴되자 도저히 참을 수가 없었다.

그녀의 표정을 보고 그녀의 내심을 짐작한 구양천상은 그녀가 어떤 행동을 보이기 전에 차분한 어조로 입을 열었다.

"연 낭랑은 지금 나와 싸울 형편이 아니오. 정히 싸우고 싶다면 후일 해도 늦지 않을 것이오."

그 말에 연자경은 냉랭히 웃으며 입술을 깨물었다.

구양천상의 잔잔한 태도는 그 어떤 사람의 흥분도 가라앉히는 힘이 있었다. 게다가 그녀는 결코 경솔한 성품이 아니었다.

마음을 가라앉힌 연자경은 그가 하는 말의 뜻을 알게 되었다. 지금 그녀는 임시변통으로 겉옷 하나를 몸에 걸치고 있을 뿐이다.

한데, 만약 지금 그와 싸우게 된다면 옷자락이 펄럭이고…….

그 모양을 가지고서야 어찌 제대로 싸울 수가 있으랴.

연자경은 구양천상이 완벽한 무장을 갖추고 자신의 앞에 나타나 있음을 인정하지 않을 수가 없었다. 얼굴에 철판을 겹으로 깐 여자가 아니라면 절대로 싸울 수가 없는 일이었다.

"과연 강호상에 쟁쟁한 신기제일 구양세가의 소문은 명불허전이로군요?"

그녀의 앵두빛의 입술에서는 칼날 같은 의미의 말이 흘러나왔다. 그것은 비단 비꼬는 것에 그치지 않고 그녀가 과연 구양천상의 신분을 알고 있음을 의미하고 있었다.

구양천상의 얼굴에 쓴웃음이 돌았다.

"과찬의 말씀을…… 본인으로서는 감당키 어려운 말이오."

구양천상은 정색을 했다.

"연 낭랑이 일개 기녀(妓女)가 아니고, 강호 중의 기녀(奇女)임을 안 이상, 낭랑의 규방을 침범한 것은 예가 아니며, 실로 죄만하기 이를 데 없는 일임을 잘 알고 있소. 하지만 오늘 본인에게는 부득이한 사정이 있으니 죄과는 후일에 가서 청하도록 하겠소."

갑자기 연자경의 얼굴에 화사한 웃음이 돌았다.

아름다움이 현란하게 그녀의 얼굴에서 피어났다. 완전히 다른 사람을 보는 것 같았다.

'과연 아름답군…….'

구양천상은 인정하지 않을 수 없었다.

연자경은 천천히 연보(蓮步)를 옮겨와 구양천상을 마주하고 앉았다.

그리고 그녀는 여전히 웃음 띤 표정으로 물었다.

"죄과를 어떻게 받을 생각인가요?"

그녀의 희노애락은 무상(無常)하여 종잡기 곤란했다.

하지만 상대는 구양천상이다.

"그것은 낭랑에게 달린 문제일 것이오. 방법은 낭랑이 얼마든지 생각해 낼 수 있으리라 믿소."

그때였다.

웃음기 어린 눈을 들어 구양천상의 눈을 응시하고 있던 연자경의 눈이 갑자기 다시 굳어졌다. 괴이한 빛이 그녀의 눈에 일렁이고 있었다.

"그러고 보니 대공의 눈은…… 그렇군요! 지난번에도 느꼈듯이 어디선가 보았다 했더니…… 호호호……! 이제 보니 대공은 주로 여인의 규방을 돌면서 여자의 나신을 훔쳐보는 것이 취미인 모양이군요?"

구양천상은 가슴이 섬뜩했다.

그녀의 눈이 이처럼 날카로울 줄은 상상외였다.

그가 그녀와 그날 눈을 마주친 것은 사실이었다.

하지만 그것은 어둠 속이었는데 그녀가 그것을 기억해 내다니.
구양천상은 천천히 입을 열었다.
"사정이 이와 같이 되었는데, 또 무슨 말을 하겠소? 우리는 이미 한 번 만난 적이 있으니 서로의 모습이 눈에 익은 것은 당연한 일일 것이오."
"과연 그것뿐일까요?"
아름다운 웃음이 그녀의 눈에 흘러갔다.
다른 사람이 본다면 뭐가 어떻게 되는지 알 수 없었다. 그녀는 얼음같이 정숙하기도 하고 방탕한 노류장화 같기도 했다.
그녀는 여전히 웃으며 말했다.
"여인의 몸은 일생 동안 오로지 한 사람에게만 보여지기 위해 존재한다고 경서(經書)를 비롯하여 세상이 가르치고 있어요. 그런데, 이 몸은…… 기이하게도 대공에게…… 오직 대공에게만 인연이 있는 모양이지요? 한 번도 아니고……."
구양천상은 수렁에 빠진 기분이었다.
그가 목욕을 하고 나타나는 그녀의 앞에서 그녀를 기다린 것은 완벽한 기선을 잡기 위해서였다. 한데, 이대로 가다가는 아예 음적이 되고 말 것 같았다.
그는 정색을 하고 그녀의 말을 못 들은 척 말했다.
"본인이 오늘 여기에 무례를 무릅쓰고 온 것은, 낭랑에게 본가 가주의 행방을 묻고자 함이오!"
연자경의 미간에 찡그림이 일어났다.
"구양세가의 가주? 대공의 동생인 신산룡을 말하는 것인가요?"

"그렇소."

구양천상의 대답에 연자경은 돌연 차갑게 웃었다.

"이상하군요? 대구양세가의 가주를 여인이 목욕하는 곳에서 찾다니? 원래 구양세가의 사람들은 여인의 나신……!"

그녀의 말이 더 길어지기 전에 구양천상은 낮고 힘있게 그녀의 말을 잘랐다.

"내가 온 것은 여기에서 본 가의 가주가 남긴 표식을 발견했기 때문이오. 그가 여기에 다녀간 것은 불과 보름 내외이니, 설마 낭랑이 잊어버리지는 않았을 것이라고 믿소!"

침묵이 흘렀다.

눈과 눈이 흔들림없이 마주하고 있었다.

먼저 입을 연 것은 연자경이었다.

"설령 그가 여기에 다녀간 것이 사실이라 할지라도 내가 그것을 잊어버리지 않을 것이라고 어떻게 장담하죠?"

그녀의 말에 담긴 의미는 묘하다.

구양천상은 다시 말했다.

"본 가의 가주는 이곳을 다녀간 직후에 강호상에서 실종이 되었소……. 그의 실종은 비단 본 가에 있어서뿐만 아니라, 당대 강호 정세에 적지 않은 영향을 끼치게 되오. 나는 낭랑이 도움을 줄 수 있으리라 생각하오."

"내가 왜 그래야 하죠?"

연자경은 어이없다는 빛이다.

아무리 구양천상이라 할지라도 이 물음에는 금세 마땅한 답이 떠오르지 않았다.

그가 입을 다물고 있자 연자경이 이어 말했다.

"만약…… 만약에 내가 그 일에 대해 무엇인가 생각을 해낼 수 있다면 대공은 나에게 어떤 것을 해줄 수 있나요?"

구양천상은 그녀를 보았다.

"무엇을 원하시오?"

그녀는 되물었다.

"무엇을 원할 것 같은가요?"

구양천상은 암암리에 긴 한숨을 쉬었다.

짐작은 했었지만 보통 상대하기 어려운 여자가 아니었다.

구양천상이 아무 말 없자 연자경은 다시 말했다.

"내가 무엇을 원하든 대공은 그것을 해줄 수 있나요?"

구양천상은 천천히 말하였다.

"내가 할 수 있는 일이라면…… 물론, 천리에 거스리지 않는 범위 내에서이오."

"설령, 그것이 지금 나를 보고 있는 당신의 눈을 파내라고 하는 일이라도 말인가요?"

"……"

구양천상은 그녀를 보았다.

그녀의 눈이 차게 웃고 있는 듯 느껴졌다.

그는 고개를 끄덕였다.

"낭랑이 말하는 것으로 인해 나의 동생을 찾을 수 있다면, 그가 무사하다면 그렇게도 할 용의가 있소."

그의 대답은 연자경에게는 뜻밖인 듯했다.

그녀는 구양천상을 쳐다보더니 물었다.

"무엇 때문에 자신을 희생해서까지 그를 찾으려 하는 거지요? 그가 없으면 구양세가의 가업은 모두 당신의 것이 될 것인데…… 그런다고 당신에게 돌아가는 것이 무엇인가요?"

구양천상의 얼굴에 고요한 미소가 떠올랐다.

"당신이 아는 것은 적지 않군……. 나는 욕심이 많은 사람이 못 되오. 더구나, 천수는 나의 단 하나밖에 없는 동생이오. 그는 갓난아이 때 어머니를 잃었소. 그때 나는 어머님을 임종하면서 맹세했었소…… 반드시 그를 지켜주겠다고. 그 마음은 아직까지 변함이 없소."

"……."

이번에는 연자경에게서 말이 끊어졌다.

그의 대답은 그녀에게는 또 뜻밖이었던 모양이다.

그녀는 그 아름다운 눈으로 한참을 구양천상을 쳐다보더니 이윽고 긴 한숨과 함께 입을 열었다.

"당신은 실로 상대하기 어려운 사람이군요……. 조건은 유보하도록 하겠어요. 언제고 내가 원하는 일이 있을 때, 그때 요구하도록 하겠어요. 승낙할 수 있나요?"

묻는 그녀의 눈빛은 삼척동자라도 알아볼 수 있도록 부드러워져 있었다.

구양천상은 말없이 고개만 끄덕였다.

"좋아요. 말하지요. 어떻게 알았는지는 모르지만 당신의 동생은 나에게 한 가지 문제에 대해 물으러 왔었어요."

그녀의 말에 구양천상은 입을 열었다.

"그것이 혹…… 구중비(九重秘)에 대한 것이 아니오?"

놀람의 빛이 연자경의 눈에 스치고 지나감을 구양천상은 볼 수 있었다.
"그래요…… 그 짧은 시간에 당신이 조사해 낸 것은 실로 적지 않은 모양이군요? 맞아요. 그는 나에게 바로 그것에 대해 물으러 왔었어요."
구양천상은 그녀의 다음 말을 기다렸지만 그녀는 좀처럼 뒷말을 잇지 않았다.
그가 참지 못하고 입을 열려고 할 때에 연자경은 말했다.
"앞으로 칠 일 후, 웅이산(熊耳山) 귀보(鬼堡)로 가보세요. 그러면 내가 당신의 동생인 구양 가주에게 무슨 말을 해주었는지 알게 될 거예요."
"웅이산? 지난날의 세검산장(洗劍山莊)을 말하는 것이오?"
"그래요."
연자경이 고개를 끄덕였다.
"칠 일 후…… 무엇 때문에 그렇게 사이를 두는 것이오?"
구양천상의 물음에 연자경은 생각하지 않고 대답했다.
"그날이 되어야 비로소 구중비의 비밀이 강호상에 정식으로 나타날 것이기 때문이에요. 아마 구양 가주도 그보다는 더 정확하게 알아내지 못했을 거예요."
그녀의 말은 들을수록 오리무중이다.
뭔가 신비로운 말을 한 것 같기는 한데, 실제로 남는 것은 없었던 것이다.
하지만 그 이상의 말을 그녀에게서 들을 수 있을 것 같지는 않았다.

구양천상은 다시 물었다.

"그 뒤에 본 가의 가주는 어디로 갔소?"

"그 행적은 장담하기 어렵죠. 아마…… 구중비의 내부로 잠입해 들어갔을 거예요."

"구중비의 내부?"

구양천상이 그 말을 되뇌자 연자경은 말을 거두었다.

"지금의 나로서는 더 이상의 말을 할 수가 없어요. 모든 것은 그날, 귀보에서 알게 될 거예요. 하지만 조심하는 것이 좋을 거예요. 용문에서와 같은 요행은 아마도 다시 오기 힘들 것이니까 말이지요."

그녀의 말에 서린 의미는 복잡다단했다.

그것은 경고이기도 했고, 그녀가 강호 정세에 얼마나 밝은가를 말하는 것 같기도 했다.

어쨌든 분명한 것은 이제 그녀에게서 더 이상의 무엇을 기대할 수 없으리라는 것이었다.

구양천상은 천천히 몸을 일으켰다.

연자경은 그 자리에 앉아 움직이지 않았다.

"배웅치 않겠어요. 오늘은…… 내가 초청한 손님이 아니었으니까."

그녀의 싸늘한 말에 구양천상은 미미하게 웃었다.

"과분한 말이오."

그리고 막 몸을 돌리려던 그는 그녀를 보았다.

"한 가지만 더 물어보아도 될는지?"

"……"

그녀가 말없이 그를 올려다보았다.

"이 건너에 있는 영지화 음약화가 태음천의 천주임은 아마도 낭랑도 알고 있었으리라 생각을 하는데, 그녀와 낭랑과는 어떤 관계가 있는지 궁금하오."

"아무런 관계도 없어요."

구양천상의 말이 떨어지는 것과 거의 동시에 연자경이 말했다.

"그들이 나를 놓아두는 것은 내 뒤에 있는 사람들을 건드리고 싶지 않아서이지, 나를 크게 보아서가 아니에요."

"……."

구양천상은 그녀를 다시 한 번 보았다.

그녀가 하고 있는 말은 그녀에게 막강한 배경이 있음을 의미하는 것이었다. 과연 당세 무림 중에 태음천이 건드리기 꺼려할 정도의 배경이 누구일까?

연자경은 정말 신비했다.

구양천상은 그녀를 향해 머리를 끄덕여 보였다.

"후일, 오늘의 결례를, 죄를 청하겠소."

말과 함께 그는 어깨를 슬쩍 흔드는 순간에 창문을 통해 바람처럼 날아 나갔다.

그것을 보자 연자경이 낮게 소리쳤다.

"약속을 잊지 않으면 돼요!"

남은 것은 한줄기 밤바람이었다.

열린 창문을 통해 바람이 밀려들어 와 그녀의 젖은 머릿결을 흔들었다.

아직도 바깥의 폭죽 소리는 끊이지 않았다.

"……."

연자경은 그 자리에 앉은 채 한참을 마치 석상이라도 된 듯 구양천상이 사라진 창문을 바라보고 미동도 하지 않고 있었다.

그러던 어느 순간, 그녀의 어렴풋이 풀어져 있던 얼굴이 돌연 얼음처럼 굳어졌다.

"누가 엿보고 있느냐?"

그녀가 차갑게 소리치며 일어섬과 동시에 창밖에서 공손한 어조의 음성이 들려왔다.

"순행영주(巡行令主) 공손기(公孫基)가 소저의 옥용을 친견합니다."

"……!"

연자경의 안색이 돌변했다.

느닷없이 창밖에서 들려온 소리는 그녀에게 큰 놀라움을 안겨 준 듯 그녀는 석고상처럼 굳어진 얼굴로 아무 말 없이 창밖을 바라볼 뿐이었다.

그녀에게서 아무 말이 없자, 창밖에서 다시 말소리가 들려왔다.

"노태태(老太太)께서 소저를 찾고 계십니다. 속히 귀가(歸家)하셔야 한다는 대부인(大夫人) 마님의 전언이셨습니다."

연자경은 여전히 굳은 얼굴로 아무 말도 하지 않았다.

말소리는 계속되었다.

"노태태께서는 소저의 소식을 아시고는 대단히 진노해 계십니다. 돌아가시지 않으면 진노를 가라앉히지 않으실 겁니다. 소저께서는……."

연자경이 싸늘한 어조로 말을 잘랐다.

"가서 대부인께 전해요. 때가 되면 돌아가겠다고."

"아니 됩니다. 어떤 일이 있더라도 모시고 와야 한다는 명을 받고 왔습니다."

연자경이 냉랭히 웃었다.

"나를 강제로 데려갈 생각이란 말인가요?"

"어찌 감히…… 하지만 노태태께서는 본 영주에게 직접 영을 내리셨고 본 영주는 그 어른의 지엄한 영을 이행하지 않을 수가 없습니다. 이해하여 주십시오."

어조는 공손하나 뜻은 완강하다.

연자경은 창밖에 우뚝 서 있는 우람한 체구의 노인을 볼 수 있었다. 그의 눈은 어둠 속에서 횃불과 같이 빛나고 있었다.

연자경은 암암리에 입술을 깨물었다.

"좋아요. 노태태께서 그처럼 진노하셨다면…… 하지만 지금 당장 돌아갈 수는 없어요. 처리해야 할 일이 있으니 며칠만 시간을 주면 그 후에 돌아가겠어요."

창밖의 영주는 그녀의 말에 잠시 침음하더니 이윽고 말했다.

"좋습니다. 노신이 목을 걸고 며칠을 연장해 보겠습니다. 하지만 다른 생각은 하지 마십시오. 소저께서도 노태태, 그 어른의 성미를 잘 아실 테니까……."

"고마워요, 아저씨."

연자경이 어조를 바꾸어 말했다.

창밖의 영주, 공손기라 자칭한 사람은 그녀를 건너다보고 나직이 한숨을 쉬더니 고개를 흔들었다.

"이럴 필요가 어디에 있습니까? 소저는 스스로를 학대하면 아니 됩니다. 이제 본 가의 내일은 소저에게 달려 있음을……."

"그만두세요."

그녀의 싸늘한 외침에 공손기는 입을 다물고 그녀를 보더니 한숨 소리와 함께 바람처럼 그 자리에서 사라졌다. 그의 경공은 가히 강호발군(江湖拔群)이었다.

연자경은 천천히 걸어가 창을 통해 주위를 바라보았다.

공손기의 모습도, 구양천상의 모습도……

보이는 것은 아무것도 없었다.

그저 흥청거리는 소리가 이 밤을 가득 메우고 있을 따름이었다.

그 소리에 하늘에 뜬 달마저 흔들리고 있는 듯하였다.

밤바람을 맞으며 한참을 서 있던 그녀에게서는 나직한 중얼거림이 흘러나오고 있었다.

"이제…… 이곳도 떠날 때가 되었구나……."

그녀의 어조는 공허했다.

달빛도 공허한 듯했다.

그러나 그 달빛 속에 한 사람의 모습이 겹쳐지자 그 달빛은 공허하지 않고 그윽히 변하는 듯히었다.

그의 얼굴은 달빛만큼이나 고요하고 맑았다.

명월은고수(明月隱高樹)
상하파효천(長河破曉天)

유유낙양거(悠悠洛陽去)
차회재하년(此會在何年)
밝은 달은 높다란 나무 사이에 숨어 있고
은하수는 새벽 하늘에 사라진다
내 낙양을 멀리 떠나가면
어느 해 다시 만날 수 있을까……

第十一章

귀보지회(鬼堡之會)
―귀보(鬼堡)에 어린 신비 거기에서 이루어지는
모임의 의미는 가히 공포라…….

풍운고월
조천하

손바닥 하나.
그 위에 올려진 철패(鐵牌)에는 이렇게 새겨져 있었다.

〈태양집법기(太陽執法旗) 제구호(第九號)〉

그것을 내려다보는 구양천상의 얼굴은 매우 침중했다.
"잘못 새겨진 것은 아니다…… 처음부터 이것은 음(陰) 자가 아니라, 양(陽) 자로 주조된 것이다. 설마 태음천에 상대되는 태양천이라는 또 하나의 세력이 존재한다는 말인가?"
그가 중얼거리고 있는 말은 정녕 놀라운 의미를 내포하고 있었다.
이곳은 낙양 근교에 위치하고 있는 객점(客店)이었다.

구양천상이 임시로 묵고 있는 곳이며, 지금 그의 손 위에 올려져 있는 철패는 얼마 전에 추풍객 정락성으로부터 보내져 온 것이었다.

〈대공의 예측대로 무개옥합을 천도문이 얻게 되자, 천도문과 태음천과의 사이에는 정면 대립이 시작되었습니다.

태음천은 그날부터 전력을 기울여 천도문을 공격하기 시작하였고, 그 결과로 낙양 일대에 진출해 있던 천도문의 세력은 거의 궤멸 상태에 이르렀습니다. 특히 남북이후는 무개옥합을 지니고 있어 집중 공격을 받아 북망산(北邙山)에서 일대 격전이 벌어졌으며, 그 싸움에는 무개옥합을 노리는 강호인들까지 소식을 듣고 끼어들어 시산혈해(屍山血海)를 이루는 일대의 참극이 벌어졌습니다…….〉

추풍객 정락성이 보낸 편지에는 지난 며칠간의 강호 정세가 상세히 기록되어 있었다.

이 대에 걸친 가주가 연이어 실종되자, 구양세가의 정보망은 최소의 인원만을 남겨두고 모두 강호상에 진출해 있는 상태였다.

무개옥합이 천도문의 수중에 들어간 것도 이미 일주일가량이 흘러가고 있었다.

〈그 싸움에서 천도문과 태음천은 각기 대단한 타격을 받았는데, 특히 천도문의 타격은 궤멸에 가까워 결정적인 위기를 맞은 상황에서 그동안 강호상에 모습을 나타내지 않고 있던 천도문주가 나타나 태음천의 포위망을 뚫고서 그들을 구출하여 사라졌습니다…….〉

"천도문주가 나타났었단 말인가?"

추풍객 정락성이 보낸 글을 읽고 있던 구양천상은 신음하듯 중얼거렸다.

태음천에 이어 천도문까지, 그 신비에 싸인 수뇌들이 이제 연이어 강호상에 그 모습을 드러내고 있었다. 그것은 암중에 움직이던 어떤 것들이 이제 성숙되어 감을 의미한다 할 수 있었다.

일대의 폭풍(暴風)!

강호를 뒤흔들고 남을 거대한 무엇이 가까워 오고 있음을 의미하는 것이다.

〈태음천의 저력은 실로 가공하였습니다. 그들은 천도문주가 나타나지 않았더라면 무개옥합을 탈취하는 것은 물론이고, 남북이후를 비롯한 천도문의 고수 전원을 몰살시켰을 것입니다. 그런데…… 싸움의 현장을 은밀히 조사하던 재하(在下)는 괴이한 것을 발견하게 되었습니다. 그것은 바로 동봉한 철패입니다. 그것의 양식은 태음천의 신패(信牌)와 조금도 다르지 않습니다.

그런데, 거기에 새겨져 있는 글자의 의미는…….〉

구양천상은 다시 손에 들린 철패를 보았다.

검은빛을 뿌리고 있는 철패는 거의 어김없이 태음천의 것과 같았다. 글자가 다르고, 그 전면에 새겨진 문양이 태음천의 것과 다른 듯하였지만 절대로 연관을 배제할 정도로 다른 것은 아니었다.

"과연 이것이 의미하는 것은 무엇일까?"

구양천상은 침음했다.

"무개옥합을 천도문에 건네주었던 처음의 의도는 성공을 한 셈이다. 상잔(相殘)으로 인해 그들의 전력은 약화될 것이 틀림없을 것이다. 그것으로 인해 우리는 약간의 시간을 벌 수 있을 것이고, 누가 무개옥합을 얻든 거기에서 얻을 수 있는 것은 아무것도 없다."

무개옥합에 새겨진 십장생도가 거꾸로라는 것을 알았다 하더라도, 그 십장생도의 사이에 이루어져 있는 연관을 깨닫지 못하면 거기에서 얻어낼 수 있는 것은 아무것도 없다.

한데, 지금은 구양천상이라 할지라도 무개옥합에서 아무것도 얻어낼 수가 없게 되어 있었다.

구양천상이 그것을 건네줄 때에 암중에 내공을 이용하여 그 흐름을 지워 버렸기 때문이다. 한군데의 맥이 지워지면 전체의 연관이 사라져 버리는 것이 바로 무개옥합의 십장생도의 특징이다.

"과연 이 태양이라는 것이 태양천이라는 또 하나의 세력이 암중에 숨어 있음을 의미하는 것일까……?"

구양천상은 깊은 생각에 빠져들었다.

태음천주를 그처럼 몰아칠 수 있었던 남북이후였다.

그러한 그들을 사경(死境)에까지 몰아넣을 수 있었던 것이 과연 태음천만의 저력일까?

영지화 음약화가 태음천주임을 알고부터 그 배후를 의심했던 구양천상이었다. 또 하나의 세력이 존재함은 부정할 수 없는 현실인 듯했다.

하지만 그것은 너무도 심각한 일이었다.

*　　　*　　　*

 이수(伊水)의 발원인 웅이산(熊耳山)은 하남성 노씨현(盧氏縣)에 위치하고 있다. 서로 마주보고 있는 봉우리 형상이 곰의 귀를 닮았다 하여 웅이산으로 불리는 이 산은 하나의 산이라기보다는 수백 리를 뻗은 대산맥이다.
 그 웅이산 괘월봉(掛月峯)에는 괴이한 이름의 보 하나가 폐허로 사람들의 기억을 넘나들면서 존재하고 있다.

 〈귀보(鬼堡)〉

 잡초 우거지고 무너지며 지난날의 영화를 이끼에 묻은 그 거대한 보는 그렇게 불리고 있었다.
 귀신이 나오는 죽음의 땅.
 육십여 년 전만 하더라도 이곳은 그렇게 불리지 않았다.
 당시 일대 검신(劍神)이라고 불리며 천하를 진동하던 경준극(景峻極)이 웅거하던 세검산장(洗劍山莊)이 바로 귀보였다.
 중원무림 도상의 그 어떤 사람이라 할지라도 한 걸음 양보할 수밖에 없었던 그 세검산장이 이와 같이 몰락하게 된 것은 당시 천하를 뒤흔들던 암흑마교(暗黑魔敎)와 정면충돌하게 되면서였다.
 암흑마교는 천하를 지배하려는 야욕을 공공연히 드러내고 사방에 그 위세를 펄럭였으니, 당대 무림의 영수(領袖)와 같았던 검신 경준극과의 충돌은 이미 필연이었다.
 그러나 그 결과는 검신의 죽음과 세검산장의 멸망으로 끝이 났다.
 만에 하나, 그 이후에 봉황곡 절세모용가(絕世慕容家)가 나타나 암흑마교를 저지하지 않았더라면 암흑마교의 횡포를 저지할 수 있는 사람은 아무도 없었을 것이었다.

 달이 걸리는 봉우리라는 뜻을 가진 괘월봉에는 오늘도 저만큼에서 달이 걸리기 위해 다가서고 있었다.
 흘러가는 구름은 산속의 고요를 깨지 않으려는 듯 조심스럽게 움직이고 있어 오직 풀잎 사이를 스치는 바람 소리만이 사위의 고적을 깨뜨리고 있는 듯하였다.
 한데 그 고요를 깨지 않으려 조심스럽게 움직이고 있는 것이 또 있었다.
 어둠 속을 연기처럼 이동해 가는 그 그림자는 사람의 모습을 하고 있었고, 그가 신형을 세운 곳은 저 멀리 귀보의 모습이 바라보이는 곳이었다.
 산을 등지고 어둠 속에 우뚝 솟아 있는 귀보의 모습은 보는 것만으로도 등골이 떨릴 정도로 괴이했다.
 절반쯤 무너진 문루(門樓)와 담장에 잡초가 우거져 있고 그 사이에서 시퍼런 불꽃들이 왔다 갔다 하고 있으니 그럴 만도 했다.
 컹컹…… 우우우……!
 모골이 송연한 울음을 터뜨리는 시퍼런 불꽃은 바로 산짐승들의 눈이었다. 그러나…….

'검신 경준극이 쓰러진 후 세검산장은 암흑마교에 의해 철저히 몰락해 폐허가 되었으며, 삼백여에 이르는 그 가족들마저 단 하나도 살아남지를 못했다. 그 이후로 이곳은 버려졌고 이따금 찾아드는 사람들마저 번번이 시체가 되거나 실종되어, 사람들에게 완전히 외면을 당하게 되었다고 하였다…….'

 귀보를 바라보며 생각을 굴리고 있는 인영은 바로 연자경의 말에 따라 이곳에 당도한 구양천상이었다.

 세검산장에 귀신이 있다는 소문은 어제오늘의 일이 아니었다.

 산장을 찾는 사람들이 쓰러지고, 그것의 원인을 찾으려던 사람들마저 비명에 가니, 그로 인해 세검산장에서 죽어간 수백의 원혼이 명부(冥府)로 가지 못하고 산장을 떠돌고 있다는 소문은 이 산장을 귀보로 불리게 했고, 마침내는 사람들의 발길을 영영 끊어지게 만들었던 것이다.

 '저것은?'

 잠시 귀보를 바라보고 있던 구양천상의 눈에 괴이한 빛이 떠올랐다.

 어둠에 잠긴 거대한 괴물과 같은 폐허…….

 그 귀보 내에서 기이한 어떤 기운이 야공(夜空)을 뚫고서 희미하게 솟아나고 있음을 알아볼 수 있었던 것이다.

 그가 아닌 일반인이 보았다면 그것이 무엇인지 알 수 없었겠지만 기문(奇門)에 독보적인 능력을 지니고 있는 그는 그것이 단순한 것이 아님을 알 수 있었다.

 '연자경이 오늘 나에게 이곳으로 오라고 한 것과 저것이 관련이 있는 것일까?'

생각을 굴려본 구양천상은 더 이상 망설이지 않고 귀보를 향해 움직이기 시작했다.

밤에 활동하기 편한 검은빛의 야행의를 일신에 걸친 그의 신형은 어둠 속에 철저히 동화되어 있었다.

게다가 그가 무개옥합에서 알아내 행운유수(行雲流水)라 이름 붙인 신법이 그의 일신에서 펼쳐지자 그 자체가 바로 귀신이라도 된 듯 그의 신형은 물이 모래에 스며들듯 귀보로 진입해 들어갈 수 있었다.

황폐(荒廢)라는 것은 이런 것이다.
귀보는 바로 그러한 것을 보여주는 듯했다.
무림 중의 일은 왕왕 이야기꾼들의 입을 통해 어제의 일처럼 과장되고 미화된다. 하지만 사람의 손길이 육십 년 동안 미치지 않게 되면 그것은 이미 황폐가 아니었다.
잡초는 키를 넘고 채색으로 휘황했을 담장들은 무너지고 구멍 뚫려 들짐승의 놀이터가 되었다.
무너지다 만 누각과 건물들은 거미줄과 쌓인 먼지로 인해 그 모습을 제대로 분간할 수가 없을 정도였다.
아마도 연못이었을 곳에는 쌓인 낙엽들이 부식되고 메워져 늪이 되어 있었다. 빠져 죽은 짐승들의 백골이 절반쯤 거기에 잠겨 어둠 속에서 희미하게 보이고 있음은 더욱 괴기한 광경이었다.
'정녕 세월 무상이로구나. 지난날 검신 경 대협의 이름은 가히 일월과 같았었는데 오늘날에 그의 거처가 이처럼 영락(零落)해 있다니……'

암중으로 한숨을 쉬면서 전진하던 구양천상은 문득 바람처럼 덩굴에 휘감겨 있는 담장에 붙어 섰다.

 시퍼런 불꽃들이 그의 눈앞 사오 장 떨어진 곳에서 흔들거리며 춤을 추고 있었다.

 쓰쓰…… 쓰…… 흐으흐으…….

 불꽃이 춤을 춤에 따라 어디선가 무엇이 움직이는 것 같기도 하고, 원귀가 호곡하는 듯하기도 한 소리가 끊어질 듯 이어져 왔다.

 그것과 함께 그의 눈앞에 춤을 추고 있던 불꽃이 팍, 흩어지더니 돌연 괴이한 형태를 이루며 지붕 위로 올라갔다.

 그것은 얼핏 보기에는 마치 사람과 같았다.

 하지만 불꽃, 그것도 시퍼런 인화(燐火)로 이루어진 사람이 어디에 있겠는가.

 '설마 여기에 정말 귀신이 살고 있단 말인가?'

 제아무리 구양천상이라 할지라도 눈앞에 나타난 광경을 보자 가슴이 뜨끔했다.

 우우우…….

 어디선가 다시 괴기한 외침이 들려왔다.

 그러자 지붕 위에 올라갔던 인화는 허공에서 한바탕 춤을 추는 듯 돌면서 지붕 밑으로 훌쩍 사라져 버렸다.

 구양천상은 그대로 담장에서 몸을 떠올려서 방금까지 인화가 춤을 추던 지붕 위로 올라섰다. 지붕이라고는 하지만 거기에도 잡초가 우거져 조금만 잘못하면 그대로 지붕이 내려앉을 판이었다.

한 채의 누각인 이곳은 이미 앞쪽은 절반쯤 허물어져 내려앉은 상태였고 그 앞쪽으로는 건물들이 황폐한 가운데 연이어 들어서 있었다.

아마도 이곳부터는 지난날 세검산장의 중심지였던 모양이다.

구양천상은 방금의 상황을 보였던 귀화(鬼火)를 찾기 위해 몸을 낮추고 사방을 두리번거렸지만 괴이쩍게도 보이는 것은 아무것도 없었다.

'그것이 정말로 귀신의 일족이었단 말인가?'

구양천상은 지금 현재 자신의 무공으로 생각할 때에 그처럼 감쪽같이 자신의 앞에서 사라질 수 있을 사람이 있을 것임을 쉽게 믿을 수 없었다.

그때였다.

그는 어둠 속에서 검은 그림자 하나가 눈 아래 건물 사이를 지나는 것을 본 듯했다. 그 속도는 놀랍도록 빨랐다.

그가 귀화를 찾기 위해 전력을 집중하고 있는 상황이 아니라면 아마도 거의 발견할 수 없었을 것이었다.

구양천상의 신형이 바람과 같이 그곳을 향해 쏘아져 가기 시작하였다.

구양천상은 마치 유령과 같이 움직이고 있는 그림자 하나를 분명히 발견할 수 있었다.

그러나 그 움직임은 너무도 빨라서 그 귀영(鬼影)은 순식간에 구양천상의 시야에서 사라져 버렸다.

'괴이한 일이로군……'

구양천상은 사방을 둘러보다가 문득 그 자리에 굳어졌다.

그의 눈앞에는 가산(假山)인 듯 만들어진 잡초 덮인 언덕이 하나 있었다. 자세히 보니 그것은 거대한 무덤이었다.

〈세검산장 가솔합총…… 가묘(洗劒山莊 家率合塚…… 假墓)〉

이끼 끼고 풍우에 부식된 비석에는 그렇게 새겨져 있는 듯 보였다. 쓰러져 절반쯤 땅에 묻힌 비석…….
그것은 군데군데 구멍 뚫리고 파헤쳐진 거대한 무덤과 어울려 간담이 서늘한 광경을 연출하고 있었다.
구양천상은 공연히 기분이 이상해졌다.
'설마 그것이 무덤 속으로 사라지기라도 했단 말인가?'
천재는 귀신을 믿지 않는다. 하지만 기분이 괴이한 것은 어찌할 수 없는 일이었다.
한데 바로 그 순간, 갑자기 구양천상의 신형이 그 자리에서 번개처럼 사라졌다.
그리고 그 자리에 검은 사람의 그림자 둘이 훌쩍 나타났다.
그들은 어둠 속에서 눈을 빛내고 있는데, 날카롭게 주위를 쓸어보더니 고개를 갸웃거렸다.
"이상하군…… 분명히 어떤 기척을 들은 것 같은데……?"
한 흑의인이 사방을 두리번거리며 중얼거렸다.
"늘짐승이겠지. 이미 반나절 전부터 사방을 조사했는데 뭐가 있을 수 있겠나?"
"방심은 금물이네. 한순간도 방심하지 말라는 좌호법(左護法)의 말씀을 잊었나?"

말과 함께 흑의인 하나가 손을 입에 대고 소리를 내는데 마치 심야의 부엉이 울음소리 같았다.

그러자 무덤과 십여 장 떨어진 담장 너머에서 같은 소리가 호응하듯이 들려오고 이내 저 멀리에서도 그 소리가 꼬리를 물고 이어졌다.

"괜찮은 것 같군……."

흑의인들은 서로를 마주보더니 그 자리에서 사라졌다.

'이제 보니 사방에 적지 않은 자들이 깔려 감시를 하고 있었구나…….'

구양천상은 암중에 그들의 행동을 살펴보고는 경각심을 높이게 되었다.

방금 전에 그들이 낸 부엉이 소리는 일종의 신호임에 틀림이 없었고, 회답은 이상이 없다는 것인 듯했다.

그렇다면 이 일대에는 그들의 감시망이 거미줄처럼 펴져 있다는 말이 된다.

'저들은 누구이기에 여기에서 무엇을 하고 있는 것일까?'

잠시 생각을 굴리고 있던 구양천상은 조금 전에 나타났던 흑의인들이 사라진 방향으로 몸을 움직여 갔다.

그의 행운유수 신법은 바람과 같아 누구라도 발각할 수가 없을 정도였다.

무덤의 뒤에서 주위를 감시하고 있던 방금의 그 흑의인들은 구양천상의 모습을 발견하기도 전에 그의 손짓에 의해 혼수상태가 되고 말았다.

그들의 혼혈(昏穴)을 찔러 인사불성을 만든 구양천상은 빠른 움직임으로 그들의 품을 조사했다.

 암기와 그밖에 여러 가지 자질구레한 것들 외에 구양천상은 그들의 허리춤에서 각기 동패(銅牌) 하나씩을 발견했다.

〈태양천충기 십이호(太陽天沖旗 十二號)〉
〈태양천충기 십구호(太陽天沖旗 十九號)〉

 거기에 새겨진 글씨를 본 구양천상의 안색이 약간 굳어졌다. 그것은 이들 흑의인들이 북망산에서 모습을 드러내었던, 태양천이라 추측되는 집단의 소속임을 말하고 있기 때문이었다.
 '집법기나 천충기라는 명칭은 태음천의 오기(五旗)와 같은 형식이다. 그 의미는…… 이들이 개별의 문파라기보다는 상호관계가 대단히 밀접함을 의미한다고 봐야 할 것이다. 이들이 만약 태양천이라는 집단이라면, 이들은 이 밤에 귀보에서 무엇을 하고 있는 것일까?'
 잠시 생각을 굴리던 구양천상은 물건들을 모조리 되돌려주고 그중 한 흑의인을 깨웠다.
 "……?"
 그 흑의인은 어슴푸레 정신이 돌아오자 얼떨떨하여 주위를 두리번거리다 자신의 동료가 무덤에 기대 눈을 감고 있음을 보고 놀라 뭐라 입을 열려 했다.
 그때,
 "함부로 입을 놀리면 내 손이 무정타 원망하게 될 것이다."
 싸늘한 음성이 전음입밀의 방법으로 모깃소리처럼 그의 등 뒤에서 들려왔다.

동시에 흑의인은 처절한 고통이 머리를 통해 불꽃처럼 쏟아져 들어옴을 느낄 수 있었다. 눈앞에 불똥이 번뜩이며 눈알이 충격을 이기지 못하고 빠져나갈 듯했다.

그는 그제야 자신의 머리 위에 손 하나가 올려져 있음과, 자신이 손가락 하나 움직일 수 없음을 깨달았다.

상대는 마음만 먹으면 그의 목숨을 수중의 물건과 같이 취할 수 있었다.

그의 머리 위에 올려놓고 있는 손에 내력을 조금만 더 가하면 그는 대번에 칠공에서 피를 쏟으며 즉사하게 될 것이었다.

모습도 보이지 않는 상대, 깜박 정신을 잃었다 싶은 순간에 깨어나 보니 닥쳐든 이 처절한 고통, 흑의인은 고통만큼이나 절실한 공포가 전신을 엄습함을 깨닫고 입이 얼어붙었다. 심지가 온통 뒤흔들려 버렸다.

전음이 다시 들려왔다.

"한 가지만 대답하면 해치지 않는다. 오늘 태양천은 여기에서 무엇을 하느냐?"

머리를 통해 쏟아져 들어오던 내력이 멎으며 묻는 그 음성에 흑의인은 놀라 전신에 진동이 일었다.

"본 천의 이름은 아직 강호상에 알려지지……!"

그는 말을 꺼내다 말고 입을 딱 벌리며 전신을 떨었다.

무서운 고통이 다시 엄습했던 것이다.

"묻는 말에만 대답해라!"

얼음처럼 싸늘한 전음은 무서운 위력을 가지고 있었다.

흑의인은 고통이 멈추자 황급히 대답했다.
"우리는 경비를 서는 것…… 오늘 이곳에서는 중요한 회합이……!"
그는 얼떨결에 말을 하다가 절로 놀라서 입을 다물었고, 구양천상은 그의 혼혈을 치면서 낮게 말해주었다.
"태양천에서는 기밀을 누설한 자에게 어떤 벌을 내리는지 궁금하구나. 시험해 보고 싶다면 깨어난 후에 보고를 해라."
흑의인은 공포의 빛으로 정신을 잃고 쓰러졌다.
그의 기색으로 보아 깨어난 후에도 감히 입을 열지 못할 것이 틀림없었다. 허(虛)를 찔리지 않았다면, 상대가 구양천상이 아니었었더라면, 그는 절대로 그처럼 엉겁결에 쉽사리 입을 열지 않았을 것이다.
'진정으로 태양천은 존재하는군…….'
구양천상은 암중으로 중얼거리며 그 자리를 떠났다.
그들은 이내 정신을 차릴 것이다.
구양천상이 그들을 없애지 않은 것은 그가 지나간 흔적을 적이 알지 못하게 하기 위함이었다. 말을 한 흑의인은 처벌이 두려워 입을 열지 못할 것이고, 다른 흑의인은 자신이 괴이하게도 깜박 졸았다고 생각할 것이기에.

대낮이라도 으스스할 정도로 귀보는 철저히 망가져 있었다.
후원 또한 조금도 다르지 않았다.
몇 군데 형체를 갖춘 건물이 남아 있는 점이 앞쪽보다는 나았으나, 지붕에 잡초가 초가처럼 자라 있음과 거미줄이 사방을 덮고 있음은 전, 후원이 마찬가지였다.
 구양천상은 무너진 담장의 그늘에 몸을 숨긴 채였다. 그의 앞에는 아마도 후원 대청이었을 건물이 서 있었다.
 '이들이 감시하고 있는 대형을 보아 이곳이…….'
 구양천상이 생각을 굴리고 있는데, 갑자기 옷자락 스치는 소리가 들려오며 두 사람이 바람을 가르며 후원 대청 돌계단 위로 날아내렸다.
 둘 다 복면을 했으나, 눈에서는 어둠을 뚫고 형형한 신광이 번뜩이고 있음을 보아 보통의 내공을 소유한 자가 아닌 듯했다.
 그들이 나타나자 어디선가 복면인 하나가 또 나타났다.
 "태양집법기 대장이 좌우호법을 뵈오."
 그 복면인이 포권하자, 앞서 나타났던 두 복면인 중 하나가 손을 저었다.
 "예를 거두시오. 준비는?"
 "이상없습니다. 이미 반나절을 수색했으나 수상한 점은 발견되지 않았고, 지금도 이 일대에는 본 기의 휘하 고수들이 철저히 감시를 하고 있는 중이외다."
 복면인들이 주위를 쓸어보며 고개를 끄덕였다.
 "천주께서 곧 당도하실 것이니, 조금의 차질이 있어서는 아니 될 것이오!"
 구양천상은 그들의 말에서 태양천주라는 자가 곧 여기에 나타날 것임을 알았다.
 그의 미간에 그늘이 졌다.

그와 저들이 서 있는 돌계단까지의 거리만도 이십여 장이 넘는다.

만일 저들이 안으로 들어가 버리면 주변의 감시망으로 보아 들키지 않고 접근하는 것이 불가능하니 안에서 무엇을 하는지 알아볼 재간이 있을 리 없는 것이다.

구양천상은 주위를 살피며 행운유수의 신법으로 은밀히 움직이기 시작했다.

그때였다.

휘이…… 휘이…….

새의 울음인지, 아니면 바람이 나무 사이를 지나는 소리인지 알 수 없는 소리가 저 멀리서 들려왔다.

"천주의 존가(尊駕)가 당도하셨소!"

그들은 낮게 소리치며 앞쪽을 바라보며 몸을 바로 했다.

하지만 어느 누구도 그 순간에 그림자 하나가 소리도 없이 담장 위를 달려 몸을 솟구쳐 대청의 지붕 위로 올라갔음을 알아본 사람은 없었다.

구양천상이 지붕을 통해 다시 대청의 안으로 들어가는 시간은 그야말로 눈 깜짝할 사이였다.

고루거각의 대들보라는 것은 사람이 누워 있어도 충분할 정도로 크다.

비록 폐허가 되었다 하나, 이 후원 대청의 대들보 또한 다르지 않았다. 먼지가 발목에 잠기고 거미줄이 사람을 얽을 정도이기는 했지만 몸을 숨기기에는 안성맞춤의 장소가 아닐 수 없었다.

위는 그러했지만 아래는 제법 깨끗했다.

미리 청소를 했음이 틀림없었고, 그것을 증명하듯이 대청의 중앙에는 의자 다섯 개가 약간의 거리를 두고 서로 마주보게 놓여 있었다.

자리가 모두 비어 있음으로 보아 사람들은 아직 도착하지 않은 듯했다.

구양천상은 의자의 배치를 보고 의혹이 생겼다.

'분명히 태양천주가 올 것인데…… 의자의 배치는 동격으로 되어 있다. 그렇다면 이 자리에서 만날 사람이 거의 같은 신분이라는 말이 되는데 도대체 어떤 사람들이 오기로 되어 있는 것일까?'

태양천주라는 사람은 그야말로 신비의 인물이다.

아직까지 태음천의 그늘 아래 숨어 그 이름조차 알리지 않고 있는 사람인 것이다.

그러나 그의 신분은 최소한 태음천주의 아래는 아님이 분명했다. 어쩌면 태음천주의 막후 인물일 수도 있었다. 그러한 태양천주와 같은 신분이라면 나머지 네 사람은……?

구양천상은 주변을 살펴보고 몸을 움직여 대들보의 안쪽으로 갔다. 마치 고양이와 같은 움직임에도 불구하고 이음새가 삐걱거렸다.

'조금만 충격을 받아도 무너질 정도로 모든 것이 망가져 있다. 조심해야겠다.'

그가 생각을 하는데, 문이 열리며 한 사람이 들어섰다.

그의 체구는 조금 작아 보였다. 일신에 흑의를 입고 복면을 했으며 그 사이로 드러난 눈에서는 싸늘한 빛이 번뜩이고 있어 평범한 사람이 아님을 한눈에 알 수 있었다.

그는 대청에 들어서서 주위를 날카롭게 쓸어보더니 고개도 돌리지 않고 음침한 어조로 말했다.

"이제부터 이 일대로 접근하는 자는 누구를 막론하고 살려두지 마라."

"명심하겠습니다."

"물러가라. 그 말은 너희들에게도 적용이 된다."

밖의 대답에 복면인은 음침한 어조로 말하고는 망설임없이 걸음을 옮겨 반월형으로 놓인 의자 중 왼쪽에서 두 번째 의자에 가 앉았다.

그는 의자에 앉더니 팔짱을 끼고 눈을 감고는 미동도 하지 않았다.

'평범한 자가 아니다. 그의 기세나 상황으로 보아 아마도 그가 태양천주인 것 같은데……'

구양천상은 암중에 유심히 그를 살폈으나, 이 마당에 무엇을 알아낼 재간이 있을 리 없었다.

그가 태양천이라는 이름을 들은 것은 불과 어제 아침이다.

그런데 그 천주를 오늘밤에 보게 될 줄이야 어찌 상상했으랴.

바로 그때, 기척이 들리더니 문으로 다시 한 사람이 들어섰다.

그의 형상은 태양천주와 조금도 다르지 않았다.

나른 섬이 있다면 그의 체구가 거의 일 장에 이르도록 거대하다는 점이었다. 그리고 눈에서는 전광과 같은 빛이 무섭게 이글거려 보는 사람을 압도하고 있다는 것.

"어서 오시오."

그가 들어서자 태양천주라 짐작되는 흑의인이 눈을 뜨며 고개를 끄덕여 보였다.

그는 약간 몸을 움직이는 시늉을 했을 뿐, 그대로 있었고 나중에 나타난 흑의인은 고개를 끄덕이고 그의 옆자리에 가 앉더니 아무 말도 하지 않고 눈을 감았다.

태양천주 역시 아무 말 하지 않았다.

그러나 그가 눈을 감기도 전에 다시 문을 통해 한 사람이 들어섰다. 그의 옷차림 역시 태양천주 등과 조금도 다르지 않았는데, 일신에는 기품이 있었고 등에는 한 자루의 보검을 메고 있었다.

"이미 와 있었군."

그는 태양천주가 입을 열기도 전에 나직이 중얼거리고는 좌측 끝자리로 가 앉았다.

태양천주가 고개를 끄덕여 보이는데 일진의 미풍이 일어나며 대청에 한 사람이 불어났다. 그의 움직임은 번개가 번뜩이는 것 같아 마치 처음부터 그 자리에 있던 사람같이 보였다.

그가 나타나자 태양천주 등 세 사람이 일제히 몸을 일으켰다.

태양천주가 그를 향해 포권하며 입을 열었다.

"오늘 오시게 되어 있는 분은 제이천(第二天)인 열숙천(列宿天)이신데…… 어쩐 일이십니까?"

나타난 사람의 옷차림은 앞의 세 사람과 조금도 다르지 않았다. 다만 키가 훌쩍 큰 데 비해 몸이 대꼬챙이처럼 깡말라 보기에 괴이할 뿐이다. 그의 눈은 기이하게 푸른빛을 띠고 있었는데, 태양천주의 물음에, 가운데 있는 의자에 앉으며 쇳소리와 같은 음성으로 말했다.

"제이천에게 일이 생겨 본좌가 대신 오게 되었소. 아마 제이천은 한동안 몸을 뺄 여가가 없을 것이오……."

그는 눈을 들어 세 사람을 보더니 앉으라고 손짓을 하며 예의 음성으로 다시 말했다.

"태음은 아직 오지 않았소?"

태양천주가 고개를 끄덕였다.

"그렇습니다. 아직 연락은 없었지만 아마 천도문과의 싸움 때문에 조금 늦어지는 듯합니다."

그의 말에 깡마른 흑의괴인은 싸늘히 코웃음 쳤다.

"흥! 태음천은 우리 중의 가장 말석인 구천(九天)임에도 불구하고 근자에 이르러 군주각하(君主閣下)의 총애를 빙자하여 너무 방자한 것 같군그래?"

그의 말에 나머지 세 사람은 아무 말도 하지 않았다.

하지만 그의 말을 듣고 있던 구양천상은 내심 크게 놀라 절로 입이 벌어졌다.

'태음천이 구천 중 하니라니? 그렇다면 태음천과 같은 세력이 아홉이나 있단 말인가?'

구양천상은 온몸이 굳어옴을 느꼈다.

이것은 실로 무서운 일이었다.

그리고 부인할 수 없는 일이기도 했다.

상대는 분명히 제이천이라는 말까지 했다. 그리고 태음천을 일러 구천이며, 가장 말석이라 하였던 것이다.
그때였다.
"내가 방자하다는 말에 진성천주(辰星天主)께서는 분명히 책임을 질 수 있으신가요?"
얼음이 떨어져 내리는 듯한 음성이 들리며 흑의녀 한 사람이 대청의 안으로 들어섰다.
'영지화 음약화!'
구양천상은 암중으로 신음했다.
나타난 사람은 과연 태음천주였다.
그녀는 예의 흑의를 입고 흑사를 흩날리고 있는데 눈빛은 어둠 속에서 비수와 같았다.
그녀의 눈을 정면으로 마주한 깡마른 흑의괴인의 푸른 눈빛이 조금 흔들렸다.
"아마도 하좌에게 잘못이 많은 모양인데, 상좌께서 하좌의 잘못을 감싸주실 생각은 하지 않고 무조건 매도하려고만 하니…… 호호호…… 아마 군주각하께서는 그러한 것을 별로 좋아하시지 않을 것 같군요?"
그녀의 웃음소리에 냉소가 흑의괴인에게서 흘러나왔다.
"군주각하의 이름을 앞세워 지금 나에게 위협을 하는 것인가?"
"그럴 리가…… 어찌 감히!"
태음천주는 고개를 살래살래 저으며 마지막 하나 남은 의자에 가 앉았다.
그녀가 나타남으로써 대청 안에 준비되어 있던 의자 다섯은 다

채워지게 되었다.
 모일 사람이 다 모인 것이다.
 구중비(九重秘)!
 그 무서운 비밀은 이제 베일을 벗으려 하고 있었다.

第十二章

구천로현(九天露現)
―마침내 드러난 아홉 겹 하늘의 공포(恐怖)
뉘 있어 그와 밝음을 다툴 수 있으랴

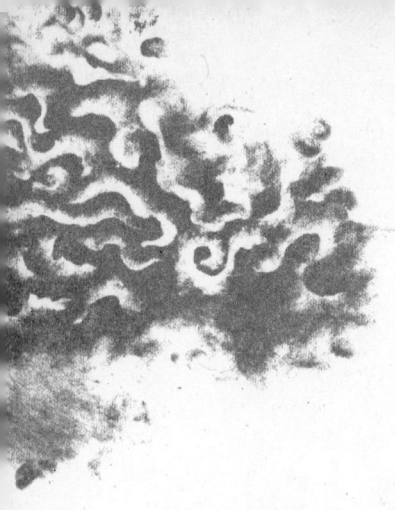

풍운고월
조천하

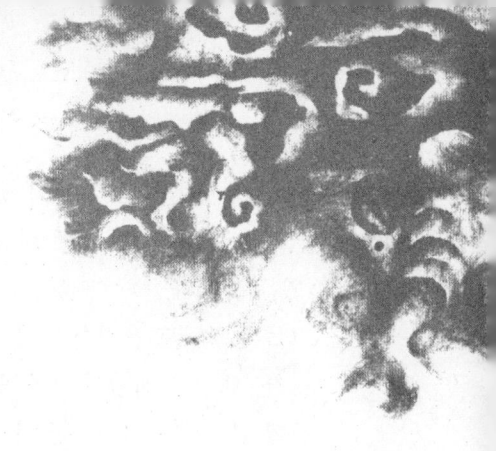

 구양천상은 두 사람의 행동에서 그들의 사이가 그다지 좋지 못함을 느낄 수 있었다.
 태음천주의 행동에 깡마른 흑의괴인은 못마땅한 듯 음침한 웃음을 터뜨렸다.
 그의 웃음소리는 별로 크지 않음에도 불구하고 내력이 실려 있어 사람의 고막을 떨어 울릴 뿐 아니라, 대청이 그 웃음소리에 못이겨 삐걱거리며 천장에서 먼지가 눈사태처럼 떨어져 내렸다.
 가히 먼지 사태라고 할까…….
 놀라운 공력이었다.
 하지만 그럼에도 다섯 사람 중 어느 누구 하나 그 자리에서 움직이는 사람은 없었다.
 더욱 놀라운 것은 그 쏟아지는 먼지가 그들의 머리 위쪽에서부터 빙글빙글 돌면서 그들이 있는 쪽을 피해 날아가고 있음이었다. 그들에게서 마치 어떤 바람 줄기가 불어 나와 먼지를 밀어내고 있는 듯했다.

그들은 조금도 움직이지 않고 있었다.

다만, 대청에 바람이 전혀 불지 않음에도 그들의 옷자락이 은연중에 절로 펄럭이고 있음이 평소와 다르다고 할까.

대들보 위에서 그 광경을 보고 있던 구양천상은 내심 크게 놀랐다.

'이들 하나하나는 체내의 내공을 일으켜 무형 중에 먼지를 밀어낼 수준의 무공을 가지고 있구나!'

내공이 절정(絶頂)에 달하면 체내의 진기를 무형 중에 몸 밖으로 유포시킬 수 있게 된다.

그러한 진기를 호신진기(護身眞氣)라 부르며, 그 호신진기가 무형의 장벽을 이룰 정도가 되면 도검으로도 그를 해할 수 없게 되니, 그를 일러 호신강기(護身罡氣)라고 한다.

태음천주 음약화의 무공은 구양천상이 이미 당해본 바 있어 그러한 경지에 이르러 있음을 알고 있었지만 나머지 네 명의 무공 또한 그와 같은 경지라니…….

무서운 일이 아닐 수 없었다.

웃음을 멈춘 깡마른 흑의괴인은 네 사람을 한차례 둘러보고는 천천히 입을 열었다.

"오늘의 회합은 원래 본 천의 열숙제이천(列宿第二天)께서 주재하시기로 하였었지만, 급한 일이 있어 본좌가 대신 오게 되었소. 먼저……."

그는 주위를 둘러보더니 느릿하게 말하였다.

"군주각하의 영유(令諭)를 먼저 전하겠소."

그 말에 네 사람이 일제히 몸을 일으켜 그의 말을 기다렸다. 흑의괴인과 미묘한 대립을 보였던 태음천주 음약화도 예외는 아니었다.

그것은 그들에게 있어서 군주라는 사람의 권위(權威)가 얼마나 대단한 것인가를 웅변한다 할 수 있었다.

구양천상은 눈앞에서 벌어지고 있는 광경을 어떻게 믿어야 할지를 알 수 없었다.

태음천주 일 인의 무공만 하더라도 가히 불가일세(不可一世)였었다.

지금의 그로서는 어떨지 모르겠으나, 과거의 그는—불과 십여 일 전만 하더라도—그녀의 일격에 추풍낙엽과 같이 일패도지(一敗塗地)하지 않았던가!

그러한 태음천주와 어깨를 나란히 하는 네 사람, 그것도 그녀를 제구위에 두는 그들을 저와 같은 권위로써 부리고 있는 막후의 신비인.

과연 군주라는 사람은 어떠한 사람이란 말인가?

대들보 위에서 그들 다섯 사람을 내려다보고 있는 구양천상의 안색은 심히 어두웠다.

'열숙이나 진성(辰星:토성)의 명칭이 태양과 태음에 한데 모여 일컬어지면 그것은 구중천(九重天)의 명칭 중 일부가 된다……. 만에 하나라도 그러하다면 저들의 조직은 두서넛이 아니라, 모두 아홉이 될 것이다.'

중국에서 구(九)라는 숫자가 의미하는 것은 최후의 수이며, 가장 많음을 뜻한다. 다시 말하면 그 이상의 수가 없는 것이다.

 그러하기에 하늘도 아홉으로 나누었으며, 그 아홉을 지칭하는 명칭도 시대에 따라 조금씩 달랐다.

 일반적으로 구천을 말할 때에는 민간에서 쓰는 균천(均天:중앙), 창천(蒼天:동방), 호천(昊天:서방), 염천(炎天:남방), 현천(玄天:북방), 변천(變天:동북), 유천(幽天:서북), 주천(朱天:서남), 양천(陽天:동남)을 의미하였다.

 하지만 그것을 천문(天文)으로 하여 전문적으로 쓸 때에는 송대(宋代)에서부터 불교에서 쓰던 구천에 의거하여 사용을 했는데, 그 명칭은 송사(宋史) 천문편(天文篇)에 다음과 같이 기록되어 있다.

 종동천(宗動天), 열숙천(列宿天), 진성천(辰星天), 세성천(歲星天), 형혹천(熒惑天), 태양천(太陽天), 금성천(金星天), 수성천(水星天), 태음천(太陰天).

 이 구천의 명칭을 그들이 한 말과 맞추어보면 일은 무서운 떨림을 가지고 자명해지는 듯하다.

 제이천이라던 열숙천은 과연 두 번째이다. 그리고 제구천이라는 태음천은 과연 아홉 번째에 있다. 이것을 우연이라고만 할 수 있겠는가.

 '이것이 구중비의 비밀이란 말인가?'

 구양천상이 신음할 때, 아래에서 깡마른 흑의괴인이 하는 말이 들려왔다. 음성은 음침하나 확실히 들리고 있었다.

"군주각하께서는 이미 구중비(九重秘)의 현신(現身)을 명하셨으며, 머지않아 직접 강호에 출도(出道)하실 것이오."

"음……!"

"마침내……!"

신음과 같은 탄성이 대청 안을 흘러갔다.

태음천주 음약화가 흑의괴인을 쳐다보았다.

"그렇다면, 이제부터 우리 구중천(九重天)은 정식으로 움직이는 것인가요?"

"물론…… 흐흐흐흐…… 그렇지 않다면 무엇 때문에. 군주각하의 직속 음혈기(陰血旗)가 이미 강호에 나왔겠소?"

그 말에 태음천주 음약화는 물론이고, 나머지 세 사람의 안색도 크게 변하는 듯했다.

"군주각하의 삼 개 친위대 중 하나인 음혈기가 강호에 나왔단 말입니까?"

태양천주가 물었다.

"그 외에 또 다른 음혈기가 있소?"

"군주각하의 삼 개 친위대는 한시도 군주각하의 곁을 떠나지 않는 것으로 알고 있는데, 대체 무슨 일이 있기에 강호에 직접 나왔단 말입니까? 혹…… 오늘 열숙제이천께서 못 오신 것도 그 일과 관련이 있는 것입니까?"

흑의괴인은 예의 쇳소리와 같은 음성으로 음침히 답했다.

"그럴는지도 모르오. 하지만, 오늘 본좌가 맡은 일은 열숙제이천을 대신하여 오늘의 모임을 주재하는 것이니…… 자세한 것은 다시 돌아가 보아야 알 수 있을 것이오."

그들의 말을 듣고 있던 구양천상의 놀라움은 이미 경악의 범주를 넘고 있었다.

그가 우려했던 일은 이제 완전히 사실로 드러났다.

적은 태음천이나, 태양천의 한두 개 세력이 아니라, 그 세력 아홉이 모인 초거대 집단인 것이다.

구중비라는 것은 그 구중천이 강호상에 모습을 드러내지 않고 있음을 가리키는 암호였다. 구중천이 강호상에 현신한다면 구중비라는 말의 존재 가치는 사라진다.

그것은 더 이상 그들의 존재가 비밀이 아니라는 뜻이고, 모든 준비가 끝났다는 선언이기도 하였다.

'대체 군주라는 자는 어떤 능력을 지니고 있기에 저처럼 엄청난 힘을 암중에 이루어놓을 수 있었을까? 그리고 그와 같은 힘으로 무엇을 기다리고 있기에 발동을 하지 않고 있는 것일까?'

구양천상은 가슴이 답답하였다.

강호 전체가 하나가 되지 않으면 절대로 이들과 싸울 수 없다.

그러나 당대의 강호는 일대 흥륭기에 접어들어 있기에 저마다 목에 힘을 주는 마당이라 그것은 요원한 일이었다.

더구나 저들의 첩자가 어디에 있는지 어떻게 알 수 있으랴.

천하없는 구양천상이라 할지라도 뾰족한 방법이 있을 리 없었다.

그는 지난날 제갈량이 관우, 장비 등의 맹장이 다 죽고 난 다음에 장수가 없어 위연(魏淵)과 같은 반골(叛骨)의 위험인물을 끌어다 쓴 이유를 알 수 있을 듯하였다.

늑대를 쫓으려다 호랑이를 불러들이는 한이 있어도 어쩔 수 없는 일이었다. 선택의 여지가 없었다.
 '적과 손을 잡는다……? 가능한 일일까?'
 그가 생각을 굴리고 있을 때, 구중천 제삼천인 진성천주가 하는 말이 들려왔다.
 "군주각하께서는 태양천주까지 가세하고도 무개옥합을 천도문에 넘겨주고 만 것에 대해 대단히 진노하고 계시오. 그 일에 대해서 해명을 해보시오."
 태양천주가 무거운 어조로 입을 열었다.
 "이미 알고 계시겠지만…… 북망산에서의 일전은 거의 성공적이었습니다. 그런데, 그때에 천도문의 문주가 직접 나타날 줄은 미처 계산하지 못했던 일이라 허를 찔리고 말았습니다."
 진성천주는 냉랭히 웃었다.
 "그것으로 답이 된다고 생각하오?"
 태양천주의 눈빛이 침중해졌다.
 "천도문주의 능력은 결코 간단히 볼 수 없습니다. 하좌는 이미 그와 한차례 동수(同手)하여 보았는데, 그를 이겨낼 수 있었다면 절대로 북망산의 일전에서 그들을 놓아 보내지 않았을 것입니다."
 진성천주가 뭐라고 하기 전에 태음천주가 말했다.
 "하좌는 이미 남북이후와의 대결에서 그들이 암흑마교의 마공(魔功)을 지니고 있음을 보았는데, 태양천주께서도 천도문주의 몸에서 그 흔적을 발견하였습니다. 그들이 사용하는 것은 지난날 암흑마교 마공의 정수(精髓)라 할 수 있는 구대마공(九大魔功)에 속하는 것이라 어느 누구도 경시할 수가 없습니다. 더구나,

천도문주가 모습을 나타낸 후 그들의 성세는 크게 달라져서 우리 태음, 태양천은 이미 적지 않은 타격을 받고 있는 중입니다. 상태가 좋다면 하좌가 늦게 도착하지 않았을 겁니다."

진성천주는 그녀의 말을 듣다가 음침한 어조로 입을 열었다.

"그렇다면 양천의 연합된 힘을 가지고도 천도문 하나를 이겨 낼 수가 없단 말이오?"

그는 냉소를 터뜨리더니 대답을 기다리지 않고 계속해서 말했다.

"더구나, 태음천주는 명목상 우리 가운데 서열이 제구좌(第九座)이지만 군주각하의 총애를 한 몸에 받아 지금까지 대외총책의 대임을 수행했었거늘, 그 힘을 가지고도 적을 상대할 수 없더란 말인가?"

태음천주의 눈빛이 싸늘해졌다.

"지난날 암흑마교의 힘은 천하무림을 덮고도 남을 정도였어요! 만약 천도문이 그들의 후예라면 본 태음천 단독의 힘으로 그들과 맞서……!"

태음천주의 얼음 같은 어조의 말은 진성천주가 중도에서 자르는 바람에 중단되지 않을 수 없었다.

"천도문이 암흑마교의 후예라는 것이 과연 사실이오?"

태음천주는 그의 물음에 잠시 그를 쳐다보다가 천천히 말했다.

"하좌는 이미 그들의 무공뿐 아니라 편제에서도 암흑마교의 흔적을 발견……."

그녀의 말은 또 진성천주에 의해 잘리고 말았다.

진성천주는 음산한 어조로 낮게 소리쳤다.

"군주각하의 두 번째 영유를 전하겠소! 이제부터 본 구중천의 모든 인마는 전력을 다해 천도문을 공격하며, 어떠한 대가를 치르더라도 그 수중에서 무개옥합을 되찾아오시오!"

그가 군주의 이름을 앞세우자 네 사람은 일제히 고개를 숙이며 외쳤다.

"간뇌도지(肝腦塗地:간과 뇌가 땅에 으깨어짐)할지라도 명심봉명(銘心奉命)하오리다!"

그 광경을 보고 있던 구양천상은 진성천주가 그들 네 사람의 보고를 받고서 말을 전하는 것이 아니라, 이미 모든 것을 정해놓고 있음을 알 수 있었다.

이러한 사람은 실로 상대하기 쉽지 않은 것이다.

그때, 두 번째 나타났던 거대한 체구의 흑의인이 입을 열어 물었다.

"그들을 공격함에 있어 최우선에 두는 것은 무개옥합의 탈취인지, 아니면 그들 자체의 괴멸에 목적이 있는 것인지 알고 싶소이다."

"둘 다라고 할 수 있소. 군주각하께서는 이미 그들을 우리의 제일적으로 지목하셨소!"

진성천주는 대답을 하면서 품에서 금테를 두른 한 통의 서신을 꺼내 거대한 체구의 흑의인에게 내밀었다.

"군주각하께서는 세성천주(歲星天主:목성)가 천도문 공격의 선봉이 되어, 각 천의 협조를 받도록 명하셨소…… 상세한 것은 그 안에 있으니 보고 흔적을 남기지 않도록 하시오!"

거대한 체구의 흑의인, 세성천주가 사은(賜恩)의 말을 하고 그것을 받아 들자 태양천주가 곁에 있는 태음천주를 한 번 돌아보고는 입을 열었다.
"한 가지 의문이 있어 상좌께 묻겠는데, 지금 세성천주에게 내린 군주각하의 이 명령은 지금까지 본 구중천에 유지되어 오던 명령·계통에 변동이 있음을 의미하는 것인지……?"
진성천주는 태음천주를 쳐다보면서 여전히 음침한 어조로 말하였다.
"변동이 아니라, 원상이 회복되는 것이오. 오늘부로 그동안 태음천주가 맡아오던 대외총책의 대임은 해제가 되고, 태음천주는 원래대로 구중천 중의 제구좌로 돌아가게 되오!"
그 말에 꼿꼿이 앉아 있던 태음천주의 전신에 가는 진동이 일어났다. 겉으로 내색을 하고 있지는 않으나, 그녀는 방금의 말로써 적지 않은 충격을 받은 것이 틀림없는 듯하였다.
그 광경을 보고 구양천상은 그녀가 비록 제구좌이기는 하였지만, 실제적으로 누리고 있는 지위는 만만치 않은 것임을 알 수 있었다.
'아마도 근래에 들어 연이은 실패가 그녀를 실각케 한 모양이로구나……'
잠시 침묵이 흐르던 대청 안에 말소리가 울려 나왔다.
지금껏 침묵을 지키고 있던 세 번째 나타났던 등에 검을 멘 흑의인이었다.
"군주각하의 명에 대해 이의를 다는 것은 아니나, 우리가 천도문과 격돌을 하게 되면…… 그것은 오히려 구대문파를 비롯한 강호제파(江湖諸派)에 숨 돌릴 기회를 만들어주게 되지 않을는지……"

그 말에 진성천주는 음침히 웃었다.

"강호제파에는 이미 우리의 첩자가 황하의 모래알과 같이 깔려 그들의 일거일동은 가히 내 집 안방을 들여다보는 것 같은데, 무엇이 걱정되오?"

흑의인은 복면 속의 눈을 은근히 찡그렸다.

"병가(兵家)에서 가장 금기시하는 것은 적을 가볍게 보는 것이외다! 구대문파는 이미 암중 회동을 획책하고 있으며, 그 시기는 멀지 않았소이다. 더구나, 그 이면에서 그것을 조종하고 있는 것은 바로 구양세가의 장자 구양천상인데······."

그 말에 진성천주는 냉랭히 웃었다.

"신기제일 구양세가의 이름이 강호상에 떨쳐지게 된 것은 오로지 천기수사 구양범 때문이오. 그야말로 일대의 인물이라 할 수 있지! 지금의 구양천상이 아무리 뛰어나다 할지라도 어찌 그의 아버지와 비교할 수 있겠소? 흐흐흐······ 더구나, 그의 능력으로 말할 것 같으면 태음천주의 손 아래[手下], 일패도지하여 사경을 헤매다가 천도문의 구원으로 겨우 목숨을 부지하고, 그 대가로 무개옥합마저 그들에게 어이없이 빼앗기고 만 자이니······ 금성천주(金星天主)는 그에 대해 그리 우려하지 않아도 될 것이오!"

"······."

그 말에 금성천주라 불린 그 흑의인은 아무 말도 하지 않았다. 그의 눈은 침잠하고 깊어 심기가 매우 깊은 듯하였다.

진성천주는 그가 말을 하지 않고 있자 다시 말했다.

"이번 구대문파의 비밀 회동에 관해 대임을 맡은 것은 바로 금성천주요. 군주각하께서는 그 일에 차질이 없을 것인가에 대해 우려를 표하셨는데, 지금 칠좌(七座:금성천)의 태도를 보니 본좌도 우려가 되는군……."

금성천주가 눈빛을 약간 일그러뜨리며 입을 열었다.

"이번 구대문파의 암중 회동은 표면상으로는 소림 만공이 소집하는 것으로 되어 있으나, 실제로 그것을 조종하고 있는 것은 구양천상이외다……. 그의 능력은 실로 간단치 않아 과연 어떤 복안을 가지고 구대문파의 회동을 추진했는지 알 수 없지만, 그가 아무리 뛰어나다 해도 우리의 존재를 그가 알지 못하는 한, 승리는 그에게 있지 않을 것이오."

그는 진성천주를 바라보며 말을 맺었다.

"회동이 있게 되는 것은 지금으로부터 보름 후요, 상좌는 군주각하께 그날, 구대문파의 종말을 보게 해드리겠다고 말씀을 드려주시오. 모든 계획은 이미 완벽히 검토되고 시행되어 때만을 기다리고 있소이다."

대들보 위에서 그 말을 듣고 있던 구양천상은 그야말로 머리끝이 곤두설 정도로 놀라지 않을 수 없었다.

구대문파의 회동, 구파 장문인 아홉 명을 모으는 것은 그가 소림 만공 대사를 만났을 때 합의한 비밀 사항으로 그것을 아는 사람은 오직 구대문파의 장문인과 구양천상을 포함한 관계자 십여 명에 불과한 것이다.

'도대체 어떻게 하여 그런 일마저 이들의 이목에 걸려든단 말인가? 아무리 이목이 영민하다 하더라도 이럴 수는 없다! 단 한 가지…… 내부에 적이 있을 경우를 제외하고는!'

구양천상은 가슴이 서늘해져 왔다.

강호무림의 중추라 할 수 있는 구대문파의 결속은 일대의 전기(轉機)를 마련하기 위한 최후의 방법과 같은 처방이다.

그런데 그 일이 이미 적에게 알려지고, 그 일을 적이 이용하려 하고 있다면 구파 모임의 의의는 아무것도 없다.

"구파 회동에는 비밀을 유지하기 위해서 각파 장문인 아홉과 구양천상 등, 참석자는 모두 열로 예정되어 있소이다. 그들 열은 십대고수(十大高手)라 불릴 만하지만…… 후후후…… 본좌가 마련한 그물을 벗어나지는 못할 것이오."

나직한 음성이 금성천주의 입에서 대청을 울리고 있었다. 그 어조는 좀 전과 달랐다.

그러자, 태양천주가 금성천주를 돌아보았다.

"그 그물은 얼마나 질긴 것이오?"

금성천주는 그의 말을 가볍게 웃으며 받아넘겼다.

"그것은 그날 보면 알 수 있을 것이오. 이 일은 이미 군주각하께 직접 품고(稟告)한 일이니 걱정하지 않아도 될 것이오."

그의 말에 태양천주는 못마땅한 듯 한차례 냉소했다.

기분이 좋지 않은 듯하였다.

태음천주 음약화는 시종 얼음 같은 눈길로 그 광경을 보고 있을 뿐, 입을 열지 않고 있었다.

장중의 분위기가 어색한 방향이 될 때에 진성천주가 다시 말하는 소리가 들려왔다.

"이미 천하에 본 천의 세력이 미치지 않은 곳은 없으며, 구대분파 또한 예외는 아니니 금성천주의 계획에는 아마도 차질이 생기지 않을 것이라 믿겠소! 천도문이 비록 강하다 하나, 제아무리 그들이 어떤 힘의 후예라 할지라도 본 천의 적수가 될 수는 없을 것이오. 하물며 군주각하께서 곧 강호상에 출도하실 것임에랴……. 그렇게 생각한다면 본 천의 대업을 막을 힘은 이미 강호상에서 사라진 것과 다름이 없소!"

들릴 듯 말 듯 차가운 웃음소리가 울렸다.

비웃는 듯한 그 소리에 진성천주의 눈빛이 돌변했다. 그는 무서운 눈으로 태음천주 음약화를 노려보았다.

"구좌는 본좌의 말에 불만이 있는 모양이로군? 그 말은…… 결국 본 천이 대업을 완성함에 있어서도 불만……."

그의 말이 끝나기도 전에 태음천주 음약화가 곤두선 얼음 조각 같은 어조로 그의 말을 잘랐다.

"상좌와 나와의 사이가 좋지 않음은 본 천의 나머지 일곱 천주는 물론, 군주각하까지 알고 계시는 일이에요. 그렇다고 하더라도 나를 반도로 몰 생각까지는 하지 않는 게 좋을 거예요."

그녀는 차게 웃더니 말을 계속했다.

"내가 하고 싶은 말은 강호상의 정세를 그처럼 간단히 생각해서는 안 된다는 거예요. 표면에 드러난 것이 구대문파이며, 우리의 적이 될 힘을 가진 것이 천도문이라 할지라도 강호 중에는 그 외에도 만만치 않은 힘이 존재하고 있음을 잊었다가는 뜻하지 않은 낭패를 당할 수도 있다는 것이죠!"

"뜻하지 않은 낭패? 흐흐흐흐…… 그래, 그 의외의 결과를 낼 만한 힘이 과연 어떤 것들인가?"

진성천주가 냉랭히 웃으며 물었다.

태음천주는 그의 눈빛을 똑바로 보면서 말했다.
"경계해야 할 대상은 적지 않아요, 그중에서도 개방과……!"
그때였다.
갑자기 그들의 머리 위에 있는 대들보 위에서 무엇이 움직이는 듯 끼끼…… 하는 나직한 음향이 들려왔다.
얼핏 들으면 나무가 갈라지는 듯한 그 소리는 절대고수 오 인의 청각을 곤두세우기에 충분했다.
긴장이 시위를 떠난 화살과 같이 대청 안을 흘러가는 순간,
펑!
느닷없이 요란한 굉음과 함께 후전으로 통하는 문 쪽의 벽이 문과 함께 박살이 나면서 그림자 하나가 무서운 속도로 대청의 안으로 진입해 들어왔다.
"누구냐?"
거의 반사적인 외침이 터지는 순간에 돌출한 인영은 이미 허공을 날아올라 대들보를 향해 솟구치고 있었다.
그 속도는 놀랍기 이를 데 없어서 벽이 터져 나가는 순간에 이미 인영의 몸이 대들보에 도달할 정도였다.
인영의 움직임이 그처럼 벼락 치듯 했음에도 불구하고 여기에 모인 다섯 사람은 다름 아닌 신비의 구중천 오대천주들이었다.
"여기가 어디라고 감히!"
코웃음 소리가 터져 나오면서 태양천주의 신형이 거의 찰나간에 날아올라 인영의 앞을 막았다.
인영은 이미 대들보에 거의 다 올라가 있었던 터라 그의 공격을 받자 나직이 소리치며 손을 휘둘러 그를 물리치며 그대로 대

들보에 오르려 하였다.
 하지만 그는 태양천주의 능력을 알지 못했다.
 상대의 생각을 꿰뚫어 본 태양천주는 노해 크게 웃으면서 허공 중에서 잇달아 삼 장을 줄에 꿴 듯이 쏘아갔다.
 그의 공세는 배산도해(排山倒海), 산을 밀어 내고 바다가 뒤집어지는 듯한데다가 장심(掌心:손바닥 가운데)에서는 붉은빛이 번뜩이고 있어 무섭기 이를 데 없었다.
 놀란 외침이 들리며 돌출한 괴영(怪影)이 몸을 뒤집으면서 손을 휘둘렀다.
 파파— 파아앗!
 매서운 경기가 일어나면서 그들의 가운데에서 예리한 음향이 터져 나왔다.
 그 일장의 맞닥뜨림은 대단하여 경기의 소용돌이에 천장은 물론 주위 일대에 있던 먼지들이 그 진동을 받아 모조리 쏟아져 내렸다.
 대들보가 금방이라도 무너져 내릴 듯 삐그덕거리는 가운데에 대청은 쏟아지는 먼지로 인해 주위를 분간하는 것은 고사하고 숨조차 쉬기 어렵게 되었다.
 그러나 그 일장(一場)의 맞닥뜨림은 그 두 사람을 더 이상 허공에 머물지 못하게 만들어, 두 사람은 재주를 넘으며 내려설 수밖에 없었다.

第十三章

검문지보(劒門之寶)
―신검(神劒)은 주인을 찾아 울지만 그 부르짖음의
의미를 아는 사람은 아직 없으니…….

풍운고월
조천하

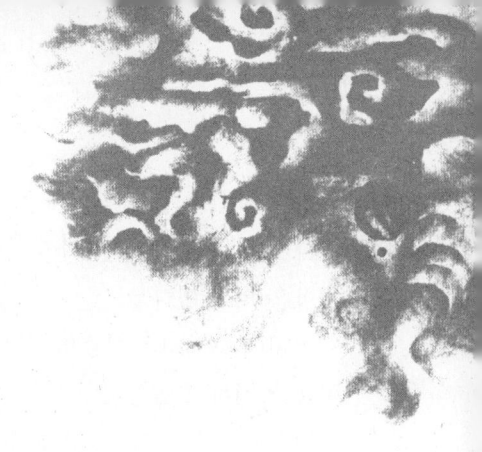

　'도대체……?'

　바닥에 내려선 괴인영의 모습을 본 태양천주는 물론, 진성천주를 비롯한 구중천 오대천주들은 괴이한 빛으로 그를 쏘아보았다.

　그럴 수밖에 없는 것이 괴인의 모습은 실로 평범(平凡)하지 않았던 것이다.

　거지도 마다할 너덜너덜한 걸레를 겨우 걸친 그의 머리는 산발이 되어 전신을 덮고 얼굴 모습조차 제대로 알아볼 수 없었다.

　게다가 땅을 딛고 있는 그의 두 다리 중 하나는 원래의 다리가 아니었다. 검은빛이 흐르고 있는 그것은 괴인의 겨드랑이까지 올라가는 쇠로 된 지팡이였으며, 그는 외다리를 그 지팡이에 의지하고 있었다.

　뿐만 아니라, 지팡이를 짚고 있는 오른편 반대쪽의 소매는 힘없이 펄럭이고 있어 팔마저 하나뿐임을 알 수 있었다.
 오늘 이 귀보 일대는 태양천주의 휘하 고수들이 물샐틈없는 경계망을 펴고 있다.
 거기에 더해 각 천주의 수행고수들마저 이 후원 대청 일대를 암중 경계하고 있었다.
 그런데 저 괴인은 그것을 경보 한 번 없이 돌파했을 뿐 아니라 다섯 명 천주가 있는 이 대청 안으로 거침없이 진입해 들어온 것이다.
 태음천주의 무공으로 미루어 짐작할 수 있듯이 구중천의 천주 개개인의 무공은 이미 강호를 종횡하여 적수를 쉽게 만날 수 없는 절대(絕代)한 것이었다.
 그럼에도 그중 하나인 태양천주와 충돌한 저 외팔에다 외다리의 괴인은 밀리기는커녕, 저렇듯 끄떡없이 버티고 서서 다섯 사람을 둘러보고 있는 것이 아닌가!
 "무엇 하는 자이냐?"
 그를 노려보고 있던 태양천주가 소리치듯 물었다.
 저처럼 특별한 모습을 하고 있는 자라면 강호상에 이름나지 않을 리 없다.
 한데도 그의 기억에는 저러한 사람이 없다.
 더더욱이 저와 같은 고수는…….
 그의 물음에 괴인의 산발이 된 머리가 그를 향했다.
 그리고 그 머리카락 사이에서 무서운 빛 한줄기가 일어나 그를 쏘아보았다.
 '설마 눈깔도 하나란 말인가?'

"크와아핫하하……!"

태양천주가 얼떨떨해 그를 바라보고 있는데 돌연 그 괴인이 하늘을 우러러 미친 듯이 웃어대기 시작하였다.

그 웃음소리는 천둥이 치듯, 큰 종을 세차게 떨어 울리는 듯하여서 대청 전체가 흔들거리고 천장에서는 흙먼지가 비 오듯 하였다.

"본좌가 묻는 말이 들리지 않는단 말이냐? 너는 누구기에, 어떻게 알고 여기에 온 것이냐?"

괴인의 광태(狂態)에 태양천주가 노해 소리쳤다.

그는 노해 공력을 운용(運用)했기 때문에 그 소리는 마른하늘에 날벼락이 치듯 하여 괴인은 미친 듯 웃어대고 있던 웃음을 그쳤다.

그리고 그는 태양천주 등을 돌아보고는 어깨를 들썩이며 쿡쿡 웃어대면서 말했다.

"너는…… 누구이기에 여기에 왔느냐고? 그러는 너는 누구이기에 여기에 허락도 없이 와 있느냐?"

그의 어조는 쇠를 삼킨 듯 듣기 거북한데다 발음이 일정치 않아 매우 괴이했다.

그렇잖아도 화가 치밀던 태양천주였다. 더 이상 자신의 말을 흉내 내듯 하는 괴인의 말을 듣고 있을 수만은 없었다.

"감히 누구 앞에서……!"

그는 채 말도 맺지 않고서 노호를 터뜨리면서 손을 들어 괴인을 쳐갔다.

그는 대노하여 전력을 다한 터라 손이 이르기 전에 이미 장세가 괴인의 전신을 휘감았으며, 은은한 열기(熱氣)가 파동치며 주위로 퍼져 나갔다.
 심상치 않음을 느낀 듯 괴인이 외눈을 부릅떴다.
 그의 산발이 된 머리카락이 마구 흩날리고 있었다.
 그는 눈을 부릅뜨고서 태양천주의 공세를 쏘아보더니 갑자기 천둥처럼 소리쳤다.
 "너도 놈들과 한패거리란 말이냐?"
 말과 함께 그는 땅을 짚고 있던 쇠지팡이를 들어 불쑥 내밀었다.
 그것을 본 태양천주의 안색이 돌변했다.
 괴인의 한 수는 비할 바 없이 빨라 그보다 느리게 움직였음에도 불구하고 오히려 먼저 그를 공격하고 있었던 것이다.
 말이 쉽지, 그 속도는 일반인이라면 거의 알아볼 수 없을 정도였다. 그대로라면 태양천주는 그를 공격하기 전에 그의 쇠지팡이에 의해 손바닥 가운데 있는 노궁(勞宮)을 찔리고 말 것이었다.
 손을 거두거나 피할 수는 없었다.
 그렇게 된다면 선기(先機)를 완전히 괴인에게 빼앗기게 되기 때문이었다.
 게다가 사대천주가 보고 있는 마당에 정체도 모르는 일개 잔지괴인(殘肢怪人)에게 어찌 단 일 초에 물러설 수가 있단 말인가?
 "타!"
 그는 호통치며 손바닥을 쥐었다 펴는 순간에 거세무비의 경력을 장심을 통해 쏟아냈다.
 붉은빛이 무섭게 일어났다.

원래 그는 일종의 태양지기(太陽之氣)를 단련하여 비할 바 없이 무서운 장세를 쏟아낼 수 있었다. 가히 사람을 산 채로 태워 죽일 수 있을 정도인 것이다.

그러나 괴인은 그의 일장의 무서움을 보고도 마치 보지 못한 듯했다.

칙칙—!

그 순간에 태양천주의 장세와 마주한 그의 쇠지팡이는 괴이한 음향과 함께 무서운 속도로 그의 장세를 뚫고 들어갔다.

천하에서 가장 무서운 변화(變化)는 속도이다.

이 상황은 거의 눈 깜박할 사이에 일어나 태양천주는 괴인을 덮쳐 가다가 놀란 외침과 함께 일 보 후퇴하지 않을 수 없었다.

그러한 광경은 오대천주 모두를 경악케 하기에 족했다.

당대 그 어느 누가 태양천주를 단 일 초에 격퇴시킬 수가 있단 말인가.

괴인은 태양천주가 장세를 쏟아내며 한 걸음 후퇴하자, 그를 쫓는 것이 아니라 다시금 몸을 떠올렸다.

그러나 그가 채 일 장도 떠오르지 않아 차가운 웃음소리가 들려왔다.

"가려는 것인가? 흥! 가고 싶으면 가고 오고 싶으면 올 수 있는 구중천이라면 그 존재의 의미가 없게 되겠지!"

괴인은 그 순간에 무서운 검기(劍氣)가 자신의 배후에서 엄습함을 느낄 수 있었다.

금성천주가 날아오르면서 등에 메고 있던 검을 뽑아 그를 공격하고 있었다.

그의 검세(劍勢)는 신랄하고도 강맹하여 검이 일단 검집을 벗어나자 용이 구름 속에 들어온 듯하였다.
 무서운 검세가 밤하늘의 별무리처럼 일어나 자신을 덮쳐 오자 괴인은 크게 부르짖더니 한쪽 다리를 들어 자신의 지팡이를 걷어찼다.
 그리고 그는 그 반동을 이용하여 허공중에서 몸을 돌렸고, 그도는 탄력을 이용하여 지팡이를 휘둘러 금성천주의 검세를 쓸어갔다.
 그 움직임은 마치 예정되어 있는 것과 같았고 놀랍도록 빨라 전혀 손 하나, 발 하나 없는 사람 같아 보이지 않았다.
 그는 놀랍게도 이미 지팡이를 휘둘러 금성천주를 공격하고 있는 것이다.
 쨍! 쨍! 째애앵…….
 귀청을 찢어 울리는 금속성이 잇달아 터져 나왔다.
 검빛이 대청 허공에서 유룡(遊龍)과 같이 움직이면서 여의주를 희롱하고 지팡이가 검은 바람을 일으켰다.
 두 사람이 날아내렸다.
 잔지괴인을 쏘아보는 금성천주의 눈에는 경악(驚愕)의 빛이 뚜렷했다.
 그는 조금도 우세를 차지하지 못했던 것이다.
 상대의 무공은 실로 놀랍도록 기고(奇高)하여 정체를 알 수가 없었다.
 그때였다.
 "좋아…… 오늘 본 세성천은 그야말로 한 손속 겨루어볼 상대를 만난 듯하군!"

우렁찬 웃음소리가 들리면서 팔짱을 낀 채 형형한 눈빛으로 잔지괴인의 일거일동을 주시하고 있던 거대한 체구의 세성천주는 대갈일성(大喝一聲), 솥뚜껑 같은 손을 들어 막대한 위세의 일장을 잔지괴인을 향해 후려갈겼다.

잔지괴인은 금성천주와 허공중에서 거의 찰나간에 이미 구 초 십팔 식을 겨루고 내려선 길이었다.

채 자세를 가다듬기도 전에 산이 무너지는 듯한 세성천주의 장세가 자신을 뒤덮자 노해 눈을 부릅뜨며 외다리를 축(軸)으로 하여 몸을 팽이와 같이 돌리는 가운데 지팡이를 휘둘러 그 장세를 쳐 흩뜨리려 했다.

여전히 그의 응변(應變)은 믿을 수 없을 만큼 빨랐다.

하지만 세성천주는 이미 그것을 짐작하고 있었던 듯, 그 순간에 호통을 치며 장세를 거두어들였다가 다시 쏟아내고 있었다.

웅웅…….

지팡이가 금방이라도 부러질 듯이 세찬 소리를 내면서 그의 장세에 맞섰고, 폭풍 같은 경기가 일어나며 잔지괴인이 나직한 신음과 함께 휘청하더니 한 걸음 뒤로 물러났다.

그는 한 걸음 물러나 어깨를 부르르 떨고는 세성천주를 노려보더니 돌연 자신을 향해 밀려오고 있는 세성천주의 장세에서 몸을 빼내 뒤로 물러났다.

그것을 보고는 진성천주가 차갑게 외쳤다.

"막아! 그가 도주하려 한다!"

그의 외침과 동시에 잔지괴인은 몸을 날렸다.

그러나 그 순간에 태음천주가 그의 앞을 가로막으며 옆쪽에서 비스듬히 일장을 쳐왔다.

팍!

매서운 경기가 두 사람의 사이에서 일어나면서 잔지괴인의 신형이 태음천주 음약화의 일장에 줄 끊어진 연과 같이 반대편으로 날아갔다.

"교활한……!"

태음천주 음약화의 신형이 날아올랐다.

펑!

그녀의 신형이 날아오르는 순간, 그녀의 장세를 견디지 못하는 듯 보였던 잔지괴인은 그녀의 장세를 이용하여 무서운 속도로 대청 좌측 벽에 몸을 부딪쳐 그 벽을 뚫고 밖으로 쏘아져 나가고 있었다.

그 움직임은 신속무비하여 진성천주가 소리치는 순간에 잔지괴인은 벽을 부수며 나가고 있을 정도였다.

그러한 움직임은 이 대청에 있는 사람들 모두가 하나같이 일대의 고수들임을 말하는 것이기도 했다.

잇달아 타격을 받고 잔지괴인에 의해 벽이 부서져 나가자 대청은 금방이라도 무너질 듯이 흔들거리기 시작했다.

잔지괴인과 그 뒤를 따른 태음천주의 신형은 번쩍, 하는 사이에 사라졌고 그것을 본 진성천주는 자신의 눈을 믿을 수 없었다.

"대체 어떤 자이기에 이처럼 무인지경을 가듯 움직일 수 있단 말인가? 한 번도…… 한 번도 들어본 적이 없는 자이거늘……."

그는 신음처럼 중얼거리다가 바깥에서 비명 소리가 꼬리를 물고 일어나고 그것이 빠른 속도로 멀어져 가고 있음을 느끼고는 발작적으로 소리쳤다.

"쫓아! 어떤 일이 있어도 잡아야 한다! 그자는 우리가 한 말을 다 들었다!"

말과 함께 그는 신형을 번뜩여 밖으로 뛰쳐나갔다.

태양, 세성, 금성천주도 이미 대청 안에 남아 있을 이유가 없다.

특히 마지막으로 그와 일장을 나누었던 세성천주는 이미 진성천주가 소리치기 이전에 태음천주와 거의 비슷하게 잔지괴인의 뒤를 따라 대청을 벗어나고 있었다.

한데, 진성천주 등이 막 대청을 벗어날 때 갑자기 귀보의 외곽에서 괴이한 호각 소리가 연달아 들려오기 시작하였다.

"무슨 소리야?"

진성천주가 그쪽을 쳐다보는데 호각 소리는 서너 군데에서 다시 들려왔다.

태양천주의 눈빛이 괴이하게 일그러졌다.

"이것은 외부에 적이 나타났다는 경계 신호인데, 어떻게 이런 일이……."

진성천주는 태양천주를 보며 냉소했다.

"참으로 비밀 유지를 잘하고 있군……! 더구나 적이 한참 설치고 간 후에 경계 신호라니, 어이가 없군!"

그때, 흑의인 한 사람이 그들의 앞으로 날아들었다.

"천주께 보고드립니다!"

"무슨 일이냐?"

흑의인이 고개를 조아리며 급히 말했다.

"갑자기 외곽 일대에 정체 모를 자들이 속속 출현하여 귀보의 안으로 진입해 오고자 하여 속하들이 막고는 있으나, 한두 무리가 아니라, 어찌하올지……? 으악!"

그는 말을 채 끝맺지 못하고 처절한 비명을 지르며 쓰러졌다.

태양천주는 일장으로 그를 격살한 후, 분노를 참지 못하고 한차례 발을 구르더니 몸을 솟구쳐 어둠 속으로 사라져 갔다.

이미 사방은 경계경보 속에서 비명 소리가 꼬리를 물고 있었다. 한순간이었지만, 잔지괴인이 어디로 갔는지 알 수가 없었다.

"그자 혼자가 아니었단 말인가?"

진성천주는 인상을 쓰더니 아직 그의 곁에 서 있는 금성천주를 보았다.

"그의 무공이 어디에 속하는지 알아볼 수 있었소?"

금성천주는 검을 꽂으며 고개를 저었다.

"그자의 무공은 강호상의 어느 파벌과도 연관이 없는 듯하여…… 빈도(貧道)…… 하좌가 보기에는 그가 쓴 지팡이 초식은 오히려 검식(劍式)인 듯하였지만 단정할 수는…….."

그의 말에 진성천주의 눈빛이 곤두섰다.

"검식이라고? 그렇다면 그가 일부러 정체를 숨기기 위해서……"

금성천주는 고개를 가볍게 저어 부정을 표시했다.

"그자의 지팡이 씀씀이가 그처럼 능숙함을 볼 때, 가장은 아닌 듯하지만 당세에 어떤……? 알 수 없는 노릇이군!"
 진성천주는 힐끗 주위를 둘러보더니 빠르게 말했다.
 "구대문파의 일은 향후 정세에 막대한 영향을 미치게 될 것이니, 그 일은 순전히 금성칠좌의 능력에 달렸소."
 그는 금성천주의 말을 기다리지 않고 몸을 날렸다.
 바람을 타고 그의 말소리가 전해왔다.
 "오늘…… 귀보에 나타난 자들이 누구이건 간에…… 하나도 살려 돌려보내서는 아니 될 것이오……."
 금성천주의 신형도 그의 뒤를 따라 사라졌다.
 그 자리에 남은 것은 먼지에 휘감겨 삐걱거리고 있는 대청이었다.
 잡초 우거지고 제멋대로 자라난 나무들이 뜨락을 덮고 있는 이곳은 그 을씨년스런 분위기를 다시금 되찾는 듯하였다.
 외곽에서 들려오던 호각 소리도, 은은한 비명 소리도 진성천주 등이 잔지괴인의 뒤를 따라 사라진 후부터는 잦아들어 들리지 않게 되었다.
 이미 이 대청 일대에 매복하고 있던 구중천의 고수들은 그 천주들을 따라 철수한 듯했고, 그 황량한 뜨락의 어둠 속에 올연(兀然)히 버티고 서 있는 대청은 한 마리의 거대한 괴물이 웅크리고 있는 듯했다.
 그 가운데 돌연 한 사람이 모습을 드러냈다.
 어둠 속에서, 그것도 대청 안에서 조금 전에 잔지괴인이 부수고 나간 대청의 벽을 통해 천천히 걸어나오고 있는 그는 바로 구양천상이었다.

그의 앞쪽 어둠, 그 뜨락에는 얼마 전까지 괜찮게 이끼 속에 서 있었던 석등(石燈)이 동강나 넘어져 있고 나무와 잡초들이 마구 꺾어져 있음을 볼 수 있었다.

그 가운데에는 몇 명의 흑의인들도 쓰러져 있었다.

구양천상은 그들이 이 일대를 경계하고 있던 구중천의 고수들이며, 그들이 이미 즉사하였음을 알 수 있었다. 누가 그랬는지는 물어보지 않아도 자명했다.

그 광경을 보고 있는 그의 눈빛은 침잠했다.

'과연…… 누굴까? 아무리 생각해도 당대에 그러한 특징을 가진 고수가 있다는 소리는 들어본 적이 없다.'

지난 이십 년간 강호의 제반 동정에 관해 온 힘을 기울여 온 구양세가이며, 이미 소문나지 않은 상황에서 암중에 천하 각지를 떠돌면서 견문을 넓히고 친구를 사귀어온 그였다.

그럼에도 그는 그와 같은 외팔, 외다리의 고수가 있음을 들은 적이 없었다.

구양천상은 그가 도주한 방향을 바라보았다.

어둠 속에 보이는 것은 아무것도 없었다.

그저 무너지고 괴이하게 뒤엉킨 폐허 더미가 그 어둠 속 곳곳에 웅크리고 있을 뿐이었다. 잡초 속에……

'그는 구중천 오대천주의 사이를 휘젓다가 도주할 정도의 고수이지만 사실은 세성천주라는 그 거인과 맞설 때 이미 가볍지 않은 타격을 받았다. 태음천주 음약화가 바로 그의 뒤를 따른 이상, 불편한 몸의 그로서는 제아무리 빠른 신법이 있다 하더라도 그들의 추격을 벗어나기 쉽지 않을 것이다.'

구양천상은 그가 처음 귀보에 진입할 때 보았던 그 인영이 바로 잔지괴인이었다고 단정하고 있었다.
 그러한 신법이나, 대청에서 그가 보여준 신법이라면 어떠한 경우에서도 자신의 몸을 빼낼 수 있을 것이다.
 하지만 그는 이미 내상을 입었다.
 구양천상이 태음천주가 바로 그 뒤를 따른 것에 대해서 염려를 하는 것은 다 이유가 있었다.
 태음천주가 그들 중에서 차지하는 지위는 제구위다.
 그러한 서열이라면 그녀의 무공 또한 그들 중 아홉 번째라야 한다. 그런데 구양천상이 보기에는 전혀 그렇지 않았다.
 막내라는 태음천주의 무공에 비해 태양천주 등의 무공이 오히려 낮아 보였던 것이다.
 제사위라는 세성천주의 무공은 태양천주나 금성천주에 비해 강한 듯 보였지만 그래도 그의 무공이 태음천주를 능가하는 것 같지는 않았다.
 제구위인 태음천주가 각 천의 천주들을 누르고 구중천 강호 중책을 맡았던 것에는 어떤 이유가 있는 듯하였다.
 '태음천주 음약화가 먼저 손을 썼다면 아마 그는 대청을 벗어날 수 없었을 것이다……. 그는 과연 무엇 때문에 여기에 들어와서 난데없이 그들 다섯이 숙의(熟議)하고 있는 대청으로 난입한 것일까?'
 만에 하나라도 그가 때맞춰 대청에 뛰어들지 않았더라면 대들보에서 난 괴이한 소리로 인해 구양천상은 그들 오대천주에게 발각됨을 면할 수 없었을 것이었다.

구양천상은 암중에 고개를 저으면서 앞으로 한 걸음 내디뎠다. 그들의 뒤를 따라 잔지괴인을 도우려는 것이다.

오대천주의 추격을 받고 있는 이상, 그 뒤를 따르는 것은 아마도 그리 어렵지 않을 것이다.

한데 그때였다.

끼끼……

그의 등 뒤 대청의 안에서 예의 나무가 갈라지는 듯한 소리가 다시 들려왔다. 그 소리는 미약했지만 아주 뚜렷했다.

대체 무슨 소리일까?

이미 물 흘러가듯이 대청 앞 계단을 내려와 부서진 석등이 있는 곳에 당도하고 있던 구양천상은 괴이함을 금치 못하고 뒤를 돌아보았다.

"……!"

뒤를 돌아 대청을 본 구양천상의 눈에 놀람의 빛이 떠올랐다.

어둠에 잠긴 대청, 낡고 부서져 지붕에는 잡초까지 인, 그가 방금 나온 그 대청에서 기이한 기운 한줄기가 서서히 하늘로 피어오르고 있었던 것이다.

마치 아지랑이와 같이 있는 듯하면서도 다시 보면 볼 수 없는 그 빛……

'귀보에 들어오기 전에 보았던 바로 그 기운이다!'

무엇인지 알 수 없었던 그 기운이 바로 자신의 눈앞에서 솟아오르고 있는 것이다.

잠시 망설이던 구양천상은 대청의 안으로 몸을 날렸다.

쏟아져 내린 흙먼지와 어둠으로 인해 사물을 분간할 수 없었던 대청의 안은 기이한 기운, 희뿌연 빛으로 가득 차 있는 듯했다.

대청의 안으로 들어선 구양천상은 절로 고개를 쳐들었다.

그 희뿌연 서리와 같은 빛이 천장에서 내려오고 있음을 대청에 들어서는 순간에 알 수 있었던 것이다.

빛은 구양천상이 올라가 숨어 있던 대들보의 반대쪽에서 솟아나 천장을 온통 뒤덮고 있었으며, 그가 고개를 쳐드는 순간에 그곳에서는 끼이…… 끼이…… 소리가 연달아 들리면서 빛은 점점 더 강해졌다.

'어떤 절세기진(絕世奇珍)이 이 세상에 모습을 드러내려고 한다!'

구양천상은 그 빛을 보는 순간에 그것이 신물(神物)이 내뿜는 서기(瑞氣)임을 알고 대들보 위로 몸을 솟구쳐 올렸다.

그가 몸을 숨기고 있던 대들보는 너비가 넉 자나 되는 것이었다. 그 대들보 위쪽이 길게 갈라지며 마치 서리가 내린 듯한 희뿌연 빛이 그 안에서 솟아오르고 있었다.

나뭇결이 빛을 이기지 못하고 끼끼, 하는 소리를 내면서 툭툭 갈라지고 삭아 내리고 있었다. 구양천상을 하마터면 오대천주의 눈에 띄게 만들 뻔했던 그 소리는 바로 거기에서 나고 있는 것이었다.

구양천상은 대들보에 오르는 순간, 일신에 오싹하는 한기(寒氣)가 엄습해 옴을 느낄 수 있었다.

'검기(劍氣)다!'

서릿발 같은 기운은 한순간에 강렬해지더니 구양천상이 대들보에 올라 그곳을 내려다보는 순간에 그 안에서 기다란 물체 하나가 불쑥 대들보로부터 솟아올라 왔다.
 구양천상은 그것이 한 자루의 장검임을 찰나간에 알아볼 수 있었다.
 그것은 얼핏 검집에 들어 있는 듯하였는데, 나무를 꿰뚫고 올라오면서 검집을 벗어나고 있었다. 검집을 벗어나 드러난 검신(劍身)은 약 한자가량.
 거기에서 쏟아져 나오는 검기는 삼엄하기 이를 데 없어서 이미 검의 주변 나무들은 그 검기에 삭아버리고 지금은 겨우 형체만 유지되고 있을 정도였다.
 구양천상은 검이 대들보 속에 묻혀 있다가 솟아오르고 있음을 보고 반사적으로 그 검집을 잡았다.
 순간이었다.
 웅웅…… 우우!
 검 전체에 강렬한 진동이 일어나더니 검이 기이한 울림[劍鳴]을 토해내면서 돌연히 저절로 검집을 벗어나면서 허공중으로 날아올랐다.
 "하앗!"
 구양천상은 놀라 번개처럼 그 검의 손잡이를 잡았다.
 웅웅!
 검이 울음을 토하면서 마구 요동치며 그의 손을 벗어나려 했다.
 그 진동이 얼마나 대단한지 구양천상은 검을 잡다가 하마터면 놓칠 뻔하였고, 그가 강제로 검의 손잡이를 움켜쥐자, 그 힘을 이기지 못해 호구(虎口:손아귀)가 찢어질 듯했다.

"푸우……!"

그 순간에 구양천상은 자신의 혀끝을 깨물어 그 피를 분수와 같이 검을 향해 내뿜었다.

우우…….

검이 울음을 멈추고 서서히 조용해지기 시작했다.

검(劒)을 부리는 것을 술(術)이라 하며, 그것을 마음으로 다루는 것을 도(道)라 한다.

검을 연마하는 사람 누구나가 바라는 것이 도의 경지이다. 하나, 그 경지에 이른 사람은 정녕 천에 하나도 찾기 어렵다.

그것과 함께 검을 연마하는 사람이 가장 바라는 것은 보검(寶劒) 한 자루이다.

손에 맞는 보검 한 자루야말로 그의 검도일생(劒道一生)을 좌우한다고 할 수 있는 것이다.

머리카락 한 올을 뽑아 올려두고 숨결만 닿아도 그것이 절단되고, 금과 옥을 잘라내는 절금단옥(切金斷玉)의 검을 일러 보검이라 한다.

하지만 거기에도 품(品)이 있으며, 격(格)이 있다.

제아무리 날카로운 검이라 할지라도 그것만 가지고서는 보검의 반열(班列)에 들 수는 있을 것이로되, 신검(神劒)이라 불릴 수는 없다.

신검이라 불릴 수 있는 검은 비단 보검이 갖추어야 할 제반 요건을 모두 갖춘 것은 물론이며, 거기에 더해 영(靈)이 있다. 그 영은 심령(心靈)으로서의 영이며, 주인과 호흡을 같이하고 그에게 위험이 닥치면 그것을 느껴 스스로 울어 위험을 알린다. 이러한 검이라야 비로소 신검으로서의 자격이 있는 것이다.

주인을 잃어버린 신검은 때가 되기를 기다려 시간이 되면 검기를 뿜어 새 주인을 찾는다.

하지만 그때가 되어서 주인을 만나지 못하면 그 검은 다시 때를 기다릴 수밖에 없다.

구양천상은 바로 그 검의 새 주인이라 할 수 있다.

검의 새 주인이 된 자는 자신이 누구인지를 그 검에게 알려줄 필요가 있다. 그것이 검에 선혈(鮮血), 자신의 피를 묻히는 것이다.

그렇게 되지 않으면 신검은 출토(出土)되자마자 세상의 눈으로부터 사라져 버리는 것이다.

서릿발 같은 검기에 드러난 구양천상의 얼굴에는 가벼운 흥분의 빛이 떠오르고 있었다.

검을 살펴보며 자신이 정말로 일세(一世)의 신검을 얻었음을 느낄 수 있었기에.

〈보천(補天)〉

고색이 창연한 검의 손잡이에는 그러한 두 글자가 수서(殳書:고전(古篆) 팔체(八體)의 하나, 병기의 위에 주로 쓰던 글자)로써 정교히 새겨져 있었다.

검신의 길이 두 자 일곱 치, 너비 한 치 세 푼.

마치 깊고 깊은 심연(深淵)을 보는 듯 맑은 검신에서는 서릿발 같은 한기(寒氣)가 어둠을 밝히며 주위로 퍼져 나가고 있었다. 검집은 만년오구(萬年烏龜)의 등껍질로 만들어진 듯 보였다.
 '대체 이 검이 어떻게 하여 이 대들보 안에 묻혀 있었던 것일까?'
 알 수 없는 일이다.
 '그 옛날, 이 귀보의 주인이었던 검신 경준극에게는 세상에 드문 신검 한 자루가 있었다는 말을 들은 적이 있다. 그것이 이 보천신검일까?'
 그는 암흑마교와의 일전에서 죽었다.
 그가 죽었다면 그가 지니고 있던 검도 당연히 암흑마교의 수중에 들어갔어야 했다. 그런데 이 검은 왜 대들보 속에 숨겨져 있었던 것일까?
 설마 나무 속에 검이 파묻혀 있음을 알지 못하고 그대로 그 나무를 깎아 대들보로 삼은 것은 아닐 터인지……
 구양천상은 가볍게 고개를 저으며 천천히 보천신검을 검집에 넣었다. 평생을 두고 바라도 얻을 수 없는 기연(奇緣)이 그에게 찾아온 것이다.
 그것은 너무도 공교로웠다.
 그는 지금 십장생도 내의 검도를 연구하고 있는 중이었고, 그런 만큼 검을 필요로 하고 있었던 것이다.
 한데, 그 순간이었다.
 "……!"
 돌연 구양천상의 신형에 긴장이 살처럼 흘러갔다.

무서운 기세가 소리도 없이 그를 향해 덮쳐들고 있었다.

구양천상은 생각할 겨를도 없이 그대로 대들보에서 밑으로 뛰어내렸다. 공격해 오는 기세의 빠름은 상상을 초월하여 그가 돌아볼 수 있는 시간마저 허락하지 않는 것이다.

번개처럼 대청의 바닥에 내려섰지만 그 기세는 여전히 그의 뒤를 그림자처럼 따라오고 있었다. 말할 수 없이 빨랐다.

구양천상은 망설이지 않고 행운유수의 신법으로 전력을 다해 앞으로 달려나갔다.

동시에 그는 구양세가의 천기미리보를 발휘하여 몸을 반쯤 뒤로 돌리면서 그 회전력을 빌려 오른손을 쳐들어 수류천파(水流濺破)의 지공(指功)을 발휘했다.

쉬쉬…… 쉭! 쉭!

그의 손에서 예리무비한 지력이 부챗살과 같이 뻗어나갔다.

땅! 따땅!

귀청을 울리는 음향이 그의 앞에서 터져 나왔다.

"음!"

나직한 신음이 엇갈리며 그처럼 무섭게 움직이던 두 사람의 신형이 일순간 멈칫했다.

"당신은……!"

둔중한 타격에 한 걸음 물러났던 구양천상은 나타난 사람을 알아보고는 놀라 외쳤다.

그의 앞에 서서 잡아먹을 듯 무서운 눈빛을 쏘아내고 있는 사람은 놀랍게도 좀 전에 태음천주 등에게 쫓겨 대청에서 사라졌던 그 잔지괴인이었다.

그는 어둠 속에서 횃불과 같은 눈을 들어 구양천상을 쏘아보고 있었는데 흉악한 빛이 번뜩이고 있는 그 눈에는 놀람의 빛이 역력했다.

하지만 구양천상의 수중에 들려 있는 보천신검을 보는 순간에 그의 눈에 떠올랐던 놀람의 빛은 사라지고 대신 무서운 살기가 폭죽처럼 튀어 올랐다.

"감히 어디에다 손을……!"

그는 이를 갈면서 날벼락같이 수중의 지팡이를 들어 구양천상을 향해 공격해 왔다.

그 빠름은 그것이 지팡이라고는 상상도 할 수 없을 정도였다.

"멈추시오!"

구양천상은 소리치다 말고 지팡이가 이미 자신의 가슴팍에 이르고 있음을 보고 놀라 옆으로 미끄러지면서 수중의 보천신검을 검집째 쳐들어 지팡이를 막으려 했다.

한데 그 순간, 돌연 잔지괴인이 광소를 터뜨렸다.

"와핫핫핫……!"

갑자기 지팡이의 쏘아져 오는 속도가 빨라지는가 싶더니, 철컥 소리와 함께 지팡이의 끝에서 섬광과 같은 빛이 한 자가 넘게 쭉 뻗어났다.

구양천상은 대경실색했다.

지팡이의 끝에는 칼날이 숨겨져 있었던 것이다.

그가 지팡이를 막는다 해도 그의 가슴은 저 칼날에 의해 여지없이 꿰뚫리고 말 것이 틀림없었다.

"악독하구나!"

구양천상은 노해 소리치면서 보천신검을 쥔 손으로 신검을 검집째 휘둘러 그의 지팡이를 쳐내려 하면서 왼손을 들어 전력을 다해 일장을 때려냈다.

펑!

한소리 격돌음이 울리며 두 사람의 신형이 번개처럼 교차하면서 떨어졌다.

"……"

구양천상은 가슴을 움켜쥐고서 우뚝 서 있었다.

야행의를 걸친 그의 검은 옷자락의 위로는 선혈이 천천히 흘러내리고 있었다.

잔지괴인은 외다리로 우뚝 서 있었다.

그의 하나밖에 없는 손에 들린 쇠지팡이는 구양천상을 가리키며 쳐들려 있는데, 그 끝에 튀어나와 있는 한 자 반 정도의 칼날은 선혈을 머금고 음산한 빛을 뿌리고 있었다.

칼날의 끝이 미약하게 떨리는가 싶더니 천천히 아래로 처지기 시작했다.

그리고 그처럼 흉악하게 빛을 뿜던 잔지괴인의 외눈에서도 빛이 꺼져 갔다. 철주(鐵柱)처럼 버티고 서 있던 그의 외다리가 부들부들 떨리며 중심을 잃어갔다.

"하늘도 무심하구나……."

알아듣기 힘든 소리가 괴인의 입에서 흘러나오는 순간,

땅…….

그의 손에서 지팡이가 떨어지고 그의 신형이 고목처럼 쓰러졌다. 기다렸다는 듯이 그의 칠공에서 선혈이 흘러나오기 시작하였다.

그럼에도 쓰러진 그의 눈은 구양천상의 손에 들린 보천신검을 보고 있었다.

그것은 한(恨)이 서린 것이었다.

구양천상은 듣지 않아도 그가 귀보에 나타난 이유를 알 수 있었다. 그는 바로 이 보천신검을 노리고 온 것이다.

그러했기에 위험을 무릅쓰고 오대천주를 공격할 수 있었던 것이기도 했다.

구양천상은 쓰러진 그를 보고 암중에 고개를 흔들며 천천히 그에게 다가갔다.

그는 알고 있었다.

결정적인 순간에 괴인이 제대로 힘을 쓸 수가 있었다면 이 자리에 쓰러져 있는 것은 바로 자신이었을 것임…….

구양천상이 다가옴을 보고 쓰러진 괴인의 눈에 다시 흉흉한 빛이 일어났다.

하지만 그것뿐, 그의 몸은 이미 어떤 움직임을 보일 상태가 아니었다.

산발된 머리카락으로 인해 가려져 있던 그의 드러난 얼굴을 본 구양천상은 내심 흠칫하였다가 그의 곁에 한쪽 무릎을 꿇으며 망설임없이 손을 내밀어 그의 맥을 짚었다.

구양천상이 한순간 멈칫하도록 그의 얼굴은 공포스러웠다.

얼굴 전체가 마치 뭉그러지듯 뒤틀리고 흉터로 뒤덮여 오관 중 성한 곳은 하나도 없었다. 남아 있는 것이 그의 외눈 하나였다.
 가히 귀신의 얼굴[鬼面]이었다.
 맥을 짚어본 구양천상은 그의 얼굴이 그처럼 흉악한 것을 이해할 수 있었다.
 '이미 기경팔맥이 제 위치를 벗어났다. 원래부터 그는 치명적인 내상을 입고 있었는데, 그것이 그가 초인적인 능력으로써 억제하지 않았다면…… 이미 살아 있을 수 없을 정도였다. 그것이 이제 충격으로 인해 발작하였으니…… 이제는 대라신선(大羅神仙)이 오더라도 그를 살릴 수는 없게 되었다.'
 괴인이 입은 상처는 어제오늘의 것이 아니라 이미 수십 년 전의 고질이었다.
 그러한 몸으로 그처럼 놀라운 능력을 보일 수 있었으니, 그가 상처 입기 전에 가졌던 능력은 짐작이 되고도 남을 지경이 아닌가.
 구양천상은 나직이 한숨을 쉬더니 괴인의 삼십육 개 대혈을 전광석화와 같이 짚어갔다. 대환주천(大圜週天)의 점혈 비법을 진기의 소모를 무릅쓰고 시전하는 것이다.
 구양천상이 손을 거두며 입을 떼었다.
 "본의 아니게 선배의 내상을 건드렸습니다. 사죄할 말이 없습니다. 하실 말씀이 있으십니까?"
 그의 말에 괴인은 눈을 감았다 떴다.
 그 순간에 그의 눈에 서렸던 광기와 흉포한 기운은 사라지고 깊은 물처럼 고요한 빛이 되어 있었다.
 어쩌면 그것이 본래 그의 눈빛일 것이다.

"부탁을…… 하나 들어…… 줄 수 있겠는가?"

"말씀하시지요."

구양천상은 고개를 끄덕였다.

괴인이 얼굴을 일그러뜨리더니 한 자 한 자 말했다.

"그 검…… 그 검을 나에게 돌려주게……."

구양천상은 그를 물끄러미 쳐다보다가 아무 소리 없이 그의 손 위에다가 보천신검을 올려놓았다.

구양천상의 이 행동은 괴인에게는 의외인 듯했다.

그는 구양천상을 물끄러미 쳐다보더니 다시 고통이 오는 듯 눈을 찌푸리며 말했다.

"검…… 이 검은…… 나의 한(恨)이며 삶[生]…… 이었다……. 내…… 내가…… 내…… 가 죽게 되면 이 검을 다시 가져가겠…… 지?"

구양천상은 그의 눈을 보며 천천히 말했다.

"원하신다면 검과 함께 묻어드리겠습니다."

괴인에게 있어 그 말은 너무도 뜻밖인 듯했다. 그는 외눈을 크게 뜨고 구양천상을 보더니 갑자기 광소를 터뜨렸다.

"으하하하……!"

하지만 그의 웃음소리는 터지자마자 멈추어져야 했다.

그 순간에 선혈이 다시금 그의 칠공으로 솟구쳐 나왔기 때문이다.

그는 웃음을 터뜨리다가 격렬하게 기침을 해댔으며, 금방이라도 숨이 넘어갈 듯했다.

구양천상이 다시 그의 가슴과 오 개 대혈을 점해주자 그는 간

신히 숨을 몰아쉴 수 있었다.

그는 격렬하게 숨을 몰아쉬면서 띄엄띄엄 중얼거렸다.

"육십 년…… 육십 년…… 그 세월을 기다린 보람이…… 육십 년을 기다린 보람이…… 있군…… 있어……."

그는 전신을 부르르 떨더니 구양천상을 보며 다시 말했다.

"검을 부탁하네…… 자네에게 잠시…… 잠시 맡기겠네……. 검의 주인이 나타날 때까지…… 나타날 때까지…… 그때까지만 부탁하네……. 그렇게 해주겠는가…… 그렇게……?"

그의 말은 삼자가 듣기에 매우 괴이했다.

"검에 주인이 있습니까?"

구양천상의 말에 괴인은 고개를 끄덕이려 하다가 견디기 어려운 듯 급한 어조로 말했다.

"황당한 소리인 줄…… 알고 있네……. 하지만 부탁…… 결코 그냥 부탁하지는, 그러지는 아니하겠네……. 내 품속에…… 내 품에 내가 지난 육십 년간 참오(參悟)한…… 비결(秘訣)이 있네……. 자네라면…… 그것을 이해할 수 있을 것 같군……. 좀 전에 내가 사용했던 초식…… 기억하겠는…… 가……?"

구양천상은 그가 지팡이를 사용하던 그 거세무비(擧世無比)한 일식을 기억하고 고개를 끄덕였다.

"좋아…… 나는…… 죽음 직전에서야 운이…… 운이 조금 트이는 듯…… 그런 것 같군……. 이제야 사형(師兄)의 고심(苦心)을……."

그는 말을 하다가 목에서 가래 끓는 소리를 내며 급격히 목소리가 낮아져 그 소리는 들리지 않게 되었다.

구양천상은 다급히 그의 백회(百會)에 손을 대어 충격을 주었다. 이것은 죽음을 재촉하는 방법이었으나, 이 경우에는 이 방법 외에 다른 방법이 있을 수 없었다.

"검의 주인이 누굽니까? 누구에게 전해야 합니까?"

구양천상의 외침에 괴인은 입술을 달싹였다.

미약한 음성이 들려왔다.

"검은 신표(信標)…… 검이 있으면 금검(金劒)…… 금검을……."

그는 마지막 안간힘을 다하였지만 더 이상의 말을 하지 못했다.

이제 그 어떤 사람이라 할지라도 그의 다물어진 입을 열게 할 수는 없다.

괴인의 외눈은 죽음에 이르러서도 감기지 않았다.

부릅뜬 그 눈은 구양천상의 얼굴에 고정되어 있었다.

마치 구천지하(九天地下)에서도 그의 행동을 지켜보겠다는 듯…….

구양천상은 그의 죽음에 나직이 탄식했다.

"검이 아무리 중하다 한들 신외지물(身外之物)에 불과하니, 어찌 남아의 일언(一言)보다 중하겠습니까? 천상이 힘이 있는 한 약속을 지키도록 하겠습니다. 다만…… 검의 주인을 어떻게 알아볼지가 문제이군요."

구양천상은 말을 하면서 그의 눈을 감겨주었다.

말은 그러하지만, 괴인의 이름은커녕 내력도 모르는데 대들보 속에서 튀어나온 검의 주인을 어떻게 찾을 것이며, 설혹 주인이 나타난다 히디라도 그를 어떻게 알아볼 것인가?

하지만 그중 한 가지는 쉽게 해결이 되었다.

그의 시체를 매장하려던 구양천상은 그의 품속에서 짐승 가죽으로 엮어진 한 권의 책을 발견하게 되었던 것이다.

그것은 그가 손수 만든 듯하였고 그 장수도 다섯 장에 불과했다.

그러나 중요한 것은 그 안에 기록된 것이 강호를 진동할 수 있을 일대검학(一代劍學)이라는 것이고, 그 겉에 쓰여진 지은이의 이름이었다.

〈검도발요(劍道拔要)…… 부(附) 고혼일식(孤魂一式)
검문제자(劍門弟子) 관산악심득(關山岳心得)〉

"관산악이라고? 이 사람이 검마(劍魔) 관산악이란 말인가? 어떻게 이런 일이……."

손 안의 책자를 내려다보고 있는 구양천상의 눈에는 놀람의 빛이 숨길 수 없이 떠올라 있었다.

그의 놀람은 당연했다.

〈검마(劍魔) 관산악(關山岳)〉

그 사람이야말로 이 귀보, 세검산장의 주인인 검신 경준극의 사제라 불리던 사람이었다.

세상에 알려지기를 그는 검신 경준극의 사제로 되어 있으나, 두 사람의 나이 차이가 심하여 기실은 그의 무공 대부분은 검신의 전수를 받았다고 했다.
 그의 사람됨은 악을 보기를 원수로 하여 용서가 없었다.
 그의 검이 일단 검집을 벗어나면 살아남는 사람이 없었고, 그 결과 그는 검마라는 이름을 얻었다 하였다.
 "당년에 세검산장과 암흑마교가 충돌할 때…… 그 직접적인 원인은 검마로 인해 일어났다 하였다. 그리고 그는 세검산장의 싸움에서 암흑마교의 당주 급 고수 다섯을 죽이고 마교의 오대호법의 협공하에서 죽었다고 하는데……."
 구양천상은 자신도 모르게 괴인의 처참한 몰골을 내려다보았다. 그가 왜 저렇게 되었는지 알 수 있을 듯하였다.
 이미 죽었다고 알려졌던 희대의 검수가 이러한 모습으로 삶을 이어오고 있었을 줄이야.
 대체 그는 여기에서 무엇을 하고 있었던 것일까?
 '설마 이 검을 위하여 그가 이 폐장에서 육십 년 세월을 보냈단 말인가?'
 구양천상은 절로 자신의 손에 들린 보천신검을 쳐다보았다.
 과연 이 검에는 어떤 비밀이 숨겨져 있단 말인가.
 생각할수록 의혹은 중중(重重)하였다.

 석년(昔年)에 세검산장에서 벌어진 암흑마교와의 일전은 세상에 알려진 것보다 더 격렬하고 참혹했었다.
 가히 피가 흘러 강을 이루고 시체가 쌓여 산이 될 정도였다.
 당시 갓 서른의 검마 관산악은 암흑마교의 당주 급 고수를 다섯이나 죽이고, 마지막에 마교의 오대호법 중 셋을 죽이는 위력을 과시했다.

 하지만 그 결과, 그도 팔다리 하나씩을 잃고 그들의 손아래 전신이 분시(分屍)되는 상황 속에서 정신을 잃었었다.

 그리고 그가 정신을 차렸을 때에는 이미 그로부터 오 일이 지난 후였다.

 그의 곁에는 그의 아버지와 같은 사형 경준극이 밀랍과 같이 창백한 모습으로 죽어가고 있었다.

 그 자신 이미 중상을 입은 몸으로서 사제 관산악을 살리기 위해 무리를 하여 그는 이미 기름이 다한 등잔과 같은 상태가 되어 있었던 것이다.

 그는 관산악이 정신을 차림을 보고 죽어갔다.

 검문지보(劍門之寶)를 관산악에게 맡긴다는, 그 책임을 관산악에게 맡긴다는…… 말을 남겨두고서.

 당시의 상황으로 보아 무림의 영수(領袖)인 세검산장과 암흑마교의 충돌은 필연적인 것이었지만, 그 이면에는 또 다른 이유 하나가 존재하고 있었다.

 그것이 바로 검문지보였다.

 관산악과 경준극이 속한 검문(劍門)은 기실 강호상에는 그 이름이 알려져 있지 않은 신비문(神秘門)이다.

 세상 사람들이 검신이 스스로 일가(一家)를 이루었다고 믿고 있을 정도로 그들의 사문인 검문에 대해서는 강호상에 알려진 것이 없었다.

 검문지보라고 하는 것은 검문의 장문인을 상징하는 신패를 의미하는 것이고, 그것은 바로 구양천상의 손에 들어간 보천신검이다.
 하지만 검문지보에는 그보다 더 큰 의미가 있다고 검문에는 전해오고 있으니, 그것은 바로 검문지보가 강호흥망(江湖興亡)과 직접적인 관련이 있다고 하는 것이다.
 마교 내부에서는 그것을 어떻게 알았는지 검문지보를 손에 넣고자 하였으며, 그 결과로 충돌은 더욱 가속화되었던 것이다.
 목숨을 건지기는 하였으나, 관산악은 당장 돌아다닐 수 있는 입장도 아니었고, 검문지보가 어디 있는지에 대해서 사형에게 듣지도 못했다.
 그렇게 하여 흐른 세월이 자그마치 육십 년이었다.
 그 육십 년을 하루같이 그는 검문지보를 찾는 데 보냈으며, 사람이 세검산장에 들어올 수 없도록 하였고 필요하다면 산장에 들어온 사람을 살려 돌려보내지 않았다.
 귀보의 이름은 그로 인해 생겼다 할 수 있었다.
 그는 일방 검을 연구하고 또 한편으로는 검을 찾았다.
 그 세월은 집념과 한의 세월이라 할 수 있었다.
 피를 뿌리며 쓰러지던 친한 사람들의 모습과 불타던 산장······. 아버지와 같던 사형의 죽음은 그를 세상에서 가장 편격(偏激)한 성격을 가진 사람으로 변모케 했다.
 세검산장 멸망 이후, 그의 삶은 오로지 검문지보를 찾기 위해서 존재하는 듯했으나, 그에게는 인연이 닿지 않는 듯했다.
 그는 너무도 오랜 세월이 지난 오늘에 이르러서야 산장 내에서 검기기 솟아남을 보았고, 섬분지보가 곧 세상에 출토될 것임을 알게 되었다.

 원래 검문지보는 검신 경준극이 다급한 상황에 이르자 적의 손에 들어갈까 우려하여 검집째 목석둔입(木石遁入)의 공력으로써 대청 대들보 나무 속에다 묻어버렸던 것이다.

 경준극은 관산악을 살리기 위해 마지막 힘을 다 소모하고 죽음에 이르게 되어 그 사실을 미처 말하지 못하고 죽었으며, 그 일이 자신의 사제로 하여금 무려 육십 년의 세월을 허비케 할 줄은 상상도 하지 못했었다.

 더구나, 검마 관산악이 그 오랜 세월을 두고 찾아도 찾을 수 없었던 그 검문지보가 외인인 구양천상의 손에 들어가게 될 줄이야 어찌 생각이나 하였으랴.

 하늘의 안배(按配)는 참으로 공교로웠다.

 왜 그 많은 날, 그 많은 장소를 두고 하필이면 신검이 출토되는 그날 귀보에서 구중천의 비밀 회합을 갖게 하였으랴.

 관산악은 적의 세력이 심상치 않음을 보고 적을 경동시키지 않기 위해서 숨어 기회를 기다렸으나, 신검이 그들이 회동하는 대청 대들보에서 나타날 줄이야 생각지도 못했다.

 신검의 출토가 임박하자 그는 신검을 수중에 넣거나, 아니면 그들을 유인하여 그곳에서 끌어내기 위하여 대청에 뛰어들었다.

 하지만 그들 오대천주의 무공은 그의 상상 이상이었다.

 이미 육십 년 전에 검마라 불리던 관산악이었다.

 그의 검은 이미 궁(窮)에 이르고 극(極)을 바라보고 있었지만 그 가운데에는 결정적인 장애가 있었으니, 그것은 그가 육십 년 전에 입었던 내상이다.

그 내상은 악마의 손길과 같이 그를 괴롭히고 있었으며, 조금의 무리도 허용치 않았다. 무리를 한다면 내상이 발작하여 치명적인 결과가 빚어지게 되는 것이다.

관산악은 오대천주의 협공 속에서 이미 내상을 입었음에도 그들을 귀보 밖으로 유인해 내고 몸을 빼내어 대청으로 돌아오는 데 성공할 수 있었다.

그것은 그의 능력일 뿐만 아니라, 귀보 일대를 속속들이 알고 있기에 가능한 일이었다.

하지만 돌아온 그는 어떤 괘씸한 놈이 어부지리(漁父之利)를 하고 있음을 볼 수 있었다.

오로지 그 검을 위해 살아온 관산악이었다.

눈에 보이는 것이 있을 리 없었다.

그는 내상이 발작하는 것은 돌아보지도 않고 모든 힘을 다해 구양천상을 공격했다.

그것은 이미 구중천의 천주들을 공격하는 것과는 달리 생명을 내건 것이었다.

그러나 구양천상의 무공 또한 그의 상상을 뛰어넘고 있었다. 그는 구양천상의 강력한 반격에 승기(勝機)를 잡은 상태에서 누르고 눌러두었던 내상이 발작하고 만 것이다.

이미 발작하기 시작하고 있던 내상은 구양천상을 무리하게 공격하면서 폭발하여 그의 모든 것을 결딴내어 버린 것이다.

하늘이 사람을 희롱함은 이와 같다.

진인사 대천명(盡人事待天命)뿐만 아니라, 일은 사람이 하지만 그 일이 이루어지고 않는 것은 하늘에 달려 있다는 모사재인 성사재천(謀事在人成事在天)이라는 말 또한 그러하기에 생긴 것이 아니겠는가.

그가 눈을 감을 수 없었음은 당연했다.

第十四章

의운중중(疑雲重重)
―의문의 그림자는 강(江)물처럼 깊어만 가고…….

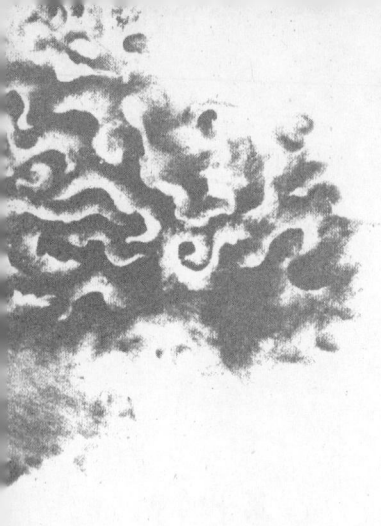

풍운고월
조천하

지난날의 사정을 다 알 수는 없다.

하지만 그 짐승 가죽 책에 쓰인 검마 관산악의 이름을 보고 구양천상이 잠시 망연한 표정을 짓고 있을 때였다.

"실로 대담하기 짝이 없군요. 언제까지 그러고 있을 작정인가요?"

얼음을 뱉어내듯 싸늘한 어조의 음성이 그의 등 뒤에서 들려왔다. 누가 그의 행동을 지켜보고 있었다는 것은 실로 놀라운 일이다.

하지만 구양천상의 행동은 침착하여 조금도 그러한 것이 느껴지지 않았다.

그의 뒤쪽 무너진 담장, 갈대가 키를 넘도록 자라 있는 그 어둠 속에 한 사람이 그림자처럼 서 있음이 보였다.

"태음천주……."

구양천상이 나직이 중얼거렸다.

그와 불과 십여 걸음 떨어진 곳에 서서 그를 쏘아보고 있는 것은 정말로 태음천주 음약화였다.

검마 관산악도 태음천주만은 떼어놓지 못한 모양이었다.

구양천상은 그녀의 기색으로 보아 그녀가 이곳에 당도한 것이 방금이 아님을 알 수 있었다.

"당신의 운수는 실로 나쁘다고 할 수가 없군요. 전설의 귀보지검(鬼堡之劍)마저 당신의 손으로 들어갔으니…… 어쩌면 당신은……."

그녀는 말을 하다가 갑자기 입을 다물면서 고개를 저었다.

구양천상은 그녀가 나직이 탄식하는 소리를 들을 수 있었다.

"가능치 않은 일이야…… 이제 호겁(浩劫)은 돌이킬 수 없어……."

그 소리는 너무도 낮아 독백(獨白)과 같았으며, 만년옥장을 복용하기 전의 구양천상이었다면 절대로 들을 수 없을 정도였다.

태음천주 음약화는 아미를 찡그려 다시 안색을 얼음처럼 굳히면서 구양천상을 보았다.

그녀는 자신을 바라보고 있는 구양천상의 기색이 물과 같이 조용함을 보고는 의외인 듯, 가볍게 코웃음 치더니 그대로 몸을 돌려 천천히 걸어가기 시작했다. 드리워진 검은 옷자락이 가볍게 흔들리는 가운데 느린 듯 보이는 그녀의 걸음은 실로 놀랍도록 빨랐다.

하지만 그녀의 걸음은 다음 순간에 멈추어져야 했다.
구양천상이 어느새 그녀의 앞에 나타나 있었던 것이다.
태음천주는 구양천상을 쏘아보았다.
"나를 막을 생각인가요?"
구양천상은 조금도 망설이지 않고 담담한 어조로 말했다.
"필요하다면……."
"……."
태음천주는 어이가 없는 듯 멍청히 그를 쳐다보았다.
그리고 그녀는 차갑게 코웃음 쳤다.
"과연 당신에게 그러한 능력이 있나 봐야겠군!"
그녀는 번개처럼 옥장을 내밀었다.
경사(輕紗)와 같은 엷은 그녀의 검은 옷자락이 펄럭이면서 은어와 같이 희고 고운 그녀의 다섯 손가락은 바람과 같이 구양천상의 어깨를 잡아오고 있었다.
이미 그 여린 손에 어떠한 위력이 있는지 절실히 체험했던 구양천상이다.
그럼에도 그는 그 자리에서 조금도 움직이지 않고 자신에게 닥쳐드는 그녀의 손을 보고 있을 뿐이었다.
어떻게 보면 그녀의 움직임을 보지 못한 것 같기도 하고, 달리 생각하면 피할 수 없다고 체념을 하고 있는 듯하기도 하다.
의아한 듯 태음천주가 막 구양천상의 어깨를 움켜쥐려는 손의 속도를 늦추려 할 때, 돌연 구양천상의 어깨가 미묘하게 흔들렸다.
동시에 그의 신형은 버들가지와 같이 반걸음을 물러났는데, 이미 그녀의 손을 반 치 차이로 아슬아슬하게 벗어나 있었다.

'이럴 수가!'

태음천주는 깜짝 놀라 안색이 대변했다.

그 순간에 구양천상이 오른손을 쳐들었는데, 그의 손이 채 닿기도 전에 완맥이 끊어질 듯 아파옴을 느꼈던 것이다.

그의 이 한 수는 실로 놀랍기 짝이 없어 태음천주는 손을 거두며 한 걸음 물러나지 않을 수 없었다.

"당신은……?"

경악한 그녀가 채 말을 잇지 못하자 구양천상은 그녀에게 손을 들어 가볍게 포권하여 보였다.

"마지막 순간에 사정을 두어 양보해 주었으니 고맙소."

"……."

태음천주는 말없이 그를 쳐다보다가 천천히 고개를 저었다.

"정말 알 수 없는 사람이군요…… 세상 사람들은 어쩌면 당신을 너무 과소평가하고 있는지도 모르겠어요."

구양천상은 쓰게 웃었다.

"본인은 능력에 비해 너무 과대평가를 받고 있어 항시 곤혹스러움을 금할 수 없소……."

태음천주는 기이한 눈빛으로 구양천상을 잠시 쳐다보더니 고개를 흔들며 낮고 빠른 어조로 말했다.

"당신이 어떻게 알고 여기에 왔는지는 모르겠지만, 쓸데없는 생각 말고 어서 이곳을 벗어남이 좋을 거예요. 본 천의 사람들은 아직 이 일대를 수색하고 있으며, 곧 이곳으로 되돌아올 거예요. 그렇게 된다면…… 당신은 가고 싶어도 갈 수 없어요!"

구양천상은 그녀를 보았다.
그처럼 무섭던 태음천주였다.
한데, 그녀가 왜 자신에게 호의를 보이는 것일까?
그는 조용히 말했다.
"나 역시 이곳에 오래 머물고 싶은 생각은 없소. 천주에게 한 가지 대답만 들을 수 있다면, 나는 바로 떠날 생각이오."
태음천주의 눈빛이 싸늘히 굳어졌다.
"정말 분수를 모르는군요? 당신이 본신의 능력을 어디까지 숨기고 있는지는 모르겠으되, 당신의 능력으로는 그들 중 어느 누구도 상대해 낼 수 없어요!"
구양천상은 여전한 어조로 말했다.
"구중천의 천주가 무섭다는 것은 이미 경험했소."
태음천주 음약화가 어이가 없는 듯 말했다.
"내가 당신을 막지 아니하거늘, 당신이 나를 막아서다니……."
구양천상은 그녀의 말을 듣지 못한 듯 말하였다.
"본 가의 가주는 구중비를, 그 비밀을 알아내기 위하여 강호로 나왔으며, 그의 능력으로 보아 아마도 이미 구중천의 존재를 알아내었을 것이오. 그는 지금 어디 있소?"
구양천상의 물음에 태음천주는 눈살을 찌푸렸다.
"그의 행방을 왜 나에게 묻나요?"
구양천상은 침착히 말했다.
"천주가 나와 처음 만나던 날, 나에게 한 말 중에는 그의 행방을 안다는 뜻이 분명히 포함되어 있었소. 지금에 이르러 그의 행방을 숨길 필요는 없을 것이라고 생각하오."

태음천주는 구양천상을 바라보고 있다가 천천히 입을 열었다.
"내가 그를 본 것은……!"
그녀는 말을 하다가 돌연 번개처럼 몸을 움직이며 손을 내밀어 구양천상을 쳐왔다.
검은빛 옷자락이 암흑의 나래와 같이 펄럭이는 가운데 그 속에서 뻗어 나오고 있는 옥장(玉掌)의 속도는 놀랍기 이를 데 없어 그것을 본 구양천상은 가슴이 철렁했다.
어찌 그렇지 않으랴!
저것이야말로 용문에서 그를 사경(死境)에 이르게 하였던 그 무서운 태음신공장(太陰神功掌)이었던 것이다.
전과 다른 그녀의 태도에 조금은 방심하고 있던 구양천상은 그야말로 머리끝이 곤두서고 말았다.
한데 그 순간이다.
"나의 일장을 막는 척하면서 빨리 이곳을 빠져나가도록 해요! 그들이 돌아왔어요!"
모깃소리와 같은 태음천주의 전음입밀지성(傳音入密之聲)이 다급히 그의 귓전을 파고드는 것이 아닌가.
일 장 칠팔 척에 이르고 있던 그녀와의 거리는 이미 사오 척으로 좁혀져 있었다.
찰나간에 그녀의 눈을 본 구양천상은 순간적으로 대갈일성(大喝一聲)하면서 그녀의 장세를 향해 전력을 때려냈다.
무서운 장세가 쏴쏴, 세찬 바람 소리를 휘몰며 일어나 그녀를 향해 몰려갔다.
"당신은……!"

그 장세에 태음천주가 놀라 전음으로 외치다가 손을 번뜩여 재차 일장을 쳐내는 순간에 구양천상의 입에서 우렁찬 웃음소리가 밤하늘을 울리며 터져 나왔다.

"으하하하…… 후일 기회가 닿는 대로 가르침을 다시 받도록 하고, 오늘은 바쁜 일이 있어 먼저 실례하겠소!"

동시에 두 사람의 장세가 마주쳤다.

펑, 하는 소리가 터짐과 함께 그처럼 위맹하던 구양천상의 장세가 거짓말처럼 사라지면서 그의 신형이 돌연 빛살과 같이 허공으로 떠올랐다.

"사흘 후, 용문 고양동(古陽洞)에서 자시(子時:밤 열한 시에서 한 시)에 기다리겠소!"

구양천상의 전음이 태음천주의 귀에 들릴 때 그의 신형은 태음천주의 장세에 힘입어 비조(飛鳥)와 같이 이미 십칠팔 장을 가로질러 날아가고 있어 실제로 태음천주가 그를 추격하려 해도 가능치 않을 정도였다.

"저 사람은 대체……."

기이한 빛이 일렁이는 눈으로 밤하늘을 가로질러 사라져 가는 구양천상의 뒷모습을 그녀가 바라보고 있을 때였다.

"뭐가 그리 바빠서 서두르는가?"

고막을 찌르는 웃음소리와 더불어 검은 그림자 하나가 반쯤 허물어진 전원 누각 지붕 위에서 날아올라 구양천상의 앞을 가로막아 왔다.

원래 구양천상은 그녀가 자신을 공격해 올 때에 이미 누군가가 다가오고 있음을 알고 있었기에 그녀의 눈을 보고서 그녀의 행동이 계략이 아님을 믿고 움직였던 것이다.

하지만 나타난 것은 평범한 고수가 아니라 구중천 제육천인 태양천주였다.

호통 소리와 함께 두 사람의 신형이 허공에서 번개처럼 돌아가더니 요란한 소리와 더불어 두 사람이 실 끊어진 연과 같이 땅으로 내려섰다.

구양천상은 땅으로 내려서자마자 차갑게 외쳤다.

"이번에는 나의 일장을 받아보아라!"

구양천상은 손으로 반원을 그리며 일장을 공격해 갔다.

"얼마든지!"

태양천주는 크게 웃으며 마주 일장을 갈겨갔다.

주위에 서서히 사람의 그림자가 움직이고 있었다.

펑!

폭음이 두 사람의 가운데에서 일어나면서 구양천상은 충격을 견디지 못하고 비틀거리면서 두 걸음 물러났다.

태양천주는 어깨를 비틀하고는 숨 쉴 사이도 없이 크게 고함치며 다시 공격해 왔다.

그의 장심에서 붉은빛이 번뜩이며 타는 듯한 열기가 구양천상의 전신을 덮어왔다.

그것을 다가오며 지켜보고 있던 태음천주의 눈빛이 흔들렸다.

'태양천주의 화운장력(火雲掌力)은 무림독보의 기문공력(奇門功力)이다! 채 중심도 잡지 못한 그는 도저히 그의 일격을 받아낼 수 없을 것이다……'

그녀의 생각이 끝나기도 전이었다.

갑자기 장중에서 요란한 폭음이 터지면서 우렁찬 웃음소리가 울려 퍼졌다.
 "으하하하…… 태양천의 천주 또한 그렇군!"
 동시에 한 사람이 장세의 회오리 속에서 번개처럼 날아오르더니 사오 장 밖에 있는 담장을 넘어갔다.
 같은 순간에 한 사람이 신음 소리를 내며 쿵쿵 뒤로 물러나고 있는데, 그는 바로 조금 전까지 결정적인 승기를 잡았던 것으로 보이던 태양천주였다.
 그는 가볍지 않은 충격을 받은 듯 휘몰아치는 경풍 속에서 겨우 중심을 잡더니 그의 앞에 당도한 태음천주를 보며 이를 갈았다.
 그리고 그가 뭐라고 입을 열려고 하는 순간이었다.
 "으악……."
 구양천상이 넘어간 담장 너머에서 단말마의 비명이 연이어 들려왔다.
 그 소리가 놀랍도록 빠른 속도로 이어지고 있음을 보아 구양천상이 진행하고 있는 앞을 가로막던 사람들에게서 터져 나오는 것이 틀림없었다.
 "본좌의 친위대……."
 막 입을 열려던 태양천주는 발로 땅을 구르더니 바람처럼 담상을 넘어갔다.
 칠팔 명의 흑의인이 이미 황폐해진 정원의 잡초 더미 가운데 쓰러져 있음을 발견할 수 있었다.
 그리고 이미 사라져 있어야 할 구양천상은 담장에서 십여 장 정도 떨어진 곳에 우뚝 서서 앞을 바라보고 있었다.

그의 앞에는 한 사람의 복면인이 차가운 빛이 번뜩이는 검을 가슴 앞에 세우고 있는데, 그는 바로 구중제칠천인 금성천주였다.

아마도 태양천주의 친위대를 물리치고 몸을 날리던 구양천상이 금성천주의 제지에 부딪친 듯했다.

그것을 본 태음천주는 가슴이 섬뜩했다.

'금성천주의 검도는 군주의 친전(親傳)을 받아 이미 상승(上乘)의 경지에 도달해 있다…… 금성천주와 태양천주라면 그는 이곳을 벗어날 가능성이 없다!'

그 광경에 태양천주가 소리쳤다.

"그를 놓쳐서는 아니 되오!"

그의 신형이 천마(天馬)와 같이 허공을 가로지르면서 구양천상을 향해 날았고, 태음천주 음약화의 신형도 검은 옷자락을 펄럭이며 그 뒤를 따랐다.

그 순간이었다.

"길을 비켜라!"

구양천상이 천둥과 같이 소리치면서 가슴에 검을 세우고 있는 금성천주를 향해 덮쳐 갔다.

"능력이 있다면 길은 언제라도 비켜줄 수 있다!"

싸늘한 호통, 동시에 금성천주의 가슴에 세워져 있던 보검이 찬란한 검광을 쏟아내면서 구양천상의 가슴을 노리고 일직선으로 무찔러 왔다.

그 속도는 신속무비하기 이를 데 없어서 가히 전광석화와 같앉다.
 그런데 태음천주는 그가 가슴에 세웠던 검을 찔러냄과 동시에, 구양천상의 허리께에서 용이 신음하고 범이 울부짖는 듯한 음향이 일어나면서 눈부신 검광 한줄기가 뻗어나는 것을 볼 수 있었다.
 검을 씀에 있어 가장 중요한 것이 정(靜)과 정(定)이다.
 이 두 가지가 안정되어 있어야 정기신(精氣神)이 하나가 될 수 있는 것이다.
 무서울 정도로 가라앉아 있던 금성천주의 눈빛이 그 광경을 보고 돌변했다.
 순간,
 쨍! 쨍그렁…… 째앵……!
 찔러내었던 금성천주의 검과 구양천상의 허리께에서 뻗어나간 검광이 격돌했다.
 그것은 마치 두 줄기 번개가 맞부딪친 듯 흉험무비하여 보는 사람의 간담을 떨리게 할 정도였다.
 "윽……!"
 이를 악무는 신음 소리가 나직이 들려오며 그처럼 찬란히 일어났던 검광이 한순간에 씻은 듯이 사라졌다.
 "……"
 그리고 그 자리에 내려선 태양, 태음천주는 괴이한 신색이 되어 입을 다물었다.
 방금까지 무서운 일대의 격돌이 벌어진 그 자리에 남아 있는 것은 금성천주뿐이었다.

구양천상은 어디로 가버렸는지 보이지 않았다.
그는 망연(茫然)한 표정으로 자신의 검을 바라보고 있는데, 어둠 속에 차가운 검광을 뿌리고 있는 그의 검은 마치 톱날과 같이 대여섯 군데나 이가 빠져 있었다.
그의 눈은 무섭게 떨리고 있었다.
그는 상당한 충격을 받은 듯, 얼굴의 복면이 검기에 베어져 선혈이 복면을 적시며 가슴께로 흘러내리고 있음조차 느끼지 못하고 있는 듯했다.
구양천상은 단 한 순간에 두 사람의 절세고수를 연파하고는 사라져 버린 것이다.
태음천주는 자신의 눈을 믿을 수 없었다.
'있을 수 없는 일이다! 그가 나에게 그처럼 당한 것이 언제인데…… 그 상세조차 아직 제대로 치료되지 않았어야 정상인데 어찌 이와 같은 능력을 보일 수 있단 말인가? 이것은 절대로 그날 그가 보인 능력이 아니다…….'
그녀는 아무리 생각을 해도 영문을 알 수 없었다.
쏴아—
한 가닥 바람이 서 있는 세 사람의 옷자락을 제법 세차게 흔들었다.
그 바람에 정신을 차린 듯 금성천주는 자신의 검에서 시선을 떼다가 통증을 느낀 듯이 손을 들어 복면을 만지다가 볼에 통증과 함께 손에 피가 묻음을 보고 이를 악물었다.
그가 손에 검을 쥔 이래 어찌 이러한 결과를 맞이할 것을 생각이라도 해보았으랴.

그때였다.

"그가 누구인지 알고 있소?"

쇳소리와 같은 귀에 거슬리는 음향이 들리며 대꼬챙이처럼 마른 괴인이 나타났다.

구중제삼천인 진성천주였다.

그의 눈길을 받은 태음천주 음약화가 말했다.

"하좌는 그 잔지괴인의 뒤를 추적해 왔다가 그를 발견한 것이 먼저였을 뿐, 그에 대해 알아낸 것은 아무것도 없습니다."

그녀의 말에 진성천주는 눈살을 찌푸렸다.

그들은 구양천상이 누구인지 짐작조차 가지 않는 것이다.

그럴 수밖에 없는 것이, 구양천상은 특색없는 야행의를 걸친 데다 얼굴마저 가렸으니 단서가 될 만한 것이 있을 리가 없는 까닭이다.

게다가 그의 무공이 너무 높아 그가 구양천상이리라고는 꿈에도 생각할 수가 없으니, 의혹만 깊어갈 뿐이었다.

'그 괴인의 무공만 하더라도 이미 강호를 떨어 울리고 남음이 있었다…… 한데, 또 어디에서 그와 같은 고수가 나타난 것일까? 그들의 무공이 놀라운 것은 차치하고서라도 가장 우려되는 것은 그들의 내력을 짐작조차 할 수 없음이다…….'

눈살을 찌푸리고 생각에 잠겨 있던 진성천주는 금성천주의 검을 일별(一瞥:한 번 스쳐 봄)하더니 그를 향해 물었다.

"그의 무공 내력을 알아낼 수 있었소?"

금성천주는 머리를 흔들었다.

"그의 검은 매우 괴이하여 들어본 적이 없는 것이었소이다. 그저 빠르기만 할 뿐…… 아무리 생각을 해도 그가 어떤 변화로 나의 일 검 칠 초를 막아내고 나를 격퇴하였는지 알 수가 없소. 만에 하나, 그의 검도가 완성된 것이었다면 일이 이 정도에서 끝나지 않았을 것이오이다……."

"그것은 무슨 뜻이오?"

진성천주의 물음에 금성천주는 뱉어내듯 말했다.

"그의 검술이 아직은 미숙하다는 말이오이다!"

"미숙?"

진성천주가 어이없는 듯 금성천주의 얼굴에서 흘러내리고 있는 피와 톱날이 된 그의 검을 바라보자, 금성천주는 검을 거두면서 냉소했다.

"내가 당한 것은 그의 검술이 고강해서라 아니라, 그의 검이 너무도 예리하였기 때문이오. 만약, 거기에 더해 그의 검술이 경지에 이른 것이었다면 나의 검은 이가 빠지는 것이 아니라 완전히 동강이 나버렸을 것이고, 나의 얼굴은 이런 상처가 아니라, 두 쪽이 나버리고 말았을 것이외다!"

그의 말에 진성천주는 입을 다물고 잠시 생각을 더듬는 듯하더니 중얼거렸다.

"그렇다면…… 그들의 말이 과연 사실이란 말인가? 전설 중의 귀보지검이 현세(現世)한 것이란 말일까?"

귀보에 한 자루의 신검이 숨겨져 있다는 말이 나돈 것은 이미 어제오늘의 일이 아니었다.

그러한 유혹이 없다면 사람들이 죽음을 무릅쓰고서 귀보에 오지 않았을 것이었다.

그러나 그 일은 육십 년이란 세월이 흐르면서 사람들의 뇌리에서 잊혀져 가고 있었다.

진성천주는 오늘 귀보에 침입한 사람들 중 몇을 잡아 그들이 누구며 무엇 때문에 귀보에 왔는가를 물어보았었다.

그들은 흑백양도의 고수였으며, 모두의 대답은 한결같았다.

얼마 전부터 귀보 방면에서 검기가 솟아나고 있다는 소문이 있어서 근처에 왔다가 검기를 보고 침입했다는 것이다.

진성천주는 생각에 잠겨 있다가 세 사람을 둘러보면서 입을 열었다.

"이 일은 군주각하께 품고(稟告)하겠소. 일단은 그의 신분을 알아내는 데 주력하도록 하시오. 어쩌면…… 그의 존재가 문제가 될는지도…… 아니, 문제가 될 것이오!"

그는 단정하듯 말했다.

第十五章

금검고사(金劍故事)
―위대한 기인(奇人)의 행적은 잊혀지지만
한 사람의 사기꾼은 그를 잊지 않고 있다

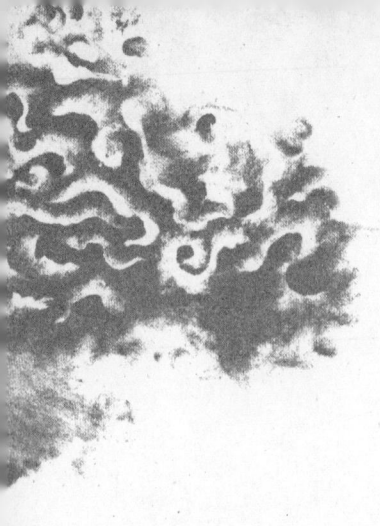

풍운고월
조천하

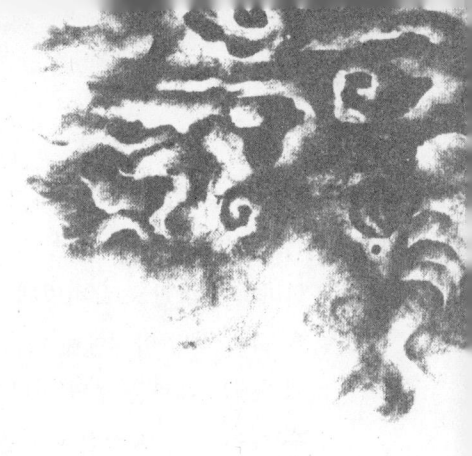

초여균 추여개(草如菌 秋如蓋)
풍위상 수위패(風爲裳 水爲珮)
유벽차 구상대(油壁車 久相待)
냉취촉 노광채(冷翠燭 勞光彩)
귀보중 고분회(鬼堡中 孤墳晦)
풀은 수레의 보료고 솔은 수레의 덮개로다
바람은 옷의 소리이며 물은 패옥의 소리이다
유벽(油壁)의 수레는 영원히 기다리고 있으니
차갑고 파란 촛불은 애타게 깜박인다
귀보(鬼堡) 가운데 외로운 무덤 어둡도다

귀보의 밤은 점점 깊어가고 있었다.

이미 귀보 일대에 매복하고 있던 구중천의 고수들이 철수한 지 도 오래되었다.

한바탕의 소란으로 비명에 간 원혼(冤魂)들이 늘어난 귀보의 어둠은 희미한 달 아래에서 더욱 괴기롭기만 하다.

거기에는 새로운 무덤 하나가 늘어나 있었다.

흙 덮이고 돌 눌러진 무덤은 아무도 알아볼 수 없게 되어 있으며, 이름조차 없다.

하지만 그 무덤은 무너진 담장 너머 커다랗게 존재하고 있는 세검산장 가솔들의 합총(合塚)을 바라볼 수 있었다.

'오늘은 이렇게 해드릴 수밖에 없음을 양해하여 주십시오. 소생이 시간을 낼 수 있다면, 후일 사람을 보내서라도 다시 모시겠습니다.'

이름없는 무덤 앞에 서서 고개를 숙이고 있는 사람이 있다.

허리께에 길게 늘어진 보천신검.

그는 바로 구중천의 천주들을 물리치고 귀보를 벗어나던 구양천상이었다.

그가 귀보를 벗어난 것은 겉보기였을 뿐이다.

그는 귀보를 벗어나자마자 뒤로 돌아 다시금 귀보에 숨어들어와 있는 상태였다.

구중천의 천주들은 누구도 그가 다시 돌아와 그들의 뒤에 숨어 있을 것임은 생각지 못했다.

그들이 웅이산 일대를 수색하여 나아갈 때 구양천상은 잔지괴인, 검마 관산악의 시체를 거두어서 그의 무덤을 만들어주었다.

구양천상이 귀보로 다시 돌아온 가장 큰 이유는 그들의 이목을 피하기 위해서가 아니라, 검마 관산악의 시신을 수습하기 위해서였던 것이다.

그가 은밀히 무덤을 만들고 잠시 그의 무덤 앞에서 그의 명복을 빌어주고 있을 때, 희미하게 주위를 밝혀주고 있던 잔월(殘月)의 달빛이 갑자기 그 빛을 잃은 듯 어두워졌다.

그리고 한줄기 미친 바람[狂風]이 세차게 하늘로부터 불어오기 시작하였다. 광풍을 이기지 못하고 흙먼지가 풀포기와 더불어 사위를 가리며 휘말려 올랐다.

'이상하다!'

구양천상은 본능적으로 상황이 심상치 않음을 깨달았다.

그 광풍과 어둠이 유독 자신이 있는 부근으로만 불어오고 있음을 느낀 것이다.

"아……!"

무의식중에 하늘을 올려다본 구양천상의 입에서 놀람의 탄성이 터져 나왔다.

거대한 그림자 하나가 무서운 속도로 그를 향해서 달빛을 가리며 하늘로부터 떨어져 내려오고 있었던 것이다.

번뜩이는 빛이 갈고리와 같이 폭풍과 같은 기세로 그를 향해 떨어져 내렸다.

'이게 뭐야?'

얼핏 그 그림자를 알아본 구양천상은 대경실색하여 번개처럼 튕겨나듯이 옆으로 물러났다.

쏴아아…….

세찬 바람이 태풍과 같이 사방을 휘몰며, 공격 목표를 잃은 그 그림자가 허공에서 한 바퀴 도는 사이에 몸을 돌려 다시 구양천상을 덮쳐 왔다.

그것은 놀랍게도 한 마리의 거대한 백학(白鶴)이었다.

활짝 펼쳐져 있는 한쪽 날개의 길이만도 이 장(二丈)은 되어 보이니, 그 크기야 말해 무엇 하랴.

거대한 백학은 구양천상이 자신의 첫 번째 공격을 피해내자 드높게 울면서 두 다리로 구양천상의 양 어깨를 잡아왔다.

발가락은 거대한 집게와 같고, 번뜩이는 발톱은 보검의 날을 보는 것만 같았다.

구양천상은 자신을 습격한 것이 백학임을 보고 일장을 때려내면서 준엄히 소리쳤다.

"물러나라! 어찌 한낱 미물이 사람을 공격하는 것이냐?"

구양천상의 손에서 막강한 경기가 토해지자 백학은 놀란 듯 세차게 날개를 휘저어 그에 맞서왔다.

팍!

세찬 경기가 일어나면서 구양천상은 그 백학의 날개가 마치 쇠철판과 같아 자신의 팔이 저려옴을 느끼고 내심 크게 놀랐다.

더구나 백학의 그 갈고리와 같은 발톱은 여전히 자신을 공격해 오고 있는 것이다.

그 기세는 흉험무비하여 절대로 얕볼 수 없었다.

"네가 이처럼 방자하니, 그냥 둘 수 없다!"

구양천상은 안색을 굳히며 줄에 꿴 듯 부챗살과 같은 기이한 지력을 칙칙 소리를 일으키며 쏘아냈다.

끼이악…….

한소리 부르짖음과 함께 백학이 사방으로 깃털을 뿌려대며 불끈 하늘로 날아올랐다. 세찬 바람이 사방을 휘몰았다.

자신의 머리 위로 날아오르는 백학을 보고 구양천상은 의아함을 금할 수 없었다.

저와 같이 엄청난 크기의 학은 그가 지난날 명산대천을 다 돌아다녀 보았지만 본 것 같지 않았다. 저러한 크기라면 아무리 특별한 피를 받았다 하더라도 수백 년, 혹은 천 년 이상 살아온 영물(靈物)일 것이다.

한데 그러한 영물이 왜 난데없이 나타나서 자신을 공격하는 것일까?

날아올랐던 백학은 까마득히 높은 하늘에서 그가 생각을 굴릴 여가도 없이 날개를 접고 그를 향해 다시 내리꽂히고 있었다.

그 기세는 이미 좀 전과 다른 듯하였다.

그때였다.

"백아(白兒), 무례히 굴지 말고 어서 물러나지 못하겠느냐?"

어디선가 심금을 울리는 창노한 음성이 어둠을 뚫고서 들려왔다.

끼룩…… 끼룩…….

그 소리가 들려오자, 그처럼 쏜살같이 내려 쏘아져 오던 백학은 날개를 퍼덕이며 구양천상과 오륙 장 정도 떨어져 있는 담벽 위에 내려앉았다.

붉은 머리[丹頭]에 맑은 듯하면서도 빛나는 눈, 긴 부리와 백설 같은 깃털로 둘러싸인 그 모습은 가히 선학(仙鶴)이라 불릴 만했다.

백학이 날개를 접고 내려앉는 것과 함께 장내에는 한 사람의 백발도인(白髮道人)이 나타났다.

팔괘도포에 우의(羽衣)를 걸치고 손에는 은빛이 흐르는 긴 불진(拂塵)을 들었으며, 머리에 쓴 구량관(九梁冠) 아래의 눈썹과 수염, 그리고 머리카락은 희다 못해 은빛이 되어 그의 가슴으로 늘어져 있었다.

"좋아…… 좋아……."

백발도인은 자애한 눈으로 구양천상을 잠시 바라보더니 미미하게 고개를 끄덕였다.

그는 의미를 알 수 없는 말을 중얼거리고는 구양천상을 향해 한 손을 들어 보였다.

"백아가 무례히 군 점…… 노도(老道)가 사과를 드리겠소…… 무량수불……. 이 녀석은 수백 년의 수도를 쌓았음에도 불구하고 아직도 성미가 급하여……."

그의 창노한 음성에 구양천상은 황급히 답례하였다.

저러한 학을 기를 수 있는 사람이 어찌 평범한 사람이랴.

더구나 그의 태도와 기품은 가히 선풍도골(仙風道骨)의 그것이었다.

백발도인은 옷자락을 가볍게 펄럭이는 사이에 서서히 앞으로 다가와 구양천상이 가산 밑에 만들어놓은 검마 관산악의 무덤을 바라보더니 나직이 탄식했다.

"다시는 속세의 일을 상관하지 않으려 했건만, 그로 인해 너희들이 이러한 결과를 맞이하게 될 것을 내 어찌 알았으랴……."

그의 중얼거림에 구양천상의 심중에는 일진의 진동이 일어났다.

그는 어떻게 거기에 무덤이 있음을 알았으며, 그의 중얼거림은 또 무엇을 의미하는 것인가?

백발도인은 시선을 거두어 구양천상을 보았다.

그의 깊고 유현(幽玄)한 눈은 고뇌에 차 있는 듯하였다.

구양천상이 물었다.

"여기에 묻히신 분을 아십니까?"

백발도인은 길게 탄식하였다.

"무량수불…… 하아…… 그 아이를 모른다면 노도가 어찌 지난 칠십 년의 청수(淸修)를 깨고 다시금 속세의 일에 뛰어들었으리오? 그 아이가 말한 검의 주인이 바로 노도(老道)라오……."

그의 말에 구양천상은 내심 놀라지 않을 수 없었다.

백발의 도인은 고개를 설레설레 젓고는 다시 말했다.

"노도는 악아(岳兒)가 그대에게 사후를 부탁하고 죽어갈 때부터 줄곧 이 자리에서 모든 것을 지켜보고 있었소……."

그 말의 의미는 너욱 놀라웠다. 그런데도 그의 기척을 느끼지 못했다면 그의 능력은 과연 어느 정도인가?

그는 말끝을 흐리더니 백설같이 센 눈썹을 미미하게 찡그렸다.

"그 책임을 그들에게 맡기지 말았어야 했는데…… 그들이 이 비참함은 모두가 노도의 잘못으로 인한 것이라 해도 틀린 말이

아니오…….''

그는 구양천상의 허리에 걸려 있는 보천신검을 보더니 말했다.

"그 검을 얻은 후에 그대가 보인 광명정대한 행동은 아무나 할 수 있는 것이 아니었소. 나의 두 사질(師姪)은 비명에 갔지만, 악아가 말하였듯이 그들의 운은 마지막에 가서는 나쁘지 않았었소. 그대와 같은 젊은 기인을 만나 후사를 부탁할 수 있었으니 말이오.''

"과찬의 말씀을…….''

구양천상은 손을 모아 포권하여 보이면서 말했다.

"그러시다면…… 선장(仙長:늙은 노인의 존칭)께선 그분들의 사문존장(師門尊長)……?''

백발노도인은 나직이 탄식했다.

"노도에게 어찌 그들의 사백이 될 자격이 있겠소? 한낱 사정(私情)으로 인해 사문의 후대를 끊어놓은 마당에…….''

그의 어조는 무엇인가 복잡한 일이 있었음을 의미하고 있었다.

구양천상은 그의 미간에 그늘이 어림을 보고는 입을 열었다.

"선장께서 검의 주인이시라면 마땅히 검을 돌려드려야 옳겠지만, 이 검은 소생이 고인의 유탁(遺託)을 받은 것이니 확인을 할 때까지만 소생이 잠시 더 맡아 가지고 있겠습니다. 양해하여 주십시오.''

그의 말에 백발도인은 조용히 웃었다.

"마음이 움직이면 뜻이 따라서 동하는 것이니, 절차가 중요한 것이 아니지. 그대에게 인연이 있다면 검이 그대에게 머물러도 좋을 것이오……."

구양천상은 분명히 말했다.

"지키지 않을 약속을 하였다면 돌아가신 분을 욕되게 하는 것이 될 것입니다. 필요에 따라 변할 수 있는 것은 이미 약속일 수 없습니다. 소생에게는 사욕이 없습니다."

백발노도인은 그의 말에 소리내어 웃었다.

그리고 그는 말했다.

"장강(長江:양자강)의 뒷물결이 앞 물결을 밀어냄은 어제오늘의 일이 아니라 만고불변의 진리임을 노도는 오늘 또 보았군……. 수천 리를 날아온 것이 결코 헛걸음은 아니었도다……."

그는 정색을 하더니 입을 열었다.

"그대가 얻은 검은 노도가 한 분의 방외지우(方外之友)로부터 부탁받은 것이오. 그 검의 내력을 알고 있소?"

구양천상은 가볍게 포권하였다.

"하교를 부탁드립니다."

백발의 노도인은 담 벽에 앉아 부리로 날개를 다듬고 있는 백학을 보며 말했다.

"백아, 너는 지금부터 이 일대를 살펴 사람이 접근하면 나에게 알리도록 하여라."

그의 말에 백학은 날개를 한 번 푸드득거려 보이고는 세찬 바람을 일으키면서 하늘로 날아올랐다.

백학이 까마득한 하늘로 치솟아 선회하는 것을 보고 백발의 노도인은 구양천상을 보았다.
"금검지존(金劍至尊)에 대해서 들어본 적이 있는가?"
"……!"
구양천상의 전신에 한차례 떨림이 일어났다.
그의 행동으로 보아 심상한 말을 하지 않을 것은 알았다.
하지만, 그의 입에서 금검지존의 이름이 나오다니…….
"말씀하시는 분이 백여 년 전…… 그 어른을 말씀하시는 겁니까?"
백발노도인은 천천히 고개를 끄덕였다.
"바로 그를 말하는 것이지……."
백발노도인의 말에 여운이 깔렸다.

금검지존(金劍至尊)!
그 이름은 하나의 아득한 전설이다.
이제는 그가 과연 실제로 존재했던 인물인가마저 분명치 않을 정도로 그는 신화적인 인물이다.
전하는 말에 따르면 백여 년 전의 무림은 공전절후(空前絶後)의 일대 겁난에 휩싸여 있었다고 하였다.
적아를 분간할 수 없으며 어제의 친구가 오늘의 원수가 되고, 흑도백도가 서로를 무차별 공격하고 다음날이면 백도가 백도를 공격하고…… 흑도가 흑도를 멸하니…….
그 참상이야말로 무림 종말의 아비규환이라 하지 않을 수 없었다.
천하가 그러한 도탄에 빠지게 된 것은 오직 한 사람 때문이라 전해진다.
 그의 이름은 천면인마(千面人魔) 구자량(寇紫梁).
 신출귀몰한 책략과 변장의 명수…….
 그는 강호의 도의를 전혀 아랑곳하지 않아 출도한 지 얼마 되지 않아 강호의 공적(公敵)으로 몰려 쫓기게 되었다.
 하지만 한 바퀴 몸을 돌리는 사이에 다섯 가지 이상의 모습으로 변할 수 있다고 하는 천면인마를 추적한다는 일은 처음부터 불가능한 일이었다.
 천하는 오히려 그로부터 천면인마의 공포(恐怖)에 떨게 되었다.
 아버지가 딸을 강간하고, 아들이 어머니를 내쫓으며, 제자가 사부를 찢어 죽였다. 초청을 받은 손님이 주인을 죽이고 수십 년 만에 만난 친구가 친구의 목을 베면서 악마와 같이 웃는다.
 불신이 천하를 횡행하였으며, 잠자리를 같이하는 부부마저도 서로를 믿을 수 없었다.
 방금까지도 웃고 이야기하던 친구의 기색이 조금만 이상해도 그를 죽였다. 그가 언제 천면인마로 변해 자신을 죽일지 알 수 없기 때문이었다. 죽임을 당한 친구 측에서는 그에게 복수하였으며, 복수는 복수로 꼬리를 물었다.
 아무도 그 흔적을 걷잡을 수 없었다.
 각대문파가 나서고 무림의 명숙들이 나서서 그 혼란을 수습하려 하였으나, 다음날 그들은 서로를 공격하고 죽이고 있는 자신들을 볼 수 있을 뿐이었다.
 실로 무림 사상(武林史上) 일개인으로서 이처럼 엄청난 해독을 끼친 사람은 일찍이 없었다.

무림의 종말은 이제 눈앞에 있었다.

그때 한 사람의 신비인이 나타났다.

그가 누구인지 아는 사람은 아무도 없었다.

하지만 그는 한 자루 금검에 의지하여 천하 소란의 원흉이 창설한 신출귀몰의 천면교(千面敎)를 멸하고 대원흉인 천면인마를 잡아 죽였다.

그리고 그는 천면인마로 인해 혼탁해진 무림의 기풍을 대인(大人)의 덕(德)과 인(仁)으로써 바로잡아 천하 모든 사람들의 정신적인 기림을 받게 되었다.

그의 업적은 무림 중 어느 누구도 이루지 못한 것이었다.

천하가 그로 인해 안돈되자, 흑백양도의 무림인들은 앞을 다투어 그의 금검에 지고무상(至高無上)의 권위를 부여하였다.

금검지존의 이름은 그렇게 하여 탄생되었다.

금검의 주인은 흑백양도를 망라한 천하무림을 부릴 수 있었다.

더구나 그 권위는 당대(當代)에 그치는 것이 아니라, 검이 존재하는 한, 영원하여 그의 사후라 할지라도 그의 전인임이 입증된다면 후세에까지 승계되도록 되어 있었다.

하지만 간사한 것이 사람의 마음이라, 점차 시간이 흐르게 되자 흑백양도에서는 서서히 걱정이 되기 시작했다.

금검지존의 권위가 너무도 크기 때문이었다.

그러한 기색을 눈치챈 금검지존은 조금의 미련도 없이 나타날 때처럼 강호에서 사라졌다.

아무도 그의 행방을 알 수 없었으며, 한번 사라진 그의 행적은 깊은 물에 빠진 조약돌과 같이 다시는 나타나지 않았다.

그러나 무림은 그를 찾지 않았다.

오히려 다행이라는 듯 그의 행적을 그들의 가슴속에 묻어두기 시작하였다.

그 찬란한 이름은 그렇게 하여 세상 사람들의 뇌리에서 서서히 퇴색되어 가고 있는 중이었다.

세월은 항거할 수 없는 망각(忘却)의 힘을 가지고 있는 것이다. 아니, 어쩌면 금검지존에 대한 무림의 망각은 사람들의 뇌리 속에서 의도적으로 작용하고 있었는지도 몰랐다.

그 이름.

잊혀진 그 전설의 이름을 여기에서 듣게 될 줄이야!

수십 년의 세월이 흐른 다음에 암흑마교가 그처럼 발호할 수 있었던 것도 그 당시의 무림이 그때 입은 피해를 회복하지 못해서였다고 하지 않았던가.

빠르게 생각을 스쳐 보낸 구양천상은 놀람에 가득 찬 눈으로 백발의 노도인을 보았다.

"그럼……?"

노도인은 천천히 고개를 끄덕였다.

"그렇다네. 노도에게 그 검을 맡긴 사람은 바로 전설 중의 금검지존 본인이라오."

"……."

구양천상은 놀람을 금할 수 없어 말을 할 수 없었다.

금검지존의 친구라 자칭하는 사람이 나타나다니!
그렇다면 그의 나이는 대체 얼마나 된단 말인가?
백발노도인은 그의 기색을 보고 담담히 웃더니 말을 이었다.
"금검지존은 금검이 다시 강호에 나타나는 것을 바라지 않았소……. 그는 강호의 평화와 질서가 강호인들 스스로의 힘으로 유지되기를 바랐었소……. 하지만, 만에 하나라도 있을지 모르는 사태를 대비하여 천외(天外)로 은거하면서 그 검을 노도에게 맡겼던 것이오."
구양천상은 부지중에 보천신검을 잡았다.
"이 검을 말입니까?"
"그러하오."
그는 말을 하다가 어폐가 있음을 느끼고 가볍게 고개를 흔들었다.
"물론, 그 검이 금검이라는 뜻은 아니오. 악아가 그대에게 말하였듯이 그 검은 하나의 신표일 따름이오. 그 검을 한곳으로 가져가면 금검지존은 세상의 어려움을 알고 다시금 강호에 나오게 될 것이오……."
그 말에 구양천상의 전신에는 벼락을 맞은 듯한 진동이 퍼져 나갔다.
"그럼, 그분이 아직까지 살아 계시단 말입니까?"
백발노도인의 어조는 여전히 조용했다.
"아마도 그러하겠지…… 노도와 같이 쓸모없는 사람이 남아 있는데 그와 같은 사람이 어찌 벌써 비천(飛天)하였겠소? 설혹 그 자신에게 어떤 일이 생겼다 하더라도 이러한 안배를 남긴 이상, 반드시 후일에 대한 대비를 하였을 것이오……."

그는 나직이 탄식하였다.

"노도의 천수는 이미 다하였소. 노도는 검을 사질에게 맡기고 천하를 유랑하여 안탕산(雁湯山)에 거하며 수도하다가 그 자리에 좌화(坐化:앉은 자세로 맞는 죽음, 도인의 죽음)할 작정이었는데, 마지막 순간에 천기를 보니 하나의 일을 아직 끝내지 못했음을 알았소……. 노도는 세상에서 해야 할 마지막 일을 위해 안탕산에서 백아를 타고 이곳까지 날아왔던 것이오."

백발의 노도인은 천천히 눈을 감았다.

끼룩…… 끼룩…….

까마득한 하늘을 선회하던 백학이 나지막한 울음소리와 함께 천천히 원을 그리며 내려오고 있었다.

노도인은 고개를 쳐들어 백학을 보며 조용히 중얼거렸다.

"네가 재촉하지 않아도 시간이 그리 많지 않음을 나도 알고 있다……."

이제 구양천상이 더 이상 망설일 이유는 없었다.

금검지존, 전설의 그 금검지존이 세상에 나타난다면 천하의 정세는 그야말로 대반전(大反轉)의 국면을 맞이할 수 있게 될 것이다.

구양천상은 두 손으로 검을 받쳐 들었다.

백발의 노도인은 그의 태도를 보고 자애한 웃음을 머금은 채 고개를 끄덕였다.

"그대의 사심없음에 고마움을 금할 수 없소……."

그는 말을 하면서 손을 내밀다가 멈칫했다.
원래 그와 구양천상과의 거리는 불과 넉 자 정도라서 손만 내밀면 검을 받을 수 있었다.
그런데 구양천상이 검을 두 손으로 받쳐 들고만 있지 그것을 내밀지 않고 있었던 것이다.
"……?"
백발의 노도인은 의아한 눈빛으로 구양천상을 쳐다보았다.
구양천상이 말했다.
"죄송하오나, 선장의 법호(法號)가 어찌 되는지 소생이 들을 수 있을는지요?"
복면 속의 그 눈은 여전히 조용하고 맑게 빛나고 있었다.
노도인은 그를 보면서 천천히 말하였다.
"명호라고 하는 것은 그 사람의 쓸모없는 육신을 지칭할 뿐이라 쓰지 않은 지 오래되었지……. 혹, 현황(玄黃)이라는 이름을 들어본 적이 있으신가?"
"현황……?"
구양천상이 그 이름을 되뇌는 것을 본 노도인은 가볍게 웃었다.
"노도가 강호를 떠난 것은 이미 칠십 년 이전이니 그대가 노도의 이름을 듣지 못했다 하더라도 조금도 이상할 것이 없지. 오늘날 금검 도우의 이름을 기억하는 사람이 강호상에 얼마나 되겠소……?"
그의 말에는 세태의 무상함이 짙게 깔려 있었다.
"죄송합니다. 소생의 견문이 얕아……."

구양천상은 사과하고는 검마 관산악이 묻혀 있는 가산을 잠시 바라보더니 다시 백발의 노도인, 현황 진인을 응시했다.

"소생에게는 한 가지 의문이 있습니다. 검마 관 선배께서는 숨을 거두기 직전에 소생에게 한마디를 더 남기셨는데, 그 말을 혹 들으셨는지요?"

괴이한 신색이 현황 진인의 얼굴에 스쳐 갔다.

"무량수불…… 그러한 일이 있었던가? 그래 그 마지막 말이 무엇이었소?"

"그분은 소생에게 말하기를, 자신에게는 한 분의 사숙이 곤륜검봉(崑崙劍峯)에 계시니 저에게 검을 들고 그분을 찾아가라고 하셨습니다. 한데…… 선장께서는 그분의 사백이시라니……."

구양천상은 그를 똑바로 응시하면서 말끝을 흐렸다.

현황 진인은 어이가 없는 듯한 빛으로 그를 한참 쳐다보더니 이윽고 조용히 웃었다.

"노도를 시험하려는 것을 보니 아마도 노도의 말이 그대에게는 믿어지지 않는 모양이로군…… 그러하오?"

구양천상에게는 확실히 그러한 의도가 있었다.

현황 진인은 고개를 흔들며 길게 탄식하였다.

"그대가 노도에게 검을 넘겨주려는 의도가 없다면, 그 또한 운명이니 어찌하겠소? 일이란 강제로 되는 것이 아니지…… 하지만, 그들에겐 사숙이 없소!"

구양천상이 조용한 어조로 말을 받았다.

"그렇습니다. 그분들에게는 사숙이 없을 뿐만 아니라, 사백도 없습니다! 검문은 일맥단전(一脈單傳:한 사람에게만 전해짐)하여 오직 검마 관 선배 대에서만 두 명의 제자를 두었지요."

고요하였던 현황 진인의 눈빛에 흔들림이 일어났다.

"그건…… 무슨 의미로 하는 말이오?"

구양천상은 대답 대신 품에서 하나의 물건을 꺼냈다.

그것은 검마 관산악이 죽기 전에 그에게 준 짐승 가죽으로 된 책이었다.

"이것은 검마 관 선배께서 남기신 그분 생전의 기록입니다. 여기에는 그분 사문의 내력이 상세히 기록되어 있더군요?"

현황 진인이 안색을 굳히며 말했다.

"거기에 노도의 존재가 기록되어 있지 않다는 뜻이오?"

구양천상은 고개를 끄덕였다.

"바로 그러합니다."

현황 진인의 안색이 변하며 백설과 같이 흰 긴 눈썹이 흔들렸다.

"괴이한 일이로군…… 그들이 어찌하여 노도의 존재를 잊어버릴 수 있단 말인가? 말이 되지를 않는다!"

그는 구양천상을 쏘아보았다.

눈빛이 전광(電光)과 같아 쇠라도 뚫을 듯했다.

그는 손을 내밀었다.

"그 기록을 노도에게 보여주오. 그것이 과연 사실인가 노도는 직접 확인을 해보아야겠소! 만에 하나라도 시주가 꾸민 것이 아니라면 이는……."

구양천상은 그의 말이 끝나기 전에 말했다.

"기록을 소생이 조작하였다 하셔도 좋습니다. 하지만 여기에는 검이 검문사조(劍門師祖) 대로부터 전해온 장문지보(掌門之寶)라 하여 선장의 말씀과는 상치(相馳)되니 어찌 된 일인지 모르겠습니다."

"말도 아니 되는…… 말도……. 무량수불…… 허허허…… 노도가 그럼 지금껏 거짓을 말하였단 말인가?"

현황 진인은 어이가 없다는 듯 고개를 절레절레 흔들었다.

구양천상은 품속에 다시 그 검도발요(劍道拔要)를 넣으며 침착한 어조로 물었다.

"무림 중에는 만박(萬博)이라 불리는 사람이 있다는데, 선장께서는 혹여 들어보신 적이 있으십니까?"

"만박?"

현황 진인의 안색이 변했다.

그것은 미미한 것이지만 분명하였다.

그는 고개를 흔들었다.

"들어본 적이 없소……."

구양천상은 담담히 웃었다.

"그러십니까? 소생이 듣기로 그 사람은 선풍도골의 풍모에다가 돌부처를 웃게 만들 수 있는 달변을 지녔으며, 거기에 천하의 대소사를 자신의 손바닥 들여다보듯 할 만큼 박학하다고 하더군요……."

낭패한 빛이 현황 진인의 눈 깊은 곳에 서렸다.

구양천상은 계속하여 말했다.

"그의 가장 뛰어난 점은 그가 자신의 장점을 십분 활용하여,

사람을 속인다는 데 있지요. 속는 사람이 자신이 속는다는 것을 느끼지 못할 정도로…… 본인은 스스로를 일러 만박노조(萬博老祖)라 하지만 사람들은 그를 일러서 만박편조(萬博騙祖)라 하는데, 정말 들어보신 적이 없습니까?"

그의 말이 끝날 때 즈음에 그 고고하던 현황 진인의 얼굴은 알아볼 수 있을 정도로 일그러져 있었다.

그는 구양천상을 향해 침중히 말했다.

"그가 노도와 무슨 상관이 있단 말인가? 설마 노도가……."

구양천상이 다시 말하였다.

"소생이 듣기로 사람을 속이는 데에도 인의예지용(仁義禮智勇)의 다섯 가지 도(道)가 있어, 그를 일러 오대기도(五大欺道)라 한다더군요. 그중 하나인 용(勇)이 바로 다른 사람을 속이다가 들통이 나면 깨끗이 무릎을 꿇는 것이라 들었습니다."

그 순간, 기가 막힌 표정으로 멍청히 서 있던 현황 진인은 돌연히 껄껄 웃어대더니 근엄히 손에 들려 있던 은사불진(銀絲拂塵)을 꺾어 내팽개쳤다.

그리고 그는 어조를 바꾸어 말했다.

"남을 속이다가 기도(欺道)에 대하여 훈계를 받다니, 세상에 태어나 이런 망신은 해도해도 처음이로군! 말도 아니 되는 일이야…… 말도 안 돼……. 황하에 뛰어들어도 시원치 않다!"

그는 연신 고개를 흔들더니 구양천상을 보았다.

"좋아! 노부가 깨끗이 항복을 하지! 하지만 반드시 알아야겠다. 도대체 어디에 허점이 있기에 자네가 노부의 정체를 눈치채게 되었나? 나는 모든 것이 완벽하다고 생각하였는데……."

그의 말은 어이없는 것이었다.

그가 그처럼 거창히 늘어놓던 모든 것들이 믿을 수 없게도 검을 사기치기 위해서 만들어낸 거짓말인 것이다.

그는 정말로 만박편조였다.

만박편조는 전대의 기인(奇人)으로서 사기를 침에 있어 가히 천하제일의 달인(達人)이었다.

그의 세 치 혀는 수절열녀의 치마끈을 스스로 풀게 만들 수 있을 정도로 매끄럽고, 그의 박학함은 경사(京師:북경)의 대학자들이 무색하니 그가 목적하여 이루지 못한 일은 없을 정도였다.

강호 중에는 그가 과연 어떤 사람인지 아는 사람이 없을 정도로 그는 사기를 치고도 절대 흔적을 남기지 않았다.

사기를 당한 사람이 자신이 사기를 당했는지조차 모를 정도가 그의 능력이었다.

그 만박편조가 난데없이 이 밤, 귀보에서 구양천상 앞에 나타난 것이다.

만박편조의 물음에 구양천상은 가볍게 웃었다.

"허점은 없었습니다. 굳이 말하라면 너무 완벽한 것이 허점이겠지요. 좀 더 정확히 말한다면 노선배의 참을성이 조금 모자랐습니다. 지금까지도 노선배께서 그 신분을 우겼다면 소생은 그 말을 믿지 않을 수 없을 것입니다. 사실 그분들의 사문에 대한 기록이란 것은 소생이 만들어낸 것에 불과하였거든요."

"윽?!"

현황 진인, 아니, 만박편조의 입이 딱 벌어졌다.

그의 표정은 괴이하기 이를 데 없어서 말로 형용할 수조차 없었다. 순식간에 그의 얼굴은 붉으락푸르락 칠면조가 놀라 도망갈 지경이 되어 보기 딱할 정도가 되었다.

구양천상의 말은 계속 이어졌다.

"소생이 가진 의심은 노선배께서 나타난 상황이 너무도 완벽하고 공교롭다는 직감뿐이었기에 그렇게 된다면 믿을 수밖에 없었겠지요."

"으음……."

앓는 듯한 신음 소리가 만박편조의 입에서 절로 흘러나왔다.

끼룩…… 끼룩…….

얕은 높이에서 선회하고 있던 백학이 재촉하듯 울어대었다.

"알았다! 알았어, 간다니까! 가면 될 거 아니냐?"

만박편조가 신경질적으로 소리쳤다.

속이 부글부글 끓어 참을 수가 없었다.

잠시를 못 참아 재를 뿌리다니…….

그는 머리가 떨어져라 고개를 흔들었다.

"구양 노괴가 입이 닳도록 칭찬을 해대어 코웃음을 쳤더니…… 전혀 공갈이 아니었구나. 이런 망신이 있나……."

그의 말에 구양천상의 안색이 약간 변했다.

"구양 노괴라면?"

"당대에 구양 노괴가 둘이 있나? 네 작은할아비 말이지! 그 빌어먹을 영감만 아니었다면 이처럼 준비를 힘들여 하지 않았을 텐데……."

구양천상의 눈이 빛났다.

"할아버님을 아십니까? 지금 어디에 계십니까?"

그가 말을 할 때 주위에 세찬 바람이 미친 듯이 일어나며 백학이 땅에서 일 장여까지 내려왔다.

만박편조는 그것을 보더니 몸을 훌쩍 날려 백학의 등 위에 올라섰다.

"노선배님!"

구양천상이 소리치자 만박편조가 그를 보며 짜증스럽게 말했다.

"구양 노괴는 지금 팔리탄(八里灘)에서 너를 기다리고 있다! 노부는 네게 사기치려고 빌려온 이 백아를 돌려주러 가야 하니 이만 가보겠다."

백학이 청명한 울음소리를 울리며 공중으로 솟아오르기 시작했다.

갑자기 만박편조가 고개를 내밀고 구양천상을 쳐다보더니 이제까지와는 달리 웃으며 말했다.

"그 검을 잘 보관해라! 다음번에는 이번처럼 쉽지 않을 거다. 핫핫핫……."

그의 웃음소리는 거대한 백학이 날갯짓을 시작하자 순식간에 밤하늘로 멀어져 갔다.

그의 사라짐은 그가 나타날 때만큼이나 갑작스러웠다.

구양천상은 조용히 서서 그가 사라져 감을 보았다.

"한낱 사기꾼으로서 그가 기인으로 불리며 세외삼기(世外三奇)의 하나가 된 이유를 이제야 알겠구나…… 흑백양도가 그로 인해 골머리를 앓으면서도 그를 공적으로 몰지 않은 것에는 다 충분한 까닭이 있었다……."
 그가 평범한 사기꾼이었다면 구양천상이 그를 이렇듯 대우하여 주지도 아니하였으리라.
 그의 행동은 상리(常理)를 벗어나는 것이지만 그것은 그의 삶이라 할 수 있었다.
 가히 풍진(風塵)을 희롱하며 살아간다고나 할까.
 까마득히 멀어져 가는 백학의 그림자를 바라보고 있던 구양천상은 문득 자신의 손에 들려 있는 보천신검을 바라보았다.
 고색창연한 검집에 몸을 쉬고 있는 신검의 손잡이에는 보천의 두 글자 외에는 별다른 장식이 없었다.
 질박하다고나 할까…….
 손잡이의 끝에는 검은빛의 용안만 한 구슬 하나가 박혀 있는데 검기는 하되, 은은한 광택이 있어 기품을 느낄 수 있었다.
 만박편조 동일사(董一詐)가 그처럼 심혈을 기울여 풀어댄 사설들이 하나하나 구양천상의 뇌리에 떠올랐다.
 쓴웃음이 그의 입가에 떠올랐다.
 '그 짧은 순간에 검마 관 선배의 유언 몇 마디를 듣고 그와 같은 생각을 해내어 나에게 접근하다니…… 놀라운 순발력이다. 하마터면 그대로 검을 넘겨줄 뻔하였다.'
 구양천상은 신검을 약간 뽑아보았다.
 웅…….
 은은한 검명(劍鳴)이 흘러나오며 삼엄한 검기가 뼛골을 얼릴 듯이 쏟아져 나왔다.
 '이 검으로 인해 금성천주를 단숨에 격퇴하고 그곳을 벗어날 수 있었다⋯⋯ 과연 보통의 검이 아니다. 하나⋯⋯ 이 검이 과연 만박편조가 말한 그 일과 관계가 있는 것일까?'

아직은 알 수 없는 일이다.

금검지존의 일은 너무도 오랜 옛날의 일이다.

거기에다 이 보천신검을 연관시킨다는 것은 성급한 비약이라 하지 않을 수 없다.

'검은 신표⋯⋯ 검이 있으면 금검(金劍)⋯⋯ 금검을⋯⋯.'

구양천상의 뇌리에 검마 관산악이 마지막 안간힘을 다해 부르짖던 말이 스쳐 갔다.

'일은⋯⋯ 검문이 과연 어떤 문파인가를 알아보는 데에서 풀어가야 한다⋯⋯. 그렇게 되면 검의 주인을 만날 수 있을 것이며, 그분이 말한 금검이 과연 만박편조가 둘러댄 금검지존의 금검과 같은 것인가를 알 수 있게 된다.'

그것은 쉽지 않은 일이고 당장 어떻게 해낼 수 있는 일도 아니었다.

지금에 있어 분명한 것은 그가 우연히 일대의 신검을 손에 넣었다는 것뿐이었다.

* * *

상상을 절(絶)하는 격변의 연속.

어둠 속에 감추어져 있던 구중비(九重秘)의 공포(恐怖)!

아득한 전설의 금검(金劒)은 비로소 한 가닥 신비를 드러내고, 영웅기인(英雄奇人)들이 속속 그 모습을 드러내고 있는 가운데 운명은 수레바퀴를 돌리기 시작한다.

『풍운고월조천하』 제2권 끝

War Mage

워메이지

김재한 퓨전 판타지 소설

사람들이 인식하는 상식의 세계 이면
짙은 어둠이 드리워진 그곳에 사는 괴물들이 있다.

문명이 드리운 그림자 속에서, 전투기계들과
인간의 사념으로부터 태어난 마물들이 격돌한다.
마법과 주술이 난무하는 초현실적인 전장,
소년은 그곳에서는 대가로 인생을 잃었다.
운명의 노예가 되어
가족과 인성을 잃어버린 소년, 진유현.

총염(銃炎)과 검광(劍光)이 뒤얽히는
어둠의 거리에서, 운명의 족쇄를 끊고 나온
소년의 눈이 살의를 발한다.

유행이 아닌 자유추구 -
WWW.chungeoram.com
BOOK Publishing CHUNGEORAM

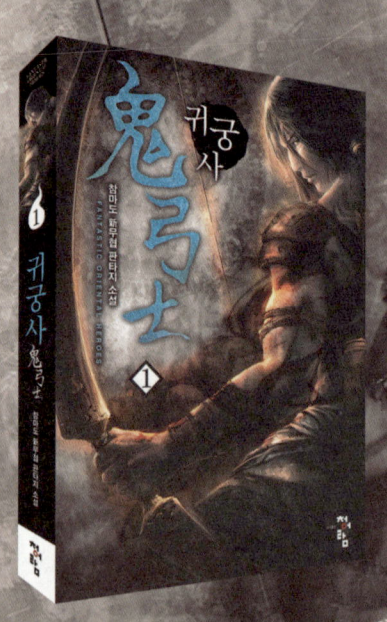

참마도 新무협 판타지 소설

鬼弓士 귀궁사

**참마도 작가!! 그가 『무사 곽우』에 이어
다섯 번째 강호 이야기를 새롭게 풀어내다!!**

"길의 중앙에서 멋지게 서서 당당히 걸어가래.
사람으로 태어난 이상 그 누구도 당당하게 살아갈 권리는 있다고 말이야."

단야의 오른손이 꽉 쥐어졌다. 별것도 아닌 말이다.
하나 이토록 마음에 남는 소리는 없었다.
사람으로 태어나서……

요물, 괴물.
나이를 먹지 않는 월홍과 얼굴이 징그럽게 망가진 단야.
그들 앞에 펼쳐진 강호란……!

유행이 아닌 자유추구 -
WWW.chungeoram.com
BOOK Publishing CHUNGEORAM

千秋公子
천추공자
청산 新무협 판타지 소설

운명을 뛰어넘는 담대한 도전!

황제마저 농락한 숭문세가의 공자 문천추(文千秋).
용문에 이르기 전까지 그는 시문과 서화를 즐기며 대하를 누비는
한 마리 커다란 잉어였다.
그러나 운명은 그를 용문(龍門) 앞에 이끌었다.
용문의 드센 물살을 거슬러 올라 용(龍)이 될 것인가,
아니면 용문점액의 상처를 입고 추락할 것인가.

죽음의 하늘 사중천(死重天)!
오로지 파괴와 살육만을 일삼는 사마악(邪魔惡)의 결집체.
사중천의 어둠은 태양마저 가리며 천하를 뒤덮는다.
마침내 죽음의 하늘과 맞서는 용 울음소리.

천추(千秋)에 빛날 문무제일공자의 호쾌한 행보가 시작되었다.

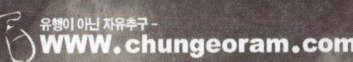

유행이 아닌 자유추구 -
WWW.chungeoram.com
BOOK Publishing CHUNGEORAM

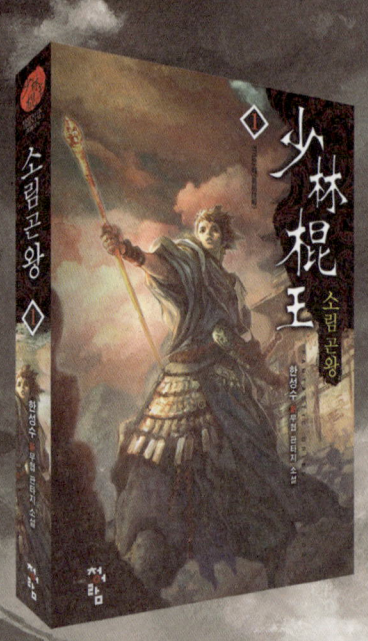

감동의 행진을 멈추지 않는 작가 한성수!

구대문파 시리즈의 두 번째 이야기 『소림곤왕』!!
그 화려한 무림행이 펼쳐진다

"너는 지금부터 날 사부님이라 불러야만 하느니라.
소림사의 파문제자인 나, 보종의 제자가 되어서 앞으로 군소리없이 수발을 들고
모진 고통을 이겨내며 무공 수련을 해야만 한다."

잡극계의 천금공자 엽자건!
소림의 파문제자 보종의 제자가 되다!!

역사와 가상.
실존의 천하제일인과 가상의 천하제일인에 도전하는 주인공!
이제부터 들어갑니다. 부디 마음껏 즐겨주시기 바랍니다.
- 작가 서문 中에서.

 유행이 아닌 자유추구 -
WWW.chungeoram.com
BOOK Publishing CHUNGEORAM